作者简介

李建中　1955年生，湖北江陵人。1978年考入华中师范大学中文系，1988年获该校中国文学批评史专业文学硕士学位。后师从四川大学杨明照教授和苏州大学钱仲联教授研治《文心雕龙》和六朝文论，获文学博士学位。1995年破格晋升为教授，先后执教于中南民族大学、华中师范大学，2001年遴选为博士生导师，2002年调入武汉大学，现为该校文学院教授，博士生导师，兼任中国古代文学理论学会理事、中国《文心雕龙》学会理事、中国中外文艺理论学会理事、湖北省文艺学学会副会长兼秘书长，为国家级有突出贡献的中青年专家，享受国务院政府特殊津贴。两次主持国家社会科学基金项目（1996，2002），先后获湖北省社会科学优秀成果二等奖（2004）、三等奖（2001，2006）和武汉市社会科学优秀成果奖（2000）。致力于中国文学批评史的研究，主张依经立论、借石攻玉，于古今中外之交汇处楬櫫古代文论的当代价值，在古代文论的艺术心理学内涵、文化人类学精神以及诗性言说方式等研究领域，取得开创性成果。在《文学评论》、《文艺研究》等刊物发表学术论文百余篇，在海内外出版学术专著十余部，其代表性论文有《文备众体：中国古代文论的言说方式》（2006）、《反（返）者道之动——中国古代文论研究的文化人类学视野》（2004）、《原始思维与中国古代文论的诗性特征》（2002），代表性著作有《古代文论的诗性空间》（2005）、《魏晋文学与魏晋人格》（1998）、《心哉美矣——汉魏六朝文心流变史》（1993）。

吴中胜　1969年生，江西赣州人。文学博士，江西赣南师范学院中文系教授，研究生导师。

褚　燕　1974年生，湖北武汉人，文学博士，中国人民解放军第二炮兵指挥学院讲师。

武汉大学学术丛书

Wuhan University Academic Library

中国古代文论诗性特征研究

李建中 吴中胜 褚燕 著

本课题为2002年度国家哲学社会科学基金资助项目

武汉大学出版社
WUHAN UNIVERSITY PRESS

图书在版编目(CIP)数据

中国古代文论诗性特征研究/李建中等著．—武汉：武汉大学出版社，2007.9

武汉大学学术丛书

ISBN 978-7-307-05537-7

Ⅰ．中…　Ⅱ．李…［等］　Ⅲ．古典诗歌—文学研究—中国

Ⅳ．I207.22

中国版本图书馆 CIP 数据核字(2007)第 053067 号

责任编辑:陶佳珞　于华东　　责任校对:黄添生　　版式设计:支　笛

出版发行:**武汉大学出版社**　(430072　武昌　珞珈山)

(电子邮件:wdp4@whu.edu.cn　网址:www.wdp.com.cn)

印刷:武汉中远印务有限公司

开本:720×980　1/16　印张:24.25　字数:343 千字　插页:3

版次:2007 年 9 月第 1 版　　2007 年 9 月第 1 次印刷

ISBN 978-7-307-05537-7/I·311　　定价:39.00 元

目 录

引　论
诗性言说与言说诗性

标题中的两个“言说”，前者是名词，后者是动词。“诗性言说”是对中国古代文论言说方式及思维方式的一种体认及表述，“言说诗性”则是本书的目的或宗旨：本书言说什么？言说中国古代文论的诗性特征，言说古代文论的诗性言说。

何为“诗性”？日常话语中的“诗性”，狭义地讲是指“诗歌的特性”，广义地说是指与逻辑性相对的艺术性和审美性。而学理意义上的“诗性”则是一个文化人类学概念，语出维柯《新科学》，特指原始人类在思维方式、生命意识和艺术精神等方面的特性。中国文论与西方文论有着共同的诗性智慧之源，自雅斯贝尔所说的“轴心时代”（即公元前8世纪至公元前2世纪）起，当西方文论走上哲学化、逻辑化之路时，中国文论却保持了逻辑性与诗性相统一的理论传统。

文论是文化的组成部分，一个民族的文化（包括文论）特征的形成，取决于该民族的言说方式及思维方式。我们看轴心期周秦诸子时代的中国文化典籍，无论是诗歌体的《道德经》还是寓言体的《庄子》，抑或对话体的《论语》和《孟子》，都可以说是诗性与逻辑性的统一。周秦诸子时代的思想家，他们所言说的，是关于人类、自然与社会的理性思考，而他们所选择的言说方式以及支撑这种选择的思维方式却是诗性的。因此，本书对中国古代文论“诗性言说”的言说，从考察民族思维方式对中国文化和文论的影响入手，探讨古代文论诗性特征的成因，揭示古代文论诗性特征之形成的历史的和逻辑的必然性，进而揭示诗性特征的当代价值。

在轴心期，中国的文学理论并未独立成“体”（像后来《文心雕龙》那样），而是寄生于文化典籍的各类文体之中。因而，中国文论的诗性言说必然寄寓于中国文化的诗性言说之中。在这个意义上，我们可以说，周秦诸子典籍的诗性言说既是文化的也是文论的。以《庄子》为例。《庄子·寓言》有“寓言十九，重言十七，卮言日出，和以天倪”；《庄子·天下》有“以卮言为曼衍，以重言为真，以寓言为广”。

何为“寓言”?《寓言》篇自谓：“寓言十九，藉外论之。亲父不为其子媒。亲父誉之，不若非其父者也；非吾罪也，人之罪也。”父之誉子，诚多不信，故须藉外论之；直言其道，俗多不受，亦须藉外论之。故郭象注曰：“言出于己，俗多不受，故借外耳。”陆德明释文：“寓，寄也。以人不信己，故托之他人。”① 相对于庄子欲明之“道”而言，庄子的“寓言”是“外”，是用以寄寓己意的他者（他人和他物）。道是不可说的，或者说是不可直说、不可已说的，必须“藉外论之”，这个“外”就是寓言，就是虚构性或文学性言说。

何为“重言”？借重先哲时贤之言也，属于庄子诗性言说中的对话部分。《人间世》、《大宗师》借重仲尼与颜回的对话讨论“心斋”、“坐忘”；《知北游》借重老聃与孔子的对话讨论虚静等等，均属《庄子》寓言中的“重言”部分。衡之于历史叙事的真实性标准，《庄子》诸多的重言（对话）完全不同于《论语》、《孟子》的对话，前者依然属于庄子的诗性言说。当然，“重言”之中的老

① 郭庆藩撰，王孝鱼点校：《庄子集释》，中华书局1961年版，第4册，第947~948页。

子、孔子、颜回等，都是真人，他们所讲的那些道理在庄子的思想体系中更是真谛，所以庄子要说“以重言为真”。这是一种虚构的真实，或者说是诗性的真实。

何为“卮言”？自然无心之言也，属于庄子诗性言说的曼衍风格。① 郭象注“卮言”曰：“夫卮，满则倾，空则仰，非持故也。况之于言，因物随变，唯彼从之，故曰日出。日出，谓日新也，日新则尽其自然之分，自然之分尽则和也。”② 因物随变，顺任自然，无心之言，新异日出，是为卮言。

《庄子》“三言”，合而言之，是庄子诗性言说的总体特征；分而言之，“寓言”是对诗性言说的质的规定，“重言”是庄子寓言的对话方式，“卮言”则是庄子寓言独特的语言风格。庄子寓言的诗性言说方式及语言风格，与庄子寓言的思想内容一样，对后世文论的诗性言说产生了巨大的影响。

就整部《庄子》而言，“寓言十九，重言十七”的数字表述是准确的，但具体到《庄子》33 篇中的某一篇，诗性言说（寓言、重言、卮言）的比例并没有这么大。比如内篇的《齐物论》，虽然也有寓言（如“狙公赋芧”，“朝三暮四”）、重言（如“瞿鹊子问乎长梧子”）和卮言（如“梦饮酒者，旦而哭泣；梦哭泣者，旦而田猎”）等诗性言说，但大部分篇幅（或者说主体部分），庄子是在思辨地说，逻辑地说，故《文心雕龙·论说》称“庄周《齐物》，以论为名”。《齐物论》中的“论”（哲理性言说），颇为著名的段落有：“大知闲闲，小知间间；大言炎炎，小言詹詹”，“物无非彼，物无非是”，“夫道未始有封，言未始有常”，“夫大道不称，大辩不言，大仁不仁，大廉不嗛，大勇不忮”，等等。不惟《齐物论》，《庄子》内篇的其他 6 篇亦可见哲理性言说。庄学界一般认为，《庄子》内篇是比较可靠的庄子作品。据此可以说，庄子

---

① 参见陈鼓应：《庄子今注今译》，中华书局 1983 年版，下册，第 728 ~ 729 页。

② 郭庆藩撰，王孝鱼点校：《庄子集释》，中华书局 1961 年版，第 4 册，第 947 页。

是先秦诸子中具有很高思辨水准的哲学家，他完全有能力思辨地说、逻辑地说（就像他在《齐物论》中已经做过的），完全可以用《天下》所说的“庄语”（庄重严正之语）来言说本身就具有形而上色彩的“道”。

然而，庄子更多地选择了寓言、重言和卮言，选择了“谬悠之说，荒唐之言，无端崖之辞”，选择了“以卮言为曼衍，以重言为真，以寓言为广”。一言以蔽之，选择了诗性言说。我们知道，庄子的语言观是一个深刻的悖论。《庄子·天道》篇“轮扁语斤”的寓言，不厌其细地申述“意之所随者（道）不可以言传”和“知者不言，言者不知”的道理，但是，庄子这位“知者”倘若真的“不言”，他如何能将这个道理讲得清楚？他人及后人又如何能知晓这个道理？所以，主张“不言”的庄子又不得不言。关于庄子的这一悖论，后人有多种解释，却大多不能自圆其说。在此，我们试从庄子“三言”之诗性特征的角度略作辩说。

庄子论“道”是接着老子说的，故在“道不可道（说）”这一点上与老子一脉相承。但是，庄子的“道”与老子的“道”又有很大的不同：老子将形而上之道落实到治国教民，以成“无为之治”和“不言之教”；庄子则将形而上之道转化为心灵之道，通过“朝彻”、“见独”、“心斋”、“坐忘”以成“真人”、“至人”或“神人”。而庄子的所谓真人、至人、神人，不是一种生物性或社会性的存在，而是一种精神的或心灵的存在。说到底，庄子是在用《庄子》的“三言”（诗性言说），精心地建构一个心灵的世界。在庄子那里，语言对于“道”是无能为力的，而语言对于由“道”转化成的心灵世界却是大有可为的。庄子欲将“道”转化为心灵世界，则须先作两个层面的超越：一是超越尘世，一是超越语言。“处昏上乱相之间”的庄子，无时无刻不在想超越这污秽混浊的尘世；“得意忘言”的庄子，无时无刻不在想超越这不能传意不能诣道的语言。超越尘世、超越语言，最终是要建构一个清洁虚静的心灵世界、建构一个可以安放自己灵魂的诗性世界。庄子借什么来超越尘世、超越语言？庄子又拿什么来建构心灵世界、建构诗性世界？语言。除了“语言”，庄子似乎没有别的选择。庄子在物质世界（包括语言世界）之外所精心建构的，其实是一个语言的世界，一个诗性言说的世界。这就是庄子明知“知者不言”却不得不言的最为深刻也是最为真实的原因。

徐复观在论及庄学精神与南朝山水画之关系时指出：“没有人会在活生生的人的对象中，真能发现一个可以安放自己生命的世界。庄子所追求的，一切伟大艺术家所追求的，正是可以完全把自己安放进去的世界，因而使自己的人生、精神上的担负，得到解放。”① 同样是追求“可以完全把自己安放进去的世界”，南朝的画家和画论家选择了最能体现庄学精神的山水画，而庄子选择了最具诗性特质的“三言”。徐复观说“由庄学精神而来的绘画，可说到了山水画而始落了实”②；我们同样可以说，由轴心期诗性智慧而来的中国文化的诗性言说，到庄子的“三言”而始落了实。唐志契《绘事微言》：“山水原是风流潇洒之事，与写草书行书相同，不是拘挛用功之物。”中国文化及文论的诗性言说，犹如绘画中的山水画和书法中的草书行书，“不是拘挛用功之物”，“原是风流潇洒之事”，其最终目的是找到一个可以安放自己灵魂和生命的诗性世界。这个世界是在诗性言说中生成的，言说者凭借着自己的言说建构了这个世界，因而能在这个世界中作逍遥之游，申齐物之论，养生命之主，全德充之符，宗大道之师……

任何一家（一派）的哲学思想，其言说的过程及其结果大体上都含有两个层面的问题：“说什么”与“怎么说”。庄子说什么？说“道”；而“道”又不可说，故庄子哲学的“说什么”反倒变得简单了，因为说什么也无济于“道”，故“说什么”也就不是十分重要了。庄子怎么说？前面讲到，庄子有两套言说方式：思辨地说与诗性地说。《庄子》是哲学，理应思辨地说，庄子也完全能够思辨地说。但哲学家庄子却选择了“寓言十九”，选择了诗性地说。庄子为什么会这样？这个问题很难也很重要，要回答这个问题必须研究庄子的“怎么说”。因而在庄子的哲学体系中，“怎么说”比

---

① 徐复观：《中国艺术精神》，华东师范大学出版社 2001 年版，第 135 页。
② 徐复观：《中国艺术精神》，华东师范大学出版社 2001 年版，第 153 页。

“说什么”更为重要。

一位美国汉学家如此描述《庄子》的“怎么说”：“大多数看似自相矛盾的段落、不依据前提的推理、看起来转弯抹角的或纯粹幽默的文学参考，包括运用或有目的地误用历史人物以及像孔子这样的哲学上的论敌作为对话者……”庄子为什么要这样说？论者指出：“目的都在于使读者的分析的习惯性思维方式沉默，并同时加强读者的直觉的或总体性的心力功能。在削弱和麻痹心灵的分析思考的习惯性思维方式的过程中，《庄子》展示了大量光辉灿烂的语言技艺和文学手法。”① 让分析性沉默，让诗性苏醒，这是庄子的“怎么说”所达到的艺术境界、所体现的艺术精神。而正是在这一点上，庄子的“怎么说”（而不是“说什么”）给中国文论以深刻的启示和巨大的影响。

受包括庄子“三言”在内的中国诗性文化影响的古代文论，其言说过程及其结果同样有“说什么”与“怎么说”这两个不同层面的问题。欧阳修《代人上枢密求先集序》：“言以载事，而文以饰言。事信言文，乃能表见于后世，《诗》、《书》、《易》、《春秋》，皆善载事而尤文者，故其传尤远。”“言以载事”而“事信”属于“说什么”，“文以饰言”而“言文”属于“怎么说”。先秦儒家文化主张“言之有物”、“辞达而已”，反对“巧言令色”、“以辞害志”。受此影响，中国文论从一开始就重视“说什么”而不太关注“怎么说”。直到刘勰著《文心雕龙》，不仅在“论文叙笔”和“割情析采”时关注文学创作和文学理论“怎么说”，甚至在“征圣宗经”时亦不忘彰显圣人著经时“怎么说”，从此开中国文论重视“怎么说”之先河。南北朝之后，唐宋诗论讲究诗格、诗法、诗式、诗体，如日僧遍照金刚《文镜秘府论》、皎然《诗式》，以及宋代梅圣俞、苏轼、欧阳修等人，均从刘勰的“怎么

① ［美］爱莲心著，周炽成译：《向往心灵转化的庄子》，江苏人民出版社2004年版，第2页。

说”理论中吸取了不少思想及方法。①

“说什么”与“怎么说”构成了全部的中国文学批评史，我们今天研究古代文论，理应同时关注这两个问题。古代文论说什么？古代文论说得太多了。仅就“创作发生”这一具体话题而言，古代文论就说了许许多多：孔子有“诗可以怨”，屈原有“发愤以抒情”，司马迁有“发愤著书”，钟嵘有“感荡心灵”，刘勰有“为情造文”，韩愈有“不平则鸣”，欧阳修有“穷而后工”……“中国文学批评史”（或曰“中国古代文论”）这门学科，自20世纪初诞生伊始，就一直格外关注“古代文论‘说什么’”。这一领域的研究，其界域之广博、论述之深邃、成果之丰厚，已经到了《文心雕龙·序志》所言“马郑诸儒，弘之以精；就有深解，未足立家”的程度。相比之下，对“古代文论‘怎么说’”的研究，就显得是“泛议文义，往往间出，并未能振叶以寻根，观澜而索源”。

若寻根索源，则不难发现一件很有意味的事：古代文论的“怎么说”问题与古代文论是同时诞生的。先秦是古代文论的滥觞期，要研究“先秦文论”，恐怕先得弄清“先秦文论‘怎么说’”。郭绍虞、王文生主编的《中国历代文论选》（四卷本），“先秦”部分共选录八家：《尚书·尧典》、《诗经》、《论语》、《墨子》、《孟子》、《商君书》、《庄子》、《荀子》。这八家或是文学作品，或是史书，或是子书。与后代文论（如《诗大序》、《典论·论文》、《文赋》、《诗品》、《文心雕龙》等）相比，先秦文论没有文学理论批评专著或专篇，因而也不能够独立成体、集中系统地讨论文学理论和文学批评问题。先秦文论怎么说？寄生地说，随意地说。所谓“寄生地说”，是指先秦文论没有自己的理论批评文体，只能寄生于当时各种体式的文化典籍之中，在非文论的文体框架内议论文学理论和文学批评问题（如前述庄子“三言”中的文论阐释）。所谓“随意地说”，并非随心所欲或随随便便，而是指先秦文论的论者“随”自己或儒或墨或道或法的文化思想之“意”，旁及文论话

① 参见张少康等著：《文心雕龙研究史》，北京大学出版社2001年版，第20～23页，34～38页。

题（如《论语》所录孔子师徒之“因事及诗”和“因诗及事”）。

先秦文论的寄生性与随意性，在“怎么说”的特定层面，从源头上铸成中国文论的诗性特征，形成后世文论文体样式的开放性与多元化，以及话语方式的审美性与艺术化。中国文论的言说，既然一开始就寄生于各种非文论文体，久而久之，文论言说就淡化了文体意识，或者说，文论言说可以在论者所青睐、所选择的任何一种文体的框架内展开。即便是在文体意识与文论意识均已成熟的魏晋南北朝时期，文论家依然根据自己的文体爱好而不是文论应有的文体要求，来选择文论言说的文体样式。比如陆机和刘勰，都有自觉的文论意识和辨体意识，陆机著有《辨亡论》，刘勰著有《灭惑论》，《文心雕龙》还辟有“论说篇”，释“论说”之名，敷“论说”之理，品历代“论说”之佳构。这两位深谙“论说”之道、擅长“论说”之体的文论家，在讨论文学理论问题时，却舍“论说”而取“骈”、“赋”。陆机和刘勰的这种选择既非个别亦非偶然，它是文学自觉时代的文论家对文学理论批评之诗性言说的自觉体认。

如果说，先秦文论是寄生地说、随意地说，那么六朝文论则是骈俪地说（如《文赋》、《文心雕龙》）、意象地说（如《诗品》）。唐宋以后，文论言说干脆采取了与文学（诗歌、笔记小说等）完全相同的文体和言说方式：抒情地说（如《二十四诗品》以及大量的论诗诗），叙事地说（如属于“说部”的诗话、词话、曲话、小说评点等）。按照西方近现代学术“分科治学”的规则，文学是文学，批评是批评，文学不能是批评，正如批评不能是文学。但是，在中国古代文学理论的批评文本之中，“批评”可能是“文学的”或具有“文学性”；“文学”可能是“批评的”或具有“理论性”。前者如钟嵘的《诗品》，自觉的批评意识和独到而深刻的批评见解，凭借着极具文学性的文字出场，其想象之丰富、取譬之奇妙、性情之率真、语句之优美，完全可以读作文学性散文。后者如司空图《二十四诗品》，分明是二十四首四言诗，既有《诗经》四言的方正典雅，又有汉魏五言的自然清丽，还有晚唐七言的哀婉幽深，诗中有画，画中有诗。而司空图的“诗画”或“画诗”其实是在深刻而系统地言说着一个重要的文学理论问题：文学的风格和意境。

司空图《二十四诗品》说的是二十四种诗歌风格或意境，也是二十四种文论范畴。当司空图用“景、境、人、情”皆备的诗性叙事来表述他的诗学范畴时，他实际上揭示了中国文论诗性言说的另一个重要特征：文论范畴的经验归纳性质。中国文论的理论体系，由历朝历代的诸多理论范畴所构成；而历朝历代的文论范畴，其形成有一个共通的特征：不是出于书斋的玄想，而是出于对经验的叙述或归纳。比如刘勰，对《文心雕龙》中的每一个理论范畴都要“释名彰义”。论“神思”，则谓“古人云：形在江海之上，心存魏阙之下。神思之谓也”。论“风骨”，则曰“辞之待骨，如体之树骸；情之含风，犹形之包气”。论“体势”，则云“圆者规体，其势也自转；方者矩形，其势也自安。文章体势，如斯而已”。不惟“神思”、“风骨”、“体势”这类创作论范畴，即便是“道”这种具有本体论和本源性的元范畴，刘勰对它的释名彰义也不是逻辑的、思辨的，而是经验描述和归纳性质的。《文心雕龙》之原“道”，大谈“日月叠璧”、“山川焕绮”、“云霞雕色”、“草木贲华”……“道”作为中国文论的元范畴无疑有着纯粹的形而上意味，但“道”这个字在古汉语中的原初释义却是实体性的。《说文》：“道，所行道也。”道就是道路，经验世界中实体性的“道”有着诸多特征或规定性，如道之两端，道之边限，道之走向，行道之方等等。这些经验层面的义项，在历史时空中逐渐发生了由形而下向形而上的转变。由“道之两端”而有“本源”、“本体”、“终极”之义；由“道之边限”而有“准则”、“规范”之义；由“道之走向”而有“运行”、“规律”之义；由“行道之方”而有“技艺”、“技巧”、“技法”之义……凡此种种，从不同的层面构成“道”的丰富内涵。徐复观在谈到《庄子》之“道”时指出：“当庄子从观念上去描述他之所谓道，而我们也只从观念上去加以把握时，这道便是思辨的形而上的性格。但当庄子把它当作人生的体验而加以陈述，我们应对于这种人生体验而得到了悟时，这便是彻头彻尾的艺术精神。"① 因而可以说，中国文论由人生经验而归纳出的理论范畴，是最具艺术精神的。

中国文论的“怎么说”，不仅在文体样式、话语风格、范畴构成等方面表现出鲜明的诗性特征，而且以其言说的具象性、直觉性和整体性，揭示出中国文论在思维方式上的诗性特质。因此，本书的论述，首先从原始时代的诗性智慧、轴心期的诗性空间、原始儒、道的诗性精神以及汉语言的诗性生成之中，探求中国诗性文论的文化之源与文字之根。继之，在思维方式与言说方式两大层面，阐释中国诗性文论的特征、成因及理论价值。

迄今为止的中国古代文论研究，其理论重心是“说什么”而非“怎么说”。从周秦诸子到清季学人，从《尚书·尧典》的“诗言志”到《人间词话》的“境界说”，历朝历代的文论家和文论著述都说了些什么？他们所说的在今天还有没有（或能不能）用？这些问题是学界最为关心的。至于历朝历代文论的“怎么说”及其对于中国文论的现代启示，却很少受到学界关注。古代文论的“说什么”当然是很重要的，它直接构成中国文论的思想资源和理论传统。但是也应该看到，古代文论的“说什么”因其时代和思想的局限，有些内容在今天已失去了作用和价值：或衍为空泛（如“文以载道”），或成为常识（如“物感心动”），或无处可用（如“四声八病”），或无话可说（如“章表书记”）……相比之下，古代文论的“怎么说”，因其对中国文论之独特言说方式及思维方式的承载和表达，有着较强的超时空的生命力、实现现代转换的潜在活力以及针砭现代学术病症的疗救能力。

前面谈到，庄子明知“言”不能诣“道”却还是要言，其真实而深刻的用意是要他独具诗性魅力的“三言”，建构起一个超越尘俗的精神世界以安顿自己疲惫的心灵。受庄子“怎么说”的影响，中国文论何尝不是如此？刘勰明明知道“论说”与“骈体”的区别，对六朝文学的“俪采百字之偶”亦颇有微辞，可是他偏偏选择偶俪繁缛的骈体文来阐释他的文学理论。为什么？“文果载

---

① 徐复观：《中国艺术精神》，华东师范大学出版社 2001 年版，第 30 页。

心，余心有寄!”孤寂落寞的刘勰，要用他的美文，用他独特的诗性言说，建构一个可寄放心灵的“文”（语言）的世界。青年彦和如此，暮年表圣亦然。唐末司空图，这位耐辱居士、休休亭主，远离朝廷远离尘世，用二十四首四言诗，用抒情、叙事、比兴、象征等艺术手法，在空山旷野之间栽种文论绿树，在衰世浊尘之外建构心灵家园。不惟彦和、表圣，中国几千年的文学理论批评史，该有多少文论家在用自己的诗性言说建构诗意的家园!

“文变染乎世情”，因“世情”之故，20世纪的中国文论大体上走了一条从政治化、哲学化到工具主义、理性主义的路径，诗性言说的理论传统基本上被中断。在20世纪西方文化的巨大阴影之中，中国文论的“说什么”与“怎么说”都被消融掉了。从“浪漫主义”到“现实主义”，从“结构主义”到“解构主义”，我们说的是别人的“说什么”；从“精神分析”到“本文分析”，从“细读”到“误读”，我们用的是别人的“怎么说”。记得20世纪80年代，中国文论界热衷于引进西方自然科学的“怎么说”，将系统论、信息论、控制论这些新方法“拉郎配”式地引进文学理论。结果怎么样呢?没几年便“尔曹身与名俱灭”了。我们并不是一概反对文学理论中的科学和逻辑的思维方式，而是反对那种科学化倾向，反对那种科学至上、逻辑唯一的态度（这种倾向或态度本身就是“非科学”的）。“文章本心术，万古无辙迹”①，对文心的探幽索微，对文学的深识鉴奥，更多的是一种描述（discribe）而非仅仅是规定（prescribe）。文学理论是诗性与逻辑性的统一，中国文论的现代性理应建立在她自己的诗性传统之上。

中国诗性文论的“怎么说”，依次包括言说方式、思维方式和生存方式三个层面。支撑中国诗性文论之言说方式的，是中国诗性文化所特有的思维方式和生存方式。陆机以赋论文，刘勰以骈文析文心、雕文龙，杜甫以七绝论诗，司空图以四言描述诗歌风格和意境……既是对文论言说方式的自觉选择，更是对思维方式和生存方式的自觉选择，是深受中国诗性文化熏染的必然结果。对于中国文

---

①　黄庭坚:《寄晁之忠》。

论诗性传统的形成而言，诗性文化是重要的精神根基和人文素养。且不说道家的自然与超迈、道教的神秘与浪漫、玄学的清虚与冲淡以及禅宗的般若、顿悟等等，它们本身就是典型的诗性文化，即便是以“事功”见长的儒家文化，其实也不乏诗性特征。孔子忧道传道，热心救世，却也神往于沂浴之乐，醉心于韶音之美。海德格尔曾不厌其细地解读荷尔德林的两句诗：“人们建功立业，/但诗意地栖居在大地上。”① 借这两句诗来状写《论语》中的孔子也是颇能传其神的。在这样一种文化土壤中生长出来的文学理论，铸成其诗性内质便不足为奇了。

现代和后现代语境中的人们，也在“建功立业”，却并不能够“诗意地栖居”。文学这片本该是最富诗意的绿洲，却在遭受工具主义和功利主义的侵袭。刚刚摆脱“政治奴婢”之地位的文学和文学理论，一转身又要去做金钱的臣妾。文学批评的主体与对象，已沦为甲方与乙方，财迷迷，慌张张，没有了人格，更远离诗性。对于这种后工业时代的流行病，我们以为，中国文论的诗性传统无疑是一剂良药。21 世纪的文学理论和批评，应该吸纳中国诗性文论“怎么说”的传统。在高科技时代，技术理性或科学主义成为主宰性标准。表现在文学理论批评领域，则是非诗意的栖居和唯理性的思维，导致文论话语的艰涩、干涸和板滞。文学批评常常远离文学作品，在一个丢失了上下文的虚空之中，毫无目标地抛掷新术语、新名词的炸弹。文学理论则是无视本民族的文化语境，热衷于为各种进口的“主义”或“流派”作着似是而非的诠释；或者似懂非懂地盯着外来的文论“蓝图”，随心所欲地搬动着本民族的文论“部件”而建构着沙滩上的理论“大厦”。这种“大厦”既缺乏内在的精神支撑（中国文论的“说什么”），更没有外观上的“好看”（中国文论的“怎么说”）。

当代中国，从事文学批评的学者大多集中在高等院校，由于对高校教师在职称评聘、业绩考核和学术奖惩等方面越来越严格的

---

① 成穷、余虹、作虹译：《海德格尔诗学文集》，华中师范大学出版社 1992 年版，第 191 ~ 208 页。

"数字化"管理，使得包括文学批评在内的学术研究成为一种越来越"规范化"或"模式化"的文字制作。在这样一种学术背景下，文学理论批评的"怎么说"，无论是文体样式、话语方式抑或语言风格，均趋向单一、枯涩甚至冷漠。古代文论那种特有的灵性、兴趣和生命感受被丢弃，古代文论批评文体所特有的开放、多元和诗性言说的传统亦被中断。毋庸讳言，从事当代文学批评的人并不太关注中国古代文论。然而，就文学批评这一特定领域而言，我们是否作过这样的比较：一篇书信体的《报任安书》或《与元九书》胜过多少篇核心期刊或权威期刊的论文？一部骈体文的《文心雕龙》或随感式的《沧浪诗话》又胜过多少部国家级或省部级出版社的巨著？在文学批评的研究及写作领域，我们需要吸纳古代文论的诗性传统，否则，我们的文学批评则难逃如彼归宿：或者是西方学术新潮或旧论的"中国注释"，或者是各种学术报表中的"统计数字"，或者是毫无思想震撼力和学术生命力的"印刷符号"或"文字过客"。

百年回首，方知诗性传统之可贵，方知古代文论"怎么说"之值得研究。中国文论诗性传统在20世纪初的断裂，从一个特定的维度导致中国文论民族特色的丢失，导致中国文论与世界文论以及传统文论与现代文论的疏离。要在新的世纪建设有中国特色的文学理论，可行性路径之一是清理、总结、承续诗性传统，并揭示出这一传统的现代价值。创造性地承续已被中断近一个世纪的诗性传统，既能为连接古代文论与现代文论找到一条民族文化和民族精神的纽带，也能为建设有中国特色的文学理论寻求传统文化的资源和根基。

本书的撰述，同样有"说什么"与"怎么说"的问题。本书说什么？说中国文论的诗性特征，说中国文论的"怎么说"。本书怎么说？作为现代学术表述，当然要遵守学术规范，要思辨地说、逻辑地说；而为了传古代文论的诗性之"神"，我们也尝试着诗意地说、意象地说。比如，本书的章、节、小节目录，多选用古代文论的原句，或"动心惊耳"，或"深文隐蔚"①，原汁原味，情采

① 《文心雕龙·隐秀》。

兼备。又比如，本书的行文也力求做到逻辑性与诗性的统一，力求在理思与诗情的交融中揭示中国传统文论的诗性魅力。“但言不尽意，圣人所难，识在瓶管，何能矩矱。”① 浅陋偏颇之处，尚祈方家郢政。

人们常说“理论是灰色的，只有生命之树长青”，而在中国传统文论的诗性空间却生长着葱郁茂盛的“理论”之树。晶莹的露珠还在绿叶上跳动，和煦的阳光已洒满枝叶，巨龙般的根茎静卧于大地厚实而温暖的怀抱，而在绿树的身边，在高天厚土之间，万斛泉源拨动着生命的竖琴……有远古时代诗性智慧的滋润，有儒道释文化诗性精神的养育，中国诗性文论的生命之树常青。

① 《文心雕龙·序志》。

第一章

人文之元

刘勰《文心雕龙·原道》篇为追溯文学的本源，用了将近一半的篇幅，描述出华夏文明“爰自风姓，暨于孔氏”的发展历程。彦和以骈文书写的这部“简明上古文明史”，有河图洛书的神秘，有金缕丹文的华丽，有三坟五典的博大精深，有夫子木铎的金声玉振……

“人文之元，肇自太极。”① 彦和所言“人文”，既已包括了文化及文学；彦和所言“太极”，即为《文心雕龙》所欲追寻的文化及文学之本原（源）。中国文化的诗性特征，先天性地滥觞于元气浑一之“太极”，我们只有回到“太极”，才能真正找到中国诗性文化的源头活水，进而从原始时代的诗性智慧、轴心期的诗性空间以及原始儒、道的诗性精神之中，寻觅到中国诗性文论的文化之源。

① 《文心雕龙·原道》。

第一节 太极，太初是也

"易有太极，始生两仪。"① 孔颖达《周易正义》释"太极"为"天地未分之前"的"元气"，故又称"太极"为"太初"、"太一"。"太"，古通"大"②、"泰"，故"太极"亦可作"大极"、"大初"、"大一"或"泰极"、"泰一"等。"太极"的本义是指原始混沌之气，是中国诗性智慧对宇宙起源和本原的天才想象。作为"宇"（空间）之元始，它是"太一"、"太素"；作为"宙"（时间）之元始，它是"太古"、"太上"。后来的宋儒视"太极"为道体之根源（如周敦颐作太极图、《朱子语类》称"太极，理也"等），将"太极"表述成一个意义的世界。太极，太初是也。在中国文化的上下文中，"太极"一语，其词性兼具"诗性想象"与"理性界定"，而其释义则兼具"宇宙起源"与"文明滥觞"。穿越时空隧道，返回"太极"元点，然后从这里出发，去追寻远古人类诗性智慧的宇宙观、思维论以及艺术呈现之方式。

一、道之为物，惟恍惟惚

在先秦典籍中，"太极"首先是一个具有本体论之规定性的哲学范畴，可与"道"、"无"、"大"、"玄"等范畴互训互释。太极始生两仪，两仪者，天地也；天地者，有之始也。故易传韩康伯注曰："夫有必始于无，故太极生两仪也。太极者，无称之称，不可得而名，取有之所极，况之太极者也。"韩注关于"太极"的"不可得而名"，使我们想到《老子》二十五章关于"道"之命名的困难："吾不知其名，强字之曰道，强为之名曰大。"周易之"太极"与老聃之"道"（或"大"）的互文性，在孔颖达的《周易正义》中得到了充分的阐释。

---

① 《周易·系辞上》。

② 《骈雅训纂》五《释名称》："古人太字多不加点，如大极、大初、大素、大室、大庙、大学之类。"

孔颖达疏曰：

> 太极，谓天地未分之前，元气混而为一，即是“太初”、“太一”也。故《老子》云“道生一”，即此“太极”是也。又谓混元既分即有天地，故曰“太极生两仪”，即《老子》云“一生二也”。不言天地而言两仪者，指其物体下与四象相对，故曰两仪，谓两体容仪也。

据孔氏疏，“太极”亦可释为“太初”或“太一”。《庄子·知北游》有“外不观乎宇宙，内不观乎太初”，成玄英疏曰：“太初，道本也。”《庄子·天下》有“建之以常无名，主之以太一”；又《礼记·礼运》有“是故夫礼，必本于大一，分而为天地，转而为阴阳，变而为四时”。可见在原始儒、道那里，“太初”、“太一”或“大一”均为“道”之别称。《周易》的“太极生两仪”是一个关于宇宙起源和宇宙本体的命题，与《老子》的“道生一，一生二”和“无，名天地之始”的命题并无质的区别。

在《老子》，“道”是“强字之”；在《周易》，“太极”是“不可得而名”。先秦时代的哲人们虽然创造出了“太极”或“道”这样带有本体论性质的范畴，却并没有给它们以准确的定义和周详的诠释。我们看老子对“道”的言说，不是在定义而是在描绘，不是在诠释而是在叙述，不是用“论”的推衍而是用“诗”的隐喻，这本身就是中国诗性文化特有的言说方式。

《老子》二十一章：

> 道之为物，惟恍惟惚。惚兮恍兮，其中有象；恍兮惚兮，其中有物。窈兮冥兮，其中有精；其精甚真，其中有信。

用“恍兮惚兮”、“窈兮冥兮”（还有二十五章的“寂兮寥兮”等）一类的词来状写“道”，虽然是老子的“强为之”，倒也颇能传“道”所秉有的玄幽暗冥之神。二十五章说“有物混成，先天地生”，十四章则对“道”之“混成”作了细致的描述：“视之不见，名曰‘夷’；听之不闻，名曰‘希’；搏之不得，名曰‘微’。此三者不可致诘，故混而为一。……是谓无状之状，无象之象，是谓恍惚。迎之不见其首，随之不见其后。”陈鼓应释“恍惚”为“若有若无，闪烁不定”①。对于不可视听、不可触摸、不可致诘之道，除了诗意的想象加之诗性的描述，还能有什么更好的思维和言说之方？

正是在恍惚、窈冥、混沌之原始神秘性这一点上，“太极”与“道”可以互释互训。“太极”原初的内涵是指物质性的元气，亦即孔氏疏云“天地未分之前，元气混而为一，即是‘太初’、‘太一’也”。“太初”、“太一”亦可释为元气。《庄子·列御寇》有“迷惑于宇宙形累，不知太初”；《列子·天瑞》有“太初者，气之始也”；《淮南子·诠言》有“洞同天地混沌为朴，未造而成物，谓之太一”。先秦两汉哲学对“太极”原始混沌性的体认延续到两晋，《晋书·纪瞻传》引晋人顾荣言：“太极者，盖谓混沌时蒙昧未分。”天地剖判、两仪始分之前，宇宙蒙昧，元气浑一。这一漫长的时期，其物质性状态是“混沌”，其理念性状态则是“无”，两种状态均可表述为“太极”或“道”；而对前一种状态的表述，使得“太极”和“道”均具有某种混沌性和神秘性色彩，均成为葆有原始文化和原始思维痕迹的哲学范畴。

“太极”的原始神秘性，还表现在与它同义的“太一”一词同时也是天神之名。《史记·封禅书》有“天神贵者太一”，又《天官书》有“中宫天极星，其一明者，太一常居也”，太一不仅是天神的别名，而且是天神之最尊贵者。《老子》六章在言说“道”之神秘性时，曾将“道”喻为“谷神”：“谷神不死，是谓玄牝。玄牝之门，是谓天地根。绵绵若存，用之不勤。”冯友兰称谷神之喻是“带有原始宗教性的说法”，说“‘谷神’就是形容这个‘玄牝’的。女性生殖器是中空的，所以称为‘谷’。玄牝又是不死

① 陈鼓应：《老子注译及评介》，中华书局1984年版，第115页。

的，所以称为‘神’”①。无论是“太一神”还是“谷神”，都是借用“神”之不死，喻指“太极”或“道”之永恒。只是在这永恒性之中，“太一神”强调的是“太极”之尊贵和唯一，而“谷神”强调的是“道”之创生和孕育。

神是不死的，同时又是不可思议、不可致诘的。老子用“玄牝”形容“谷神”，是想喻说“‘道’的不可思议的生殖力……‘道’（‘谷神’）生殖天地万物，整个创生的过程却没有一丝形迹可寻，所以用‘玄’来形容”②。老子的宇宙生成说，可以概括为一句话，亦即四十章所言“天下万物生于‘有’，‘有’生于‘无’”。那么，“无”如何生出“有”，“有”又如何生出“天下万物”？对此，老子只能以“玄”喻之。直到庄子和屈原的时代，中国文化对宇宙生成的体认仍然是诗性的。屈原《天问》开篇有诘：

遂古之初，谁传道之？
上下未形，何由考之？
冥昭瞢暗，谁能极之？
冯翼惟象，何以识之？
明明暗暗，惟时何为？
阴阳三合，何本何化？
圜则九重，孰营度之？
惟兹何功，孰初作之？

“上下未形”，寂兮寥兮也；“冥昭瞢暗”，恍兮惚兮也；“冯翼惟象”，元气之象也；“阴阳三（参）合”，太极生两仪也。屈原以“问”的方式对天地起源的构象，与《老子》之言“道”、《周易》之说“太极”，同为诗性想象和诗性言说。

道之为物，惟恍惟惚。“道”本非物而老子强言“为物”者，

---

① 冯友兰：《中国哲学史新编》，人民出版社 1984 年版，第二册，第 44 页。

② 陈鼓应：《老子注译及评介》，中华书局 1984 年版，第 85 页。

是将其想象为“物”；“道”本不可容而老子强为之容者，则是要将他自己对天地本原的想象化为诗句，铸为哲理。从老子容道到屈原问天，轴心期的诗哲们，以那个时代所特有的诗情与睿智，也以他们自己所特有的诗性想象与理念追寻，艰难却也是执著地、冥昭却也是骈俪地言说着天地之本原及本体。从先秦诗哲的言说中，我们所看到的不仅是天地宇宙那明明暗暗、惟恍惟惚的起源，更是中国诗性文化那冯翼惟象、大象无形的滥觞。而中国诗性文化的源头活水，正是潺潺地流淌在中国早期文化对宇宙起源天地初始的诗性想象以及对“太极”和“道”的诗性言说之中。

二、吾人观物，有二结习

“谷神不死，是谓玄牝。玄牝之门，是谓天地根。”老子以“谷神”、“玄牝”喻说“太初”或“道”，赋予形而上理念以鲜活之生命和灵动之感性，这种诗性言说和诗性思维的方式，显露出轴心期中国文化所葆有的远古诗性智慧的痕迹。

按照维柯的说法，“诗性智慧”是人类世界最初的智慧，它所指称的是原始人类所特有的思维方式、生命意识和艺术精神。“诗性智慧”作为原始人类各民族共同的思维方式，有着三大特征：诗性隐喻的以己度物、诗性逻辑的想象性类概念和诗性文字的以象见义、象形会意。在谈到各种诗性的隐喻（metaphor）时，维柯指出：

> 值得注意的是在一切语种里大部分涉及无生命的事物的表达方式都是用人体及其各部分以及用人的感觉和情欲的隐喻来形成的。①

紧接着，维柯列举了大量有关“诗性隐喻”的例子，其喻体涉及人体的各个部位和人的各种感知及表情功能：比如用“首”（头）

---

① ［意］维柯著，朱光潜译：《新科学》，商务印书馆1989年版，第200页。

表达顶或开始，用“额”或“肩”表达一座山的部位；又比如针有“眼”，锯有“齿”，河有“咽喉”，海有“手臂”；还比如风在“吹”，海在“笑”，或者波浪在“呜咽”，物体在重压下“呻吟”等等。维柯的结论是：“人在无知中就把他自己当作权衡世间一切事物的标准，在上述事例中人把自己变成整个世界了。”①

维柯所描述的这种以己度物的诗性隐喻，其文化—心理前提是“万物有灵”（animism）。19 世纪英国著名的文化人类学家泰勒，在他的《原始文化》一书中用了整整七章的篇幅讨论“万物有灵”。泰勒指出：“万物有灵论（Animism）既构成了蒙昧人的哲学基础，同样也构成了文明民族的哲学基础。”②因此，维柯所述“人把自己变成整个世界”之诗性思维，既可以产生于“无知”的原始人群，亦可以发生于“有知”的文明人类。前者是源，后者是流；前者是无意为之，后者是有意为之；前者是“想象性玄学”，后者是“理性的玄学”；前者“凭不了解一切事物而变成了一切事物”，后者则是“通过理解一切事物来变成一切事物”。③本书第六章将要论及的古代文论体性的人格化，其思维方式的源头正在人类诗性智慧的“万物有灵”之中。

钱钟书在谈到古代文论“神韵说”时指出，“神韵”一词并不仅仅是依傍绘画之品目而立文章之品目，实质上是直接将诗文视作活泼剌之人。

> 盖吾人观物，有二结习：一、以无生者作有生看（animism），二、以非人作人看（anthropomorphism）。④

---

① ［意］维柯著，朱光潜译：《新科学》，商务印书馆 1989 年版，第 200～201 页。

② ［英］爱德华·泰勒著，连树声译：《原始文化——神话、哲学、宗教、语言、艺术和习俗发展之研究》，上海文艺出版社 1992 年版，第 414 页。

③ ［意］维柯著，朱光潜译：《新科学》，商务印书馆 1989 年版，第 201 页。

④ 钱钟书：《管锥编》，中华书局 1986 年版，第四册，第 1357 页。

animism 即为“万物有灵”或“万物有生”，anthropomorphism 则可译为“万物同形”或“万物同情”，二者均为原始思维之要素，或者说是原始人类在处理主客关系时的主要思维方式。当原始人类以无生者作有生看或者以非人作人看之时，外物也就被赋予了人的名称、形体、精神、灵魂，“诗人”和“诗性的智慧”也就诞生了。诗人是做什么的？诗人就是“无知地”将无感觉无情欲的事物赋予感觉赋予情欲，就是像“不懂事”的儿童将一切无生命的事物视为有生有灵而同它们交谈同它们嬉戏。所以维柯天才地指出：“在世界的童年时期，人们按本质就是些崇高的诗人。”① 世界童年时期的诗人们，从“自我”出发，借“以己度人”的思维方式，在“我”与“物”之间建立起相似度，继而以此为基础得到了第一个相似度极大的“宇宙论”模型：“生命一体化”（或曰“主客不分”）意识。② 既然外物与“我”一样是有感觉有情欲有喜怒哀乐的生命实体，那么用“我”所拥有的一切（身体、生命、情感、人格等）来理解并表述外物，就是最自然最合理也是最方便的了。

泰勒在论证“万物有灵”论时，引用了他的同胞休谟《宗教的自然史》的一段话：“人类有一种普遍的倾向，就是认为所有存在物都像自己一样，于是他们就把自己内心意识到的亲密的熟悉的特质转嫁到所有的对象上。这种思想持续不断地支配着人们，并使人们以同样的方式，把呈现在人们面前而人们所不知道的那些原因，理解为是同一种或同一类的东西。”③休谟所谓“自己内心意识到的特质”，是指原始思维的一种特殊机制：自我体验模式。④原始人类在感知并思考外物时，总是伴随一种自我的心理体验，从而建立起一种“内感觉”和“内意识”。主体以己度物之发生，客体生

① ［意］维柯著，朱光潜译：《新科学》，商务印书馆 1989 年版，第 115 页。

② 参见李景源：《史前认识研究》，湖南教育出版社 1989 年版，第 217 页。

③ ［英］爱德华·泰勒著，连树声译：《原始文化——神话、哲学、宗教、语言、艺术和习俗发展之研究》，上海文艺出版社 1992 年版，第 463 ~ 464 页。

④ 刘文英著：《漫长的历史源头——原始思维与原始文化新探》，中国社会科学出版社 1996 年版，第 300 ~ 309 页。

命化人格化之完成，心物间最大相似度之建立，均有赖于原始思维的自我体验模式。在长期的认识和实践活动中，自我体验模式积淀为人类的一种集体无意识，成为人类的“一种普遍的倾向”，一代一代永不间断地“遗传”下来。人类由“无知”而“有知”；社会由“原始”而“文明”，而以“自我体验模式”为框架的“以己度物”、“万物有生”、“万物同形”等思维方式，依然“活着”，依然有着顽强而旺盛的生命力，不仅活在休谟和泰勒的时代，而且活在古代中国的文化和文论之中，以至于成为中国诗性文化及文论之思维特征的本源和始因。

诗性隐喻的“以己度物”，既是一种思维方式，亦为一种言说方式。以己度物者必然取物为喻，必然以他物喻己思。我们看先秦儒、道元典，或老庄或孔孟，其基本的话语方式就是取物为喻，以物喻思。《论语》以“众星拱北辰”喻君子的“为政以德”，以自然之“天”的巍峨喻尧之人格形象的高大，以“岁寒之松柏”喻君子人格的挺拔高洁……取自然之物比方君子之德，是孔子也是孔儒文化的人格诉求。《孟子》之论君子人格，在张扬“至大至刚”的“浩然之气”的同时，亦采用了与《论语》相同的话语方式。《告子上》用著名的“鱼和熊掌不可兼得”之喻，明示君子人格的“舍生而取义”；又取“五谷虽美，不熟则不如荑稗”，以喻君子之修德，“仁在乎熟之而已矣”；《尽心上》则用“流水之为物也，不盈科不行”，以喻“君子之志于道也，不成章不达”……这种取自然之物以喻君子人格的“比德”方式，几乎成了儒家伦理文化的一种话语习惯，言说既久，以至于在某一特定的自然物与君子人格的某一特征之间形成了固定的对应关系，诸如“松”与高峻挺拔，“竹”与清虚秀隽，“梅”与洁身自好，“莲”与志洁行廉，等等。

相对于孔孟的人格诉求，老庄的玄道追问要艰难得多。老子欲说不可说之“道”，除了“诗性之喻”似别无他法。《老子》喻“道”，博取众物：有自然界的（如“飘风不终朝，骤雨不终日”），有人世间的（如“治大国如烹小鲜”），更多是器物性的。五章：“天地不仁，以万物为刍狗；圣人不仁，以百姓为刍狗。天地之间，其犹橐龠乎？虚而不屈，动而愈出。多言数穷，不如守中。”

“刍狗”（缚草以为狗）、“橐龠”（风箱）均为器物，前者喻“道”之顺其自然，无所偏爱而任其生灭；后者喻“道”之虚静空寂却永不穷竭。又如十一章，将喻“道”之有无相生（“有之以为利，无之以为用”）而连取三种器物：“三十幅共一毂”，“埏埴以为器”，“凿户牖以为室”；而十五章的物喻则有七种之多。唐末司空图欲品难言之“体”（诗歌的体貌风格），从一千五百年前的老子那里，同时承续了“诗”的格式和“喻”的方法，就后者而言，《二十四诗品》用之于隐喻的，有自然之象，有人物形象，亦有器物之象，如器物之象有“玉壶”、“金尊“、“眠琴”、“古镜”、“渔舟”、“茅屋”等等。从中亦可看出，中国文学批评的诗性言说，与先秦元典的诗性隐喻是一脉相承的。

《庄子》虽然没有像《老子》那样采取“诗”的格式，却大量地创造出文学性寓言，用一种叙事性隐喻（事喻）言说对“道”的思考。《庄子》内篇的核心篇目，如《逍遥游》、《人间世》、《德充符》、《大宗师》等，基本上是用四五个或五六个寓言联缀而成，递进式、整体性地阐述作者的思想或理论。《逍遥游》论说超越时空的绝对自由，用了一连串的寓言，从大鹏说到野马和尘埃，从杯水芥舟说到蜩与学鸠，从朝菌、蟪蛄说到冥灵、大椿、彭祖、众人……或者喻中寓喻、比中套比，或者以后事追喻前事，或者以众喻重言正意，或明或暗，或曲或直，随物赋形，因事设喻，使“逍遥游”之义理在隐喻式言说中渐次生成并层层深化。维柯《新科学》指出：“最初的诗人们就用这种隐喻，让一些物体成为具有生命的真事真物，并用以己度物的方式，使它们也有感觉和情欲，这样就用它们来造成一些寓言故事。所以每一个这样形成的隐喻就是一个具体而微的寓言故事。”①寓言是一种典型的文学体裁，而“以己度物”作为寓言最基本的思维及言说方式则构成庄子寓言的诗性特征。原始思维的“万物有灵”衍为“吾人观物”之“二结习”，而诗性隐喻的“以己度物”则永久性地铸成中国文化及文论

① ［意］维柯著，朱光潜译：《新科学》，商务印书馆 1989 年版，第 200 页。

在思维方式及言说方式上的诗性特征。

三、击石拊石，百兽率舞

被视为中国文论“开山的纲领”的“诗言志”出自《尚书·尧典》，谈及这一段经典的文字，一般的论者重视的是“（舜）帝曰”而非“夔曰”。“於！予击石拊石，百兽率舞。”关于夔的这两句话，郭绍虞《中国历代文论选》注曰：

> 二句旧注谓击拊石磬，乐感百兽，使相率而舞。按：百兽率舞疑是原始社会的图腾舞。百兽指各种化装的动物图腾。①

新旧两注的分歧在于对“百兽”的理解：是真的百兽，还是由人化装而成的百兽（动物图腾）。从上下文看，郭注更佳。上文有“神人以和”，而图腾舞正是原始时代神与人交流的主要方式之一；夔的“击石拊石”显然是为图腾舞表演所提供的音乐伴奏。在舜看来，包括诗歌、音乐、舞蹈在内的“乐”，其实际的功用是进行一种道德教育以塑造完美的人格，其最高境界则是神与人的交通协和，亦即傅毅《舞赋》所云“陈清庙，协神人”。百兽率舞，神人以和，其间既葆有原始文化“万物有灵”及“万物同情”的思维痕迹，亦带有原始艺术用包括身体语言在内的种种符号与神交通的抒情言志之特征。

“舞”字的甲骨文写作“無”，像两手持牦牛尾而舞之形；晚期甲骨文在“無”的头上加上“雨”，以专门表示求雨的仪式。《周礼·春官·司巫》：“若国大旱，则帅巫而舞雩。”《尔雅·训释》：“舞，号雩也。”郭璞注曰：“雩之祭，舞者吁嗟而求雨。”正是在这个意义上，人们常说“舞者为巫”、“巫者舞也”。当然，舞雩求雨，只是原始巫舞的诸多目的之一。百兽率舞，或求雨或祈福，或驱鬼或辟邪，或祭祖或招魂……屈原的作品中，多有对原始

① 郭绍虞主编：《中国历代文论选》，上海古籍出版社 1979 年版，第一册，第 2 页。

巫舞或祭祀舞的诗意描绘，千年之后吟诵屈赋，我们仍能想见其舞者之激越狂放，其舞姿之朴野粗犷，其舞风之神秘怪诞。

楚辞中的《九歌》以及《大招》、《招魂》诸篇，可视为祭祀歌舞的歌词。如《九歌》首篇《东皇太一》，就是“群巫的合唱歌舞词”①。太一，至大不二、至高无上也。东皇太一为楚人信仰中最尊贵的天神，有如《老子》的“道”和《周易》的“太极”，不可名状不可形容。故《东皇太一》与《九歌》的其他几篇不同，它没有对所祀之神的具体描摹，只有对祀神之舞的诗意叙写：

灵偃蹇兮姣服，芳菲菲兮满堂，
五音纷兮繁会，君欣欣兮乐康！

舞容芳菲、舞服姣美，如在眉前；舞乐纷繁、舞步乐康，如在耳畔。王逸《楚辞章句序》：“昔楚南郢之邑，沅湘之间，其俗信鬼而好祠，其祠必作歌乐鼓舞，以乐诸神。”楚地祠神祀神的乐舞风习，有着明显的原始文化及原始艺术的特色，其强烈的抒情性、丰富的想象性以及怪谲的神秘性，张扬着原始文化所特有的艺术精神。

在原始艺术的诸多种类之中，舞蹈之抒情最为直接而舞蹈之言志却最为诡谲。“没有任何一种艺术，比舞蹈蒙受到更大的误解，更多的情感判断和神秘主义解释了。”② 原始人类以己度物，以（己）身喻物，近取诸身以喻说宇宙万物，喻说主体的情感和思想。而在原始舞蹈中，身体已由言说的喻体变为言说的本体，舞者已不再是取身体为喻来言说外物或己思，而是直接以身体为语言来抒情言志。或者说，在隐喻式言辞不能达意表情的地方，身体的直接言说出场了，所谓“歌以咏言，舞以尽意。是以论其诗，不如

---

① 董楚平：《楚辞译注》，上海古籍出版社 1998 年版，第 44 页。

② ［美］苏珊·朗格著，刘大基等译：《情感与形式》，中国社会科学出版社 1986 年版，第 193 页。

听其声；听其声，不如察其形”①。这也就是《诗大序》那段著名的话：“情动于中而形于言，言之不足故嗟叹之，嗟叹之不足故咏歌之，咏歌之不足，不知手之舞之足之蹈之也。”

笃信“万物有灵”的原始人类，理所当然地相信自然万物与人类一样都是有自我意识的，因而也都是能够理解人类所创造和使用的所有文化符号的。我们今天所说的文学艺术，如音乐舞蹈、绘画雕塑、工艺建筑、神话诗歌等等，在原始人那里，不仅仅用之于人际间的交流，更用之于人与物、人与神之间的交流。只有在这样一个前提下，我们才能够真正理解原始艺术所特有的呈现方式，也才能真正领悟原始艺术所独具的艺术魅力。仍以原始舞蹈为例：在现代文明人看来，舞蹈这种最古老的艺术，虚拟性强，表意性模糊，所指漂浮（现代舞的抽象与朦胧正是向原始舞蹈的回归），但原始人却是那样虔诚地载歌载舞，那样认真地手舞足蹈。因为他们相信，诸神、百兽、万物都能读懂他们的身体语言；或者说，他们是以身体为符号，与诸神、百兽、万物作诗性的交往，正如他们以线条、色彩、乐音、吟唱乃至喊叫为符号一样。更有甚者，原始人类的手舞足蹈不仅使得舞者与神的交通变得容易、快捷，而且使得舞者回返太极之元气变得可能。《吕氏春秋》：“尧时阴气滞伏，阳气闭塞，使人舞蹈以达气。”原始人类在狂放的舞动和嘶哑的喊叫之中，开启了阳刚之气，惟恍惟惚之间仿佛回到天地之初，仿佛接通太一之气。

原始人类以身体作文化交流的符号，除了巫舞或图腾舞的表演，还有以画身和纹身为主要内容的身体文饰。《淮南子·原道训》：“九嶷之南，陆事寡而水事众，于是民人断发文身以像鳞虫。”许多部落以动物为图腾，他们将动物图形画在武器和旗帜上，绘在自己的身体上。将本氏族的动物图腾描画或纹刺于身，将自身变成了图腾，其紧迫或显在的目的可能是为了“百兽率舞”即参加图腾舞的表演，其恒久或内在的目的则是对宗教信仰的表达及对“神人以和”的渴望。如果说，原始人类以近取诸身的方式

① 傅毅：《舞赋·序》。

喻说外物和世界时，便已将自己间接地变成了整个世界；那么，当他们用文画其身的方式将自己变成图腾时，他们便直接地变成了整个世界。

在原始人类的艺术呈现之中，动物图腾既可纹刺于身，亦可铸绘于皿。从新石器时代的彩陶，到轴心时代的漆纹，华夏民族的先民们将各种动物图腾或铸于鼎或埴于陶或刻于木或图于帛。《吕氏春秋·先识览》：“周鼎著饕餮，有首无身，食人未咽，害及其身。”周人以饕餮之凶猛、狞厉来象征统治者的威权、神秘。而楚人的帛画，如湖南长沙出土的《人物龙凤帛画》和《人物御龙帛画》，则是龙飞凤舞式地表达楚地先民的图腾崇拜、巫术热情以及庄周逍遥游式的浪漫。至于西安半坡彩陶纹画中那著名的鱼纹盆，则游动着大河两岸远古居民不可抑止的生命勃发及繁衍。

一般认为，原始艺术有着较强的实用主义和功利主义色彩，原始时代的艺术家并不能将他们的艺术创造与日常生计区分开来。舞雩，是为了控制天气；歌唱，是为了举重劝力；雕绘，是为了氏族利益……尽管如此，我们还是能从原始艺术对人（身体）和物（各种器皿及工具）的过分“文饰”之中，体认到原始人类不自觉的审美追求。刘勰原文学之“道”，从天地万物之“文”引出人之“文”，《文心雕龙·原道》在描绘了“丽天之象”和“理地之形”后接着说：

> 傍及万品，动植皆文：龙凤以藻绘呈瑞，虎豹以炳蔚凝姿；云霞雕色，有逾画工之妙；草木贲华，无待锦匠之奇。夫岂外饰，盖自然耳。夫以无识之物，郁然有采，有心之器，其无文欤？

万物皆“文”，人岂能无“文”？彦和所言人之“文”，当然是指文明时代的诗赋文章、辞采藻翰。然而，若作寻根式追问，文明时代的人之文，哪一门哪一类不是源于原始人类与诸神、百兽、万物交通的文化符号？原始人类用他们特有的诗性智慧，为诗性文化及诗性精神的生长创造出一个神秘而广袤的空间。

第二节 两爻之间

我们以为，就对天与地的符号性表述而言，迄今为止，还没有哪一种符号能胜过《周易》的阴阳二爻。它们是诗性的，因为它们是线条，是具象，是象征，是隐喻；它们又是理性的，因为它们是抽象，是概括，是共相，是思辨。古今中外，何种文化符号能像易之两爻那样将具象与抽象、诗性与理性如此自然又如此高妙地融为一体？

作为一套文化符号，两爻的所指是多层面的。首先，两爻象征两仪（天地），两爻之间也就是天地之间；其次，两爻象征宇宙之本源及本体，阴阳合和即生万物，阴阳之道亦即宇宙之道；再次，两爻亦可象征人类社会的所有物事及人事，正如《周易》诸多卦爻辞所描述的。两爻所具有的多样性所指，使得它能容纳先秦诸子的各种学说。两爻之间，既有先秦诗哲对史前诗性智慧或幽冥或昭晰或惟恍惟惚之追忆，更有《周易》以及儒、道元典对理性时代之诗性空间的精心营构。我们将从史前文化的诗性智慧，走到先秦文化的两爻之间，依次在《周易》、老庄和孔孟的诗性言说中，领略那个时代所特有的诗情与睿智、诗性想象与理念追寻……

一、幽赞神明，易象惟先

华夏文明史上，最早“幽赞神明”的事件是包牺氏作八卦；而“八卦”作为周易的符号系统，其基本构成元素是阴阳二爻。“古者包牺氏之王天下也，仰则观象于天，俯则观法于地，观鸟兽之文，与地之宜，近取诸身，远取诸物，于是始作八卦，以通神明之德，以类万物之情。”①本来，包牺氏“始作八卦”的目的，是以阴阳两爻的组合和描画来“通神明之德”。然而，包牺氏的“神明”或“太极”之想，必定产生于对天地两仪的仰观俯察之后。而且，包牺氏也只有通过对天地两仪以及与之相关联的“四象”

① 《易·系辞下》。

的观察与思考，才能萌生出以两爻画八卦、以八卦说太极的文化行为。

文明滥觞期的文化创造者，仰观吐曜，俯察含章，激荡于同时也是困惑于天地宇宙的神秘，在追问宇宙何由洞开、天地何由剖判之时，找到了一条用两仪（以及相关的四象、八卦）来言说太极的人文创造之路。从根本上说，人之文的创造，就是依据可以感知到的天地万物而建构出不可感知的本体性的太极或道，并在此前提之下，以自己特有的文采、文章去言说去阐释这个太极或道。这是中国诗性文化的本质，从而也是中国诗性文论的本质。

两爻之间也就是天地（两仪）之间。天地两仪以自己的文去言说太极之道；人法天地，亦用自己的文去言说太极之道。但这两种言说实际上是有区别的。天地之文的言说是一个纯任自然的过程，没有目的没有功利当然也没有思考；而人之文的言说虽然从本质上讲也是“自然之道”，但人乃“有心之器”，其言说的过程必然也是一个思考的过程。因此，用两仪以及与之相关的四象去追问并言说太极，就不仅是中国诗性文化的本源和本质，而且也是中国诗性文化思考并言说这个世界的主要方式。

《周易正义》卷首《论易之三名》引《易纬乾凿度》：“易一名而含三义，所谓易也，变易也，不易也。”又曰：“易者，谓生生之德，有易简之义；不易者，言天地定位，不可相易；变易者，谓生生之道，变而相续。”太极生两仪，故“生生之德”、“生生之道”亦即太极之德、太极之道。太极本为元始浑沌之气，一统无状，易简无繁，所谓“浑沌者，言万物相浑沌而未相离也，视之不见，听之不闻，循之不得，故曰易也”。太极作为元始之气不可分解亦不能感知，如同《庄子·缮性》所言：“此之谓至一，当是时也，莫之为而常自然。”至一者，至简至易，不可剖分却为所有数之起始。正因为太极为易简之极，故可生天生地生四象生八卦，而这一“生生”之过程也就是变易之过程。在由最为简易的太极所变易而成的宇宙整体中，天地两仪的结构性定位又是不可移易的。或者反过来说，在不可移易的两仪结构之中，宇宙万物遵循着自然之道的变易规律，各以自己的文彰显着太极或道之简易。这是

“易”之整体观，从而也是中国诗性文化之整体观。

中国文论历来讲究“原道”。作为文学之本源和本体的“道”，太初太始，至简至易，不可剖分、不可感知，此太易也；人以自己所特有的“文”去言说或显现“道”，“实诚在胸臆，文墨著竹帛，外内表里，自相副称”①，这种结构意义上的“人之文”，有如天地定位、两仪经纬，此不易也；人为三才之心，钟天地之灵秀，才性异区，文辞繁诡，故人之文对“道”的言说，既因一己之才气学习而各异，又随时序之重替交移而有别，此变易也。“太易”之道、“不易”之文和“变易”之辞，整体性地构成中国文论的“原道”之运思，或者说是中国文化整体性思维在诗性文论中的具体表现。

《论易之三名》又说“易理备包有无，而易象唯在于有”，“备包有无”言易之整体性，“唯在于有”言易之象征性，易象（八卦）之“有”如何能直指易理（太极）之“无”？此中的思维前提即是直觉。如果说“太极生两仪”是整体性思维的理论结晶，那么由两仪而直指太极则要靠直觉思维才能完成。“所谓直觉，就是一种理智的交融，这种交融使人们自己置于对象之内，以便与其中独特的、从而是无法表达的东西相符合。”②浑沌之太极、元始之太易是属于“无法表达的东西”，是黄帝遗于赤水昆仑之间的“玄珠”，理智、感官、言辩均“索之而不得”，惟有“象罔乃可以得之”!③罔者，无也；诣罔之象，象罔也。象罔一语，既可指“诣罔之象”，亦可指“象之诣罔”的思维过程。《庄子·知北游》有“无思无虑始知道”，亦思亦虑则成推理判断式之逻辑思维，而只有靠无思无虑的直觉或灵感才能知“道”。

中国诗性文化及文论虽无“直觉”一词，但思维方式之中却包含有丰富的直觉思维的内容。《易·系辞上》：

---

① 王充：《论衡·超奇》。

② ［法］柏格森著，刘放桐译：《形而上学导言》，商务印书馆 1969 年版，第 3～4 页。

③ “象罔得玄珠”的寓言见《庄子·天地》。

> 《易》无思也，无为也，寂然不动，感而遂通天下之故。非天下之至神，其孰能与于此？夫《易》，圣人之所以极深而研几也。唯深也，故能通天下之志；唯几也，故能成天下之务；唯神也，故不疾而速，不行而至。

无思无为，感而遂通，极深研几，不行而至，讲的都是直觉思维。《易》之经传所言“神”者，既指神秘之境界，亦喻思维之直感。《易·系辞上》：“生生之谓易，成象之谓乾，效法之谓坤，极数知来之谓占，通变之谓事，阴阳不测之谓神。”《易·说卦传》：“神也者，妙万物而为言者也。”玄之又玄，众妙之门。如何才能进得“众妙之门”？《老子》讲“专气致柔”、“涤除玄览”，讲“致虚极，守静笃”；《庄子》讲“离形”、“去知”，讲“心斋”、“坐忘”，讲“无听之以心，而听之以气”。意谓排除心智和存见的干扰，方能领悟玄之本相。

中国诗性文论直觉思维的话语表达，既有《老子》之“玄”、“妙”，更有《周易》和《庄子》之“神”。陆机《文赋》的“应感之会”专论直觉思维，而感兴直觉之时，既须“伫中区以玄览”，更须“精骛八极，心游万仞”；刘勰将“神思”冠于《文心雕龙》创作论之首，“文之思也，其神远矣”，“陶钧文思，贵在虚静”，“规矩虚位，刻镂无形”……如果说，士衡、彦和之论感应神思是融合了老庄易三玄之神妙，而严沧浪之论兴趣入神则是引禅悟入诗坛。“佛”的本义是悟或觉，如何悟如何觉，各宗各派各有自己的路数和方式。“禅”这一宗虽有南能北秀之分，但主张以直觉思维的方式领悟真如本性则是大体上一致的。当然，北宗禅“拂尘看净”之渐修，作为“悟”之前期准备，其中含有理念性或逻辑性的思维方式；而南宗禅之“明心见性”、“一悟即至佛地”，则是典型的直觉思维。严羽以禅喻诗时，必定是注意到禅悟顿渐并包的特征，所以才能够兼顾“别材别趣”与“读书穷理”。而《沧浪诗话》所标举的妙悟之说、入神之论，在思维方式上则是成功地兼容了老庄易之神妙与佛禅之般若。

严羽在阐说诗歌创作的妙悟思维之时，借用了禅宗“羚羊挂角，无迹可求”的象喻。中国文化及文论的诗性言说中，直觉性思维与象征性思维常常密不可分。《老子》二十一章：“道之为物，惟恍惟惚。惚兮恍兮，其中有象；恍兮惚兮，其中有物。”思维主体如何能够直诣道之“恍惚”？凭借“象”或“物”。对不可言说之道的体认或领悟是直觉式的，而在这一直接体悟道之本体的过程中，不能不借助形象的比喻或象征。前引韩康伯注，称“太极者，无称之称，不可得而名，取有之所极，况之太极”。况者，比况也，故“况之太极”即有象征性思维的意味。不惟“太极”一词的命名，整个《周易》的创造，包括伏羲画卦、文王演易、仲尼作十翼，其思维方式皆含有象征性特征，所谓“幽赞神明，易象惟先。庖牺画其始，仲尼翼其终”①。

《周易》是用“象”来幽赞神明的，象征性可以说是《周易》最为主要的思维方式，或者说贯穿于《周易》对于太极或道的言说的全过程之中。黄寿祺、张善文《周易译注》：

> 《周易》的“象”，用今天的概念来表达，就是“象征”。而“象征”概念的内涵，可析为两端：一是形象，一是意义；象征形象是可变的，象征意义是不变的。……义虽不变，象可博取。②

《周易》“博取”之“象”，有神物、天地、天象、河图、洛书等等，所谓“天生神物，圣人则之；天地变化，圣人效之；天垂象，见吉凶，圣人象之；河出图，洛出书，圣人则之”③。“圣人”之始作《周易》，借助的是天地宇宙以及人类社会的各种象征性物象，运用的是象征式思维。《尚书·顾命》孔氏传曰：“伏羲王天下，龙马出河，遂则其文，以画八卦，谓之河图。”又《尚书·洪

---

① 《文心雕龙·原道》。

② 黄寿祺、张善文撰：《周易译注》，上海古籍出版社 1989 年版，第 628 页。

③ 《易·系辞上》。

范》孔氏传曰："天与禹洛出书，神龟负文而出，列于背，有数至于九，禹遂因而第之以成九类常道，所以次序。"① 此即《文心雕龙·原道篇》所云："河图孕乎八卦，洛书蕴乎九畴。"八卦的孕育不离"象"，六十四卦的诞生亦不离"象"，十翼对卦象和爻象的解说同样不离"象"。

《易》之经传中，象征性思维通过两种不同的方式表现出来。首先是用卦象和爻象来象征宇宙和人类社会中的种种物象和事象。比如八卦的卦象，依次象征天、地、山、泽、水、火、风、雷；又比如乾卦的爻象，全部是对"龙"的象征，依次象征龙的潜、现、惕、跃、飞、亢。64 卦及 384 爻，卦卦有象，爻爻有象，所象征的对象几乎囊括了自然与人事的方方面面。既然《周易》的卦、爻之"象"与宇宙及人类社会的物、事之"象"存在着象征性联系，那么人们就可以在社会政治及日常生活之中，受《周易》卦爻象的启发而进行文化的创造和社会的变革。《易·系辞下》在讲到包牺氏仰观俯察、始作八卦之后，称包牺"结绳而为罔罟，以佃以渔，盖取自《离》"。《离》卦的卦象，有象征纲目相连而物能附丽之义，包牺大概是受了这一象征的启发而发明了网以及以网围猎捕鱼之法。《易·系辞下》一口气举了 12 个例子，讲的都是上古社会人们如何受《周易》卦象之象征的启发而进行社会改革和文化创造。

在上述两种方式中，一端是易之象，一端是物事之象，二者联缀一体并构成良性循环：一方面是易之象可用来解释说明物事之象，另一方面是物事之象的变革或创造又受易之象的启发。这之间，起决定性作用的是文化创造者的象征性思维。中国诗性文论亦是借象征性思维来连接诗文之象与物事之象，如司空图《二十四诗品》，品品有象，诗歌意象既取诸物色之象，物色之象亦喻示诗歌之象。从中，不难看出易之象喻的影响。

---

① 《十三经注疏》，中华书局影印本 1979 年版，上册第 239、187 页。

二、人法自然

两爻之间，《周易》用自己所特有的“象”与“辞”，整体、直觉、象征性地言说着太极和道。《周易》对太极的言说，更多地是借物象（天地自然之象）以喻人事（人类社会之事），或者说在物象与人事之间探索自然及社会的运行规律。老庄也以物象喻人事，如本章第一节所述，《老子》和《庄子》之中充满了象喻，但老庄的“自然”与“人事”并不仅仅是一种象喻关系，从本质上说，是一方取法于另一方（一方以另一方为法则）的关系。

《老子》二十五章：

> 人法地，地法天，天法道，道法自然。

陈鼓应将“道法自然”解释为“道纯任自然，自己如此”①，道所取法的“自然”，是自然界（天地）的根本属性（自然而然，自己如此），就“自然（的）”一语的状词性而言，道即自然，自然即道，道之外别无自然。而作为名词的“自然”（自然界、自然物），则是作为状词的“自然”（本来如此）的本真显现，前者是后者的本真性存在，后者则是前者的本质性内涵，二者整体性地融合于老庄的自然之道。而老子的“人法地……道法自然”，这一递进的逻辑过程暗含着“人”最终也要“法自然”，或者说也要取法于“自然”的“自然性”。人之行事，从治国到修身均要顺其自然。《老子》十七章说，最好的统治者应是“悠兮，其贵言”，宝重其言而不轻易地发号施令，“功成事遂，百姓皆谓‘我自然’”。第二十三章又说“希言”（少说话，勿施政令）则“自然”，否则就会把事情搞糟，就像“飘风不终朝，骤雨不终日”一样。

《老子》中的“圣人”都是取法于自然的。七章：

> 天长地久。天地所以能长久者，以其不自生，故能长生。

---

① 陈鼓应：《老子注释及评价》，中华书局1984年版，第168页。

是以圣人后其身而身先，外其身而身存。非以其无私邪？故能成其私。

不自生者，不自营己之生、不自私其生也。天地自然的运作不为自己，故能天长地久；圣人之行事亦应效法自然，惟其如此，方能成功。老子这里所说的“后其身”、“外其身”、“无私”等等，其实也是儒家圣人所具有的品德。儒、道两家论圣人人格，内涵相似，依据各异：前者植根于人伦，后者取法于自然。

自然的自然性，最为本质的特征就是老子所说的“无为”。“老子提出‘自然’一观念，来说明不加一毫勉强作为的成分而任其自由伸展的状态。而‘无为’一观念，就是指顺其自然而不加以人为的意思”，“‘自然’，常是对天地的运行状态而说的；‘无为’，常是对人的活动状况而说的。”①宇宙的自然性，对于天地而言是“自然”，对于人类而言则是“无为”。圣人法天法地，就要像天地那样“辅万物之自然而不敢为”（六十四章），“莫之命而常自然”（五十一章），也就是“处无为之事，行不言之教”（二章）。

文学艺术也是人之“事”、人之“教”，故理所当然也要取法于自然。道家“人法自然”的诗性精神在两个不同的层面滋润着中国古代文论的诗性，一是取“自然之道”界定文学本体并申说文学特质，二是视“虚静其心”为创作主体的必要条件和最佳境界。中国古代文论历来有“原道”传统，而所“原”之“道”又有自然与人伦之分别。儒家文论的“道”，是建立在家族血缘和社会等级之上的道德伦理本体。从诗以言志到文以载道，儒家对文学本质和功能的看法既是理性的亦是功利的。道家文论的“道”，是建立在“自然性”之上的自然本体。天地自然皆有自己的明道之“文”，而天地之间的“人”亦有自己的明道之“文”。文学的创造和鉴赏，从主体情感之抒发到语言风格之形成，从“闻者动心”式的品味到“平理若衡”式的剖析，都应遵循自然之规律，都应

① 陈鼓应：《老子注释及评介》，中华书局1984年版，第29、31页。

追求自然之境界。

《老子》八章说“上善若水”，又说水“几于道”，《庄子·天道篇》也说“水静则明烛须眉，平中准，大匠取法焉”，可见水这一自然物是最具自然性、最接近道的了。受原始道家“尚水”思想的启迪和影响，中国古代文论常常以“水之道”来明“文之道”。刘勰原文章之道有“山川焕绮”、“泉石激韵”，析情采关系有“水性虚而沦漪结”，论诗人养气有“水停以鉴”。韩愈《答李翊书》以“水大而物之浮者大小毕浮”，申说“气盛则言之短长与声之高下者皆宜”；《送孟东野序》又以“水之无声，风荡之鸣”，申说“人之于言也亦然，有不得已者而后言”。“气盛言宜”和“不平则鸣”是韩愈文论的代表性观点，其言说方式均是以水之道明文之道。苏轼《文说》将自己的艺术风格表述为“如万斛泉源，不择地而出，在平地滔滔汩汩，虽一日千里无难。及其与山石曲折、随物赋形而不可知也”；《答谢民师书》亦将谢氏的诗文风格表述为“如行云流水，初无定质，但常行于所当行，常止于所不可不止”。水之不择地而出且随物赋形，因其自然性的充分展示而几于道，故以自然之道为本体的文则必然以水之自然性来标举艺术风格。司空图《二十四诗品》体貌二十四种诗歌风格，无一不以自然物为喻，无一不以自然性为归，诸如“采采流水”之纤秾，“大河前横”之沉著，“上有飞瀑”之典雅，“雾余水畔”之绮丽，“下有漪流”之清奇，“大风卷水”之悲慨……既体现出以道家自然之道为旨归的审美趣味，亦显露出老子“上善若水”的潜在影响。

中国古代文论“以水喻文”的思路，既是本体性的亦是修辞性的，它的思想来源即是自然之道。老子的“人法自然”既是诗性之思亦为诗性之方，作为一种思维方式，“人法自然”还包括由天道（自然之道）推衍人事，如《老子》五章：“天地不仁，以万物为刍狗；圣人不仁，以百姓为刍狗。”《易传》之《象传》和《大象》亦有道家的这一思维及言说特征，如《彖·颐》之“天地养万物，圣人养贤以及万民”；《彖·咸》之“天地感，而万物化生。圣人感人心，而天下和平”等等，其思维及言说方式，均是先陈述自然界的种种现象与规律，然后以之作为人事活动的准则①，这也是一种以“人法自然”为前提的诗性言说。

老子认为，自然是虚空而静寂的，《老子》五章：“天地之间其犹橐龠乎？虚而不屈，动而愈出。多言数穷，不如守中。”《老子》十一章连取三譬以喻道或自然之空无：车毂、陶器和户牖。虚而趋静，空而至寂，是自然之道的本质性特征。人法自然，故应“致虚极，守静笃”（十六章），故应“专气致柔”、“涤除玄览”（十章）。《庄子·知北游》亦谈到圣人如何观于天地之虚静而不言不议不说不作：

> 天地有大美而不言，四时有明法而不议，万物有成理而不说。圣人者，原天地之美而达万物之理，是故至人无为大圣不作，观于天地之谓也。

《庄子·天道》又取水之静以喻人心之静：“水静则明烛须眉，平中准，大匠取法焉。水静犹明，而况精神！”法自然，人的精神与自然（道）的精神相通，故“圣人之心静乎！天地之鉴也，万物之镜也。夫虚静恬淡寂寞无为者，天地之本，而道德之至，故帝王圣人休焉。”就自然而言，虚静乃天地之本；就人类而言，虚静乃道德之至。圣人取法乎自然，故须休虚息心，虚壹而静。

在中国文论的发展史上，作为轴心期诗性文化之重要内容的老庄虚静之论，不仅提升了创作主体的人格境界，而且滋养了文学作品的体貌风格，并形成诗性文论独特的语言观。关于最后一点，我们将放在第二章第三节详论，此不赘述。

三、天何言哉，天何言哉

易经的创造者，于前轴心期率先营构起神秘而广袤的诗性空间，从而为轴心期华夏诗性文化的生长准备了充分的思想资源和良好的精神生态。两爻之间，是比天地更为广阔的人类精神世界，也

---

① 参见陈鼓应：《易传与道家思想》，三联书店1996年版，第22页。

是先秦诸子安放各自的“道”或“理”的思想场域。如果说，原始道家安放于两爻之间的是自然之道，那么，原始儒家安放于两爻之间则是人伦之理。

《老子》一书，多见“自然”和“天”，老子常常讲“天之道”如何如何，第十九章干脆讲“天乃道”。《论语》一书没有“自然”这个词，“天”也不多见。孔子和孟子，他们更为关注的是维系人类社会的“仁”与“礼”。据杨伯峻先生统计，一部《论语》，讲“仁”109次，讲“礼”75次，而讲“天”只有18次。这18次中，除掉别人说的，孔子自己只说了12次半。①

孔子为何罕言“天”？这是因为在孔子的心目中，“天”是崇高和神圣的，不仅主宰着自然的运行和万物的生长，而且主宰着人类的命运和文明的兴衰。在孔子看来，人对天的最佳态度是“畏”：“君子有三畏：畏天命……小人不知天命而不畏也”②；最不应有的态度则是“怨”或“欺”：“不怨天，不尤人”③，“吾谁欺，欺天乎”④！所以孔子很少谈“天”，偶尔言及，若不是洋溢着诗意和激情，便是充满了神圣和崇敬。《论语·泰伯》篇：

> 子曰：“大哉尧之为君也！巍巍乎！唯天为大，唯尧则之。荡荡乎，民无能名焉。巍巍乎其有成功也，焕乎其有文章！”

天是如此的崇高如此的伟大，像尧这样的圣人都要以它为准则或楷模，而尧的那种如天一般的“巍巍”、“荡荡”，是语言所无法描绘无法名状的。孔子这一段诗性盎然的赞辞，并非一般意义上的“比德”（借“天”以喻尧之“德”），而是直接视“天”为圣人人

---

① 另外一次是子夏说的：“商闻之矣：死生有命，富贵在天。”商（子夏）闻于何处？极有可能是闻于孔子，所以算半次。参见杨伯峻：《论语译注》，中华书局，1980年版，第10页。

② 《论语·季氏》。

③ 《论语·宪问》。

④ 《论语·子罕》。

格之高标，从而将“天”伦理化或人格化。

天，不仅是圣人人格之则，更是人类命运之神。就后一种意义而言，孔子常常是在困厄甚至危急之时，在孟子所说的“岂好辩哉，不得已也”之时才谈到“天”。据《史记·孔子世家》记载，孔子适宋，与众弟子习礼于大树之下，宋司马桓魋欲杀孔子，拔其树，弟子劝孔子赶快离开宋国。值此危难之际，孔子坦然地说：“天生德于予，桓魋其如予何?”①又据《论语·子罕》篇，孔子在匡地被囚，曰：

> 文王既没，文不在兹乎？天之将丧斯文也，后死者不得与于斯文也；天之未丧斯文也，匡人其如予何？

孔子既有一种道德的自信心，更有一种文化的使命感，此二者皆受之于天。这也就是后来孟子所说的“天将降大任于斯人也”，天将周文化之复兴及传承的伟大使命赋予我孔丘，只要天不想消灭这种文化，谁又能把我怎么样呢？

孔子在生命危惧之时作为情感寄托和精神支撑所言及的“天”，就不仅仅是一个宇宙的概念，而是“赋予宇宙以温暖的肯定生命的情感色彩”，从而传达出“一种泛感情的人生观或宇宙观”②。孔子对于“天”的崇敬之情，既有先秦理性时代所特有的哲学内涵，又深藏着上古原始文化所特有的巫术意味。孔子曾两次将“天”与咒誓和祈祷联在一起。一次是《论语·雍也》所记子见南子，子路不悦，孔子急得向学生发誓：“予所否者，天厌之！天厌之！”虽说是情急之辞，却也是上古巫术之“情”在孔子身上的无意识显现。另一次是《论语·八佾》所记王孙贾向孔子请教祭神之事，子曰：“获罪于天，无所祷也。”天是最高的神，是众神之至尊，若得罪了上天，你祭什么神都是无济于事的。我们从孔子对“天”的这种近乎神秘和神圣的崇敬感之中，不难看出孔子

---

① 孔子的这番话又见《论语·述而》。

② 李泽厚：《论语今读》，安徽文艺出版社 1998 年版，第 218 页。

这位殷人后裔所葆有的关于远古诗性智慧的文化记忆，不难看出在孔子的“天”论之中，“潜存着原始巫术中为人所敬畏崇拜的神的遗迹，它直接与人的情感相联系”①。

老庄与孔孟对“天”的体认，虽然有着“自然之道”与“人伦之理”的分殊；然而，同在两爻之间，同在蓝天之下，儒道两家关于“天之无言”的认识却是相同的。《老子》七十三章有“天之道，不争而善胜，不言而善应”，在老庄那里，“天”是“道”生出来的，“道”无言，“天”亦无言，所谓“寂兮寥兮”，所谓“大音希声”，此之谓“天籁”。在孔孟这里，天也是无言的。《论语·阳货》：

> 子曰：“予欲无言。”子贡曰：“子如不言，则小子何述焉？”子曰：“天何言哉？四时行焉，百物生焉，天何言哉？”

作为对“天”之特征的一种真实描述，孔子的“天何言哉”与老子的“天之道……不言而善应”在本质上是相通的。天无言亦无须言，天的崇高伟大，天的主宰命令，人类无时无刻不在感受。正因为天无言，天方能无所不言；正因为天无为，天方能无所不为。在“天之无言”这一点上，我们看到儒道两家在其元典时代的诗性交融。

老子明知“道”不可道却不得不道，庄子标举“得意忘言”却终不能忘言，孔子仅“欲无言”又怎能无言？孔子是教师，师不言，弟子何述焉？更何况，孔子有那么强烈的教师责任感和文化使命感！其实，孔子的“予欲无言”之中，同样涵泳着他自己对“天”的崇敬：天无言，予为何不能则天而无言？虽不能也，心却向往之。

孟子对“天”的无言无为也是有深刻体认的。《孟子·万章章句上》有“莫之为而为者，天也；莫之致而至者，命也”。如同当年的孔子与子贡，孟子与万章也讨论“天之无言”的问题：

---

① 李泽厚：《论语今读》，安徽文艺出版社 1998 年版，第 89 页。

万章曰："尧以天下与舜，有诸？"

孟子曰："否。天子不能以天下与人。"

"然则舜有天下也，孰与之？"

曰："天与之。"

"天与之者，谆谆然命之乎？"

曰："否。天不言，以行与事示之而已矣。"①

就各自的语境而言，孟子的"天不言"与孔子的"天何言哉"有着不同的侧重点：孔子着眼于自然规律，意谓"天"无言地主宰着四时代序、百物兴盛；孟子则着重于社会规律，意谓"天"无言地主宰着朝代更替、社会变迁。而二者的共同点也是明显的：天无言，但天的意志和命令是可以显现的，在孔子是通过自然的"四时"和"百物"，在孟子是通过人类社会的"行与事"。

两爻之间天何言哉？两爻之间天有文焉。孔子所言"四时行焉，百物生焉"乃天之文，孟子所言"舜有天下也，天与之"亦乃天之文；千载之后，刘勰所言"玄黄色杂，方圆体分，日月叠璧，以垂丽天之象"同样是天之文。而刘勰原文学之道从"天之文"谈起，不能不说是受惠于先秦诗性文化的润泽与滋养。在刘勰那里，天也是无言的，天以自己的"文"无言地言说着"道"，这一言说的实质就是"自然"就是"自然之道"。而我们人类，正是遵循自然之道，在天地之间以自己的"文"言说着"道"，这一言说的实质也是"自然"也是"自然之道"。而这一切，又是源于易经以两爻言说太极。因此，两爻之间，含蕴着中国诗性文化的本质，亦含蕴着中国诗性文论的本质。

天之"文"与两仪并生，人之"文"与两爻并生。只有回到两爻之间，我们才能真正把握人之文的诗性魅力。

---

① 《孟子·万章上》。

第三节　神理惟宰

本章以刘勰的“人文之元”为题，描述了从史前诗性智慧到轴心期诗性空间这样一个“文明以止”的过程。刘勰对“人文之元”的追问，已经开启了一扇由文明时代回溯史前文化的神秘之门；而刘勰的溯源或寻根却并未停止：谁其尸之？是谁在主宰“文明以止”的过程，是谁在主宰由原始文化向文明时代的演变？神理而已。我们以为，在中国文化的滥觞期，“神理”是一个颇具诗性特征的核心范畴，它不仅标示着轴心期华夏诗哲对中国前期文化的诗性体悟，而且体现出中国前期文化诗性与理性相契合的特征。神理，不仅主宰着诗性文化从史前到轴心期的发展历程，而且塑造着神人一体的诗性人格，并最终以神乎技的创造方式影响中国文论。

一、释“神理”

“神理”一词在《文心雕龙》中出现过7次，仅《原道》篇就出现3次：除了本节标题所引“谁其尸之，（亦）神理而已”，还有“原道心以敷章，研神理而设教”，以及赞曰中的“道心惟微，神理设教”。刘勰对“神理”一词并未作任何诠释或界定，是因为词义甚明而毋庸赘言，还是因为词义甚隐而不可语传？

“神理”何谓？詹瑛《文心雕龙义证》释“谁其尸之，亦神理而已”中的“神理”，先引《易·系辞上》“阴阳不测之谓神”及韩康伯注“神也者，变化之极，妙万物而为言，不可以形诘者也”；次引王融《三月三日曲水诗序》“设神理以景俗，敷文化以柔远”及李善注“神理犹神道也”，并指出：“合‘神’与‘道’便是‘神道’。”又，释“研神理而设教”中的“神理”，引《易·观》彖辞“圣人以神道设教，而天下服”及正义“神道者，微妙无方，理不可知，目不可见，不知所以然而然谓之神道”，“圣人法则天之神道，本身自行善，垂化于人，不假言语教诫……在下自然观化服从”①。詹瑛先生释“神理”，其要义有二：一是“神理”即“神道”，其义本之于《周易》；二是“神理”兼有“神”与“道”两层意蕴，前者阴阳不测而微妙无方，后者上法则于天而下垂教于人。

吴林伯《〈文心雕龙〉义疏》对“神理”的解释更为具体：“‘神理’由河图、洛书、蓍草、龟甲的象数体现，故‘玄圣’、‘素王’‘取’而‘问’之，探而求之，‘神理’所以明也。”作为象数之体现，神理为“神秘的道理”；作为圣人取问探求之对象，神理则为“‘原道’之‘道’”，而《文心》之道“非‘儒道’而何”②！吴先生断定刘勰所原之道乃孔儒之道，此论似可商榷；而吴先生释“神理”始于诗性之神秘而止于理性之功用，与前举詹先生之义证则不谋而合矣。

周振甫《文心雕龙注释》，一方面认为：刘勰“把‘人文’说成从《河图》《洛书》来的，不是人的创作，是‘神理’所造成的。这就把‘人文’的来源神秘化了，是有一种超乎人之上的神秘的‘神理’来制定最早的‘人文’”；同时又指出：刘勰认为“文章是‘发吟咏之志’，‘垂敷奏之风’，是记载‘业峻鸿绩，勋德弥缛’的，也就是在有了人类和语言文字，有了情志和事迹才要用文来抒情、达意、记事的”。因而，刘勰对“人文之元”的神秘体认与理性阐述是相互矛盾的。③可见，周先生也看到了“神理”一词所兼有的神秘性与理性这两种元素，只是周先生对此持批评态度。

张少康《文心雕龙新探》认为，刘勰所言“是一种哲学和宗教意义上的‘神理’，它与‘道’的含义实际上是一致的，指的是一种事物内在的本质规律，而它又是由神明所启示给人类的”。张

---

① 詹瑛：《文心雕龙义疏》，上海古籍出版社 1989 年版，上册，第 16 ~ 17 页，26 页。

② 吴林伯：《〈文心雕龙〉义疏》，武汉大学出版社 2002 年版，第 21、18、24 页。

③ 周振甫：《文心雕龙注释》，人民文学出版社 1981 年版，第 10 页。

少康在一一分析了《文心雕龙》的七处“神理”之后指出：“这七处‘神理’，其基本含义都是相同的，都是指神明所启示予人类的客观真理，亦即是‘道’。”①这里的“神明”一语亦出自《周易》，其《说卦》曰：“昔者圣人之作易也，幽赞于神明而生蓍。”孔颖达《正义》疏“神明”曰：“神之为道，阴阳不测，妙而无方，生成变化，不知所以然而然者也。”较之“神理”，“神明”有着更浓厚的神秘色彩。张先生将“神理”概括为“神明所启示予人类的客观真理”，简洁明了地传达出“神理”一词兼综诗性与理性的本质特征。

上引四家关于“神理”的注疏，虽价值判断有别，但对“神理”的释义并无多大差异，而且四家注疏都不约而同地注意到“神理”的一个基本特征：发乎诗性之神秘，止乎理性之功效。“理”或“道”，作为对宇宙本体的抽象性界定，是颇为纯粹的哲学术语；“神”，作为对不可知之对象的想象性描述，则是诗性智慧的产物，是人类进入文明时代之后对史前文化的集体性记忆。将二者融为一体，便成“神理”。当刘勰用“人文之元，肇自太极，幽赞神明，易象惟先”一句引领下文，进而勾勒“上古文明史”之时，他需要一个词，既能传达他对史前文化的神秘体认，又能表述他对“爰自风姓，暨予孔氏”的理性思考，于是“神理”生焉。

在刘勰看来，华夏文明史上最先幽赞神明的是《周易》。《周易》是文明时代的产物，但其“经”的部分，包括阴阳观念的形成、八卦的创立、卦爻辞的撰成等，都有着明显的原始文化和原始思维（包括神话思维）的特征，细读《周易》之“经”，不难想见“庖牺画其始”时是如何“通神明之德”的。后人之所以要用龙马负图、神龟负文一类的神话来解释八卦的起源，这首先肇因于八卦（易经）本身的神话色彩及神话思维的特征。刘勰的“神理”本之《易经》，本之《易经》那种阴阳不测、微妙无方、不可形诘、不可言喻之理。既然八卦是人之文对太极（道）最早的显现，那么

① 张少康：《文心雕龙新探》，台湾文史哲出版社 1997 年版，第 34～35 页。

八卦本身所蕴藏的神理也就是刘勰所原之道了。“原道心以敷章，研神理而设教”，按照骈文的辞格，“道心”与“神理”是可以互文见义的。神理，既主宰着由史前原始文化向轴心期文明的演变，同时也就成为刘勰对人文之道的兼综哲理与诗情的本真体认。而刘勰所礼赞的易象之“幽赞神明”，实质是以“人之文”，以人文的理性精神来破解并诠释“太极”的原始神秘性，所谓“圣因文以明道”；而易传所描述的由太极而两仪、由两仪而四象、由四象而八卦的文化历程，则是“道沿圣以垂文”。主宰这一文明过程的，当然就是将诗性与理性集于一身的“神理”了。

俄罗斯女汉学家卡·伊·戈雷金娜研究《文心雕龙》，亦从《原道》入手，探讨原始宗教及原始文化对刘勰文学观念的影响。戈雷金娜将《原道》首句中的“文”释为“宇宙的花纹或符号组合”，她说：“宇宙的思想就是星空。……天借助于月亮和星星，肩负起显示天的形象的功能”，而“人被带入对隐蔽的、逐渐消逝的天上的花纹的察看，并解释它们。这种解释经过巫师的话或者下意识的话语在仪式和占星术中实现，它们有效地导致对宇宙花纹符号的理解。”①戈雷金娜的中文译介者李逸津先生认为，“戈雷金娜找到了刘勰的文学观念同古代占星术、原始宗教仪式的联系，印证了她自己关于‘中国的文学和文化……起源于基本的对存在的观念、世界自身的古老图画和模式’的理论预设”②。显而易见，戈雷金娜《太极——1～13世纪中国文学与文化中的世界模式》一书的入思方式及部分结论，对于我们探讨中国文化及文论的诗性智慧，有着重要的启迪作用和借鉴意义。

二、神人与圣人

轴心时期，原始宗教和原始文化之“神”，影响到华夏诗哲对

---

① ［俄］卡·伊·戈雷金娜《太极——1～13世纪中国文学与文化中的世界模式》，莫斯科，俄罗斯科学院东方文学出版公司1995年版，第148页。

② 参见李逸津向“2002年文心雕龙国际学术研讨会暨中国文心雕龙学会第七届年会”所提交的论文：《中国的宇宙本体论与〈文心雕龙〉的文学观——俄罗斯女汉学家卡·伊·戈雷金娜解读〈文心雕龙〉评介》。

宇宙本源和本体的认识便有“神理”或“神道”之概念，而影响到人格的生成及塑造便有“神人”与“圣人”之名号。或者说，将兼综诗性与理性的“神理”概念用之于人格建构，便形成“神人”与“圣人”的内在契合。

原始儒学的人格名号是有等差的，从上到下依次为：圣人，君子，狂狷，乡愿（小人）。《论语·述而》篇：“子曰：‘圣人，吾不得而见之矣；得见君子者，斯可矣。’”在孔子心目中，“圣人”是一个极其神圣的人格名号，只有尧、舜、禹、汤、周文王、周公那样的先贤才称得上圣人，而在孔子那个时代德行最好的也只能称为君子。一部《论语》，“圣人”一词仅四见，而“君子”一词出现了107次！孔子罕言“圣人”，正如他罕言“天”，表明他对“圣人”的敬畏，而孔子的“君子有三畏”之中就有“畏圣人之言”①。孔子偶尔与人谈起圣人，必然是充满了神圣感和崇敬心，如我们在前一章引录的《论语·泰伯》孔子对尧的那段诗意盎然的赞辞。

孔子罕言“圣人”，却并不能避免后人将孔子圣化或神化。后孔子时代，从帝王到百姓，人人都要称孔子为圣人。其实，早在孔子的那个时代，对孔子的圣化或神化就已经开始了。据《论语·子罕》：“太宰问于子贡曰：‘夫子圣者乎？何其多能也？’子贡曰：‘固天纵之将圣，又多能也。’”显然，在子贡的心目中，老师已经是一位圣人了。但孔子并不认可子贡的观点，而是实话实说：“吾少也贱，故多能鄙事。”“圣人”是一个过于理想化甚至神圣化的人格名号，孔子并未想过要做“圣人”。正因为如此，孔子赞美尧的时候才会用“大哉”、“巍巍乎”、“荡荡乎”、“焕乎”一类的高级形容词将其神化。当然，孔子对“圣”的理解也有功利的实际的一面，比如他称赞尧是“其有成功也”，又比如他认为“博施于民而能济众”者“必也圣乎”②！可见孔子之论“圣人”，在将其神化的同时，也并未消褪其现实功利色彩。

① 《论语·季氏》。
② 《论语·雍也》。

孟子对人格名号的使用，依然像孔子那样罕言“圣人”而常言“君子”。《孟子》一书，“君子”共出现82次，而“圣人”仅出现7次。与孔子略微不同的是，孟子对人格等差的分类较为细致。当被问及“乐正子何人也”时，孟子答曰：“善人也，信人也”；而当被问及“何谓善，何谓信”时，孟子曰：

> 可欲之谓善，有诸己之谓信，充实之谓美，充实而有光辉之谓大，大而化之之谓圣，圣而不可知之之谓神。①

孟子在这里谈到的人格等差共有六个层次。大体而言，“善”、“信”、“美”相当于孔子的“君子”，而“大”、“圣”、“神”则相当于孔子的“圣人”。圣人，既有可知的一面，如充实之美、光辉之大，以及将二者融会贯通之化；圣人，又有不可知的一面，那就是“神”。既然不可知，则必然不可言，闻者只能借想象悟之得之。

孔孟之论“圣人”均有神化倾向，这与儒学之起源有着某种关联。在孔子创立儒学之前，“儒”作为一种职业，与原始宗教及神学有着密切的联系。《周易》引孔子语：“吾与史巫同涂（途）而殊归也”，故《说文》要将“儒”释为“术士”，而胡适要称“儒”为殷民族的教士。最早的“儒”在祭祀、卜筮、相礼、服丧之时，其活动性质及思维方式，有着明显的原始思维特征。虽然孔子不语怪、力、乱、神，淡化“儒”的神学色彩而将其人学化，但原始儒学的思维方式及言说方式之中，依然留存着史前诗性智慧的痕迹。

原始道家与史前诗性智慧的联系更为密切。这是因为道家与原始宗教、道家思维方式与原始思维方式是一脉相承的。原始道家思想和上古神仙思想共同构成道教的思想渊源，而原始道家（尤其是《庄子》）本身就包含了神仙思想，在《庄子》一书中频繁登场的神人、至人、真人，既成为后来中国道教的人格神，同时也是本

---

① 《孟子·尽心下》。

土原始宗教的人格化。《老子》、《庄子》和《论语》、《孟子》，一方面均为先秦理性精神的产物并代表了那个时代理性精神的最高水准，但它们同时均与原始宗教及原始思维有着天然的联系①，从而在其理性精神中含蕴着诗性精神。这种逻辑性与诗性的融合，在人格生成及塑造上，则必然表现为神圣化与功利化的统一。

就原始道家的人格理论而言，老子趋于写实而庄子趋于想象，老子多社会政治色彩而庄子多神话传说色彩。《老子》只言“神”而不言“神人”，但谈及“圣人”的次数却非常多，一部五千言的《老子》，“圣人”出现了31次。有趣的是，诗体的《老子》谈起“圣人”却并无多少诗意，完全是按老子无为而无不为的治国之道来塑造圣人人格。庄子之论圣人，基本上继承了老子衣钵，如《庄子·齐物论》“圣人不从事于务，不就利，不违害，不喜求，不缘道，无谓有谓，有谓无谓，而游乎尘垢之外”，就是典型的无为而治的道家人格形象。庄子有时也猛烈抨击儒家的“圣人”，谓“圣人不死，大盗不止。虽重圣人而治天下，则是重利盗跖也”②。

《庄子》一书谈得更多的并非是社会政治或道德伦理意义上的“圣人”，而是神话传说或寓言意义上的“神人”（或“真人”或“至人”）。《逍遥游》借楚国隐士接舆的口描绘“神人”：

> 藐姑射之山，有神人居焉，肌肤若冰雪，绰约如处子，不食五谷，吸风饮露；乘云气，御飞龙，而游乎四海之外。

这显然是一种诗性的想象，有着明显的神话色彩。《齐物论》则说得更神：“至人神矣！大泽焚而不能热，河汉沍而不能寒，疾雷破山而不能伤，飘风振海而不能惊。”而《大宗师》对神人则有全方位的描述，所谓“登高不栗，入水不濡，入火不热”，所谓“其寝不梦，其觉无忧，其食不甘，其息深深”，所谓“不知说生，不知

① 这也能够解释，为什么董学能用谶纬神学来神化孔子以及道教同样用谶纬神学来神化老子。

② 《庄子·胠箧》。

恶死；其出（生）不䜣（欣），其入（死）不距（拒）；翛然而往，翛然而来已矣。不忘其所始，不求其所终；受而喜之，忘而复之，是之谓不以心损道，不以人助天”……类似的文字，还可以举出一些。庄子笔下的“神人”，不仅能成功地抵御诸如疾雷飘风寒暑水火等自然物象对人的侵害，还能彻底超越我们凡人所无法超越的生死之大限。庄子所赋予“神人”的这些特异功能，也正是后来道教的“神仙”所必须具备的。

当然，《庄子》是文学而不是历史，是哲学而不是宗教，庄子的本意并非“真实地”记录某一宗教的“神仙”，而只是用寓言的也就是文学的方式阐述他的哲学思想。透过庄子关于“神人”的那些奇谲怪异、浪漫夸饰的文字，我们不难看出庄子关于道家人格的理性思考。原始道家的理想人格，须虚静其心，摆脱世俗功名利禄及情感欲望的束缚而作精神上的逍遥之游；须齐一生死，消释与生俱来的死亡焦虑而与天地万物同一。庄子的“神人”之写，思维及话言方式是诗性的、象征的，而思想及精神实质则是理性的、政治的。《庄子·逍遥游》在十分浪漫地描写神人之时，又十分理智地说“至人无己，神人无功，圣人无名”，这实际上是在承续老子无为而治的“圣人”人格理想，或者说是整体上将老子的“圣人”人格艺术化或诗意化。

道家人格理论缺乏实践性或可操作性，但庄子本人还是勉力为之，颇有些“知其不可而为之”的孔儒精神。《史记》本传说庄子“无为有国者所羁，终身不仕”；而读《庄子》可知，他至少有两次拒绝了“有国者”的征召，并为我们留下了两个著名的故事：一个是《列御寇》中的“虽欲为孤犊其可得乎”，另一个是《秋水》中的“宁生而曳尾涂中”。庄子人格理想及人格实践中所蕴藏的诗性品质及艺术精神，成为后世文学艺术家的人格楷模。魏晋以降，我们从曹植《释愁文》中的“玄灵先生”、阮籍《大人先生传》中的“大人先生”以及陶潜《五柳先生传》中的“五柳先生”之中，都可以看到集原始道家“神人”与“圣人”于一体的人格形象，其间，既有对“神人”超世绝俗之神异的心领神会，又有对“圣人”无为无己之圣德的心仪神往。

三、神乎技

《庄子》以“神”论人，既以道家的超世绝俗、无为无己熔铸人格内质，亦以道家的顺乎自然、以天合天标示人之技能的最高境界。《庄子》一书，谈到很多有专业技能的奇人超人，如庖丁、佝偻丈人、梓庆、工倕、师旷、离朱、津人、没人、吕梁丈夫等。庄子在描写这些“专业人士”时，既强调其“神”或“道”的一面，同时也并不忽略其“技”或“术”的一面，表现出轴心期理性精神与史前诗性智慧的内在统一。

我们先来读《庄子·养生主》庖丁解牛的故事。庄子对庖丁的描写，有两点殊可注意：一是庖丁解牛技术之高超，二是庖丁解牛后神态之怡然。庖丁解牛时，“手之所触，肩之所倚，足之所履，膝之所踦。砉然响然，奏刀騞然，莫不中音；合于桑林之舞，乃中经首之会”。其动作犹如舞蹈，其声音宛如音乐，其娴熟有如神助，其巧技恰似艺术，无怪乎文惠君要惊叹：“嘻，善哉！技盖至此乎？”庖丁解牛之后，“提刀而立，为之四顾，为之踌躇满志，善刀而藏之”。何等惬意又何等自得，完全是一种成功人士的神态。庄子为何要这样描写？我们以为，其中透露出庄子对庖丁之“技”的赞叹。虽然庖丁自谓“臣之所好者道也，进乎技矣”。而庖丁最终所领悟的这种超乎“技”之上的“道”，并非凭空产生，而是建立在对“技”的刻苦演练乃至悉知熟谙的基础之上。

《养生主》说得很清楚，庖丁是在“三年之后”才做到“以神遇而不以目视，官知止而神欲行”的。没有长达三年的对解牛之技的苦练，庖丁又何能“进乎技”而至于“道”？庄子“庖丁解牛”的寓意当然是讲“缘督以为经”，讲随顺自然而护养生之主即精神。但是，对于庖丁这样的专业人士来说，顺其自然的高妙境界并非自然产生，而只能来源于对自己专业的刻苦钻研和反复演练。这一点，也正是庄子对庖丁充满诗意的描写中，所深深蕴藏着的关于艺术创造的诗性智慧。

《达生》中佝偻者的承蜩之技亦是苦练而成。佝偻丈人自谓：

> 五六月累丸二而不坠，则失者锱铢；累三而不坠，则失者十一；累五而不坠，犹掇之也。吾处身也，若橛株枸；吾执臂也，若槁木之枝；虽天地之大，万物之多，而唯蜩翼之知。吾不反不侧，不以万物易蜩之翼，何为而不得！

所谓处身若橛株枸，执臂若槁木之枝，不反不侧，不以万物易蜩之翼，也就是庄子常讲的“心斋”、“坐忘”、“虚壹而静”。这种超越具体技能的出神入化之境，也只能建立在关于这种技能的炉火纯青般的熟练程度之上。捕蝉这种技能，似乎比解牛要简单一些，捕蝉者所要做到的，就是手执捕竿而纹丝不动。说来容易做来难，这样一个技巧或动作，也需苦练半年时间：手持一根长长的竹竿，在竿头上累叠两个丸子而不坠落。随着练习时间的增多，竿头上的丸子也不断增加：由二而三，由三而五。一直练习到身如槁木，心如止水，才能达到捕蝉“犹掇之也”的最佳效果。

庄子寓言所谈及的“苦练”又分两种：一是练技术，如前述庖丁的三年之练和佝偻丈人的五六月之练；一是练气练心志，如《达生》所述梓庆作鐻之前的七日之“斋”：

> 臣将为鐻，未尝敢以耗气也，必齐（斋）以静心。齐三日，而不敢怀庆赏爵禄；齐五日，不敢怀非誉巧拙；齐七日，辄然忘吾有四枝（肢）形体也。

按庄子的说法，梓庆之作鐻，最关键的技能就是挑选琴木，就是要从山林之中的诸多树木中看出哪一株最适合作鐻。要做到这一点，必须养气，必须斋以静心。于是，梓庆用了整整七天的时间来练气，分三个阶段依次渐进，一直练到“巧专而外滑消”（辨识琴木的技巧专一而外在所有的干扰消失殆尽），练到“以天合天”（以一己之自然天性合于所择琴木之自然天性）。当是时也，梓庆削木为鐻，见者惊犹鬼神，此所谓神乎技也！

对于庄子笔下的“专业人士”来说，练技与练气是相互关联的。练技有助于气定，如承蜩者的心斋坐忘是靠执竿累丸而得；养气又有助于技专，如制琴者的辨识琴木又是靠斋以静心而得。练技之后，庖丁得心应手、游刃有余，佝偻丈人“用志不分乃凝于神”，还有《达生》中“工倕旋而盖规矩”，“津人操舟若神”等等，可见“技”的最高境界是“神”；练气之后，梓庆才能“成见（现）镓”、“加手焉”，吕梁丈夫才能“与齐（漩涡）俱入，与汩（涌流）偕出”①，又可见“神”之中仍有“技”在。神乎技者，神与技相得益彰而不可偏废也。

当鲁侯问梓庆“子何术以为焉”，梓庆对曰：“臣工人，何术之有！虽然，有一焉。”可见梓庆并不否认自己有“术”；当仲尼问佝偻丈人“子巧乎！有道邪？”佝偻丈人对曰：“我有道也。”而佝偻丈人所讲述的“道”就是苦练基本功，就是通过苦练而使“技”达到炉火纯青的程度。后人对庄子“神乎技”思想的理解，常常无视其间的“术”或“技”。尤其是在中国古代文论领域，一谈到庄子的创作思想，似乎只有“虚静”、“自然”和“无为”。在艺术创造之中，创作主体的“无为”，绝不像一些老庄的西语译者所翻译的 do nothing；而“自然”，也不可能是无所事事，任其固然。

唐人皎然在《诗式·取境》中，曾反驳那种“不要苦思，苦思则丧自然之质”的观点：

> 夫不入虎穴焉得虎子。取境之时，须至难至险，始见奇句。成篇之后，观其气貌，有似等闲，不思而得，此高手也。

诗文创作，就结果（作品之境界或气貌）而论，似不思而得，自然而然；就过程而言，则须苦思，且至难至险。作品气貌之“神”是建立在作家苦思之“技”的基础上的。而皎然的《诗式》，就是要为诗人提供作诗的法则和技巧：既要“明诗”、“明作用”、“明四声”，更要懂得“用事”、“取境”、“辨体”，还要知晓诸如“二要”、“四深”、“五格”、“六迷”、“七德”之类的细节。比如，

---

① “吕梁丈夫”之事亦见《庄子·达生》。

《诗有六(《诗学指南》本作七）至》曰：

> 至险而不僻，至奇而不差，至丽而自然，至苦而无迹，至近而意远，至放而不迂。(《诗学指南》本此句下有“至难而状易”句。)

皎然的这七句话，其语法结构是“A而B”。大体而言，A指技法以及欲得此技法所须付出的艰辛和困苦；B指境界，指那种有似得闲、不思而得、自然而然的气貌。在皎然看来，作品所成之境，以自然为最上；而取境之途与方却并不“自然”，更不能“无为”，而是要经过一个“至苦”、“至难”甚至“至险”的过程，所谓“盖由先积精思，而神王而得乎?”显然，皎然的这种“A而B”(亦即“技”而“神”）的思路，与庄子的神乎技是一脉相承的。

皎然自谓作《诗式》是为了“使无天机者坐致天机”。天机，神也，道也。可见在皎然看来，习诗者若谙练诗歌创作的法则和技巧，便可直诣天机。这种“技”与“神”相通的思想，与庄子的神乎技也是一脉相承的。上举庄子所描述的几位“神乎技”的专业人士，他们有一个大体相同的特征：由于对某种技能长期的反复的操练，以至于着迷，以至于如痴如醉，亦即对自已所熟谙的那种技能近乎痴迷，也就是佝偻丈人所说的“虽天地之大，万物之多，而唯蜩翼之知”。除了他所关注的那个对象，其他的一切都被虚静掉了，所谓“巧专”，所谓“凝于神”，所谓“善游者忘水”……而这种忘物、忘我或者说物我两忘、心物一体的境界，就是天机，就是入神。

《达生》在谈到尧时代的能工巧匠工倕时说：“工倕旋而盖规矩，指与物化而不以心稽，故其灵台一而不桎。”工倕之技是“（手）指与物化”，而工倕之神是“灵台（心）一而不桎”。工倕等神工巧匠之所以能得心应手，惊犹鬼神，其成功之奥妙就在于通过对“技”的演练而至痴迷，以致挣脱了心棘和理障而获得天机而进入神的境界。《达生》说“外重者内拙”，过分重视外物的人，内心则必然笨拙。反过来可以说“内巧者外轻”，内心痴迷于某种技能的人，则必然看轻外物。《庄子·大宗师》说“其嗜欲深者其天机浅”，嗜欲于功名利禄者，则有天机者坐失天机；而痴迷于某一技艺者，则无天机者坐致天机。工匠如此，文学创作亦然。

第二章

文之为德也大矣

《文心雕龙》以“文之为德也大矣”开篇，以“文果载心”终章，可谓始于“文”而终于“文”。“文”，作为《文心雕龙》乃至整个古代文论的关键词，既是刘勰当年精雕文龙的用心之所在，更是我们在全球化时代探讨本土文论之诗性特征的枢机或关键。中国古代文论的诗性，根源于汉语言文化的诗性；而汉语言文化的诗性，又胎孕于汉语文字的诗性。因此，本书在追溯古代文论诗性特征的文化之源的基础上，进一步寻觅诗性文论的“文”（汉语文字）之根。就“文”的演变而言，史前社会具有原始思维和巫术形态特征的非文字性符号，将自身所特有的具象性、想象性、文章性以及经验归纳性，整体地遗传给文明时代的书写符号，从而使得汉字先天地秉赋了一种诗性特质。在几千年的发展历程中，汉字以自己的清声丽色、骈偶俪辞，滋养着中国文化及文论的诗性，并形成儒道释文化所特有的诗性语言观。

“枢机方通，则物无隐貌；关键将塞，则神有遁心。”① 本书

① 《文心雕龙·神思》。

一、二两章对古代文论诗性特征文化之源与文字之根的追问，将开启古代文论诗性特征之枢机，进而真实而深刻地把握中国诗性文论异于西方文论的独有之“神”与“貌”。

第一节 有心之器，岂无文欤

“文”的原始义是“花纹错杂”：《说文解字·文部》有“文，错画也，象交文”，《周易·系辞下》有“物相杂，故曰文”，《礼记·乐记》有“五色成文而不乱”。在书写性文字出现之前的漫长的史前文化时期，人类的历史记忆、思想表达，借助的是非文字的“文”符号。按照《文心雕龙·原道》的说法，天地自然与人类社会各有自己的“文”。不同的是，天地之“文”亘古亘今，而人之“文”则与时推移。就后者而论，史前时代是各种非文字性符号，三代之后则指一切书写性文本，到了刘勰的时代又特指情采兼备声色俱丽的各体“文章”或“文学”。

一、河出图，洛出书

本书第一章追溯“人文之元”，讲到《文心雕龙·原道》的“河图孕乎八卦，洛书韫乎九畴”。就“文”的演变而言，“河图”、“洛书”是史前文化时期的非文字性符号，而“八卦”（周易）、“九畴”（尚书）则是文明时代的书写性文本。在刘勰看来，文明时代的书写性文本，是从史前时代的非文字性符号中孕育出来的。

无论是河图洛书，还是八卦九畴，都是“文”，都是具有文化意味的符号。受“万物有灵”论的支配，原始人类认为自然万物与人一样是有灵性有自我意识的，自然万物能创造出各种符号或信号，向人类显示它们的意志。①自然万物的符号，或美丽而友善，如《文心雕龙·原道》所言“垂丽天之象”、“铺理地之形”；或暴戾而凶咎，如天狗食日、雷霆辟天；或神秘而幽微，如河龙出图、

---

① 参见詹鄞鑫：《心智的误区——巫术与中国巫术文化》，上海教育出版社2001年版，第128页。

洛龟负书……万物既然有灵，那么人类与自然万物乃至与神的交流或沟通就是可能的。人与自然，人与神如何沟通？凭借各种各样的非文字性符号。明代宋濂《宋学士文集》卷六十六：“三代无文人，六经无文法。无文人者，动作威仪，人皆成文；无文法者，物理即文，而非法之可拘也。”所谓“三代无文人”，是说夏商周时代的文化人，他们所操作的并非记言记事的文字符号，而是近乎巫祝的非文字性符号。“夏商周三代，历史记忆和传统保留主要借助于巫术符号形态，这些符号形态主要包括与祭祀活动密切相关的祖庙、牌位、礼器、占卜、歌舞、服装、威仪等等视觉的、听觉的、行为的各种符号系统。”①祭祀活动的主要功能是实现人与自然、人与神的沟通，因此，具有神秘意味的巫术符号形态便成为那个时代“文”的重要形式。

汉字几千年的发展历程，大体上经历了从甲骨文、金文到篆书、隶书、楷书等不同的阶段。商代的甲骨文，是巫术活动的产物。古代的龟甲兽骨之卜，占卜者先在整治过的甲骨反面进行非穿透性钻凿，待到占卜时用炭火条在钻凿近处灼烤，甲骨正面便会出现“卜”字形裂纹，即所谓“兆”。占卜者通过对兆体的形象、色泽等不同特征的观察来判断所预测的事情，即所谓“占”。占卜者将本次占卜的结果以及与占卜相关的事情刻在龟甲兽骨上，便有了甲骨文字。就占卜的性质和目的而言，甲骨文是一种巫术形态的符号，故又称为“契文”或“卜辞”；就对占卜结果的记录以及卜辞本身所具有的象形、指事、形声等特征而言，甲骨文又是一种文字性符号。据此可以说，甲骨文本身含有巫术与文字双重符号性质，在甲骨文的身上，生动地体现出刘勰所说的“河图孕乎八卦，洛书韫乎九畴”。

从能够识读出的甲骨文字之中，不仅可以找到大量的象形、指事和形声字，而且可以看出其文字结构已经由独体趋向合体。小学家有“独体为文，合体为字”的提法，认为“文”是直接由图像

---

① 孟华、薛海燕：《“汉文化的复兴”为什么绕不开汉字问题》，《光明日报》2004年11月30日。

演化而来的基本符号，产生在前；“字”的原义中有孕育繁殖的意思，对于“依类象形”的基本符号“文”而言，“字”是后起的，是由若干基本符号按一定模式拼接而成的组合符号，也可以说是由独体的“文”孳育衍生出来的。“独体为文”的基本符号中，很大一部分后来成为偏旁部首，发挥着某种字义分类的作用，成为构字中最常见的一种义符。人们往往一见其字，便知其“意象”之趋或“义项”之归。由独体的具象性的“文”，到合体的抽象性的“字”，非文字性符号的形象性、象征性、叙事性以及经验归纳性等诗性特质，遗传给文字符号，从辞源学上先天地铸成汉字的诗性特征。

文字的产生，虽然有着“天雨粟，鬼夜哭”的神秘色彩，但它毕竟标志着人类文明时代的开始。如果说，史前时代的非文字性符号是要实现人与自然、人与神的想象性或象征性沟通；那么，文明时代的书写性符号（文字），其主要功能是实现人与人的现实性沟通。两种符号形态，虽然其性质及主要功能有较大的差异，但其形式特征及其意蕴却是相通的，我们把这种相通称之为“文章性”。何为“文章性”？自然和人类的各种符号，有两个共同的特性：一是鲜明而丰富的形象，二是深刻而复杂的意蕴。用《文心雕龙·原道》的话说，就是天地人三才各以自己所特有的“文”（文字性或非文字性符号），去彰显或言说“道”（老庄“自然”和孔儒“神理”）。这就是“文”的文章性。关于文章性在“文”之中的贯通，我们从“文章”一词的辞义演变中可以见出。

“文章”一词，有原始义与后起义之分别。屈原《橘颂》：“青黄杂糅，文章烂兮。”文章就是指“青黄杂糅”，这是原始义；曹丕《典论·论文》：“盖文章，经国之大业，不朽之盛事。”文章指“文籍篇章”，这是后起义。《说文·彣部》：“凡言文章，当皆作彣彰，作文章者，省也。”可见原始义的“文章”是要写成“彣彰”的。何谓“彣”？《广韵·文韵》：“彣，青与赤杂。”钱大昕《答问八》：“彣，即黼黻文章之文。”何谓“彰”？《说文·彡部》：“彰，文彰也，从彡，从章，章亦声。”《尚书·皋陶谟》“彰厥有常”孔安国传：“彰，明也。”《尔雅·释言》“黼黻，彰也。”邢昺疏:"彰,明也,言文采著明也。"《史记·礼书》:"目好五色,为之黼黻文章,以表其能。"可见"彣彰"是指花纹色彩以及这些色彩的彰显著明,如后皇嘉树,如黼黻锦绣。当后来"彣彰"省写为"文章"时,这种黼黻锦绣般的色彩依然鲜艳。

在语言文字以及用文字书写成的文章("文章"之后起义)出现之前,"文"或"文章"早就存在了。当文明时代的文化人用(原始义之)"文章"来指称他们书写的(后起义之)"文章"时,是要表明他们写出来的文章如后皇嘉树般灿烂绚目、彩绘照人。所以,《文心雕龙·情采》说:"圣贤书辞,总称文章,非采而何?"

这里的"采",不能仅仅狭义地理解为"文采"或"辞采",而应广义地理解为"花纹"或"符号",也就是理解为"文章"的原始义。刘勰论"文"始于"原道",刘勰原道则始于对道之"文"的诗意描述。道无所不在,从根本上说是因为道之文无所不在:

> 日月叠璧,以垂丽天之象;山川焕绮,以铺理地之形:此盖道之文也。……傍及万品,动植皆文:龙凤以藻绘呈瑞,虎豹以炳蔚凝姿;云霞雕色,有逾画工之妙;草木贲华,无待锦匠之奇。

从经验的层面论,刘勰所描绘的道之文,也就是宇宙万物所呈现出的各种各样的花纹、色彩;从哲学层面论,人们所能感知的这些花纹、色彩是道的物质外观或物态化符号。以斓斑之色彩、错杂之花纹,自然而然地显示宇宙天地之道(包括老庄的自然和孔儒的神理),这才是"文章"的本源和本原之性,或者说是"文"的文章性之所在。

二、心生而言立,言立而文明

《文心雕龙·原道》:"心生而言立,言立而文明,自然之道也。"天地之间是人,天地人三才,人为天地之心。天地之间,只有在出现了人类之后才有语言;天地之间,也只有出现了人类语言之后，“文”才得以彰明显著，用今天的话说，文明才得以诞生，文明时代的大幕才得以开启。许慎《说文解字序》：

盖文字者，经艺之本，王政之始，前人所以垂后、后人所以识古，故曰本立而道生，知天下之至啧而不可乱也。

文字为经艺之本，为王政之始。没有文字，何来五经？没有文字，何来典章制度、礼仪王政？从孔子整理五经开始，“文”，由泛指“花纹错杂”的多元文化符号，开始转向特指由文字铭刻而成的文献典籍。

当然，这里的所谓“特指”，是相对于史前时代的非文字性“泛指”而言；若衡之于今天的“文”或“文学”观念，先秦至晚清的“文”或“文学”仍然是“泛指”，泛指所有的文献典籍，用清末朴学家章炳麟的话说，“凡云‘文’者，包络一切著于竹帛者而为言”①。近代以来，为了使中国文论适应西方文论的知识谱系，国内学术界曾制造过一个“文学独立”的命题，并将“文学独立”的时期定在魏晋南北朝。考察中国文学和文论的历史实际，所谓“文学独立”是一个后见之明，或者说是一件被追认的事。不惟魏晋南北朝，之前的先秦两汉，之后的唐宋元明清，中国古代文学史和文学理论史上，并未出现过西方现代文论意义上的“文学独立”。

先秦时期，“文”或“文学”泛指所有的书写文本。《论语·先进》述及孔门四科，其中提到“文学：子游，子夏”，邢昺《论语疏》释“文学”为“文章博学”，杨伯峻《论语译注》释“文学”为“古代文献”。《论语·述而》有“子以四教：文，行，忠，信”，《学而》有“行有余力，则以学文”，《雍也》有“君子博学于文”，《公冶长》有“夫子之文章，可得而闻也”……《论语》中的“文”、“文章”、“文学”意旨相同，指称一切文献或广博之

① 章炳麟：《国故论衡·文学总略》，《章氏丛书》中卷，浙江图书馆刊本。

学。到了汉代，虽然出现“文”（文学作品）与“学”（学术著作）的分别，但大多数情况下仍然是用“文”或“文学”、“文章”泛指书写性文本，如《汉书·公孙弘传》有“文章则司马迁、相如”，“刘向王褒以文章显”，《汉书·艺文志》之“文”囊括“九流十家”等。即便是在被今人称为“文学自觉时代”的魏晋南北朝，文论家依然是在相当宽泛的意义上讨论“文”或“文章”、“文学”。我们看魏文帝所论之“文”，陆士衡所赋之“文”，刘彦和所雕之“文”，乃至昭明太子所选之“文”，都是既包含文学作品又包含各种非文学性文体的。对“文”的这种体认一直延续到晚清，延续到清末民初的骈散之争、文笔之论。章炳麟《文学总略》：“文学者，以有文字著于竹帛，故谓之‘文’；论其法式，谓之‘文学’。凡文理、文字、文辞皆称‘文采’；言其色发扬，谓之‘彣’。”甚至说：“有成句读文，有不成句读文。兼此二事，通谓之‘文’。”①“文”，指所有的著于竹帛的文字，而“文学”则是关于‘文’的‘学问’。太炎先生生活于19世纪末20世纪初，他的如此宽泛无垠的文学观念，与两千多年前《论语》的文学观念有何区别？

现代西方文论所定义的“文学”是有边界的，而由汉语的“文”所标举或指称的“文学”则是无边界的，后者的这一特性从“文”这个字被诗意地交叉错画而成的那一天起就铸成了。以“文”的原始义释“文学”，则凡以花纹色彩显现自然之道者皆为“文学”，此“文学”何界之有？尚不说天地动植之文，仅就刘勰所说的“人之文”（亦即人文形态的“文”）而言，在书面文字出现之前，“文”早已存在，如大量的史前艺术及口传文学；文字出现之后，“文”并不仅仅以“文籍篇章”的样式存在，如传统社会的礼乐制度、民间风俗等，也是“文”的存在形式。古代诗性文论所定义的“文”，一头是美的形式或符号，一头是道的内蕴及彰显。“采”与“道”不可分离地构成“文”的文章性，中国文化和

---

① 章炳麟：《国故论衡·文学总略》，《章氏丛书》中卷，浙江图书馆刊本。

文论的“文学”便生成于此文章性之中。站在刘勰乃至中国诗性文论的立场看今天，文艺学界正在争论的文学之“破界”与“守界”，其实是不成问题的问题。

《文心雕龙·原道》从天地动植的“文”讲到人的“文”，实际上是在讨论“文”的文章性。“夫玄黄色杂，方圆体分”，讲的是“文”的色彩和形体；“心生而言立，言立而文明”，讲的是“文”对自然之道的显现。人所能感知的“文章”（花纹、色彩和符号），无论是自然形态（如南橘）还是人文形态（如黼黻），都是对道的显现，都是道之文。或者反过来说，人们通过对这些符号及其形纹声采的感知，方能体悟道家之自然与儒家之神理。到了刘勰的时代，“文章”一词早已由泛指“花纹色彩”，演变为专指“文籍篇章”。外延虽然变化了，但内蕴之文章性并未丢失。细绎《文心雕龙》，我们不难看出：刘勰论“文”，一是强调原道宗经（原自然之道，宗孔儒之经），二是强调文采体势。这两点，正是文章性之关键。用“文”的原始义来界定文学，则必然注重文学诉诸于人的感官之美。《情采》篇有形文、声文、情文之别，而“五情发而为辞章”，则“情文”之中自然包蕴“形文”与“声文”。明乎此，便不难理解《文心雕龙》为何用整整十篇的篇幅专门讨论文章的声色辞采之美。与西方文论关于文学的定义相似，《文心雕龙》亦视文学为语言的艺术。不同的是，精雕文龙的刘勰所看重的，不是所谓文学语言与非文学语言的区别，而是无界有心的文学所共同具有的语言特征：文章性。

文对道的垂示是无界的同时却是有心的。刘熙载说：“文，心学也。”①从外观上审视，“文”看似简单实则复杂。《说文解字·文部》有“凡文之属皆从文”，比如：斑，驳文也；斐，分别文也；斌，文质貌也。形形色色，不一而足。文的体式（体裁）多种多样，文的体貌（风格）其异如面，文的体势（趋势走向）定而无定……尽管如此，“文”对“心”的表现，或者说“文”通过明心尽志而达于道则是亘古至今的。从大舜命夔典乐到季札观乐言

① 刘熙载：《游艺约言》，《古桐书屋续刻三种》，清光绪十三年刻本。

志，从子长发愤著书到子云心声心画，从士衡缘情绮靡到彦和为情造文，从退之文以载道到牧之文以意为主，从沧浪妙悟入神到卓吾童心真趣，从阮亭独创神韵到观堂标举境界……中国古代文论最具代表性的命题、范畴、概念或术语，无一不注重对“心”的表现，无一不是“有心”的。

“心哉美矣，故用之焉。”① 刘勰论“文”之用“心”（用“文心”作书名，明“为文之用心”），充分地显示出中国文论对“心”的注重。刘勰所言“文心”实有二义：一是《原道》篇的“（人）实为天地之心”，一是《序志》篇的“为文之用心”，二者分别标举文学的客体之元与主体之由。《原道》篇将天地动植之文与人之文并举，二者的关系并非起兴或隐喻，而是同质或同道：均为对自然之道的美的显现。此显现之过程及其结果是对文学之本元的揭示，所谓“心生而言立，言立而文明，自然之道也”。《序志》篇以“琴心”、“巧心”喻“文心”，“与‘琴心’、‘巧心’相联的‘文心’，就是文艺家创造艺术美的‘心’”②。《文心雕龙》的最末两句“文果载心，余心有寄”，不仅仅是刘勰的著书之由，亦可视为文学创作最为根本的心理动因。“文”从何来？在外，是“因文明道”；在内，则是“述志为本”。既明自然之道亦载文士之心，故刘勰心目中的文学是内外打通的文学。以古鉴今，20 世纪中国文论步趋西学或“向内转”或“向外转”，在刘勰看来应是可哂之事。

三、因情立体，即体成势

《文心雕龙·情采》篇：

> 故立文之道，其理有三：一曰形文，五色是也；二曰声文，五音是也；三曰情文，五性是也。五色杂而成黼黻，五音

---

① 《文心雕龙·序志》。

② 李泽厚，刘纲纪主编：《中国美学史》（第二卷），中国社会科学出版社 1987 年版，第 617 页。

比而成韶夏，五情发而为辞章，神理之数也。

黼黻为可视之文，韶夏为可听之文，辞章为可读之文。故刘勰欲立之“文”，已经囊括了我们今天所说的文学艺术。就文学而言，辞章属于“情文”，故须“因情立体，即体成势”，“因利骋节，情采自凝”①。《情采》将情与辞的关系表述为“情者文之经，辞者理之纬”，同样的道理，我们可以将情与体的关系表述为：情为体之蕴，体为情之凝。中国诗性文论的“文”无界而有心，因为无界故须凝定，因为有心故须承载。恶乎定？恶乎载？体也。

古代文论向来有尊体、明体和辨体的传统。以刘勰为例。刘勰论“文”，从文章性出发，辨析文体之同异，所谓“论文叙笔，囿别区分”。刘勰的“文章”是一个大的系统，其中既有体式（体裁）之分，又有体貌（风格）之别，还有体势之定与无定。“整体的文章学是由各类文体一起构成的，每一种文体在文章学中均扮演着自己的角色，有其各自独特的发展脉络，这是古代文论史材料中所隐括的基本观点。”②刘勰的文体论，兼营“选文定篇”与“原始表末”，其理论目标是在为每一类文体“释名彰义”的基础上，为整体的文章“敷理举统”，也就是从各体文章的“即体成势”之中概括出“文”之文章性生成。《通变》篇“设文之体有常，变文之术无方”，讲的是文体的变（“名理相因”）与不变（“文辞气力”），前者为体式，后者为体貌，由体式而体貌则成体势。辨“体”明“性”，刘勰之“文”的文章性成于体式、体貌、体势三者的契合之中。

（一）体式

《文心雕龙》上篇论文叙笔，实则为文章体式之论。徐师曾《文体明辨》：“盖自秦汉以下，文愈盛；文愈盛，故类愈增；类愈增，故体愈众；体愈众，故辨当愈严：此吴公《辨体》所为作

① 《文心雕龙·定势》。

② 汪春泓：《关于“文章学”与“文学批评”的思考》，《古代文学理论研究》（第二十二辑），华东师范大学出版社2004年版，第212页。

也。”文章体式之演变，大体上经历了一个由少到多、由简到繁、由粗略到细密的过程。到了刘勰那个时代，文学繁荣，文体繁多，辨体者夥矣。曹丕《典论·论文》和陆机《文赋》均有辨体之言说，而且兼论体式与体貌；挚虞《文章流别论》“溯其起源，考其正变，以明古今各体之异同”①，是专门的文体论之作；萧统编《文选》，其序为文体理论，其集为文体实践，所集各体文章共分三十九类，其中赋类有十五子目，诗类有二十三子目，比刘勰的文体分类更为细密。

与同时代的论文者相比，刘勰之论文章体式有两大特征：一是尊体，二是宗经。二者又是互为因果的。所谓“尊体”又有两层含义：一是极其重视文体研究，二是不偏不倚地重视各类文体。《文心雕龙》上篇从《辨骚第五》到《书记第二十五》共二十一篇专论文章体式，下篇先有《体性第二十七》和《风骨第二十八》标举文章体貌，后有《通变第二十九》和《定势第三十》演绎体势之通（定）与变（无定）。这样合起来，《文心雕龙》整整有一半的篇幅（共二十五篇）论文章之“体”。《文心雕龙》的文体论涉及三十多种文体，刘勰对各类文体的论述，均遵循《序志》所制定的四大原则，在称名、理蕴、篇籍、源流等方面囿别区分，考察辨析。刘勰对每一种文体均同等视之，并无抑扬臧否。后人论及刘勰文体论的“文学”内涵，常有广狭或纯杂之争，并由此而生褒贬。这大多是以西方现代文学观矩式刘勰文论，与刘勰文论乃至与中国古代文论并无多少关联。

刘勰之尊体，其文化—心理之缘由是宗经。《宗经》将文体分类的源头及各体文章的高标总归于五经：

> 故论说辞序，则《易》统其首；诏策章奏，则《书》发其源；赋颂歌赞，则《诗》立其本；铭诔箴祝，则《礼》总其端；纪传铭檄，则《春秋》为根：并穷高以树表，极远以

---

① 刘师培：《中国中古文学史·论文杂记》，人民文学出版社1959年版，第69页。

启疆，所以百家腾跃，终入环内者也。

既然各体文章均源于五经，何来优劣之分？既然百家之作均不出五经畛域，何来广狭之别？既然文章体势以五经为高标，又何来纯杂之分？刘勰由宗经而尊体，或曰由尊体而宗经，昭示的是文章性生成之途，而非后人所臆造的"文学独立"之径。

（二）体貌

《文心雕龙》对文章体式的囿别区分建立在文章性原则之上，亦即根据各体文章在声色辞采方面的特征来论文叙笔。体式之别关乎声律辞采，体貌之别则关乎才气学习，前者与"文章"相联，后者与"文心"相通。文心者，文章之载心也。"心"因人而异，故"文"体貌有别。《文心雕龙》之论体貌，先平议"八体"后高标"风骨"。虽说是"才性异区，文辞繁诡"，若学慎始习，先得儒门雅制之关键，然后摹体定习，因性练才，则能风清骨峻，篇体光华。

《体性》将文章体貌归结为八体而一一论之："典雅者，熔式经诰，方轨儒门者也；远奥者，馥采曲文，经理玄宗者也；精约者，核字省句，剖析毫厘者也；显附者，辞直义畅，切理厌心者也；繁缛者，博喻酿采，炜烨枝派者也；壮丽者，高论宏裁，卓烁异采者也；新奇者，摈古竞今，危侧趣诡者也；轻靡者，浮文弱植，缥缈附俗者也。"从这段话不难看出刘勰体貌之论的两个要点：一是以文章性为基础，一是以儒门经诰为首义。文章体貌之别，其内在根由，当然是作家不同的个性气质、习染学养；而显现于外的，则是文章的字句毫厘、辞义馥采。后者均属于文章性之生成，所谓"文辞根叶，苑囿其中矣"。

刘勰胪列八体，而"典雅"冠其首："典雅者，熔式经诰，方轨儒门者也。"文章体貌的形成，与作家的才气学习密切相关，故刘勰论体貌，尤其强调"功在初化"，"学慎始习"：

故童子雕琢，必先雅制，沿根讨叶，思转自圆。八体虽殊，会通合数，得其环中，则辐辏相成。故宜摹体以定习，因性以练才，文之司南，用此道也。

习文者，入门须正，立志须高，以儒门经诰的典雅之风为核心，便能抓住体貌之关键，从而“执正以驭奇”，形成各种风格的多样统一。① 刘勰论体式，有“百家腾跃，终入环内”；刘勰论体貌，有“得其环中，则辐辏相成”。“环内”、“环中”，其意一也：五经既为文章体式之元，亦为文章体貌之正。故刘勰辨体，不能不宗经征圣；而刘勰原道，又不能不兼宗老庄自然与孔儒神理。

（三）体势

《老子》五十一章有“道生之，德畜之，物形之，势成之”。就刘勰的“文”论而言，体势的形成，乃文章性生成之标志。刘勰论体势，以顺乎自然、即体成势为要，所谓“圆者规体，其势也自转；方者矩形，其势也自安：文章体势，如斯而已。”黄侃《文心雕龙札记》：“定势之要，在乎随体……知凡势之不能离形，则文势亦不能离体也……知趣向从违随乎物形而不可横杂以成见也，则为文定势，一切率乎文体之自然，而不可横杂以成见也。”② 这也就是《定势》所说“循体而成势，随变而立功”。定势之要，在乎随体，在乎对文章性的跟随。刘勰之“体势”与现代文体学的“语体”有相关之处，是构成“文体”意义的重要基础。当然，体势之义又不止于语体，所谓“辞已尽而势有余”。

如何“随体”？如何“成势”？《定势》指出：“夫通衢夷坦，而多行捷径者，趋近故也；正文明白，而常务反言者，适俗故也。然密会者以意新得巧，苟异者以失体成怪。旧练之才，则执正以驭奇；新学之锐，则逐奇而失正；势流不反，则文体遂弊。秉兹情术，可无思耶！”从否定的方面说，是勿行捷径，勿务反言，勿趋近适俗；从肯定的方面说，是要执正以驭奇，这里的“正”，也就

① 参见詹瑛：《文心雕龙义证》（中），上海古籍出版社 1989 年版，第 1037 页。

② 黄侃：《文心雕龙札记》，华东师范大学出版社 1996 年版，第 139 ~ 140 页。

是“以模经为式”，“以本采为地”，而最终“入典雅之懿”。可见刘勰的体势论与他的体式论和体貌论一样，依然坚持宗经立场。

“循体成势”既为刘勰体势论之要，而所循之“体”，有变（不定）的一面，更有“通”（不变）的一面，后者就是体的经典之元。《宗经》篇说：

> 故文能宗经，体有六义：一则情深而不诡，二则风清而不杂，三则事信而不诞，四则义直而不回，五则体约而不芜，六则文丽而不淫。

刘勰这里所说的“体”，是经典之文的总体特征，或者说是文章性生成之中的恒定之性，它既整合了各体文章的体式、体貌和体势，又揭示出刘勰“文”论的文章性之恒资。

第二节 鼓天下之动者存乎辞

《周易·系辞上》有“极天下之赜者存乎卦，鼓天下之动者存乎辞”，《周易》对宇宙人生的观赜拟容、会通鼓舞，凭藉的是卦爻之象与辞。卦爻象与卦爻辞是《周易》所特有的语言符号，也是中国早期文化所特有的诗性语言。中国诗性文化及文论的生成与传承，在某种意义上说凭藉的是汉语言，是汉语言在形象、声韵和辞采等方面所表现出来的鲜明的诗性特征。《文心雕龙》有《熔裁》篇，据范文澜的解释，熔裁者，熔情裁采也。但《熔裁》篇谈“熔情”者略，言“裁采”者详；此篇之后，刘勰干脆不谈“熔情”，而是一口气用整整十篇的篇幅专论“裁采”。①情为所言之物，采为所言之辞（文辞与修辞），包括骈文体《文心雕龙》在内的中国诗性文论，更为看重的还不是文学说了些什么，而是文学是怎样说的，也就是文学如何用“辞”去鼓天下之动，极天下之赜，乃至言天下之志，抒天下之情。

---

① 范文澜：《文心雕龙注》（下），人民文学出版社 1958 年版，第 496 页。

一、鸟迹代绳，文字始炳

中国文化的恒久生命力与中国文字的恒久生命力是密切相关的，中华民族有文字可考的历史至少有五千余年。秦汉以后“书必同文”，形成以汉语言文字为主体的文化共同体。世界上最古老的几种文字，如古埃及圣书字、美洲玛雅文、美索不达米亚楔形字、古印度婆罗米字母以及腓尼基字母等，虽然和汉字一样起源很早，却是寂灭无闻，有古无今。唯有中国的汉字有古有今，源远流长，以其特有的形色声韵言说并传承着中国诗性文化及文论。

《文心雕龙·原道》在追溯上古文明史时，从河图洛书谈到“鸟迹代绳，文字始炳”。在刘勰的那个时代，由于缺少确切的史料和实物依据，人们对西周以前文字的发展演变尚知之甚少，所谓“年世渺邈，声采靡追”。直到19世纪末，殷墟甲骨文被发现，以及许多文化遗址的陆续发现，汉字早期演变的轮廓才逐渐明晰起来。凭藉今天已有的传世文书与地下文物之“双重证据”，反观汉字的演变历史，不难看出刘勰关于“文字始炳”的论述依然是有理论价值的。

“鸟迹代绳，文字始炳”在吾国历史上是一个神圣而伟大的文化事件，先秦两汉诸多经典对此均有记载或论述。《周易·系辞下》：“上古结绳而治，后世圣人易之以书契，百官以治，万民以察……”西汉孔安国《尚书序》：“古者伏牺氏王天下也，始画八卦，造书契，以代结绳之政，由是文籍生焉。”东汉许慎《说文解字·叙》：“古者庖牺氏之王天下也，仰则观象于天，俯则观法于地。视鸟兽之文，与地之宜。近取诸身，远取诸物，于是始作《易》八卦，以垂宪象。及神农氏结绳为治，而统其事，庶业其繁，饰伪萌生。黄帝之史苍颉见鸟兽蹄迒之迹，知分理之可相别异也，初造书契。”

八卦、书契最终能够取代结绳，最大的优长是它们的形象性。故刘勰论“文字始炳”，常常是说文不离形，解字不舍象。《练字》篇：

> 夫文象列而结绳移，鸟迹明而书契作，斯乃言语之体貌，而文章之宅宇也。

范文澜注曰："言语之体貌，犹曰言语之符号。文章之宅宇，谓文章寄托于字体。"①文字最终能够取代结绳，能够成为言语之符号、文章之宅宇，其缘由正在于《练字》篇所概括的"寄形"与"托声"，所谓"心既托声于言，言亦寄形于字，讽诵则绩在宫商，临文则能归字形矣"。这段话表明刘勰对文字的作用已有深刻而独到的认识。"托声于言"详后，此处专论"寄形于字"。

汉语的"寄形（象）于字"大体上发生在两个层面：一是用字及其所构之词去形象性或象喻式地示意②，二是临篇缀文时要特别注重字体本身所具备的形式美。关于后者，《文心雕龙·练字》指出："是以缀字属篇，必须拣择：一避诡异，二省联边，三权重出，四调单复。"按照刘勰的解释，诡异指"字体瑰怪"，联边指"半字同文"，重出指"同字相犯"，单复指"字形肥瘠"。可见刘勰"练字"，所"拣择"的首先是字形字体，是汉字所独具的纯粹形式意义上的美。以"四调单复"为例，汉字的笔画有简单和繁复之别，故汉字所呈现出来的视觉形象便有或肥或瘠之异。单独地看，肥字或瘠字各美其美而并无优劣之分，一旦排列成句，则须谐调单复，否则会有"行劣"或"篇暗"之累：

> 单复者，字形肥瘠者也。瘠字累句，则纤疏而行劣；肥字积文，则黯黕而篇暗。善酌字者，参伍单复，磊落如珠矣。

笔画简略的字积累成句，就显得稀稀拉拉，行文单薄；相反，笔画繁多的字积聚成文，就显得黑压压的一片，篇体无光。如果繁简字体交错配合，就能圆转如珠了。这就是善于用字。字形的单复亦即繁简，完全是与内容无关的形式美，所谓"字形单复，妍媸

---

① 范文澜：《文心雕龙注》（下），人民文学出版社 1958 年版，第 627 页。
② 关于汉字的象喻功能，本书将在谈及诗性文论思维方式时详论。

异体”。

刘勰练字所择拣者四，似与文学之言志抒情无直接关涉，属于文学的“怎么说”。金圣叹《水浒传序三》自谓“吾独欲略其形迹，伸其神理”。何谓“形迹”？圣叹自释：“如必欲苛其形迹，则夫十五国风，淫污居半；春秋所书，弑夺十九。”何谓“神理”？圣叹强调：“普天下之书，诚欲藏之名山，传之后人。即无有不精严者。何谓之精严？字有字法，句有句法，章有章法，部有部法是也。”由此可见，就文学创作而言，“形迹”指“说什么”，“神理”指“怎么说”。金圣叹之评点《水浒》，其理论兴趣的重心显然是在后者：他不关心《水浒》“说什么”，而关心《水浒》“怎么说”。前者只是“形迹”，后者才是“神理”。无独有偶，刘勰《文心雕龙·情采》也在这个意义上使用“神理”一词：

> 故立文之道，其理有三：一曰形文，五色是也；二曰声文，五音是也；三曰情文，五性是也。五色杂而成黼黻，五音比而成韶夏，五情发而为辞章，神理之数也。

“神理之数”亦即“立文之道”，这里的“数”和“道”都是技巧、方法的意思。《情采》所言“神理”，也就是锤字炼句之方，声律丽辞之法。形文、声文、情文，看似有别，实则一也：“五情发而为辞章”，则“情文”之中自然包蕴“形文”与“声文”。故刘勰的神理之数，注重的是文字的“彣彰”之美，亦即文学语言诉诸于人的感官之美。

《情采》篇又说：

> 《孝经》垂典，丧言不文；故知君子常言，未尝质也。老子疾伪，故称“美言不信”，而五千精妙，则非弃美矣。庄周云“辩雕万物”，谓藻饰也。韩非云“艳乎辩说”，谓绮丽也。绮丽以艳说，藻饰以辩雕，文辞之变，于斯极矣。

《孝经》为儒家经典，韩非子是法家，加上老庄，可见先秦诸子大都讲究文采，讲究绮丽藻饰，讲究语言文字的形式之美，也就是《练字》篇所说的“声画昭精，墨采腾奋”。

当然，就《情采》篇的主旨而言，刘勰是情与采并重，是盼倩与淑姿俱佳，辩丽与情性共美。而到了《熔裁》篇，刘勰虽说是“熔情裁采”，实则以“裁采”为主，故《熔裁》开篇便言：“情理设位，文采行乎其中。”刘勰之所以重“裁采”，是因为“思绪初发，辞采苦杂”，所以“草创鸿笔，先标三准：履端于始，则设情以位体；举正于中，则酌事以取类；归馀于终，则撮辞以举要。”设情、酌事与撮辞三事，最终落到文章的实处，还是“裁采”，还是“绳墨之审分，斧斤之斫削”。如何“撮辞以举要”？《熔裁》在“次讨字句”一节，详论字句的疏密略繁，以及为文者如何善删、如何善敷。

从《熔裁》篇的“撮辞”，到《练字》篇的“拣择”，《文心雕龙》论“文字始炳”，始终看重汉字的形体之美，并从汉字字体的形式美出发，探讨为文者在使用汉字时，如何酌字为文、参伍单复，如何权衡损益、斟酌浓淡。一篇文章，其文辞如川流，须惕其泛滥；其篇章如户牖，须瞰其左右。刘勰以“文”为美，首先是以“文字”为美。这是刘勰文论也是中国诗性文论的一个基本观念。

二、吹律胸臆，调钟唇吻

扬雄有“心声、心画”之说，陆机有“音声迭代、五色相宣”之论，刘勰有“声文、形文”之道，汉语言对诗性文化及文论的承担，就文字或文辞而言，是靠“声色兼备”来完成的。《文心雕龙·练字》篇：“讽诵则绩在宫商，临文则能归字形矣。”字声字形，各司其职。就文学的源起及发生而论，应是先有口传后有文字，故“讽诵”在前而“临文”在后，“声（音）”在前而“形（色）”在后，所谓“声发由文生矣”。

黄侃《文心雕龙札记》指出：“为文须论声律，其说始于魏晋之际，而遗文粲然可见者，惟士衡《文赋》数言。”①早在齐梁沈

① 黄侃：《文心雕龙札记》，华东师范大学出版社 1996 年版，第 146 页。

约等人的声律论之前，西晋陆机已经认识到声律调谐对文章的重要意义。《文赋》："暨音声之迭代，若五色之相宣；虽逝止之无常，固崎锜而难便；苟达变而识次，犹开流以纳泉；如失机而后会，恒操末以续颠；谬玄黄之秩叙，故淟涊而不鲜。"音声之起伏迭代，犹若五色之调和鲜艳。写作时若识声律之变化，就会有开流纳泉、水到渠成之效。与刘勰同时代的钟嵘，虽然对沈约四声八病说颇有微辞，但并未一概反对诗歌的声律之义。《诗品序》论及声律问题，先是指出"古曰诗颂，皆被之金竹，故非调五音，无以谐会"，然后又说"三祖之词，文或不工，而韵入歌唱，此重音韵之义也"，最后主张音韵之发须顺乎自然，"但令清浊通流，口吻调利，斯为足矣"。这与刘勰《文心雕龙·声律》"吹律胸臆，调钟唇吻"的思想实有相通之处。

刘勰之精雕文龙，是声色俱重，《练字》专论字之形色，《声律》专论辞之声韵：

> 故言语者，文章（关键），神明枢机，吐纳律吕，唇吻而已。

范文澜注曰："此言声音为文章之关键，又为神明之枢机；声音通畅，则文采鲜而精神爽矣。至于吕律之吐纳，须验之唇吻，以求谐适，下赞所云'吹律胸臆，调钟唇吻'，即其义也。"①声音作为文章的关键，向内与神明或精神相通，向外则与言辞文采相联。《声律》篇论文字之声韵，有"内听"与"外听"之别，外听易为察，内听难为聪，"故外听之易，弦以手定；内听之难，声与心纷，可以数求，难以辞逐"。听乐器发出的声音，若察其不谐，则可以手改弦更张，调声定音。此谓"外听之易"；言为心声，文章声调的纷繁复杂与内心世界的纷繁复杂直接相关，逝止无常，崎锜难便，不可手定，亦不可言宣。此"内听之难"。

我以为，刘勰"内听"之蕴含，不仅仅限于凭藉文章声律而

① 范文澜：《文心雕龙注》（下），人民文学出版社1958年版，第557页。

听作者心声。更进一步说，"内听"有庄子"心斋"之义。《庄子·人间世》："若一志，无听之以耳而听之以心，无听之以心而听之以气！听止于耳，心止于符。气也者，虚而待物者也。唯道集虚，虚者，心斋也。"刘勰所言"外听"，大体上相当于庄子的"听之以耳"。刘勰所言"内听"则有两层含义：表层义是由文章声律而闻察作者心声，相当于庄子的"听之以心"；深层义是指作者临文之时那种襟怀澄澈、神定气宁的心理状态，相当于庄子的"听之以气"。人在虚静之中，在心斋坐忘之时，才能够"罄澄心以凝思"，"叩寂寞而求音"，① 才能够"吹律胸臆，调钟唇吻"。《养气》篇讲"玄神宜宝，素气资养"，《神思》篇讲"使玄解之宰，寻声律而定墨"，文章声律之本，在于澄神养气，不可外求，此所谓"内听"也。②

"内听"虽然"难以辞逐"，毕竟"可以数求"。如何"求"文章的声律之"数"（术）？或者说如何调协文章声律？《声律》先诊疗"吃文之病"，后标举"和韵之道"。文章声律有飞扬与低沉之别，有双声与叠韵之分，"双声隔字而每舛，迭韵杂句而必睽；沉则响发而断，飞则声飏不还，并辘轳交往，逆鳞相比，迕其际会，则往蹇来连，其为疾病，亦文家之吃也"。吃文为患，病在好诡，逐新趋异，失却自然。根治"吃文之病"，必至"和韵之道"："异音相从谓之和，同声相应谓之韵。韵气一定，故余声易遣；和体抑扬，故遗响难契。"若明其难易，晓其曲变，"则声转于吻，玲玲如振玉；辞靡于耳，累累如贯珠"，"声画妍媸，寄在吟咏，吟咏滋味，流于字句"。这也就是钟嵘《诗品序》所云"清浊通流，口吻调利"。诗歌声韵的调利或通流，利于朗诵，利于作品的流传。魏征《隋书·文学传序》有"江左宫商发越，贵于清绮……清绮则文过其意……文华者宜于咏歌"，皇甫湜《答李生第三书》有"如鸟雀啁啾，声断便已，人如不闻尔，何足贵也"。宜

① 陆机：《文赋》。

② 参见詹瑛：《文心雕龙义证》（中），上海古籍出版社 1989 年版，第 1217 页。

于咏歌则宜于流传，若人所不闻则何以流传？杜甫自道其创作经验，有“老去渐于诗律细”和“新诗改罢自长吟”。不惟老杜，历朝历代的诗人多注重声律，回忌声病，避免“诘屈聱牙”，以求“口吻调利”。这是中国古代文学之诗性的基本层面，也是中国古代文论之诗性的基本层面。

《文心雕龙》论“文”或“辞”，重其清声丽色，表明刘勰对“文”之文章性的自觉体认。而精雕文龙的刘勰，对“文”之文章性的阐释既弘阔大气，又细致入微。在《文心雕龙》之中，“宏阔”表现为对宇宙间日月山川动植万品之声色文采的胪列敷赞，“细微”则表现为对文籍篇什之字词句章、声色辞采的深识鉴奥。《文心雕龙·原道》在谈到天地动植之文与人之文的关系时指出：“夫以无识之物，郁然有采，有心之器，其无文欤？”自然与人类都是有“文”有“采”的，自然、人类的“文”或“采”及其对“道”的垂示就是“文章性”。这是刘勰的结论。而刘勰用来支撑这一结论的事例是自然之物的清声与丽色：“林籁结响，调如竽瑟；泉石激韵，和若球锽”，清声也；“云霞雕色，有逾画工之妙；草木贲华，无待锦匠之奇”，丽色也。从自然界的林籁、泉韵、云霞、草木，说到人类社会的竽瑟、钟磬、画工、锦匠，二者之间不仅仅是一种修辞学意义上的比兴或隐喻，往深处说还是文章性意义上的同质同体。自然与人类都是在以自己所特有的清声丽色言说着道，这是共通的。不同的是，天地动植之文对道的言说过程是纯任自然的，所谓“夫岂外饰，盖自然耳”。而人之文对道的言说，虽然要法自然，要以自然为最高境界，但其具体过程是不得不人为、不得不外饰的。否则，何来“雕龙”之说？

需要指出的是，作为“雕龙”的主要内容，声律与形色有可说的一面，还有不可说的一面。顾宪成《冰川诗式题辞》指出：“凡涉于声，便有清浊，可以缘清浊而得之，而此非清非浊，即师旷不能听也；凡涉于色，便有浓淡，可以缘浓淡而得之，而此非浓非淡，即离娄不能瞩也；凡涉于味，便有甘苦，可以缘甘苦而得之，而此非甘非苦，即易牙不能尝也；凡涉于象，便有方圆，可以缘方圆而得之，而此非方非圆，即公输不能辨也。故曰：‘鸳鸯绣出从君看，不把金针度与人。’其旨精矣。毕竟金针犹可度也，当问把金针是谁，庶几能得一指头消息耳。”前面说过，清声丽色是中国诗性文论最为基本的层面，是可以言传的；而非清非浊、非浓非淡者，“其旨精矣”，即为老子的“大音希声，大象无形”，是中国诗性文论的最高层面。对此，我们只能如《文心雕龙·神思》所言“言所不追，笔固知止”了。

三、玉润双流，如彼珩佩

好的字句是声画妍媸，好的文章是音形双美，是清声与丽色的谐和统一。《文心雕龙》在《声律》之后有《丽辞》，专论文章言辞的对偶之美。《说文》：“丽，旅行也。”李曰刚《文心雕龙斠诠》：“按：旅行，谓结侣而行也，亦如骈行之义。”①刘勰论丽辞，认为文章讲究骈辞俪句有两个源头：一是源于自然，二是源于五经。

人之文有骈俪之美，从本源上说是人法自然的结果。作文者锤字炼句，结偶成对，看似人为，实则自然，故《丽辞》开篇便言：“造化赋形，支体必双，神理为用，事不孤立。夫心生文辞，运裁百虑，高下相须，自然成对。”刘勰“事不孤立”的思想为唐时旅华日僧空海所继承，空海所著《文镜秘府论·北卷·论对属》开篇便言：“凡为文章，皆须对属：诚以事不孤立，必有配疋而成。”然后列举了自然界及人类社会中一系列“事不孤立，配疋而成”的例子，如上与下，尊与卑，有与无，同与异，去与来，等等。②

正因为骈俪之美源于自然，所以即便是在言辞朴实无文的唐虞之世，亦不乏率然之对，如皋赞之“罪疑惟轻，功疑惟重”，益谟之“满招损，谦受益”等。上述两例，均见于《尚书》。《周易》中的对偶还有“水流湿，火就燥”、“云从龙，风从虎”等。除了自然和人类社会之外，五经之中的骈偶俪句成为丽辞的另一源头。

① 詹瑛：《文心雕龙义证》（中），上海古籍出版社1989年版，第1291页。
② ［日］弘法大师原撰，王利器校注：《文镜秘府论校注》，中国社会科学出版社1983年版，第486页。

《丽辞》篇：

> 《易》之《文》、《系》，圣人之妙思也。序《乾》四德，则句句相衔；龙虎类感，则字字相俪；乾坤易简，则宛转相承；日月往来，则隔行悬合；虽句字或殊，而偶意一也。至于诗人偶章，大夫联辞，奇偶适变，不劳经营。

可见五经中的骈偶之形色，不仅表现为字辞的相衔相俪，而且表现为章句的妙思佳构。《刘申叔先生遗书·文说·丽采篇第四》："由古迄今，文不一体。然循名责实，则经史诸子，体与文殊，惟偶语韵词，体与文合。……观于文字之古义，可以识文章之正宗矣。况《易》以六位而成章，《书》为四言之嚆矢，太师采《诗》，咸属韵语，宣尼赞《易》，首肇《文言》，遐稽《六艺》之书，半属偶文之体。"①儒家经典之所以被视为文章之正宗，一个重要的原因在于它是包括偶体俪辞在内的文章性之滥觞。

说到"丽辞"，我们自然会想到子桓的"诗赋欲丽"和士衡的"诗缘情而绮靡"，想到学界几成定论的"（魏晋）文学之独立"。"文学"从何处独立？独立于儒家之经典也。何谓"独立"？纯而不杂也。所谓"独立"的文学，也就是远离儒家经典的骈俪之诗赋。这种"文学独立"论是值得重新审视的。就本节的论题而言，骈文俪辞乃至清声丽色的确是"文学"的重要特征，但这个"文学"不是以西方文学观念（所谓"为艺术而艺术"）为圭臬的文学，而是生成于中国本土之文章性的文学，后者才是符合中国文学之实际，也是符合《文心雕龙》之实际的。

在《文心雕龙》所论及的三十多种文体之中，骈文俪辞清声丽色者绝非仅见于"诗赋"（亦即今人所说的"纯文学"），同时亦见于被今人视为"杂文学"的各体文章之中，如《诏策》讨论各种诏策文在辞采声色方面的特征：

---

① 詹瑛：《文心雕龙义证》（中），上海古籍出版社1989年版，第1291~1292页。

授官选贤，则义炳重离之辉；优文封策，则气含风雨之润；敕戒恒诰，则笔吐星汉之华；治戎燮伐，则声有洊雷之威；眚灾肆赦，则文有春露之滋；明罚敕法，则辞有秋霜之烈此诏策之大略也。

大体上说，“重离之辉”、“星汉之华”、“秋霜之烈”、“春露之滋”，言其色；“洊雷之威”、“风雨之润”，言其声。在刘勰看来，广泛地存在于各体文章之中的清声丽色、骈文俪辞，是从五经那里生长出来的，所以刘勰讨论“丽辞”，首先要举五经的例子。刘勰论“文”，其入思方式是“振叶寻根，观澜溯源”。不回到五经之“根”或“源”，是不可能厘清文章之“叶”或“波”的。正是在这个意义上，刘勰要说“唯文章之用，实经典枝条”①，“圣人之文章，亦可见矣”②。刘勰为何要宗经征圣？一个重要的目的，就是要找到文章及其文章性的本根和来路。

包含在各体文章中的骈俪之美，是中国古代文学的诗性之所在，因而也是中国古代诗性文论的研究重心之所在。早在刘勰《文心雕龙》专论“丽辞”之前，已有文论家关注此问题。魏文帝《典论·论文》有“诗赋欲丽”，传魏文帝著《诗格》讨论“八对”：“一曰正名，二曰隔句，三曰双声，四曰叠韵，五曰连绵，六曰异类，七曰回文，八曰双拟。”③陆机《文赋》讲作文之利害所由，主张意巧辞妍，绮靡浏亮：“其会意也尚巧，其遣言也贵妍。暨音声之迭代，若五色之相宣。”《文赋》细说种种文病，其中就有丽辞及声色方面的问题。

自南朝永明声律论开出五言古体向律诗转变的途径，重骈偶俪辞之美成为时代风习。《颜氏家训·文章》：“今世音律皆靡，章句对偶，讳避精详，贤于往昔者多矣。”到了唐永贞元和年间，日僧

① 《文心雕龙·序志》。

② 《文心雕龙·征圣》。

③ 转引自［日］弘法大师原撰，王利器校注：《文镜秘府论校注》，中国社会科学出版社 1983 年版，第 224 页。

空海留学中国，所获崔融《新唐诗格》、王昌龄《诗格》、元兢《诗髓脑》、皎然《诗议》诸书，皆为讨论诗歌丽辞格律之专书，有大量的章句对偶之内容。空海回国后作《文镜秘府论》，其《天卷》论四声八韵，其《西卷》论二十八种文病，其《东卷》和《北卷》论对偶和对属，论诗文中的二十九种对偶，论文章句端的近百种对属，可谓集中国对句艺术之大成。

刘勰写作《文心雕龙》的年代，正值永明声律论大盛之时，故《丽辞》篇盛赞“丽句与深采并流，偶意共逸韵俱发”。面对六朝骈俪华美的文风，“擘肌分理，惟务折衷”的刘勰，一方面批评“繁采寡情”、“为文造情”，同时也充分肯定“藻饰”、“辩丽”的价值，并对“文”之声色、对偶作了全面而深入的研究。就文辞对偶而言，《文心雕龙》的《丽辞》篇，其内容极为丰富，举凡“对”之释义与分类，“对”之为美与成病，“对”之方法技艺等等，都有论述。《丽辞》将诸种对句概括为四：

> 故丽辞之体，凡有四对：言对为易，事对为难；反对为优，正对为劣。言对者，双比空辞者也；事对者，并举人验者也；反对者，理殊趣合者也；正对者，事异义同者也。

四对实为两组，言对与事对一组，正对与反对一组。言对无须用典，故较事对为易。而事对用典，尚清新典切，忌陈腐冗杂，于故事中见新意。故二者有难易之分。如宋玉《神女赋》“毛嫱鄣袂，不足程式；西施掩面，比之无色”，即为事对之例者。正对双举同物以明一义，词迳而异同；反对并列异类以明一理，语曲而意丰。故二者有优劣之别。如王粲《登楼赋》“钟仪幽而楚奏，庄舄显而越吟”，又如前举《书》之“满招损，谦受益”、《易》之“水流湿，火就燥”，即为反对之类也。

四对之中，何者为美，何者为病，如何成美，如何去病，《丽辞》又有详论：

> 是以言对为美，贵在精巧；事对所先，务在允当。若两事

> 相配，而优劣不均，是骥在左骖，驽为右服也。若夫事或孤立，莫与相偶，是夔之一足，趻踔而行也。若气无奇类，文乏异采，碌碌丽辞，则昏睡耳目。必使理圆事密，联璧其章。迭用奇偶，节以杂佩，乃其贵耳。类此而思，理斯见也。

言对以精巧为贵，事对以允当为先，正对和反对则均须有奇类异采。总之，理圆事密，联璧其章，就是最好的“对”，就有了“玉润双流，如彼珩珮”之美。

丽辞是“文”之文章性的表征，是美的显现，是诗性的言说。丽辞用之于文学理论和文学批评文本，则构成中国古代文论的诗性特质。《文心雕龙》用骈文写成，通篇洋溢着“玉润双流，如彼珩珮”之美。首篇《原道》之首段有言：

> 日月叠璧，以垂丽天之象；山川焕绮，以铺理地之形。

日月对山川，叠璧对焕绮，垂（象）对铺（形）……这还是最为简单、最为容易的“正对”。至于反对，以及事对和言对等等，在《文心雕龙》中比比皆是。刘勰关于文学理论和文学批评的“丽辞式”言说，真正是“丽句与深采并流，偶意共逸韵俱发”，成为中国诗性文论的典范文本。

第三节　终日言，而未尝言也

刘勰有云，“心生而言立，言立而文明”，作为人类文明的创造者和表述者，人岂能无言？老子有云，“道可道，非常道”，作为宇宙之本源和文明之至境，“道”岂是语言所能凑泊？明知不可言却不得不言，时时有言却时时推崇无言。这不仅是老庄，也是佛禅，甚至也是孔孟所面临的语言悖论。僧肇《般若无知论》将般若义的语言观表述为“终日言，而未尝言也”，此语出自《庄子·寓言》：“言无言，终身言，未尝言；终身不言，未尝不言。”“言”与“无言”，“终日言”与“未尝言”，形成一种巨大的语言张力，中国诗性文化的语言观在此张力中生成。在儒家，是“慎乎辞”与“非文辞不为功”的联缀；在道家，是“忘言”与“与之言”的契合；在佛禅，则是“终日言”之后对“未尝言”的妙悟。

一、圣人复起，必从吾言矣

标题中的这句话，出自《孟子·公孙丑上》。公孙丑请教孟子有哪方面的专长，孟子答曰：“我知言，我善养吾浩然之气。”在详细地解释了何谓“知言”之后，孟子非常自信地说：“圣人复起，必从吾言矣。”当然，包括孟子“知言养气”在内的原始儒家文论有着明显的道德内涵和功利色彩，后人对此不乏微辞；但我们以为，以孔孟为代表的儒家文论的语言观，其功利性（工具理性）之中包含着双重意义上的诗性智慧：“慎辞哉”与“告诸往而知来者”。

原始儒家的语言观建立在厚重的神圣感之上，用孔子的话说，是“慎辞哉”！孔儒之慎乎辞，源于两大文化心理：一是关于苍颉造字而鬼哭粟飞的神话记忆，二是关于一言可以兴邦或丧邦的文字崇拜。《文心雕龙·练字》在论及汉字的起源及功用时说：“苍颉造之，鬼哭粟飞；黄帝用之，官治民察。”彦和此语，正好道出原始儒家语言观之神圣感的内在缘由。《淮南子·本经训》有“昔者苍颉作书而天雨粟，鬼夜哭”，足见苍颉所作之书（汉字）以及“苍颉作书”这一文化事件具有惊天地泣鬼神的威力。原始儒家之慎辞、知言乃至畏言，虽然其直接的心理动因是理性的、功利性的，但其深潜的层面，或多或少积淀着华夏先民敬畏文字的集体无意识。

据《左传·襄公二十五年》记载，郑国大夫子产，因郑国对陈国采取军事行动而受到当时霸主晋国的质问。子产的应答措辞婉转而理直气壮，使晋国执政者为之折服。孔子对此大加赞叹：

> 志有之：言以足志，文以足言。不言，谁知其志？言之无文，行而不远。晋为伯，郑入陈，非文辞不为功，慎辞哉！

可见“言”以及对“言”的修饰（“文”）之重要。“一言可以兴邦”，“一言而丧邦”①，“片言可以折狱”②，“有一言而可以终身行之”③……《论语》中的这些话讲的都是“慎乎辞”。儒家“三不朽”，“立言”居其一；孔儒“四教”，以文为先；尼父诫子“不学诗无以言”，其重《诗》缘于重“言”。

在孔子看来，诗歌也是“非文辞不为功”的，而孔子之删诗正诗，正是“慎辞”思想在诗歌批评中的具体表现。孔子之“慎辞”，还表现在他与人谈诗时有“失言”之虑。何谓“失言”？《论语·卫灵公》：“子曰：‘可与言而不与之言，失人；不可与言而与之言，失言。知者不失人，亦不失言。’”那么，如何判断对方是“可与言”，还是“不可与言”呢？就对《诗经》的引用和讨论来讲，孔子的标准是看对方能否“告诸往而知来者”。《论语·学而》：

> 子贡曰：“贫而无谄，富而无骄，何如？”子曰：“可也；未若贫而乐，富而好礼者也。”子贡曰：“《诗》云：‘如切如磋，如琢如磨。’其斯之谓与？”子曰：“赐也，始可与言诗已矣，告诸往而知来者。”

显然，孔子认为子贡是“可与言”的，原因就在于与他言诗之时，他能“告诸往而知来者”。按照杨伯峻先生的解释，这里的“往”指过去的、已知的；“来”则指未来的、未知的。④“如切如磋，如琢如磨”是既存的《诗经》中的名句，属于“往”；而“贫而如何，富而如何”，则是一个尚无定论而需要探讨的问题，属于“来”。由“往”而知“来”，由“诗”而明“事”，这是孔子谈《诗》所常用的语言方式，如《论语·八佾》由《诗·卫风·硕

---

① 《论语·子路》。

② 《论语·颜渊》。

③ 《论语·卫灵公》。

④ 参见杨伯峻：《论语译注》，中华书局1980年版，第10页。

人》“巧笑倩兮，美目盼兮，素以为绚兮”，而知“礼后于仁”即为此类例证。已知的、既存的“往”，可以是《诗经》中的句子，也可以是口耳相传的民歌民谣。据《孟子·离娄上》：“有孺子曰：‘沧浪之水清兮，可以濯我缨；沧浪之水浊兮，可以濯我足！’孔子曰：‘小子听之，清斯濯缨，浊斯濯足，自取之也。”在这里，孔子由水之清浊而明人之善恶，由濯缨濯足之别而隐喻取誉取咎之异。

细绎孔子的“告诸往而知来者”，不难发现，其“往”多是《诗》之成句，其“来”多关乎完全的人格。上一章曾谈及孔儒文化“比德”的人格诉求；而所谓“比德”，实则是用“比兴”的话语方式言说理论问题。比兴是《诗经》常用的艺术手法，多用来抒情或叙事。而孔子之明理亦用比兴，或以物喻人（比）或以物起情（兴），其心理实质都是原始思维所特有的以己度物、物我同一，具有显明的诗性特征，从而在先秦这一理性的时代，部分地遗存了原始人类的“诗性智慧”。

孔子和孟子，对于儒家人格的关键词（如仁、义、礼、智、信等），很少下纯理性的“属加种差”式的定义，而更多地用比兴的方法来言说，“抽象的概念世界总有具体的事物与其相参照。例如有一个十分完美的‘善’就必定有一个善人（尧、舜、禹等）作为象征”①；说到“孝”，就要涉及一系列“孝”的行为。儒家语言观的思维特征，是任何概念都粘附着一个具体事物，这种思维方式是中国古代宗法思想文化的衍生物。“宗法社会的一大特点是对现实人伦关系的注重，并以现实人伦情感作为维系社会的基础。此特点像一道文化天网阻拦着一个概念或一个命题演化为纯粹的思维存在世界。”②这当然是从消极的角度谈比德或比兴。

从积极的方面看，孔儒语言方式的比兴，有着“起”之功能。何谓“起”？据杨伯峻注引孙楷第的解释：“凡人病困而愈谓之起，

① 周春生：《直觉与东西方文化》，上海人民出版社2001年版，第1页。
② 周春生：《直觉与东西方文化》，上海人民出版社2001年版，第37页。

义有滞碍隐蔽，通达之，亦谓之起”①。孔子与其门生所讨论的问题，未明之前属于“义有滞碍隐蔽”，欲“通达之”，则须先言他物，则须用比兴，也就是“告知往”。“往”者，或起情或取譬；“来”者，或明理或晓义。因而，比兴的过程也就是由“往”而知“来”、由《诗》而言理的过程，比兴的效果或功能也就是“起”。《论语》和《孟子》中的比兴，大多有消解滞蔽之功，有通达志意之用。

孔子中庸，故自谓“我于辞命，则不能也”；孟子狂狷，故自谓“圣人复起，必从吾言矣”。② 其实，孔子和孟子都是“知言”而不“失言”的智者，都是既“慎辞”又“文言”的圣者。孔子说过“言之无文，行而不远”的话，故后人要将《易传》“文”乾坤两卦之“言”的功劳归之于他。而孟子之“知言”则是言之凿凿的，《公孙丑上》记孟子曰：“诐辞知其所蔽，淫辞知其所陷，邪辞知其所离，遁辞知其所穷。”《论语·尧曰》：“子曰：‘不知言，无以知人也。’”孟子不仅“知言”，而且由“知言”而“知人”；不仅“知人”，而且由“知人”而“论世”。《孟子·尽心下》：“言近而指远者，善言也；守约而施博者，善道也。君子之言也，不下带而道存焉。”孟子的“善言”与“善道”相通，故孟子的语言自信是有底气、有根基的。

孟子解诗论诗，主张“不以文害辞，不以辞害志”。孟子所说的“文”，可理解为文饰或修辞，是指包括比兴在内的诗性话语方式；而所谓“害”，则是阻障，是遮蔽。诗性的言说，即以“文”的方式使“辞”通达于“志”，也就是“启”。这种清障去蔽的功能，对于《诗》之言志和《语》《孟》之论诗都是相同的。孔孟之后，中国古代的文论家不仅仅是用作诗的方法（如比兴）来论诗，而且干脆就用诗来论诗，诗性传统于是不绝千古。

① 杨伯峻：《论语译注》，中华书局1980年版，第26页。

② 《孟子·公孙丑上》。

二、吾安得夫忘言之人而与之言哉

《庄子·外物》在取筌蹄之喻以明“得意而忘言”的道理之后，喟然叹曰：“吾安得夫忘言之人而与之言哉!”庄子的感叹，道出原始道家语言观的一个深刻的悖论：既然主张“忘言”，又何必要与人言？既然找的是“忘言之人”，而“忘言之人”如何能言？“忘言”乃至“无言”之说确乎妙论，但如果固守并履践“忘言”、“无言”之说，此妙论又如何示于人、晓于世？庄子曾说过“在才与不才之间耳”的话，据此推论，如果庄子能听到我们的质疑，大概也会说“在言与不言之间耳”。

尽管儒道两家的语言观有着极大的差异，但在“慎辞哉”这一点上，两家却有共通之处。《老子》十七章有“悠哉，其贵言”，二十三章有“希言自然”。老子主张宝重其言，主张罕言、寡言，岂非“慎辞哉”？老子不仅“慎辞”，更是主张“无言”；无独有偶，孔子也有过“予欲无言”的时候。本书上一章已经指出，老子的“无言”和孔子的“欲无言”，在效法天地自然之性这一点上是相通的。孔子说“天何言哉”，老子说“大音希声”，儒、道两家的创始人都看到“天道无言”这一重要的自然规律，从而在“慎辞”乃至“无言”的层面实现了诗性交融。上一章还指出，儒、道两家的创始人对“道”的言说，不约而同地采用了取物为喻的语言方式，从而又在隐喻和象征的层面实现了诗性交融。

但是，同样是取譬于物以明己道，儒、道两家的语言观却有着本质的区别。儒家认为自己的道是可以言传的，故孔子四处传道而不辞艰辛、四方授徒而诲人不倦；道家则认为自己的道是不能言传的，故《老子》开篇便言“道可道，非常道”，庄子将“吾安得夫忘言之人而与之言哉”视为平生夙愿。“道”，作为道家哲学的最高范畴，是任何言说都无法凑泊的。《庄子·天地》：

> 黄帝游乎赤水之北，登乎昆仑之丘而南望，还归遗其玄珠，使知索之而不得，使离朱索之而不得，使喫诟索之而不得也。乃使象罔，象罔得之。黄帝曰：“异哉！象罔乃可以得之乎？”

庄子“象罔得玄珠”的寓言，既隐喻“道”（玄珠）在天地自然之中（赤水昆仑之间），又明示言辩（喫诟）与知性（知及离朱）均不能得道，惟有象罔方能得道。“象罔”亦作“罔象”，无形无迹无言无心之谓①，亦即无象之大象(《老子》三十五章：“执大象，天下往。”四十一章：“大象无形。”)。

孔孟的道以仁义为本，以人伦为常，是一种有言之在；而老庄的道以无为本，以无为征，是一种无言之在。只有从这一点出发，我们才能把握原始儒、道两家语言观的根本差异。作为“有言之在”，儒家的道不仅可以言传，而且在一定意义上“言”本身就是“道”，比如孔子强调“名正言顺”关乎礼乐兴盛②，孟子认为“君子之言”与道俱存③。言与道之关系，在道家那里则变得非常复杂：既然道是“无言之在”，是不可言传不可语达的，那么道如何向人显现，或者说主体凭藉什么进入道？

从语言论的角度看，原始道家所开出的至道之径有二：一是老子的“行不言之教”，二是庄子的“得意而忘言”。《老子》二章：“圣人处无为之事，行不言之教。”前面已经指出，老子的“无为”并非“不为”（do nothing），而是不妄为，不滥为，也就是要以“无为”（自然）的方式来“为”，像自然万物那样“作而弗始，生而弗有，为而弗恃，功成而弗居”，只有这样方能做到“无为而无不为”。据此上文推断，下文“无言”亦非“不言”，而是不妄言，不滥言，不滥施政令，也就是要以“无言”（自然）的方式来“言”，只有这样方能做到“言善信”、“善言无瑕谪”。《老子》五十六章有“知者不言，言者不知”，八十一章有“善者不辩，辩者不善”。孔子欲无言却终不能无言，不仅未能无言，而且将能否“知言”、能否不“失言”视为“知（智）者”的标准。老子虽然反其道，将“不言”、“不辩”视为“知（智）者”的标准，但他自己同样是终不能“不言”、“不辩”。是故白居易有《读老子》一

① 陈鼓应：《庄子今注今译》，中华书局 1983 年版，中册，第 303 页。

② 《论语·子路》。

③ 《孟子·尽心下》。

诗诘问"知者不言":"言者不知知者默,此语吾闻于老君。若道老君是知者,缘何自著五千文?"其实,《道德经》之言"道",不说"道"是什么,而说"道"不是什么,这就是以"无言"的方式在"言",也就是"言无言",因而也是"知者"之"言"。

黄庭坚《赠高子勉》:"妙在和光同尘,事须钩深入神。"顾易生指出:"深沉的凝神构思,是'知';而表现得浑成自然,不露辞锋与修饰,则是'不言'的微旨妙用。"①鲁直实际上是将老子的"知者无言"引入诗文批评,并窥到"知"与"无言"之间的辩证联系。此外,"无言"与"有言"之间亦存在着辩证关系,《老子》十一章排比三例(车毂、器皿、户牖)以喻"有之以为利,无之以为用",而中国古代诗论"强调诗歌的言外之意,有余韵、余味,即是'当其无而有"言"之用',当然不是说诗歌不需有语言。"②老子以"言无言"的方式进入哲学的最高境界,诗人亦以"言无言"的方式进入诗歌的最高境界。而在"无言"这一点上,思与诗的最高境界是相通的。

老子之后,庄子不讲"无言"而讲"忘言"。在庄子看来,"忘言之人"并非"无言"之人。前者是熟谙庄子之"言"和庄子语言观的人,如《徐无鬼》中庄子所凭吊的好友惠施:"自夫子之死也,吾无以为质矣,吾无与言之矣。"质,对象、对手也,此处喻知言、知音、能与之言者。读《庄子》,我们能强烈地感受到庄子是能言善道之人;而庄子的"筌蹄之喻"又明确地告诉我们:无"言"则无由得"意",正如无筌、蹄则无由得鱼、兔。一部《庄子》,有寓言、重言、卮言,有荒唐之言、谬悠之说、无端崖之辞。先秦诸子之中,若论言之多、言之妙、言之奇、言之诡者,当首推庄子。

王国维《屈子文学之精神》喟叹庄"言"之诗性魅力:"南人

---

① 王运熙、顾易生主编:《中国文学批评通史·先秦两汉卷》,上海古籍出版社1996年版,第162页。

② 王运熙、顾易生主编:《中国文学批评通史·先秦两汉卷》,上海古籍出版社1996年版,第160页。

之想象力伟大丰富，胜于北方人远甚。彼等乃巧于比类，而善于滑稽。故言大则有若北溟之鱼，语小则有若蜗角之国，语久则大椿冥灵，语短则蟪蛄朝菌；至于襄城之野，七圣皆迷；汾水之阳，四子独往，此种想象，决不能于北方文学中发现之。”庄子语言独特的诗性魅力，源于庄子的原始感觉和神话思维。维柯《新科学》称原始人类是世界童年时期的“崇高的诗人”①，他们的感觉，他们的智慧都是诗性的。泰勒《原始文化》也认为原始部族的智力状态与现代诗人自觉的虚构，“两者在思想之现实性的感觉中却是相同的，而这种感觉，可庆幸或不幸，现代教育试图如此有力地毁灭它”②。泰勒所说的对“思想之现实性”的感觉，亦可理解为对“心理真实”的感觉，或者说是一种诗性的想象或虚构。这种感觉是原始的也是现代的，是野性的也是文明的，而《庄子》之“言”则是神话思维在文明时代所绽放出的奇葩。《庄子》一书的“神话”，不仅仅是一种叙述或话语方式，也不仅仅是关于世界的起源与人类命运的描述，从根本上说是一种原始意识形态，即虚幻的真实性。在这个意义上说，不仅“南海之帝为倏”、“黄帝游乎赤水之北”、“知北游于玄水之上”是神话，诸如“庖丁解牛”、“佝偻者承蜩”、“梓庆削木为鐻”亦可视为神话。庄子作为文明时代的哲学家如果丢弃了原始感觉和神话思维，他不可能写出如此有魅力的“言”，更不可能如此出神入化地以“言”去逮住颇具原创性的深邃之“意”。

原始感觉和神话思维不仅赋予庄子语言以独特的诗性魅力，而且构成庄子言说方式的诗性隐喻。《庄子》中一个接一个的神话式的寓言，其实都是他的“意”之喻体。庄子的真意绝非浮现于寓言之表，而是深隐于寓言之外。因此，读《庄子》若执著或陶醉于庄子之言（喻体）而流连忘返，则可能丢失庄子之真意（本

---

① ［意］维柯著，朱光潜译：《新科学》，商务印书馆 1989 年版，第 115 页。

② ［英］爱德华·泰勒著，连树声译：《原始文化——神话、哲学、宗教、语言、艺术和习俗发展之研究》，上海文艺出版社 1992 年版，第 314 页。

体）。明乎此，似可得庄子倡“得意忘言”之用心。为进入“无言之在”这一最高境界，庄子承续老子的“涤除玄览”和“致虚极，守静笃”，倡“心斋”、“坐忘”之说，从主体心理和心境的角度开出诣道之途。与此同时，庄子又创“得意忘言”之新论，为“文”对“无言之在”的进入提供了语言学思路。后来王弼作《周易略例》，以道释易，在庄子的“得意”与“忘言”之中锲入“得象而忘言”，从而将“言—象—意”融为一体。王弼之“明象”，上承三玄（老、庄、易）道论，下启意象、意境、境界之说，成为原始道家“自然之道”与古代文论“境界之美”的思想桥梁。虽然对意境（意象、境界）的释义至今还是见仁见智，但对境（象）与道（自然）之联系的理解却是无甚歧义的。文学家之取境犹如黄帝之索玄珠，最终凭藉的是“象罔”而非“喫诟”。老庄的“道”在言语之外，文学的“境”亦在言语之外。境与道通，道家至道之思与方，直接开启了文学取境之思与方。道家文化的“道法自然”和“得意忘言”，将追求自然真境与言外之味的审美品质永久性地赋予古代文论，从而使得言说方式的诗意性和审美性成为中国古代文论数千年不变的标志性特征。

三、山路元无雨，空翠湿人衣

佛之三宝（佛、法、僧）构成佛教主体，而“佛”授“法”于“僧”则为佛之路径。但是，佛之“法”被视为最高的绝对的真实，任何相对的语言都是不能指称的。因此，佛教的语言观遭遇到与老庄相同的悖论：“法”（“道”）不可言却不得不言。释迦牟尼创教、传教时必定是有言的，否则佛典中那么多的“如是我闻”从何而来？而佛主在灵山授法时的拈花示众与摩呵迦叶回应时的点头微笑，又确切乎是无言的。禅宗在东土的流播，从菩提达摩少林面壁到六祖慧能韶州讲法，走的是一条从“不立文字”到“不离文字”的路子。就南宗禅而言，顿悟之时无须言，言则断悟；顿悟之理则必须言，不言则理不明。从语言观的特定层面而论，一部漫长而宏大的佛教史，从印度到中国，正是在“言”与“不言”中徜徉的历史。

据《维摩诘经》，文殊师利率众佛弟子去维摩方丈问疾时，讨论到“不二法门”，维摩诘的答辩是沉默。“维摩之默”与“如是我闻”岂不是构成矛盾？而大乘中观学派中的“中道”观却成功地调和了二者的矛盾。《金刚经》立了27个主题，每一个主题都用肯定与否定相统一的公式。如说“佛说般若，即非般若，是名般若”。可见般若是一种非有非无的道理，是不可言说而又不得不言说的。①僧肇的《般若无知论》将“般若”的这种言与无言之义讲得分外透彻：

> 经云：般若义者无名无说，非有非无，非实非虚，虚不失照，照不失虚。斯则无名之法，故非言所能言也。言虽不能言，然非言无以传。是以圣人终日言，而未尝言也。

维摩之默，是无声胜有声；僧肇之“终日言”，则是以有声蕴无声，用语言的外观含蕴无名之般若。

“佛”的本义是“悟”，释迦牟尼因悟而成佛。佛主之后，大凡在佛史上留名的都有“悟”的故事。以禅宗为例，先有西天摩呵迦叶于佛主拈花之时而领悟微妙至深的禅境，后有东土六祖慧能于弘忍命偈之际而创南宗顿教，此所谓“拈花之妙悟，非树之奇想”。《六祖坛经》又名“摩诃般若波罗蜜”，意即“将大智慧到彼岸”。其实，南宗禅的“彼岸”就是“此岸”，就是吾心之中的那一点真如本性，故慧能说“一切万法，尽在自身中，何不从于自心顿现真如本性”②。一部《坛经》，讲的就是顿悟之理，言的就是一诣之感，所谓“非言无以畅一诣之感”③。

六祖慧能于韶州大梵寺施法讲经是8世纪的事，五百年后，闽人严羽作《沧浪诗话》而以禅喻诗，用禅的话语方式品诗论诗，

---

① 参见孙昌武：《佛教与中国文化》，上海人民出版社1988年版，第342页。

② ［唐］慧能著，郭朋校释：《坛经校释》，中华书局1983年版，第58页。

③ ［东晋］慧远：《与隐士刘遗民等书》，《广弘明集》卷二十七上。

用禅文化的诗性精神浇灌中国文论的诗性。当然，在这五百年之间以及之前，佛教的语言观已经在影响着中国文论。如果说，陆机《文赋》的“课虚无以责有，叩寂寞而求音”，已在其文论中透露出玄、佛“无言”论之合流的消息；那么，刘勰《文心雕龙》赞叹“般若之绝境”，则彰显出般若语言观对这位僧佑高足的深刻影响。①隋唐以降，随着佛教的中国化（尤其是南宗禅的创立），佛陀及禅那融合了“无言”与“有言”的语言观直接进入中国文论，使得中国文论的“言无言”同时受惠于道家与佛教的双重思想资源。

般若义的“终日言而未尝言”，表现在文论上则是对言外之意、意境之美的执著。以唐宋文论为例。受老庄语言观的影响，唐宋文论有着重意境、重冲淡、重自然空灵和无言之美的艺术倾向，这一路的文论思想，由王昌龄“意境”、殷璠“兴象”、皎然“取境”、司空图“韵味”、苏轼“空静”绵延而成。到南宋严羽以禅喻诗，将禅宗的“参”与“悟”引入诗论，标举“熟参”、“妙悟”并创“兴趣”、“入神”、“别材别趣”诸说，既是对这自然冲淡一路文论的总结，亦是在这自然冲淡中融入佛禅的“言无言”。中国文化及文论史上，严羽可以说是第一次自觉地用禅宗的思维及话语方式品诗论诗，并且在自己的批评实践中成功地借鉴并融入了禅宗“言无言”以及“言而无言”的语言观。

严羽的“诗道亦在妙悟”取自“禅道惟在妙悟”，而禅宗的妙悟（南顿北渐）则是承续了东晋竺道生的“大顿悟”。②据慧达《肇论疏》，道公大顿悟既讲“理不可分，悟语极照。以不二之悟，符不分之理”，也讲“悟不自生，必借信渐。用信伏惑，悟以断结”。前者指必须一次性地全面把握真如本性，悟理之时便是成佛之时，这显然是后来南宗禅的思想来源；后者则明示顿悟并不排斥

① 关于佛学与刘勰文论的关系，请参见李建中：《试论〈文心雕龙〉的思想史价值》，载《文心雕龙研究》第4辑，北京大学出版社1999年版。

② 关于禅宗妙悟与道生大顿悟的关系，请参见曾祖荫：《中国佛教与美学》，华中师范大学出版社1991年版，第114～117页。

渐修，必须以“信”（闻解）去“伏惑”并最终“断结”（了悟），这又是后来北宗禅的思想来源。严羽诗论兼综顿渐，对禅宗文化的吸纳重其思想及方法之精髓，既无部派之见亦略其细枝末节。

严羽通禅于诗，其论兼及鉴赏与创作。无论学诗抑或作诗，都有一个“参”与“悟”的问题。就“参”而言，禅有大小乘之别，诗有汉魏晋盛唐与大历以往之分；就“悟”而论，在禅是第二义（声闻辟支果）与第一义（具正法眼）相随，在诗则是一知半解（浅）与透彻玲珑（深）相形。学诗与作诗，皆须从最上乘参起，才可能有第一义之悟。诗歌鉴赏的第一义之悟，源于对上乘之作的遍参、熟参与活参。学诗者对前人佳构既要转益多师又要烂熟于心，若无“读书破万卷”之“参”，何来“下笔如有神”之“悟”？而所谓“活参”，则是将禅宗“参活句不参死句”的思维及话语方式引入诗歌鉴赏。禅宗公案多为直觉、感悟式对话，问者深藏机锋，答者奇显妙悟，以一种“问非求答，答非诣问”的超语言方式，直奔惯常的、逻辑的语言所无法企及的思维层面，最终使对话者“惑”落而“悟”起。熟参，即是艺术鉴赏和批评中的感悟方法，而古代文论中大量的诗词曲话及小说评点等等，都可以说是熟参之结果。

诗歌创作的第一义之悟，则为别材别趣，它与“读书穷理”既相关又有别。作诗之悟非凭空而起，也有赖于对前人作品的遍参、熟参和活参，所以诗人要多读书多穷理。但诗歌的最佳境界，有如禅宗的真如本性，不在彼岸而在此岸，不在外物而在吾心，是由吾心之兴发所产生的一种情趣，其不可言喻、不可凑泊，恰似沧浪所言的“空中之音，相中之色，水中之月，镜中之象”。禅境是“羚羊挂角，无迹可求”，诗境是“透彻玲珑，不可凑泊”，禅与诗均怀有“言无言”的诗性冲动，却都要恪守“勿说破”的话言规则。正是在语言论的层面，严羽找到了禅与诗的相通之处。

禅与诗所要达到的最高境界既是相通的，禅与诗的言说方式亦是相似的。禅宗的偈语本身就是诗，禅宗的灯录更是充满了诗性的智慧与情趣：

问："如何是佛祖西来意?"师曰："井底寒蟾，天中明月。"

僧问："如何是西来意?"师曰："冬月深林雨，三春平地风。"问："如何是大道根源?"师曰："云兴当午夜，石虎叫连宵。"

僧问："如何是佛法大意?"师曰："春来草自青。"①

所问关乎佛法禅道，所答却徜徉于草茂林深、流连于月明风清。王摩诘诗曰："山路元无雨，空翠湿人衣。"在一片湿濡濡的意境中，你会神奇般地返回宇宙人生的真际。那是禅之般若，那是道之自然，那是诗之至境，那是生命之本真……

① [宋]普济著，苏渊雷点校：《五灯会元》，中华书局1984年版，中册第310页，下册第874~875、928页。

第三章
月印万川

诗性隐喻是中国文化及文论重要的言说方式，而“月印万川”则是中国文化及文论的一个著名的诗性隐喻。本章用“月印万川”作章名，意在隐喻式地言说中国诗性文论的整体性思维方式。“万川之月”蕴含“一月”，有着“一月”的全部信息；同时，“一月”统摄“万川之月”，是“万川之月”的基理和命脉。世界万象林林总总，凭借什么去观照去把握？整体性思维。故“月印万川”是对中国古代整体思维之特征及功能的诗意描述。

整体思维，源于中国诗性文化之本和诗性文字之根，是一种富有诗性智慧的思维方式，正如结构主义人类学家列维-斯特劳斯所说：“野性的思维是整合的（totalisante）。”① 第一章《人文之元》论及“《易》之三易”，所谓“变易”、“不易”和“简易”。“三易”整体性地统一于“易”之整体中。以这种整体性思维观照文学，则文学是一条源流相承与世推移的历史之河，如易之“变

① ［法］列维-斯特劳斯著，李幼蒸译：《野性的思维》，商务印书馆 1987 年版，第 279 页。

易”；是一个四肢百骸一气贯通的生命之体，如易之“不易”；而表达这种整体观照的结果时，文论家多一言以蔽之，乘一总万，举要治繁，如易之“简易”。而历史之河、生命之体和一言以蔽之，也是一个完美的统一体。

第一节 道通为一，名理有常

人类学研究表明，史前社会世界各民族都怀有儿童般的诗性想象，去推测宇宙起源和文明滥觞处，认为宇宙和人类文明的共同起点是一个混沌的整体。维柯认为，神学诗人们用“诗性的混沌”来推想“普遍的自然界种子的混乱”①。列维-布留尔指出：“最原始的万物有灵论观念是在于认为自然界到处都有灵性（Allbeseelung）”②，对原始思维来说，互渗是世界上最自然的东西，世间万象组成一个互渗的整体。原始人的思维把客体呈现给他自己时，它是呈现了比这个客体更多的东西：它的思维掌握了客体，同时又被客体掌握。思维与客体交融，它不仅在意识形态的意义上而且也在物质的和神秘的意义上与客体互渗。这个思维不仅想象着客体，而且还体验着它。因此，“在这些状态中，由于主体和客体完全合并，真正的表象是见不到的”③。卡西尔也说：“原始人的空间是一种行动的空间……这种概念并不具有一种纯理论的性质，它仍然充满着具体的个人情感或社会情感，充满着感情的成分。”充满情感的空间亦即主客不分、物我浑然的空间。卡西尔说，原始人深深地相信，“有一种基本的不可磨灭的生命一体化（Solidarity of life）

① ［意］维柯著，朱光潜译：《新科学》，商务印书馆 1989 年版，第 383 页。

② ［法］列维-布留尔著，丁由译：《原始思维》，商务印书馆 1981 年版，第 96 页。

③ ［法］列维-布留尔著，丁由译：《原始思维》，商务印书馆 1981 年版，第 429 页。

沟通了多种多样形形色色的个体生命形式”①。这种诗性的把握世界的方式，是一种整体性思维。以之论文，亦视文学为整体，从文学与天地万物的关系来说，则文学之道与天地精神相往来；从文学思想层面来说，文学思想百家腾跃而终入环内；从文学体制方面来说，文学之体名理相因，设体有常；从文学之发展变化角度来看，文学之道有变更有正，有流更有源，有变更有通，有恒久之至道。

一、文之为德，并天地生

刘勰《文心雕龙·原道》云：“文之为德也大矣，与天地并生者何哉。”文学之道通天地，文学与天地万物共生共荣，相通相协。这是一个极富原始感觉和诗性意味的文学观念，也是中国古代传统文化的深厚积淀。关于宇宙起源和文明滥觞的诗性想象，在中国文化典籍中随处可见。《周易·系辞上》所谓“太极”，《老子》称为“道”，《庄子》称为“太初”、“太一”、“气”，《列子·天瑞》称为“太初”，《淮南子·诠言》称为“太一”。这里的“太极”、“太初”、“气”、“太一”、“道”，名异而实同，可以同义互训。把天地万物的根本溯源于一个混沌物，天地间万事万物形质千差万别，但根源处则浑然一片，不分你我。道生万物，物异而道存，万事万物血脉相连，气息相通，是一个浑然一体的完美整体。《论语·里仁》篇中孔子曾对弟子提起他“吾道一以贯之”。道家对“道”、“常”的认识更深刻、更丰富。《老子》云：“道可道，非常道。名可名，非常名。”王弼注：“可道之道，可名之名，指事造形，非其常也。故不可道，不可名也。”“指事造形”指可识可见有形之事或物，非永存恒在也；“不可道”之“道”，“不可名”之“名”，则永存恒在。庄子更是大谈天地混同、万物齐一的“道”：

> 自其同者视之，万物皆一也。（《德充符》）
> 纷而封哉，一以是终。（《应帝王》）

① ［德］恩斯特·卡西尔著，甘阳译：《人论》，西苑出版社2003年版，第77～78、135页。

天下有常然。(《骈拇》)

上必无为而用天下，下必有为为天下用，此不易之道也。(《天道》)

夫道，于大不终，于小不遗，故万物备。(《天道》)

东郭子问于庄子曰："所谓道，恶乎在?"庄子曰："无所不在。"(《知北游》)

所谓"天网恢恢，疏而不失"(《老子》七十三章)，天道无时不在，无物不存，道通万物，一个"道"把天地万物联在了一起。万物皆然，人文焉能免? 这样，道贯人文，人文与天地万物因道而关联，人文之道通天道、通万事万物之道就成为文论家们的当然理路。

刘熙载《艺概·文概》中有段话颇有意味：

《国语》言："物一无文"，后人更当知物无一则无文。盖一乃文之真宰，必有一在其中，斯能用夫不一者也。

在我们看来，《国语》中"物一无文"，体现的是先民们整体性把握世界的思维方式。单从跟文学有关的角度来说，这段话可以从两方面来解：一是万物皆有文；一是千变万化的"文"背后有一以贯之的道。以下分述之。

天地万物皆有文，这是古代文论常见的观点。刘勰《文心雕龙·原道》篇说："夫玄黄色杂，方圆体分，日月叠璧，以垂丽天之象；山川焕绮，以铺理地之形；此盖道之文也。"亦即日月山川皆有文。又说"傍及万品，动植皆文：龙凤以藻绘呈瑞，虎豹以炳蔚凝姿；云霞雕色，有逾画工之妙；草木贲华，无待锦匠之奇。夫岂外饰? 盖自然耳。至于林籁结响，调如竽瑟，泉石激韵，和若球锽；故形立则章成矣，声发则文生矣。夫以无识之物，郁然有彩，有心之器，其无文哉?"在《情采》篇，刘勰进一步把万物之文分"形文"、"声文"、"情文"三类。叶燮《原诗·内编》中亦说："天地之大文，风云雨雷是也。风云雨雷变化不测，不可端倪，天地之至神也，即至文也。"《师友诗传录》载张笃庆语：

“《易》‘风行水上，涣。’乃天下之大文。”徐增《而庵诗话》云：“花开草长，鸟语虫声，皆天地间真诗。”既然万物皆有文，那么作为有情之文的文学，自然归之于万物之文的一种，与万物之文同情同理。一个“文”字把万物连成了一个整体。

此外还有一个“道”字，即《国语》“物一无文”中的“一”字，亦即文学与万物之间有相同之理，有相通之精神。《庄子·天下》云：“与天地精神相往来。”这句话用来说古代文论也是恰如其分的。《文心雕龙·原道》中说：“言之为文，天地之心哉”，即指出文学之道与天地之心的血肉联系。由天道而推及文道是古代文论的一贯理路：白居易《与元九书》说：“夫文尚矣，三才各有文：天之文，三光首之；地之文，五材首之；人之文，六经首之。”俨然把文学与天地万物等量齐观，一道贯之。《师友诗传录》载王士桢语：“天道由质而趋文，人道由约而趋盈，诗道由雅而趋靡。”即由“天道”而推及“人道”、“诗道”。庞垲《诗义固说》云：“天地之道，一辟一翕；诗文之道，一开一合。”徐增《而庵诗话》云：“天地之气，日趋于薄；诗人之习，日就于容易便利。”也是这一理路。叶燮《原诗》也常由天道来推演文道，他说：“盖自有天地以来，古今世运气数，递变迁以相禅。古云：天道十年一变。此理也，亦势也，无事无物不然，宁独诗之一道胶固而不变乎？”叶燮认为，理、事、情是天地万有共有之物，大至乾坤定位、日月运行，小至一草一木、一飞一走，其中又有“总而持之、条而贯之者”，即“气”。文学亦然，这样，文学与天地万象“无有丝毫异同”，已是浑然一体了。

二、百家腾跃，终入环内

刘勰在《文心雕龙·宗经篇》中说：“百家腾跃，终入环内。”意即“文出五经”，后世文章无论如何丰富变化，终归是流，五经才是源。五经本只是儒家的经典，但如果考虑到儒家思想在中国古代的巨大影响，我们就不难理解“文出五经”为什么会成为古代文论的一个思维定势。五经的经典化有个过程，到汉代五经才成“恒久之至道，不刊之鸿教”。五经的经典化反映了人性的必然性，维柯说："世间事物都不会离开它们的自然本性而仍安定或长存不去。"① 五经长期作为经典，自然有其合理性所在，它们因合乎中国人的本性要求才得以长存不去。照杜维明的说法，我们可以把中国的"五经"理解成对人的认识的五个向度，如《诗经》就是对人的感性的认识；《尚书》是对人的政治性的认识；《春秋》是对人的历史性的认识；《礼记》即是对人的社会性的认识；而《易经》就是对人的哲学性的认识②。五经在伦理道德上的经典化带来五经在文学上的经典化。

"文出五经"之说不仅要说明五经为历代各体文学之总根源，即所谓"群言之祖"（《宗经》），更为后代文学起着一种范式作用。具体来说，其范式作用有二：一是要求"禀经以制式"（《宗经》）；二是要求"依经立义"（《辨骚》）。刘勰正是以经典的范式和标准来比照和评价文学。《宗经》认为禀经、宗经、依经的作品，有六个方面的优点："一则情深而不诡，二则风清而不杂，三则事信而不诞，四则义直而不回，五则体约而不芜，六则文丽而不淫。"而如楚艳汉侈，则是流弊，不是正路。刘勰评价楚辞，是他以经典为范式的批评理论的具体实践。楚辞本是屈原等人吸收楚地民歌素养的天才创造，是《诗经》之后诗歌发展的一座高峰。汉代《诗经》成为经典，评论家们往往以《诗经》为标杆来评楚辞，尤其是《离骚》。如淮南王刘安《离骚传》说："《国风》好色而不淫，《小雅》怨诽而不乱，若《离骚》者，可谓兼之。"班固《离骚序》认为《离骚》中许多内容"非经义所载"。王逸《楚辞章句序》中说："《离骚》之文，依经立义"等等。刘勰则以比较的方式，对比了《诗经》和《离骚》的异同："同于《风》、《雅》者"有四：典诰之体、规讽之旨、比兴之义和忠怨之辞；"异乎经典者"亦有四：诡异之辞、谲怪之谈、狷狭之志和荒淫之意。经过

---

① ［意］维柯著，朱光潜译：《新科学》，商务印书馆1989年版，第102页。

② 杜维明、东方朔：《杜维明学术专题访谈录——宗周哲学之精神与儒家文化之未来》，复旦大学出版社2001年版，第115页。

对比，刘勰得出结论：楚辞“乃《雅》、《颂》之博徒，而词赋之英杰”、“虽取熔经意，亦自铸伟辞”（《辨骚》）。刘勰也以经典为参照来评价其他文章，如他评谶纬之书“无益经典而有助文章”（《正纬》）；说“《桂华》杂曲，丽而不经，《赤雁》群篇，靡而非典”（《乐府》）等，一以贯之的是他的宗经思想。“文出五经”在刘勰的时代已成为普遍的思想理路，稍后的颜之推在《颜氏家训·文章篇》也说：“夫文章者，原出五经；诏令策檄，生于《书》者也；序述论议，生于《易》者也；歌咏赋颂，生于《诗》者也；祭祀哀诔，生于《礼》者也；书奏箴铭，生于《春秋》者也。”

到钟嵘的《诗品》，诗、骚并称，《离骚》和《诗经》一样成为诗歌的经典：“夫四言文约意广，取效《风》、《骚》。”一品之中，古诗“其体源出于《国风》”，曹植诗“其源出于《国风》”，阮籍诗“其源出于《小雅》”；李陵诗“其源出于《楚辞》”。这样，《楚辞》与《诗经》一样成为诗的渊源和评诗的标杆。评价标准的不同，评价的结论也会有差异。在刘勰那里，以《诗经》为准，所以四言是“正体”，五言则是“流调”（《明诗》）。而钟嵘则不同，在他看来，“五言居文词之要，是众作之有滋味者也”（《诗品序》）。

风骚传统确立后，后世评诗论诗往往以《诗经》、《楚辞》为参照。陈子昂感叹齐梁间“风雅不作”（《与东方左史虬修竹篇序》）。李白慨叹“大雅久不作，吾意竟谁陈”（《古风》其一），又说“屈平词赋悬日月，楚王台榭空山丘”（《江上吟》）。杜甫更是主张“别裁伪体亲风雅”（《戏为六绝句》其六），在创作上则“窃攀屈、宋宜方驾”（《戏为六绝句》其五），论诗强调“《风》、《骚》共推激”（《夜听许十一诵诗爱而有作》）。苏轼教人作诗曾说：“熟读《毛诗·国风》与《离骚》，曲折尽在是矣”（许顗《彦周诗话》）。朱熹作《诗集传》和《楚辞集注》，表示对两者关注。明代许学夷说，《三百篇》“为万古诗人之经”（《诗源辨体》卷一）。清潘德舆也强调要学习《诗经》，他认为：“《三百篇》之体制、音节不必学，不能学，《三百篇》之神理意境，不可不学也。神理意境者何？有关系寄托，一也；直抒已见，二也；纯任无机，三也；言有尽而意无穷，四也。”（《养一斋诗话》卷一）而主张学屈骚的更是大有人在，屈大均竟以屈原的后代自居自励，处处以屈原为楷模，“学其人，又学其文”（《自字泠君说》），甚至认为：“天地之文在日月，人之文在《离骚》。”（《闻氏自序》）鲁迅《汉文学史纲要》中说《离骚》“其影响于后来文章，乃甚或在《三百篇》以上”。

风骚经典的确立，在批评方法上往往是探本溯源，也形成一种习惯性的思维定势，即诗骚是源、是正，而后来者则是流、是变，必须以诗骚为准，所谓“立义选言，宜依经以树则，劝戒与夺，必附圣以居宗”（《文心雕龙·史传》），否则就是离经叛道。经典的确立是企图把文学纳入经典的整体思想框架内。经典拥有天经地义的垄断地位和不可动摇的“话语霸权”，经典是唯一的参照和评价体系，正如《文心雕龙·宗经》中说“致化归一”，亦如金时王若虚《滹南诗话》卷三所说：“近岁诸公……开口辄以《三百篇》、《十九首》为准。”这里，经典成为统摄“万川之月”的“一月”。在这个意义上说，“禀经以制式”和“依经立义”的思维，即是一种整体思维。

三、名理相因，设体有常

《文心雕龙·通变》称“设文之体有常”，“凡诗、赋、书、论，名理相因，此有常之体也”，“名理有常，体必资于故实”。这里所讲的“体”指的是文章的体裁。刘勰认为，各种文章的体裁有一定的规定性，它们的名称和创作规格有一定的继承性。在一些基本要素上，文章的体裁具有恒定性，也即所谓“常”。强调体之“常”、体的规定性、继承性和恒定性，从思维上来说，即强调唯一性。所以“设文之体有常”的思想也是一种整体性思维。

上一章谈到中国古代文论历来有尊体的传统。《文心雕龙·附会》有“夫才童学文，宜正体制”，将“正体制”作为开始学文的首要事项，可见对体制的强调。严羽《沧浪诗话·诗辨》中说：“诗之法有五：曰体制，曰格力、曰气象、曰兴趣、曰音节。”把体制列为五法之首，足见对体制的重视。关于体制，古代文论有辨体和破体之争。辨体者一般严格区分各体文章的界域，偏于守成；破体者一般突破各体文章的界域，偏于创新。文体在辨与破中曲折发展。刘勰就很重视体裁辨析，他在《文心雕龙·总术》说总术的方法是“圆鉴区域，大判条例”。范文澜注云：“圆鉴区域，谓审定体势，上篇所论是也。大判条例，谓举要治繁，下篇所论是也。”刘勰在谈到每一种文体时都注意对其体制作明确界定，如：

> 详夫诔之为制，盖选言录行，传体而颂文，荣始而哀终。(《诔碑》)
>
> 夫属碑之体，资乎史才，其序则传，其文则铭。(《诔碑》)
>
> 原夫哀辞大体，情主于痛伤，而辞穷乎爱惜。(《哀吊》)
>
> ……

魏晋南北朝时期，关于文章体式的一次较大的论争是“文、笔”之争。范晔、颜延之、萧绎等发表过自己的意见①。刘勰则在《文心雕龙·总术》详细阐述了自己的观点。刘勰之论“文”和“笔”，把“文”、“笔”之争推向更深层。刘勰强调各种文体的体制边界，目的是想确立该文体在“情”和“辞”方面的规范和标准，企图确立某种“恒定性”。刘勰在文体论中，反复用“式”、“体”、“制”等字眼，即是一种规范化的努力，其背后是一种整体归一的思维方式。

文学史上另一次文体之争是宋代的“诗词之争”。苏轼的词开宋词新风尚，但严守“花间范式”的文学家们则目之为“非本色”。如陈师道《后山诗话》说苏词“虽极天下之工，要非本色”。李清照《论词》更倡“词别是一家”说，指出苏轼词是“句读不葺之诗”。在她看来，诗就是诗，词就是词，诗词两体界域鲜明：

① 王运熙、杨明：《中国文学批评史》（魏晋南北朝卷），上海古籍出版社1996年版，第192、193页。

"何耶？盖诗文分平仄，而歌词分五音，又分五声，又分六律，又分清浊轻重。"明代吴江派和临川派关于戏曲理论的争鸣，也有体制方面的问题。沈璟讲究严守格律和辞尚本色，他强调作曲必须"协律依腔"，而将不谐律吕的作品称之为"讹音俗调"。"本色论"实际是一种体制范式的坚守，其思维也是一种整体归一的思想。

主张严守文体界域的人往往持本色论，常指责其他变体为野体、俗体。但文学的发展需要守成，更需要创新。一种文学范式相对固定时，随着历史变化发展，必然会向新的范式演化，于是一套新的体制得以形成。唐宋时期，韩愈以文为诗，苏轼以诗为词，辛弃疾以文为词。他们都取得很高的艺术成就，有识之士也给予他们很高评价。明代临川派汤显祖与吴江派针锋相对，鲜明地提出"至情"论。以上文学实践和评价，有力地推动了文学体制创新。胡应麟《诗薮》开篇第一段就提出了"诗之体以代变也"的观点，接着他又说：

> 曰风、曰雅、曰颂，三代之音也；曰歌、曰行、曰吟、曰操、曰辞、曰曲、曰谣、曰谚，两汉之音也；曰律、曰排律、曰绝句，唐人之音也。诗至于唐而格备，至于绝而体穷，故宋人不得不变而之词，元人不得不变而之曲。

"体以代变"不仅是诗体发展的规律，也是各式文体发展的基本规律。一种文体发展到"体备"、"体穷"之时，也就不得不变了。新的体式的出现是对旧体式的挑战，于是旧的整体归一的思想自然受到挑战。到新的文体成为"常"，成为正统时，新的"整体归一思想模式"又得以形成。文学体式正是在这种正常与变异、守成与创新中向前推进的。

四、变则其久，通则不乏

《周易·系辞》中说："易，穷则变，变则通，通则久。"这种通与变的思想，有着丰富的辩证法内涵，但是这样成熟的哲学思想并不是一朝一夕就突然生成的。它是千万年来，先民们对日常生活和周围事物长期“仰观俯察”的结果，极富原始感觉和诗性情味。维柯说，人类心灵有一个特点：“人对辽远的未知的事物，都根据已熟悉的近在手边的事物去进行判断。”① 试想，我们远古的先民们身边会有什么事物呢？无非就是四季更替、日月轮回、草木荣枯、花开花落……日月更新日月新，变的特点是显而易见的。同时，“年年岁岁花相似”、“今月曾经照古人”，一种反复的、恒久的带规律性的东西也是不难感觉到的。《周易》中说：“是故阖户谓之坤，辟户谓之乾。一阖一辟谓之变，往来无穷谓之道。”先哲们正是通过天地开合即晨昏更替、晦明变化来体味“变”和“通”。以通变观看待宇宙万物，则宇宙万物处在阴阳互动、开放的、不断生成的体系当中，往来古今又有贯通之处。以这种通变观看文学，则文学是一个开放的而不是封闭的、不断生成的而不是一成不变的体系，往来古今亦有贯通之处。在这个意义上说，通变观也是一种整体思维。

这种富于原始感觉和诗性情味的通变观贯穿于古代文学理论之中。《毛诗序》说，“变风、变雅”是由于“国异政，家殊俗”，所以“吟咏情性”的诗人也不得不随之以“达于时变”。《文心雕龙·时序》通过分析古今诗歌的发展变化历史之后认为“时运交移，质文代变”，“歌谣文理，与世推移”，“文变染乎世情，兴废系乎时序”是“古今情理”，是文学发展的永恒不变的规律。

文学随时代和社会生活变化而变化，这是文学发展的外部规律，文学还有其内部发展变化的规律。《文心雕龙》就专立《通变》篇。所谓“通变”，也即在继承的基础上创新，只有通变，才能“骋无穷之路，饮不竭之源”。谈到继承，刘勰认为楚、汉、魏、晋各代的文章都是以承继前人为基础的：“暨楚之骚文，矩式周人；汉之赋颂，影写楚世；魏之篇制，顾慕汉风；晋之辞章，瞻望魏采。”随后刘勰又说枚乘、司马相如、马融、扬雄、张衡“五家如一，诸如此类，莫不相循”。继承是为了创新，刘勰认为，文学要创新，必须“斟酌乎质文之间，而檃括乎雅俗之际”，要“参

① ［意］维柯著，朱光潜译：《新科学》，商务印书馆1989年版，第99页。

伍因革”，要“凭情以会通，负气以适变”。这样，才是“通变之数”，也才“可与言通变”。刘勰在篇末的“赞”中概括了他的文学通变观：“赞曰：文律运周，日新其业。变则可久，通则不乏。趋时必果，乘机无怯。望今制奇，参古定法。”文学要“日新其业”，就要善于变化才能持久，善于会通才不会贫乏，要看准当前的趋势，出新以“制奇”，还要参酌古代的传统来“定法”，在继承和创新中不断地前进。刘勰在阐述文学的通变之理时，常用习见事物来作比，如“绠短者衔渴，足疲者辍途”，“根干丽土而同性，臭味晞阳而异品”，“青生于蓝，绛生于蒨，虽逾本色，不能复化”。可以说，刘勰是从这些习见事物中得到诗性启示的。

唐代皎然在《诗式》卷中论及“复古通变体”：

> 评曰：作者须知复变之道，反古曰复，不滞曰变。若惟复不变，则陷于相似之格，其状如驽骥同厩，非造父不能辨，能知复变之手，亦诗人之造父也。以此相似一类，置于古集之中，能使弱手视之眩目，何异宋人死鼠为玉璞，岂知周客噜咈而笑哉！又复变二门，复忌太过，诗人呼为膏肓之疾，安可治也。如释氏顿教学者，有沈性之失，殊不知性起之法，万象皆真。夫变若造微，不忌太过，苟不失正，亦何咎哉！如陈子昂复多而变少，沈、宋复少而变多。今代作者不能尽举，吾始知复变之道，岂惟文章乎？在儒为权，在文为变，在道为方便。后辈若乏天机，强效复古，反令思扰神沮。何则？夫不工剑术，而欲弹抚干将太阿之铗，必有伤手之患，宜其诫之哉！

皎然认为，复与变应当很好地结合起来。这个观点是对的。但他认为“陈子昂复多而变少，沈、宋复少而变多”，这一说法并不合乎文学史事实。陈子昂以复古为革新，提倡汉、魏风骨以反对“兴寄都绝”的齐、梁诗风；而沈佺期、宋之问则使律体诗走向成熟。陈子昂开启一代新风，更有开创意义。沈、宋制定的律诗规则，高手并不严守。如崔颢有《黄鹤楼》，宋代严羽《沧浪诗话·诗评》评为唐人七言律诗第一，但此诗有几项并不合律诗规范。皎然此段高论，从其思维之源来说，也是从日常习见之事，如“驽骥同厩，非造父不能辨”，不工剑术之人“必有伤手之患”等中得到诗性启示的。

宋代张戒在《岁寒堂诗话》中多次论及诗的发展变化问题。如：“国朝诸人诗为一等，唐人诗为一等，六朝诗为一等，陶、阮、建安七子、两汉为一等，《风》、《骚》为一等，学者须以次参究，盈科而后进可也。”严羽在《沧浪诗话》中也持类似观点。他们都认识到各个时代诗歌在内容和品味上有差别，这是一个不断深化的过程。学者务必以次“参究”，详加辨析，才能有所收获。

明代关于诗歌的演进发展有较多论述，比较有代表性的，是胡应麟《诗薮》开篇的一段话：

> 四言变而《离骚》，《离骚》变而五言，五言变而七言，七言变而律诗，律诗变而绝句，诗之体以代变也；《三百篇》降而《骚》，《骚》降而汉，汉降而魏，魏降而六朝，六朝降而唐，诗之格以代降也。上下千年，虽气运推移，文质迭尚，而异曲同工，咸臻厥美。

胡应麟在博观古今各体诗歌兴衰的基础上，看出了其中递承嬗变的关系。他说：“四言不能不变而五言，古风不能不变而近体，势也，亦时也。”“时”指时代环境的影响，是文学发展的社会生活等外部环境；“势”指文体本身发展变化的内部规律。把文学发展的内外环境因素都考虑进去，这样一种流变的文学史观是值得肯定的。“体以代变”、“格以代降”，是胡应麟对各种诗歌发展变化的总的概括。这一观点跟刘勰《文心雕龙·通变》“从质及讹，弥近弥淡”的观点相近。宋代邹德久也说：“一代不如一代，天地风气生物，只如此耳。”（张戒《岁寒堂诗话》卷上）他们都是从“气运推移”、“天地风气”也即刘勰所谓天道来推演文道的。

明代“公安派”为了矫正“七子派”的复古主张和剽窃模拟之弊，对诗的发展变化提出了自己的看法。如袁宏道《雪涛阁集序》说：“文之不能不古而今也，时使之也。……唯识时之士，为能隄其隤而通其所必变。夫古有古之时，今有今之时，袭古人语言迹而冒以为古，是处严冬而袭夏之葛者也。”作者从古今时异的观点出发，认为时有变则作为这一时代的文学也不能不变。这就从根本上否定了七子复古派的诗论。袁宏道进一步提出了“法因于敝而成于过者”的观点。袁宏道认为，每种风气的产生，都是为了矫正前人之弊，在前人的基础上发展而来。而当这种风气发展到一定程度，其自身的弊端必然会显现出来，最后成为诗歌发展的障碍，后起者因其弊而矫之以新的风气，诗歌就是在不断地矫弊的过程中向前发展。袁宏道的这一见解是非常深刻的。“公安派”因“七子派”之弊而产生，但他们同样不可避免地产生了流弊，如“近平近俚近俳”，“机锋侧出，矫枉过正”（钱谦益《列朝诗集》袁宏道小传中语），又引起了后来者的矫正。

清代诗论中阐述诗的发展规律最有代表性的是叶燮的《原诗》。叶燮认为“变”是诗歌发展的必然规律，是“理”，也是“势”。叶燮是从自有天地以来的古今世运气数，也即所谓“天道”的递变规律中，提出了以“源流正变”为核心的诗歌发展观：

> 诗始于《三百篇》，而规模体具于汉。自是而魏，而六朝、三唐，历宋、元、明，以至昭代，上下三千余年间，诗之质文体裁格律声调辞句，递升降不同。而要之，诗有源必有流，有本必达末；又有因流而溯源，循末以返本。其学无穷，其理日出。乃知诗之为道，未有一日不相续相禅而或息者也。但就一时而论，有盛必有衰，综千古而论，则盛而必至于衰，又必自衰而复盛。非在前者必居于盛，后者之必居于衰也。

在叶燮看来，诗歌的变表现为“因”和“创”两个方面，强调了继承和创新的结合。如他以为唐诗“小变于沈、宋、云、龙之间，而大变于开元、天宝高、岑、王、孟、李。此数人者，虽各所因，而实一一能为创”。可见“因”和“创”是统一的，后代的诗歌贵在前人的基础上有所突破，有所创新。叶燮的诗歌发展理论，对我们今天的文学史研究是不无借鉴意义的。叶燮此段宏论是从“天地之大，古今之变，万汇之颐，日星河岳，赋物象形，兵刑礼乐，饮食男女”（《原诗·内编》）之类所谓天理推演而出，但他的结论不同于胡应麟等人。不同的人从同样的所谓天理中体悟出不同的结论，这可以说是体悟式诗性思维的不足。

以上从文学的思想宗旨、体制和发展流变来谈古人对文学规律的认识。从思想上来说，万变不离其宗，就像天上的风筝，飞得再远再高，总有一根线牵着，文学事项无论多么纷繁复杂，总有某些规律可循。从发展的意义上来说，文学是一个源与流、通与变的辩证统一。经典之常、体制之常和通变之常共同建构起一个既有恒定性又有活力的整体。

第二节 气象混沌，难以句摘

严羽《沧浪诗话·诗评》称：“气象混沌，难以句摘。”浑沌意识富于原始感觉和诗性特征，维柯称它“本身是无形式的，就贪求形式，就吞噬一切形式”①。前一节我们主要从外部联系和体制流变谈文学，从文学本体而言，文学艺术是一个混沌整一、气脉流贯的生命体，有经有脉，有声有气，有血有肉。在中国古人眼里，世间万有都是一个整体，所谓浑沌之道、阴阳之气等都是古人对宇宙自然的整体把握。整体思维是中国古人重要的思维方式，这也是一种极富原始意味的思维方式。原始人的“生命观是综合的，不是分析的。生命没有被划分为类和亚类，它被看成是一个不中断的连续整体，容不得任何泾渭分明的区别。各不同领域间的界限并不是不可逾越的鸿沟，而是流动不定的。在不同的生命领域之间绝没有特别的差异。没有什么东西具有一种限定不变的静止形态：由于一种突如其来的变形，一切事物都可以转化为一切事物”②。中

① ［意］维柯著，朱光潜译：《新科学》，商务印书馆 1989 年版，第 383、384 页。

② ［德］恩斯特·卡西尔著，甘阳译：《人论》，学苑出版社 2003 年版，第 134 页。

国古代的文论家正是以这种整体把握的方式去审视文学，建构成一套富有诗性特征的思维方式。中国古代文论家在观照、把握、思考、评价作品时，也总是将其看作一个血肉丰满的生命整体，并从整体上进行把握。基于这种整体的思维，古代文论常以气论文，以结构论文，以圆通论文。

一、生气远出，不著死灰

司空图《二十四诗品》单列“精神”一品：

> 欲返不尽，相期与来。明漪绝底，奇花初胎。青春鹦鹉，杨柳楼台。碧山人来，清酒深杯。生气远出，不著死灰。妙造自然，伊谁与裁？

水流叮咚，水光潋滟，奇花含苞待放。早春之时，鹦鹉鸣叫，楼台前的杨柳在春风中摇曳。一切栩栩如生，一切精神饱满，一切充满青春气息、富有生命活力。“生气远出”，郭绍虞在《中国历代文论选》中释为“生气充沛，精神迸露，远出纸上”。“不著死灰”语出《庄子·齐物论》：“形固可使如槁木，而心固可使如死灰乎？”在司空图看来，有精神的作品应该是生机盎然，反之则如槁木死灰。以气论文，始于曹丕。曹丕在《典论·论文》中说：“文以气为主。”文气说较生动地体现了中国古代文学艺术整体论思想。气是文学作品生命的内在基质，气象是对作品整体的观照，气韵是作品的整体美学特质。文气说体现的是从作家精神世界的整体上去把握和理解作品的思维方式。“气”是中国古代哲学的重要范畴，是构成万物的基质。《易·系辞上》论述宇宙生成云：“易有太极，是生两仪，两仪生四象，四象生八卦。”孔颖达《周易正义》卷七云：“太极谓天地未分之前元气混而为一。”宇宙生成以元气为本，所以《易·系辞下》云：“天地絪缊，万物化醇。”王充《论衡·言毒》篇云：“万物之生，皆禀元气。”元气是世间万物生命力的根本，有之则生，无之则死。《庄子·知北游》云：“人之生，气之聚也。聚则为生，散则为死。”元气充塞于天地之间，无处不有，无所不在。元气生人，人气生文，是天人之学的当然理路。

文气，在创作主体方面，指的是作家的全部生理、心理素质的整体显现。从生理上看，人的机体是精神的物质基础。身体孱弱之人，自然心神困乏，就“不能清思于文辞，纵使强为之辞亦不工”（欧阳修《与杜沂论郭公墓志书》）。从心理来说，作家应“真体内充”、“积健为雄”（司空图《二十四诗品·雄浑》），应有博大刚正、充塞于天地之间的“浩然之气”（《孟子·公孙丑上》）。此气不能孱弱，不能萎靡不振，不能暮气沉沉，此气要胜、要高、要正，要如飞虹。皎然《诗式》之《明势》推崇“气胜势飞”，《诗有四不》推崇“气高而不怒”，《诗有六迷》指斥“气少力弱”。《邺中集》中推崇刘祯诗，因为其辞气“偏正得中”，“气格自高”。陈师道《后山诗话》有“翰累之气如虹，犹足贯日耳”。司空图《二十四诗品·劲健》也说：“行气如虹”。气格不高、不胜、不正的作家作品往往不受推崇，人们常笑之为有酸腐气。如宋太祖笑后唐徐铉《秋月》之篇“寒士语尔”，自诗“未离海底千山黑，才到天中万国明”则令徐铉大惊，因为此诗有帝王之气（陈师道《后山诗话》）。又如孟郊有“蹇涩穷僻”之气，为历代所不称（魏泰《临汉隐居诗话》）。叶梦得批评宋初僧诗云：“近世僧学诗者极多，皆无超然自得之气，往往反拾掇摹效士大夫所残弃。又自作一种僧体，格律尤凡俗，世谓之酸馅气。”（《石林诗话》中）

从作品方面来看，文气是作家全部人生经验和艺术积淀的总体呈现，什么样的作家即有什么样的作品，极富个性特征。明代徐祯卿著《谈艺录》谈及作品之气与作家身份之关系，语言颇为生动：

> 诗之词气，虽由政教，然支分条布，略有径庭。良由人士品殊，艺随迁易。故宗工巨匠，辞淳气平；豪贤硕使，辞雄气武；迁臣孽子，辞厉气促；逸民遗老，辞玄气沉；贤良文学，辞雅气俊；辅臣弼士，辞尊气严；阉童壶女，辞弱气柔；媚夫幸士，辞靡气荡；荒才娇丽，辞淫气伤。

以出身论文，有些绝对化。但一个人的出身的确会影响其气质人格。柳永混迹勾栏，其词自有脂粉气；晏殊出身相府，其词难掩富贵气。正如葛立方《韵语阳秋》卷一所言："人言居富贵之中者，则能道富贵语，亦犹居贫贱者工于说饥寒也。"

创作主体怎样才能获得丰盈充沛、饱满旺盛之气呢？古人有禀气说，有养气说，还有练气和守气之说。中国古代养生学发达，综合古人的看法，人之元气、真气有先天禀赋，也有后天养成，既要锻炼真气，也要固守真气。这样才能元气充盈、精神饱满。无论是禀气、养气还是练气和守气，都是从人的身心整体着眼，受整体思维影响。养生学是中国古代医学的重要组成部分，气论是养生学的重要内容。中医的重要思维特征即整体辩证思维。孟子所说善养"充塞于天地之间"的浩然之气，王充《论衡·自纪》讲的"养气自守"、"爱精自保"，刘勰《文心雕龙》专辟《养气》一篇，讲"玄神宜宝，素气资养"云云，都是受中医的这种整体辩证思维影响。

"气"作为文学作品的内在生命力，最突出地表现为"生气"、"精神"。"精神"、"生气"成为后代文论家谈文论诗常用的术语和重要的视角。如：方东树《昭昧詹言》卷一云："凡诗、文、书、画，以精神为主。精神者，气之华也。"王夫之《姜斋诗话》云："晚唐饾凑，宋人支离，俱令生气顿挫。"沈德潜《说诗晬语》云："谢茂秦古体，局于规格，绝少生气。"在具体品评作品时，有无生气往往是重要尺度。初唐才女婉儿评沈佺期、宋之问的诗说："二诗工力悉敌，沈诗落向云：'微臣雕朽质，羞睹豫章才。'盖词气已竭。宋诗云：'不愁明月尽，自有夜珠来。'犹陡健豪举。"所谓"词气已竭"即生气衰竭，所谓"陡健豪举"即生气盎然。可见婉儿推重的是整体的精神气貌，而不是词句的工力(《全唐诗话》"上官昭容"条)。又如张说推重王湾《游吴中江南意》"海日生残夜，江春入旧年"，"手题政事堂，每示能文，令为楷式"(《全唐诗话》"王湾"条)。因为这两句流露出来的是青春活力，是充满希望的明天。以"气"论文，将"气"看作文学作品生命力的内在基质，反映了中国古人对文学认识的深刻。文气通人气，文心通人心，人体是一个有机整体，文学作品自然也是有机整体。

二、首尾匀称，腰腹肥满

姜夔《白石道人诗说》云：

> 作大篇，尤当布置：首尾匀称，腰腹肥满。多见人前面有余，后面不足；前面极工，后面草草。不可不知也。

一个有生机、有活力的人，应该是肢体匀称的。文也如人，也要有一种整体完美感。以整体思维观照文学，讲究首尾布置前后结构即在情理之中了。既然文学作品是一个有机生命整体，那么，怎么才能建构这样一个有血有肉、有声有气的生命整体呢？古代的文论家们作了自己的思考。陆机《文赋》就提出"选义按部，考辞就班"的思想。到刘勰《文心雕龙》有更深入的思考，《附会篇》云：

> 何谓"附会"？谓总文理，统首尾，定与夺，合涯际，弥纶一篇，使杂而不越者也。若筑室之须基构，裁衣之待缝缉矣。……是以附辞会义，务总纲领……首尾周密，表里一体。

所谓"统首尾"、"附辞会义"、"首尾周密、表里一体"云云，是说要创作的文学作品必须是首尾统一完整的有机整体，有头有尾、有皮有骨、有血有肉。

关于如何求得作品的整体完美，文论家们提得较多的是"结构"这一重要概念。"结构"起初指连结构架，如《抱朴子·勖学》"文梓干云而不可名台榭者，未加班轮之结构也"，韩愈《合江亭诗》有"梁栋宏可爱，结构丽匪过"即其意。用在文学艺术上，"结构"则指诗文书画各部分有机组织和布局，而不是机械结合。如王羲之《题卫夫人笔阵图后》："结构者，谋略也。"又张彦远《法书要录》一《晋卫夫人笔阵图》："又有六种用笔，结构圆备如篆法，飘扬洒落如章草。"具体用在文学作品上，任何作品都关涉到先写什么，后写什么，如何安排或处理材料等问题，即结构问题。元代杨载著《诗法家数》中有“起承转合”一节，如谈破题，“要突兀高远，如狂风卷浪，势欲滔天”，颔联“要接破题，要如骊龙之珠，抱而不脱”，颈联要“与前联之意相应相避，要变化，如疾雷破山，观者惊愕”，结句则“必放一句作散场，如剡溪之棹，自去自回，言有尽而意有余”。此谈律诗结构布置问题。

不仅诗词小作如此，长篇巨制更讲究结构布置。毛宗岗《读三国志法》云：“《三国》一书有首尾大照应，中间大关锁处。……凡若此者，皆天造地设以成全篇之结构者也。”又说：“前能留步以应后，后能回照以应前，令人读之真一篇如一句。”“《三国演义》洋洋百余万言，但丝毫不支离破碎，前后严整一体，一篇如一句。”李渔甚至在《闲情偶寄》中提出“结构第一”的观念：

> 至于结构二字，则在引商刻羽之先，拈韵抽毫之始，如造物之赋形，当其精血初疑，胞胎未就，先为制定全形，使点血而其具五官百骸之势。倘先无成局，而由顶及踵，逐段滋生，则人之一身，当有无数断续之痕，而血气为之中阻矣。工师之建宅亦然，基址初平，间架未立，先筹何处建厅，何处开户，栋需何木，梁用何材，必俟成局了然，始可挥斤运斧。倘造成一架，而后而筹一架，则便于前者不便于后，势必改而就之，未成先毁，犹之筑舍道旁，兼数宅之匠资，不足供一厅一堂之用矣。

李渔将结构比喻为“具五官百骸之势”的“精血”，又称作工师“挥斤运斧”之前对整座房宅的筹划设计。他认为一些“时髦所撰”，尽管“惨淡经营”却难免失败，原因是“结构全部规模之未善”。作品的整体完美还要求作家在结构布局、安排材料时，要虚实相应、疏密相间。清代陈衍《石遗室诗话》卷七中说：“有结构之结构，有不结构之结构。”所谓“有结构之结构”是“实”，“有不结构之结构”是“虚”。虚实相间，有虚有实，才是完善的艺术整体。

明清诗文理论中有一大主脉即“义”与“法”的讨论，其思维取向即是一种整体思维。明代八股盛行，八股文讲究启承转合、篇章布局。八股文论是机械结构论，但我们要说的是，除开八股文“代圣人立说”，钳制士人思想和在文学实践中实际上影响文坛生气不说，就其思维取向上来说，还是一种整体思想，希望文学作品在结构上是完整的统一体，有启有承，有转有合。八股文论家唐顺之也反对“决裂以为体，饾饤以为词”，而主张“开合首尾经纬错综之法”（《董中峰侍郎文集序》）。其实质即追求文学作品的整体性。

清初王夫之强烈批评起承转合之法，他鄙斥起承转合是只可“用教幕客作应酬”的“陋人之法”。又说：“一篇止以事之先后为初终，何尝有所谓起承开阖者？俗子画地成牢，誓不人焉可也！”（《姜斋诗话》）他认为起承转合，至多不过是叙述结构的一种，古人从来不株守。王夫之在破除起承转合的机械性的同时，从诗的本质出发，针锋相对地提出了一种有机的结构观。他认为诗须“以情事为起合，诗有真脉理、真局法，则此是也”（《姜斋诗话》）。所谓真脉理、真局法，是以内容表达为核心形成的有机结构。这种“文成法立”的思想，是他破除起承转合之论的立足点，也是中国古代文论关于结构的根本观念。

清初诗学有名的集成性著作游艺编《诗法入门》卷首有云：“今人论诗谓从首至尾，字字有脉络承接，方为浑成。是犹书法行间，妙在断续中顾盼，岂钩踢牵丝，一行缠绕到底，乃为结构乎？”这也是在表达一种有机结构观。根据这种看法，作品的结构作为一个有机整体，每一个词、每一个句子都是这个有机结构的组成部分。结构浑成的作品应是血脉相连，首尾沟通，十指连心，牵一发而动全身，而不是词与词的简单叠加，句与句的机械组合。这种有机结构是作品意脉的自然生成，是作者情思的自然显现，无雕琢人工之痕。在这个意义上说，结构无定式，是特定作品、特定情思表达的需要。故而王夫之断言：“所谓章法者，一章有一章之法也。千章一法，则不必名章法矣！”（《姜斋诗话》）所谓“成章而达”，所谓“浑成”，无非是说每篇作品结构都是生成的，而不是预设的。

“结构”论的提出，是中国古代文论整体思维的反映。优秀的作品不是靠单个部分，不是靠个别字、词、句，而是靠作品的整体结构的有机组合。古代文论所讲的“首尾周密”、“首尾圆合”、“首尾相应”等，都是古人对结构整体性追求的表现。历代文论家对篇章布局、结构义法的探讨，渗透着一种理念，那就是对文章整体美的不懈探寻和追求，而背后起支配作用的思维方式即是一种整体思维。

三、义贵圆通，辞忌枝碎

刘勰在《文心雕龙·论说》篇中说：

> 故其义贵圆通，辞忌枝碎，必使心与理合，弥缝莫见其隙；辞其心密，敌人不知所乘：期其要也。

“义贵圆通，辞忌枝碎”本指论说的周密，我们此处且借来指批评家对整体美的追求。中国古代文学批评有对完整、丰满、周全的追求，王先霈称之为“圆形批评”。他统计，《文心雕龙》全书中“圆”字凡17见，多有周全、完整、丰满、成熟等含义。他又举了谢朓语“好诗圆美流转如弹丸”（《南史·王昙首传》附《王筠传》）、《沧浪诗话·诗法》“造语贵圆”等例，分析了古代文论对“圆照”、“圆美”、“圆活”、“圆密”等的崇尚。①对“圆”的崇尚，就其思维方式来说，实即整体思维。文学艺术是有内在生命律动的浑然不分的有机整体，它含蕴的美是块然自生、无言独化的。这种有机整体的文艺观制约着批评注重于整体特征的领悟与品鉴，不主张抽象的分析、阐释或索解。

古代文论有许多重要范畴即从整体角度对文学进行把握。如司

---

① 王先霈：《圆形批评论》，华中师范大学出版社1994年版，第13～24页。

空图《二十四诗品》中，“采采流水，蓬蓬远春”之纤秾，“海风碧云，夜渚月明”之沉著，“落花无言，人淡如菊”之典雅，“流水今日，明月前身”之洗练等等，这些新颖鲜明的意境准确地揭示出对象的总体风貌。本来什么是“纤秾”，什么是“典雅”，只可意会而难于言传。无论从理论上作怎样严格的界定，都难免条分缕析下的支离破碎，无法揭示其浑然整一的境界。古代文论中有大量这类重整体直觉轻逻辑分析的概念和范畴，下面我们以“气象”这一范畴为例谈谈古人如何对生命活力的作品进行整体观照和把握。

“气象”原指自然界的景色、现象。《梁书·徐勉传·答客喻》“仆闻古往今来，理运之常数；春荣秋落，气象之定期。”范仲淹《岳阳楼记》：“衔远山，吞长江，浩浩汤汤，横无际涯，朝晖夕阴，气象万千，此则岳阳楼之大观也。”这种自然气象也对作家发生影响，引起主体情感波动。“气象”又被古人用来指称时代社会及人物的总体状貌特质，如“盛唐气象”、“帝王气象”等。如宋代许顗《彦周诗话》云：“联句之盛，退之、东野、李正封也。”《城南联句》云：“‘红皱晒檐瓦，黄团挂门衡。’是说干枣与瓜蒌，读之犹想见西北村落间气象。”在唐代，“气象”已作为一个美学范畴而被运用。杜甫《秋日寄题郑监湖上亭》诗云：“赋诗分气象。”皎然《诗式》认为诗有四深，“气象氤氲，由深于体势”即其一。这里的“气象”已是一个专门的论诗术语了。

作为文论范畴的“气象”，是指文学作品精神面貌的整体特征，所以以“气象”论诗文，其思维即是整体思维。宋代周紫芝《竹坡诗话》云：“郑谷《雪诗》，如‘江上晚来堪画处，渔人披得一蓑归’之句，人皆以为奇绝，而不知其气象之浅俗也。东坡以谓此小学中教童蒙诗，可谓知言矣”。又宋代周必大《二老堂诗话》有：“自乐天集第十五卷《宴散诗》云：‘小宴追凉散，平桥步月徊。笙歌归院落，灯火下楼台。残暑蝉催尽，新秋雁载来。将何迎睡兴，临睡举残杯。’此诗殊未睹富贵气象，第二联偶经晏元献公指出，乃迥然不同。”以上两则诗话里的“气象”指的即是作品的总体精神面貌特征，而不是个别词句的特点，其思维取向即在整体而不在个别。严羽是宋代“气象说”的重要鼓吹者，据郭绍虞校释本粗略统计,《沧浪诗话》谈及“气象”有7次之多,且都是从作品的整体特点着眼。如《诗评》云:“唐人与本朝人诗,未论工拙,直是气象不同。”元代范德机著《木天禁语》立“六关”之说,第三关即为“气象”关。范德机强调气象的整体性:“诗之气象,犹字画然,长短肥瘦。”他反对“得一、二字面,便杂据用去”的肢解做法。

以“气象”论诗文,跟中国文论体悟式、印象式的思维方式相联系,追求一种浑沌式的朦胧美和整体美。中国神话有一种以浑沌为主题的文化,这是中国文化的母题,是中国文化的深层象征。①“浑”不是混乱无序,它是生天地之前自然之道的原初状态。《老子》二十五章说:“有物混成,先天地生,寂兮寥兮,独立不改,周行而不殆,可以为天下母。”可见“混(浑)”的特征之一是无声无形之虚。《庄子·人间世》云:“气也者,虚而待物者也。唯道集虚。虚者,心斋也。”《天道》篇又云:“夫虚静恬谈寂漠无为者,万物之本也。”虚,故能包含万物,高于万物。因此只有达到虚,方能进入浑的境界,所谓“返虚入浑。”郭绍虞《诗品集解》中说:“填实不得,板滞不得,所以必须复还空虚,才得入于浑然之境。”“浑”的特征之二是全,是整体的美,不是局部的美。郭绍虞《诗品集解》云:“何谓‘浑’,全也,浑成自然也。”正如老子所说“大音希声,大象无形。”“浑”的境界有如一团自在运行的元气,浑然一体,不可分割。谢灵运诗时有佳句,但往往有句无篇,缺乏整体之美。《沧浪诗话·诗评》说:“谢所以不及陶者,康乐之诗精工,渊明之诗质而自然耳。”浑成自然之美不以个别词句胜,而往往以整体境界见长。

“浑”的境界是直觉基础上的整体印象,为历代文论家所推崇。司空图《二十四诗品》首品即为“雄浑”:

> 大用外腓,真体内充。反虚入浑,积健为雄。具备万物,横绝太空。荒荒油云,寥寥长风。超以象外,得其环中。持之

① 叶舒宪:《文学与人类学》,社会科学文献出版社2003年版,第240页。

匪强，来之无穷。

严羽《沧浪诗话·诗辨》中谓诗有九品，其六即为“雄浑”。“雄浑”之美首先是浑然一体的整体之美，不是个别字句的局部美。这就是司空图《与极浦书》所说的“蓝田日暖，良玉生烟，可望而不可置于眉睫之前。”也如严羽所说，“如空中之音，相中之色，水中之月，镜中之象”。

这种浑然一体之美不可分割，不能辨析，只能意会，不能言传。严羽推重盛唐诗，因为“盛唐人，有似粗而非粗处，有似拙而非拙处”。胡应麟《诗薮》也说：“盛唐气象浑成，神韵轩举。”似是而非，似非而是，整体浑成，方至妙境。“雄浑”之美还是一种浑朴自然之美，绝无人工痕迹。“荒荒油云，寥寥长风”全为宇宙间天然景象，岂有丝毫人造之意？必须“持之匪强，”方能“来之无穷。”《庄子·齐物论》中有“地籁”、“人籁”、“天籁”，天籁即“使其自己”、“咸其自取”，一切自然而然，毫无人工做作，严羽所谓“羚羊挂角，无迹可求”是也。严羽推崇《胡笳十八拍》，因为其“混然天成，绝无痕迹，如蔡文姬肺肝间流出”。他推崇汉魏之诗，只因其“词理意兴，无迹可求”。

在一种整体性思维的观照之下，文学作品是生命整体，其中生气贯注，血脉相连。为了构建这个有机整体，古人讲究结构布局。浑然一体的整体美为文学家们追赏。整体的要求是中西方文学共同特质，西方文学家也追求完整，如亚里士多德《诗学》第八章云：

> 在诗里，情节既然是对行动的摹仿，就必须摹仿一个单元而完整的行动。事件的结合要严密到这样一种程度，以至若是挪动或删减其中的任何一部分就会使整体松裂和脱节。如果一个事物在整体中的出现与否都不会引起显著的差异，那么，它就不是这个整体的一部分。①

---

① ［古希腊］亚里士多德著，陈中梅译：《诗学》，商务印书馆1996年版，第28页。

不同的是《诗学》是摹仿论，重叙事文学，情节是文学的元素。文学整体如一台机器，情节则是零件。零件坏了，换上新的即可。这是一种逻辑性文论，所讲的文学整体是机械性整体。中国文学是抒情论，重抒情文学，情感是文学的基质。文学整体如一个大活人，骨头连着筋，十指连着心，牵一发亦可动全身。这是一个血脉相连的生命整体，生命体不可肢解，文学也不可分解，不可句摘。

第三节　三百之蔽，义归无邪

“三百之蔽，义归无邪”，语出《文心雕龙·明诗》。我国第一部诗歌总集《诗经》，时空跨越之久远辽阔，内容之丰富繁杂，为学人所共知，但孔子评之，则“一言以蔽之”，曰“思无邪”（《论语·为政》）。举重若轻，以简治繁，一言穷理，以少总多，非常繁杂的文学现象浓缩为三言两语、一句话、一个词甚或一个字。话语不多,却一字千金、境界全出。这是中国古代文论思维方式的重要特征之一——整体浓缩性。作为一种言说方式,“一言以蔽之”极富原始诗性特征。列维-布留尔认为,对原始思维来说,“有生命的整体的部分即等于这个整体”①。“一言以蔽之”也有这样的特征。

一、片言居要，一言穷理

陆机《文赋》说：“立片言以居要，乃一篇之警策。”即片言只语为一篇之精神所凝聚处，或为一篇之精神所发源处。整体浓缩性在中国古代文体论、作家作品论、时序论等方面表现得异彩纷呈。下面分述之。

首先让我们来看整体浓缩在文体论中的表现。曹丕《典论·论文》首开文体论：

> 夫文本同而末异，盖奏议宜雅，书论宜理，铭诔尚实，诗

---

① ［法］列维-布留尔著，丁由译:《原始思维》,商务印书馆出版社 1981 年版，第 247 页。

赋欲丽。

用“雅、理、实、丽”四个字分别概括“奏议、书论、铭诔、诗赋”四科八类文体的艺术特质。继曹丕之后，桓范的《世要论》、陆机的《文赋》、挚虞的《文章流别论》、李充的《翰林论》，一直到刘勰的《文心雕龙》，对文体进行了更深入广泛的探讨。陆机《文赋》直承《典论·论文》的言说方式，用并列词组形式来描述十种文体的特质。刘勰论文体，虽标举“原始以表末，释名以章义，选文以定篇，敷理以举统”（《文心雕龙·序志》），表现出“体大而思精”的思辨特色，但在具体表述文体时，刘氏仍然多“一言以蔽之”。如《定势》：

> 章表奏议，则准的乎典雅；赋颂歌诗，则羽仪乎清丽；符檄书移，则楷式于明断；史论序注，则师范于核要；箴铭碑诔，则体制于弘深；连珠七辞，则从事于巧丽。

其中“典雅”、“清丽”、“明断”、“核要”、“弘深”、“巧丽”等是对相应文体的最精要的表达。

在作家、作品论中，古代文论也时常运用整体浓缩性的表述。虽为片言只语，却一针见血、入木三分，精妙传神地把握住了作家作品的艺术神髓。我们试举数例以说明之。评阮籍、嵇康文学风格的异同，刘勰曰：“嵇志清峻，阮旨遥深。”（《文心雕龙·明诗》）一清峻，一遥深，无需更多赘言废语，读者对两位作家的人格魅力、作品风貌就心领神会。李、杜才学风格迥异，前人评述汗牛充栋，我们以为都不及严羽的一句话：“子美不能为太白之飘逸，太白不能为子美之沉郁。”（《沧浪诗话·诗评》）李杜双星，光照千古，着“飘逸”、“沉郁”而风神足俱，他言已显多余。郊岛并称，同为苦吟，苏轼曰“郊寒岛瘦”（《蔡柳子玉文》），堪称妙评。王国维评东坡、稼轩词曰“东坡之词旷，稼轩之词豪”，着“旷”、“豪”两字而境界全出。单从这一点来说，《人间词话》就得古代诗话、词话之真传。

关于作品的风格体貌，传为唐皎然所作的《诗式》概括为十九体，每一体式用一个字来表述。作者在表述旨意时说："不妨一字之下，风律外彰，体德内蕴，如车之有毂，众美归焉。其一十九字，括文章德体风味尽矣，如易之有彖辞焉。"彖，断也，判断，决断，也即"一言定乾坤"。彖辞，即《易》卦下的卦辞，总论这一卦的主要意义。如"乾"卦下面的"元、亨、利、贞"四字即是。皎然以十九字比彖辞，高度浓缩型的表述已自明矣。明代贝琼作《唐宋六家文衡序》，也分别用一个字来概括唐宋六家的文章风貌，颇得各家神髓："盖韩之奇，柳之峻，欧阳之粹，曾之严，王之洁，苏之博，各有其体，以成一家之言，固有不可至者，亦不可不求其至也。"可见，在对作家作品的点评当中，"一言以蔽之"的表述方式很常见。

如果说对一个作家、一部作品的评价"一言以蔽之"还不是太难，那么对一个时期、一个朝代的文风作高度浓缩性的表述则确非易事。我国古代的批评家往往有俯瞰宇宙、弥纶百代的眼光和胸襟。陆机《文赋》有云："收百世之阙文，采千载之遗韵"，"观古今于须臾，抚四海于一瞬"。刘勰也常言"古今"、"百世"、"弥纶一代"等，元好问喜用"千古"、"万古"等字眼。后人有所谓一代有一代之胜的说法。这些从某种程度上反映了古人的远大视野和宽广胸怀。他们以这种眼光和胸襟"统百代而论诗"（叶燮《原诗·内篇下》），雄视上下几千年，往往会有许多独到的体会和领悟。如"建安风骨"、"盛唐气象"，非常允当地抓住了一个时代的风神气貌，以至于后代文学史家言建安必言风骨，论盛唐必论气象，离开了风骨、气象似乎无话可说。

统百代而论诗文，似从刘勰《文心雕龙》开始，其《时序》云："原始以要终，虽百世可知也。"刘勰望今参古，斟酌质文，檃括雅俗，对此前历代文学风貌一言以蔽之："榷而论之，则黄唐淳而质，虞夏质而辨，商周丽而雅，楚汉侈而艳，魏晋浅而绮，宋初讹而新"（《文心雕龙·通变》），对历代文学之文质、雅俗变化有准确把握。唐宋诗之争，是诗学史上的一大热点。学人们都争着用精妙的词句来概括这两座诗学高峰的异同。《沧浪诗话》云"本朝人尚理，唐人尚意兴。”“理”和“意兴”都是极为精当的表述。后代论唐论宋有多少著述，表述不尽相同，但似乎都未能超出严沧浪的审美视角。今人钱钟书有“唐诗多以丰神情韵见长，宋诗多以筋骨思理见胜”的著名论断①，表述要比严沧浪精美，但细细想来，其观点似乎也还在严沧浪的视野之内。

以上举文体、作家作品论、时序论等方面来谈古代文论家们对文学现象“一言以蔽之”的表述。作为一种思维方式，它渗透到中国文学的方方面面，可以说中国文论家们在表述整个文学流程时都尽力用浓缩精妙的语言。这是对文学的印象式的整体把握，妙在直入主题，把握住了对象特质的主要方面，而对其枝叶细末则去之不顾，即一言道破天机。古人所谓“易、简，天下之理得矣”（《易·系辞上》）、“简言以达旨”（《文心雕龙·征圣》）、“一言穷理”（《文心雕龙·物色》）等都说明了这层意思。这种表述方式在对比状态下尤其能显示其功能优势，能鲜明地表述出对象的异同，而不为其他枝叶细末所遮蔽。像前文所举事例，大多为对比状态的言说，对比出特色。在对比状态下，文论家们更能“辩尽诸家，剖析毫芒”（高棅《唐诗品汇总序》）。抓住了问题的要点和实质，自然有表述之便。正如钱钟书所说：“曰唐曰宋，特举大概而言，为称谓之便。”“一言以蔽之”，也是举问题之大概，便于问题的表述。

二、乘一总万，举要治繁

刘勰《文心雕龙·总术》说“乘一总万，举要治繁”。中国文论整体浓缩性特征的形成有多方面的原因。可以说，是多方面的合力，促成了古代文论浓缩型表达方式的形成。

语言文字是思维的载体，汉字本身的特性富有丰富的表现力。用维柯的话来说：“凡是语言愈富于英雄时代的简炼，也就愈美；愈美就是愈有表达力；愈有表达力，就是愈真实。”维柯把人类历史分为神的时代、英雄的时代、人的时代三个阶段。相应地具有三

① 钱钟书：《谈艺录·诗分唐宋》，中华书局1984年版，第1页。

种语言，即神的语言、英雄的语言、人的语言。①中国因其历史文化的不间断性，其语言同时具有神的语言的神性、英雄语言的简洁性和人的语言的发音性等特征，是典型的诗性语言。从文化传承来说，中国文化善于以简治繁，举重若轻。世间万象，千变万化，其运转之规则理应纷繁复杂，中国的哲人却一言以蔽之："一阴一阳。"以阴、阳两字来统观世间万象，是何等浓缩的表达！这一思维方式直接启示了后代的文论表达。曹丕《典论·论文》中提出了"文以气为主"的著名论断，并说"气之清浊有体。"所谓清浊，实即阴阳，阳气上升为清，阴气下沉为浊。到刘勰《文心雕龙·体性》进一步提出："气有刚柔"，"风趣刚柔，宁或改其气"。此处刚气当指阳气，柔气当指阴气。到清代姚鼐更是明确提到阳刚之美和阴柔之美，受《周易》的影响是显而易见的(《复鲁洁非书》)。以阴、阳论文学，生动地说明中国文论思维方式的高度浓缩性特征。另外中国的五行学说也具有高度浓缩性特征。从现代科学角度来说，物质的化学元素有几十种之多。正是这些基本元素通过复杂结构构成了绚丽多姿的世间万物。五行学说则认为世间万物由金、木、水、火、土五种元素构成，避开其尚处科学认识的起始阶段不谈，单从其思维方式来说，则明显具有高度浓缩性特征。阴阳文化和五行学说是中国思维方式的文化基石。

中国文论浓缩性特征还受文化经典的启示。在我们早期的典籍中，整体浓缩是一重要特征。中国诗学的开山纲领《尚书·尧典》曰"诗言志"，把诗歌广博丰赡的内容浓缩为一个"志"字。《老子》把"天地之始"、"万物之母"称为"道"（一章），"夫物芸芸，各复归其根"（十六章）、"万物归"（三十四章）、"天下往"（三十五章）等等，其中"始"、"母"、"归"、"根"、"往"等字眼即显示出其思维方式的高度浓缩性。老子试图用"道"去把握天地人生，去领会世间万物。道家的整个思想也可以用一个"道"字来概括。道家的另一经典《庄子》有云："天下之治方术者多

① ［意］维柯著，朱光潜译：《新科学》，商务印书馆 1989 年版，第 228、497 页。

矣……圣有所生，王有所成，皆原于一。”（《天下》）把众多的原因归之为“一”（即“道”），其思维方式也是浓缩型的。《天下》还把儒家的几部经典的内容浓缩为一、二个字：“《诗》以道志，《书》以道事，《礼》以道行，《乐》以道和，《易》以道阴阳，《春秋》以道名分。”这段话开了品评经典的先河，也是后世作品论的先声。而其思维方式恰恰是高度浓缩型的，对后世影响巨大。如唐代柳宗元在《答韦中立论师道书》中说：“本之《书》以求其质，本之《诗》以求其恒，本之《礼》以求其宜，本之《春秋》以求其断，本之《易》以求其动。”分别用“质”、“恒”、“宜”、“断”、“动”五个字来概括五经的思想艺术之精髓。道家虽然主张“不言之教”，提出“大音希声”、“言不尽意”，但在具体阐述观点还是用极为精准的语言来传道达意，表现出思维方式的浓缩性特征。

儒家的经典表述除本节开头所引孔子评诗“一言以蔽之”外，《春秋》及其解读可为一大例证。作为编年体史书的开山之作和儒家的重要经典，《春秋》受到史学家和经学家们的共同关注。他们一致认识到《春秋》内容上“微言大义”，语言上“一字褒贬”。关于《春秋》的这一特色，历代主要评论有：司马迁评曰：“辞微而指博”（《史记·儒林列传》）；董仲舒评曰：“文约而法明”（《春秋繁露·楚庄王》），“得一端而多连之，见一空而博贯之”（《春秋繁露·精华》）；杜预评曰：“一字为褒贬”（《春秋经传集解》）；范宁评曰：“一字之褒”、“片言之贬”（《春秋穀梁传序》）；刘知几评曰：“文约而事丰”（《史通·叙事》）；胡安国评曰：“立义至精”、“简严而不赘”（《春秋传·隐公四年》）；章学诚评曰：“微言大义”（《文史通义·史注》）等。对中国文论更具意义的是，《春秋》的这一特色被文论家们所关注并反复称引。刘勰说：“《春秋》辨理，一字见义”（《文心雕龙·宗经》），“褒见一字，贵逾轩冕；贬在片言，诛深斧钺”（《文心雕龙·史传》）。韩愈曰：“《春秋》谨严”（《进学解》）。欧阳修评《春秋》曰：“述其文，则曰：简而有法”（《论尹师鲁墓志》）。先秦儒道文化是中国文论思想智慧的基石，其思维方式是中国文论浓缩性特征的滥觞。后来的玄学主张“言不尽意”，禅宗主张“以心传心，不立文字”，虽有“重意轻言”之意，却从另一方面促使文论家们用最精要的语言去把握文学的真谛。

中国文论浓缩性特征与中国文学本身的特质也不无关联。中国文学以抒情为主。在抒情文学里，惟有情感才是结构的核心和动力。但是正如刘勰所说“文情难鉴”（《文心雕龙·知音》），情感之事，本身就是说不清，也无需多说的东西。人们只需心有所悟，把握其关键处即可，点到为止而不及其余，自然韵味十足而妙不可言。姜夔《白石道人诗说》称“难说处一语而尽”即这个道理。刘勰说“物色虽繁，而析辞尚简；使味飘飘而轻举，情晔晔而更新”（《文心雕龙·物色》）。此处虽言物色描写，其实情感又何尝不是如此。人们把握文学则更是如此。面对文学，尤其面对“诗无达诂”的中国文学，文论家们大多只好简而论之。但简约并不简单，三言两语，点到为止，留与读者广阔的想象、体悟空间。这是抒情作品的妙处，也是中国文论的妙处。

中国文论的高度浓缩性，也是历代文学家、评论家对简洁的语言表述推崇的结果。吕不韦“一字千金”的典故为后代文论家常借用。① 在诗文创作上，“语不惊人死不休”、“二句三年得”、“得一字之助”的事例在文学史上不在少数。作家为一字一句反复推敲，甚至呕心沥血，许多事例已成古今美谈。批评家们对字句斟酌更是推波助澜。他们喜欢“文约为美”（《文心雕龙·铭箴》）。刘勰《文心雕龙》专辟《练字》一篇，并说：“缀字属篇，必须练择。”历代文论家对“句中眼”、“警言妙句”都备加推崇，津津乐道。对创作的要求和激赏自然也会影响批评。批评家面对作家作品自然也要反复斟酌，细加推敲。力图用最精准的语言去评价眼前的文学现象，这也是评论家尽显风流的好机会，因为“一言以蔽之”需要相当的鉴赏功力和眼光。这是一个长期积累、广泛比较、细细

---

① 据《史记·吕不韦列传》：吕不韦“布咸阳市门，悬千金其上，延诸侯游士宾客，有能增损一字者，予千金”。《诗品》上评《古诗十九首》云“惊心动魄，可谓一字千金”。

体悟的过程。如有唐一代，名家擅场，驰骋当世，海内文宗，靡不有精。明代高棅说："观者苟非穷精阐微，超神入化，玲珑透彻之悟，则莫能得其门，而致其壶奥矣。"高棅为作《唐诗品汇》，"左攀右涉，晨跻夕览，下上陟顿，进退周旋，历十数年"。这是一个何等艰辛的心灵历程。正是有这段历程，高棅才能"僻蹊通庄，高门邃室，历历可数"，才能用精妙的语言"辩尽诸家，剖析毫芒"（《唐诗品汇总序》）。又如清代叶燮以"理、事、情"穷尽万有之变态，以"才、胆、识、力"穷尽此心之神明（叶燮《原诗·内篇下》）。天地之大，古今之变，文章诗赋，其道万千，叶燮以数语而蔽之，何其简洁明了。对叶燮而言，这也是他长期呕心沥血的结晶。

三、一滴知水，一叶知秋

《山海经·大荒西经》载："西海之南，流沙之滨……有大山名曰昆仑之邱……其下有弱水之渊环之。"弱水指西方绝远处，杳渺之弱水象征中华文明浩淼幽远，来不可追，去不可寻。为了把握住高山大海似的中华文明，人们采用一种以小见大、以部分推演全体的方法。滴水非海，一瓢非三千弱水，但滴水究自海，一瓢为三千弱水，所以一滴知大海，一瓢知弱水。古代文论虽为中华文明大海之浅水一湾，但究竟保持着其水性水质，所以古代文论浓缩型的言论方式企图一滴知大海、一瓢知弱水、一叶知春秋则是自然而然的了。

中国文论浓缩型的表述方式是具有丰厚的民族特色的话语方式和思维定势。这一点，我们只要与欧美的经典作品作一比较即可显现出来。鲁迅《论诗题记》曾把《文心雕龙》和亚里士多德之《诗学》称为东西文论之源流楷式。我们就拿《文心雕龙》和《诗学》来谈谈中西诗学在这方面的一些不同。

说《文心雕龙》是中国文论著作中最富理性色彩、最富思辨精神的著作大概是没有异议的。但我们不能因其理性、思辨的一面，而遮蔽其感性、诗性的另一面。关于诗性的一面，我们可以从多方面加以说明。在"一言以蔽之"方面，《文心雕龙》也极富诗性特色，突出的一点即是运用了许多“浑沌状态”的词。如“风清骨峻”（《风骨》），什么是“风骨”？什么又是“清峻”？这是一些只可意会不可言传的词语。翻译成现代汉语尚且困难重重，译成外文更是充满艰难险阻。难怪有许多的翻译家对《文心雕龙》望而却步。中国文论的许多词语不能用逻辑思维去分析、去解读，类似列维-布留尔所说的“表现出几乎永远是不分析的和不可分析的”。① 这让人想起《庄子·应帝王》中的一个寓言：

> 南海之帝为倏，北海之帝为忽，中央之帝为浑沌。倏与忽时相与遇于浑沌之地，浑沌待之甚善。倏与忽谋报浑沌之德，曰：“人皆有七窍以视听食息，此独无有，尝试凿之。”日凿一窍，七日而浑沌死。

我们可以把这一寓言理解为中华文化的寓言。中央之帝“浑沌”喻指中华本土文化，而南海之帝“倏”和北海之帝“忽”喻指异域外来文化。庞朴解此“浑沌”说“有圆浑、质朴、敦厚、醇粹、温纯、昏懵、混浊、无分、无始等含义”，所以它蕴含了中华文化信息的基本质素，是生生不息的中华文化的起始和根源。在这个意义上，庞朴说混沌是中华文明的起点。②

中华本土文化富于浑沌之德，重感悟；而异域文化分工清晰，重理性分析。以理性去解读感性的东西，结果是可想而知的。有浑沌特质的中国文论是重感悟的，只可意会不可言传，不待理性分析更不能理性分析。试以《文心雕龙·明诗》中一段为例：

> 若夫四言正体，则雅润为本；五言流调，则清丽居宗；华实异用，惟才所安。故平子得其雅，叔夜含其润，茂先凝其

---

① ［法］列维-布留尔著，丁由译：《原始思维》，商务印书馆 1981 年版，第 102 页。

② 汤一介主编《国故新知：中国传统文化的再诠释》，北京大学出版社 1993 年版，第 96 页。

清，景阳振其丽；兼善则子建仲宣，偏美则太冲公干。

以“雅润”、“清丽”分别作为四言诗和五言诗的规范和指宗，又分别以雅、润、清、丽来概指张衡、嵇康、张华、张协四人诗歌的特质，是高度浓缩型的言说方式，简洁精干。但这些词本身就是处于浑沌状态，所以又显得不够准确，甚至显得模糊。如刘勰评嵇康“嵇志清峻”，又说“叔夜（嵇康字叔夜）含其润”。那么评嵇康是“清峻”好还是“润”好呢？“清峻”和“润”到底是什么关系呢？混沌一片，似乎说不清楚。所以“一言以蔽之”的言说方式是最合乎中国文学诗性特质的言说方式，同时也有其不足之处。

亚里士多德的《诗学》的语言则是理性的，是受逻辑思想支配的。如谈悲剧，先给它的性质下个严格的定义，这是一个外延和内涵都有严格界定的概念。然后解释悲剧的六个部分：“形象”、“性格”、“情节”、“言词”、“歌曲”与“思想”。各部分已界定清楚之后，则讨论事件如何安排……这完全是一个逻辑运思的过程，是一个层次清晰、环环相套的推演过程，是一种非常精准、无懈可击的言说方式。严密到概念之中套概念。如果以水喻文，西方文论是关于水的抽象概念，而中国文论则是一滴滴灵动晶莹的水珠；如果以树叶喻文，西方文论是关于树叶的呆板的逻辑言说，而中国文论则是一片片负载着树木全部生命信息的绿叶。

一言以蔽之，通过一点去把握作家的全部，去领会作品的所有，这是中国文论的妙处。其优长之处，我们在前面已有较多说明，此不赘述。我们要说的是，作家作品方方面面情况复杂。以少总多，未必能够情貌无遗。① 陆机《文赋》中说：“体有万殊，物无一量，纷纭挥霍，形难为状。”“一言以蔽之”，往往会以偏概全，会遗失作家作品的其他重要信息。清代章学诚也说：“夫书之难以一端尽也，仁者见仁，智者见智”（《文史通义·文理》）。“一言以蔽之”往往是见其一端而不及其余，所以往往难以得出较全面较中允的结论。清代刘熙载《艺概·诗概》中有段话值得我们

① 《文心雕龙·物色》云：“以少总多，情貌无遗。”

思索：

> 《文心雕龙》云：“嵇志清峻，阮旨遥深。”钟嵘《诗品》云：“郭景纯用隽上之才，刘越石仗清刚之气。”余谓志、旨、才、气，人占一字，此特就其所尤重者言之，其实此四字诗家不可缺一也。

志、旨、才、气，嵇康、阮籍、郭璞、刘琨各占一字，可谓“一言以蔽之”。这是就其重要方面来说的，即“就其尤重者言之”，把握住了作家的主导方面，是其优长之处。但“其实此四字诗家不可缺一也”，则道出“一言以蔽之”的缺失之处。钱钟书说：“学者每东面而望，不睹西墙，南向而视，不见北方，反三举一，执偏概全。”①“一言以蔽之”也容易犯这种毛病。

① 钱钟书：《谈艺录·论难一概》，中华书局1984年版，第304页。

第四章

诗道亦在妙悟

严羽《沧浪诗话》:“大抵禅道惟在妙悟，诗道亦在妙悟。”严羽是以禅喻诗，禅宗讲究“微妙法门，不立文字”(《五灯会元》卷一)，主张心领神会。释迦拈花，迦叶微笑，无限禅义在刹那间得到交流。禅，是一种思维方式，也是一种生存方式，或者说是二者的统一，参禅者通过直觉式的妙悟去体验那个形而上的终极境界，进入一种诗意的此在。在这一点上，中国古代文论与禅是相通的。严羽说诗道亦如禅道，“非关书也”，“非关理也”，不尚理性之知，而重直觉体悟，以心会心。中国古代大量的诗话、词话、曲话、小说评点都是在直觉状态下迸发出来的思想火花。艺术直觉在创作、鉴赏作品时起着举足轻重的作用。对于这种来无踪去无影但又非常重要的心理现象，古人除了惊异其神秘外，似乎不知其理源所归。在中国诗性文论三大思维方式（整体、直觉、具象）之中，直觉思维是最富于原始感觉和诗性特征的。列维-布留尔说：“对原始人的思维来说，它的前关联毫不迟疑地确定着从某种感觉印象到某种看不见的力量的直接转变。”“前关联就等于直觉。”①古代文论中虽没有直接用“直觉”这个词，但关于直觉思维的论述非常丰富。联系中国古代文学理论的实际，这里主要讨论艺术直觉的原逻辑性、非时间性和直感性等特点。

第一节　寓目辄书，即景会心

“寓目辄书”是钟嵘《诗品序》中提出的思维方式。“寓目”即眼中所见第一印象，“辄书”即率性地将此第一印象不加思考不加渲染如实地写下来。“即景会心”是王夫之在《夕堂永日绪论·内编》中提出来的思想。我们认为，现代哲学、心理学对直觉的理解有偏颇之处，与中国古代文论的实际并不相符。中国古代文论中的“感悟”、“参”、“寓目辄书”、“即景会心”等不是反理性、非理性，而是“不涉理路”（严羽《沧浪诗话·诗辨》），是对理性思维的漠不关心，即列维-布留尔所说的原逻辑性。以此为基点展开，古代文论中的直觉思维呈现三个方面的特征：无所用意，不假思量的原逻辑性；非体系、随感式的语录体；羚羊挂角，无迹可求的自然美。

一、无所用意，不假思量

“无所用意”为叶梦得语，“不假思量”为王夫之语。“用意”、“思量”可以理解为理性思维。古代文论讲直觉感悟，并不排斥理性，而是不凭依理性，表现为对理性的冷漠。直觉思维并不是现代人的专利，远在史前社会，人们就已经具备直觉思维能力。列维-布留尔称之为“神秘的互渗”，“这互渗如同任何一种为原逻辑思维所感知的实在一样，是‘以神灵的形式’出现的并被感觉

---

① ［法］列维-布留尔著，丁由译：《原始思维》，商务印书馆 1981 年版，第 374～375 页。

的"①。关于原始思维与理性思维、逻辑思维的关系，列维-布留尔作了详细的说明：

> 可以把原始人的思维叫做原逻辑的思维，这与叫它神秘的思维有同等权利。与其说它们是两种彼此不同的特征，不如说是同一个基本属性的两个方面。如果单从表象的内涵来看，应当把它叫做神秘的思维；如果主要从表象的关联来看，则应当叫它原逻辑的思维。我们用"原逻辑的"这个术语，并不意味着我们主张原始人的思维乃是在时间上先于逻辑思维的什么阶段。……它不是反逻辑的，也不是非逻辑的。我说它是原逻辑的，只是想说它不像我们的思维那样必然避免矛盾。它首先是和主要是服从于"互渗律"。具有这种趋向的思维并不怎么害怕矛盾（这一点使它在我们的眼里成为完全荒谬的东西），但它也不尽力去避免矛盾。它往往是以完全不关心的态度来对待矛盾的，这一情况使我们很难于探索这种思维的过程。②

列维-布留尔指出，原始思维不是反逻辑的，也不是非逻辑的，而是以完全不关心的态度对待矛盾，也即对理性、对逻辑的冷漠。结构主义人类学家列维-斯特劳斯甚至认为，原始思维和科学思维并没有质的区别："神话思维中的逻辑同现代科学中的逻辑一样严密，它们之间的区别不在于思维过程的性质，而在于思维对象的本质。这同技术领域中普遍存在的情况是吻合的：钢斧之所以比石斧更好，并不是因为前者的制作胜过后者。它们的制作都同样精良，但是钢和石头却不可同日而语。我们可以用同样的方式证明，神话和科学中存在着同样的逻辑过程，人类从古至今都一样睿智地进行

---

① ［法］列维-布留尔著，丁由译：《原始思维》，商务印书馆 1981 年版，第 90 页。

② ［法］列维-布留尔著，丁由译：《原始思维》，商务印书馆 1981 年版，第 71 页。

思考。”① 说原始思维（即神话思维）和科学思维没有质的区别，我们不能苟同，但说原始思维中也有逻辑过程，至少如列维-布留尔所说，不是非逻辑的、反逻辑的，我们是接受的。

列维-布留尔在强调原始思维不是反逻辑、也不是非逻辑的同时，又反复强调其情感性特征。在原始思维活动中，人是充满激情的，以一颗涉世之初的好奇之心去感悟和拥抱大千世界。“他们的智力活动的可分析性是太少了，以至要独立地观察客体的映象或心象而不依赖于引起它们或由它们所引起的情感、情绪、热情，是不可能的。”“当在各仪式之间的休息时间，在原始人的意识中浮现出这些表象之一的客体时，则他始终不会以淡泊的冷漠的形象的形式来想象这一客体，即使这时他是独自一人而且完全宁静的，在他身上立刻涌起了情感的浪潮，当然这浪潮不如仪式进行时那样狂烈，但它也是够强大的，足可以使认识现象淹没在包围着他的情感中。”“对原始人来说，纯物理（按我们给这个词所赋予的那种意义而言）的现象是没有的。流着的水、吹着的风、下着的雨、任何自然现象、声音、颜色，从来就不象被我们感知的那样被他们感知着……”②关于人类心灵的这些特点，维柯也指出，人们起初只是“用一种迷惑而激动的精神去感觉”，“在心情轻浮上像儿童，在想象力强烈上像妇女，在烈火般的情感上像莽撞的青年”③。人类是一个整体，人类的思想文化也是一个连续不断的发展过程。有些远古的思想文化内容和特征看似消失了，然而心理学、哲学、文化学的研究表明，以前的东西仍在表层和深层对后来人类的各种活动发生作用。作为有几千年延续的文明古国，中国文化的远古印迹在内容和形式上都有显现。古代文论中的直觉思维即其中一例，其原始感觉和诗性体征，是远古思维的血脉相延。我们从几个方面来

① ［法］列维-斯特劳斯著，陆晓禾、黄锡光等译：《结构人类学》，文化艺术出版社 1989 年版，第 69 页。

② ［法］列维-布留尔著，丁由译：《原始思维》，商务印书馆 1981 年版，第 26、27、34、35 页。

③ ［意］维柯著，朱光潜译：《新科学》，商务印书馆 1989 年版，第 122、460 页。

理解古代文论直觉思维的原逻辑性。

首先是主观性。西方文论家大多主张反映论，其客观性相对明显。中国古代文论则不同，作者更多的是自己的视角，带着自己的主观态度，凸显诗文的个性化及情感世界，进入对诗文的纯粹品评之中，多任情而发、率性而为。这样的品评强调个人的审美感受，而不是事情本身。如钟嵘《诗品》就以“品”建构全书，以“品”品评诗人。以品建构全书作为基本思路主要体现在三品论诗。因为品类的划分是品尝的结果，而非推理分析的结果，而品尝基于个人感觉，所以，以三品论诗的构思方法必然是主观的，必然是对理性的淡漠。在以品建构全书时，钟嵘又以品品评诗人。这种品评极富个性化和感情色彩。钟嵘对符合诗歌审美趣味的诗人尽情赞赏，称《古诗十九首》“惊心动魄”、“一字千金”。赞曹植“譬人伦之有周孔，鳞羽之有龙凤，音乐之有琴笙，女工之有黼黻”。但把陶渊明置于中品，“两汉诗人，枚、马、张、蔡、傅毅、孔融皆不录，苏李并称，不录子卿”。同为无名氏作品，评《古诗十九首》而不评《陌上桑》、《相逢狭路间》等。①钟嵘的《诗品》开启中国诗话之先河，这种品评诗文的思维方式对后世起了范式作用。后代的诗话、词话、曲话、小说点评也多发一己之私意，主观性极强。如宋代葛立方在《韵语阳秋·自序》中说：“凡诗人句义当否，若论人物行事，高下是非，辄私断臆处而归之正。”其“私断臆处”言其主观臆断甚明。其他诗话虽未明言，但其主观视角是显而易见的。许多诗话说是“通确之论，至当之理”，其实是“专执己见，而不知信”（范德机《木天禁语》）。从历代诗话、词话、曲话和小说点评的书名篇名来说，以“品”、“话”、“随笔”、“语”、“谈”、“序”、“跋”、“议”等字眼为多，这些都是主观言说意味极强而非推理分析的字眼。如清代浦起龙，名其著作曰《读杜心解》。他自己解释说：“摄吾之心印杜之心，吾之心闷闷然而往，杜之心活活然而来，邂逅于无何有之乡，而吾之解出焉。”(《〈读杜心解〉发凡》)以心印心，

① 曹旭：《诗品研究》“未品评诗人研究”一节，上海古籍出版社 1998 年版，第 339 页。

以心会心，得诗文之神韵，这是文论家解读以情感为主要特征的中国文学的最佳路径。

其次是感悟式。西方文论重客观，所以多思辨的推理。中国文论更强调个体的感觉，所以品评又是感悟的，是经验的印象式的。古代文论有感应说，这种思想由来已久。如我国现存最早的哲学专著《周易》就有这种思想："咸，感也；柔上而刚下，二气感应以相与。""天地感而万物化生……观其所感，而天地万物之情可见矣。"（《咸卦第三十一》）"感而遂通天下之故。"（《系辞上》）天地万物相互感应运化而生，人处天地间，只有对天地万物有所感触觉悟才能通天下之理。

感应说在后世哲学中广泛运用，尤其在董仲舒的《春秋繁露》中更是达到登峰造极的程度。董仲舒认为"人生于天，而取化于天。喜气者诸春，乐气者诸夏，怒气者诸秋，哀气者诸冬，四气之心也"（《春秋繁露·阴阳尊卑》）。我们不必拘泥于他所说的对应关系，现代心理学证明，人的感情变化与客观自然环境确有联系。感应论后来在文论中得到应用和进一步阐发。陆机《文赋》有"悲落叶于劲秋，喜柔条于芳春"，刘勰《文心雕龙·明诗》有"人禀七情，应物斯感，感物吟志，莫非自然"，《文心雕龙·物色》的"物色之动，心亦摇焉"，"物色相召，人谁获安?"，"情以物迁，辞以情发"，"情往似赠，兴来如答"，钟嵘《诗品序》有"物之感人"、"四候之感诸诗"等等，都是感应论在文论中的生动阐述。

人生天地，时时刻刻都会有种种感触。而不同于凡俗之人的是，艺术家文学家是以一种激情、一种涉世之初的惊异之心去怀抱、去体悟这个世界。维柯说："好奇心是无知之女，知识之母，是开人心窍的，产生惊奇感的。"①春风春鸟、秋月秋蝉、夏云暑雨、冬月祁寒可以激起作家心海潋滟；人世沧桑、世道艰险、人情冷暖也会引起作家心潮澎湃、思绪万千。严羽《沧浪诗话·诗评》

---

① ［意］维柯著，朱光潜译：《新科学》，商务印书馆 1989 年版，第 183 页。

说："唐人好诗，多是征戍、迁谪、行旅、离别之作，往往能感动激发人意。"诗文作者要有感而作，由悟而入。清代宋荦《漫堂说诗》提出所谓"悟后境"："悟则随吾兴会所之，汉魏亦可，唐亦可，宋亦可，不汉魏、不唐、不宋亦可"，悟则"吾之真诗触境流出"。

作诗者因感而作，读诗者则因读而感。所谓"作者得于心，览者会其意"（薛雪《一瓢诗话》）。但人之感悟因人而异，因时有别，所谓见仁见智，诗无达诂也。田雯《古欢堂集杂著》卷四云："读古人书如观女色，妍媸好恶，亦系人耳。"吴乔《围炉诗话》卷六亦云："余癸酉以前视此辈诗如金玉，癸酉以后视此辈诗如瓦砾，丁亥以后视此辈诗如粪秽矣。"纯任感觉评诗，随着主观感觉能力的差异，其感觉结果也自然有别。当然，古代文论的感悟式品评不是随意的、毫无依傍的痴人说梦，而是感其真、悟其神，片言只语也是品评者的精血凝聚、真情喷发，正如鲍廷博在《麓堂诗话跋》所说："俱从阅历甘苦中来，非徒游掠光影娱弄笔墨而已。"

再次是情与理谐。直觉固然主观性强，它是体物之时刹那领悟，因人而异、因情而别。但在中国人看来，直觉并不彻底排斥理智，并不是彻头彻尾的主观唯我。有时甚至要以理智为根基。这是有别于西方直觉观的最大的不同之处。如中国有一种认识事物的方式叫"参"，其中固然主观性浓，但实质上已是一种理智的探究了。如刘勰《文心雕龙·宗经》的"参物序，制人纪"就有"观人文以化成天下"之意。此"参"是参研、深究之意，已有较浓的理性色彩。佛学所谓"参禅"之"参"倒有体悟之意，偏于主观感性。严羽《沧浪诗话》以禅论诗，自有其理论针对性和写作背景。当时，江西诗派的流风余绪影响仍然不小，形成如明代胡应麟归纳的"理障"和"事障"。针对江西派"以文字为诗、以才学为诗、以议论为诗"的毛病，严羽提出"夫诗有别材，非关书也；诗有别趣，非关理也"。"所谓不涉理路，不落言筌者，上也。"严羽重点突出"诗者，吟咏情性也"，着重指出诗歌创作要从主观情性从发。但我们要注意的是，严羽并不否定理性思维的存在，而是强调"然非多读书、多穷理，则不能极其至"（《诗辨》）。也就是说，吟咏情性要以读书、穷理为根基。严羽推重“妙悟”之境，但怎样才能达到这一佳境呢？必须“熟参”。也就是熟读汉魏晋与盛唐人诗，这样入门才正，方为上乘，才能悟入。怎样读古人诗呢？严羽提出“以识为主”，尤其强调“要识其安身立命处”（《诗评》）。所以严羽以禅论诗，强调性情，偏于主观，但并不否定文字、才学的作用，相反要以此为基础。正像清代沈德潜所说：“议论须带情韵以行”（《唐诗别裁》），主张情理相谐。

当然，古代文论也出现过“主情说”和“性情说”，如明代汤显祖提出“至情说”：“第云理之所必无，安知情之所必有耶。”情理处于两极对立状态，水火不相容。（汤氏的“至情说”）是对宋明理学的反拨，自有其思想解放的意义。但在古代中国，这毕竟是少数。禀承儒家传统的中国知识分子，在抒发自己的情性时，大多是温柔敦厚的。非理性的作品在中国极少，大多作品情为理约，追求一种情与理谐、含蓄蕴藉的艺术境界。《诗大序》提出“吟咏情性”的同时，又说“发乎情而止乎礼义”。刘勰赞赏的是“情发而理昭”（《文心雕龙·才略》），要求作家做到“理融而情畅”（《文心雕龙·养气》）。叶燮在《原诗》中提出“情理交至”的观点。歌德在评论中国文学时曾说：“在他们那里，一切都是可以理解的，平易近人的，没有强烈的情欲和飞腾动荡的诗兴。”① 说中国人没有“飞腾动荡的诗兴”，有点偏颇，说“没有强烈的情欲”却正中中国人的心理特征。钱钟书在《中国诗与中国画》中说：“在中国诗里算得‘浪漫的’，比西洋诗来，仍然是‘古典的’；在中国诗里算得坦率的，比起西洋诗来，仍然是含蓄的。”说的是中国文学情与理谐的特点。

与中国文学的以上特色相联系，中国文论也自有特色。中国古代有大量的诗话、词话、曲话、小说评点。这些文论大多是凭直觉说话，因兴而起，随感而发。少讲分析、少讲推理，直接呈现的即是印象式的结论，是思想的片断、灵感的火花。但中国文论不是完

---

① ［德］爱克曼辑录，朱光潜译：《歌德谈话录》，人民文学出版社 1978 年版，第 112 页。

全脱离逻辑思维，它追求审美感悟与理性把握的融合。如刘勰的《文心雕龙》，如果说“文之枢纽”偏于理性把握，那么“论文叙笔”、“割情析采”则偏于审美感悟。如单独看每一部分或每一篇则又是两者的完美融合。又如严羽的《沧浪诗话》，如果说《诗辨》、《诗体》、《诗法》偏重理性把握，那么《诗评》、《考证》则重于审美感悟。

二、去留随心，修短在手

刘勰《文心雕龙·定势》中说：“因情立体，即体成势。”有什么样的思想情感，就有与之相符的语体和文体形式。中国文论重直觉体悟，必然就有“去留随心，修短在手”（《文心雕龙·附会》）的随感式文体与之相符。下面从词语概念、语句、文体等语言形式方面谈谈这个问题。

古代文论中的词语概念大多是直觉性的，这些词语和概念，既不单纯地指称某一具体的可感物又不纯粹地表示超验的主观意念世界，而是将形象世界与超验意念世界连为一体。如道、一、虚、神、清、浑、悠、圆等，以这些词为一级词，在此基础上派生成二级词、三级词等。如“清”这个概念，它的基本内涵是明晰省净，这是由“清”的本义“水清”引申来的，主要针对诗歌语言而言。《文心雕龙·体性》评陆云“布彩鲜净，敏于短篇”，二语正简炼而确切地概括了“清”的这层意思。“鲜净”意味着明晰简洁，也就是《诗品》评陶诗的“文体省净，殆无长语”。杜甫《八哀诗》评张九龄诗则是反过来说的：“诗罢地有余，篇终语清省。”这都是指文辞简洁，不繁复铺叙。无论是水清还是文章的“省净”、“清省”都是感觉出来的，而不是推理分析出来的，所以“清”是一个直觉性的词语和概念。“清”有活跃的衍生能力，据蒋寅统计，在六朝时期，以清为核心派生出的审美概念已逾30个，它们共同汇聚成中古文学趣味的总体感觉印象，并对唐诗审美趣味的形成给予重大影响。①在后来的诗话、词话中，出现了“清奇”（司

---

① 蒋寅：《古典诗学的现代诠释》，中华书局2003年版，第44页。

空图《二十四诗品》)、“清真”(沈义父《乐府指迷》)、“清婉”(周济《宋四家词选目录序论》)、“清空”(冯金伯《词苑萃编》)、“清刚”(邓廷桢《双砚斋词话》)、“清新”(李佳《左庵词话》)、“清疏”(况周颐《惠风词话》)等“清”的二级词语和概念,形成一张以直觉为基调的概念网。而这些词语和概念,也是感觉性的,需要读者用心体悟。如《二十四诗品》中的“清奇”,司空图并没有对这个词语进行内涵和外延的严格界定,而是描述一系列生活和自然情境:

> 娟娟群松,下有漪流。晴雪满汀,隔溪渔舟。可人如玉,步屧寻幽。载行载止,空碧悠悠。神出古异,淡不可收,如月之曙,如气之秋。

司空图要读者从这些生活和自然情境中去体悟什么是清奇。他的描述中,甚至没有“清”、“奇”两个字,但处处是清奇之景,时时是清奇之境。这样,“清”就是维柯所说的想象的类概念(imaginative class concepts)①,我们称之为“诗性逻辑的想象性类概念”。

古代文论中还有许多词语,文论家连描述性的话都没有就直接用了。在文论家的潜意识中,读者理应知道这些词语和概念的含义,没有必要作解释,因为这是我们民族的“心头语言”。维柯说:“按照各种人类制度的本性,应有一种通用于一切民族的心头语言,以一致的方式去掌握在人类社会生活中行得通的那些制度的实质,并且按照这些制度在各方面所表现出的许多不同的变化形态,把它们的实质表达出来。”②吉尔兹称之为“文化体系的常识”:“一种天性使然的特质的常识的想法,确切地使我们据我们的直接的经验而不是经由审慎的思考明确地拒绝一些东西而接受另

① [意]维柯著,朱光潜译:《新科学》,商务印书馆 1989 年版,第 120 页。

② [意]维柯著,朱光潜译:《新科学》,商务印书馆 1989 年版,第 109 页。

一些东西。”①古代文论中的想象性类概念，无论是“心头语言”还是“文化体系的常识”，在中国文论的语境中它们是文论家们言说的底线，是不言自明的公理。

卡西尔说：“我们的日常言语不仅具有概念的特征和意义，而且还具有直觉的特征和意义。……在人类文化的早期，语言的这种诗意的或隐喻的特征似乎比逻辑的或推理的特征更占优势。”②直觉性的词语概念，极富原始体验和诗性感觉。列维-布留尔指出，原逻辑思维不像理性思维“那样运用严格确定的概念”。这种直觉观念“既不是抽象的，也不是真正概念性的”。他举例说，在原始思维中，医生和巫师两个概念即没有严格区分。“如果说经常把医生与巫师混为一谈，那是由于莫利（mori）（药）的概念非常模糊。莫利不仅是治病的药草，而且还是各种巫术手段，其中也包括改变人的意志的手段。异教徒们相信，如果他们的孩子变成了基督教徒，那是因为有人给他们下了什么药，下了什么莫利才发生这种事的。莫利能使被遗弃的姑娘变成媚人的女子。一切东西，甚至白种人用来擦刀鞘上的锈的黑粉，都是莫利。”③这种直觉性的想象类概念是诗性智慧的重要特征，中国古代文论大量的概念就存留有这种早期文化的诗性感觉。直觉词语和概念为中国文论的直觉思维和言说提供了基础和可能，作为非定义式的语言形式，与西方定义式的语词不同，因其感觉的模糊性和内涵的丰富性，在表达文学思想方面有明显优势。

从句式看，维柯《新科学》谈了诗性语句的原则：“诗性语句是凭情欲和恩爱的感触来造成的，至于哲学的语句却不同，是凭思索和推理来造成的，哲学语句愈升向共相，就愈接近真理；而诗性

---

① ［美］克利福德·吉尔兹著，王海龙、张家瑄译：《地方性知识》，中央编译出版社2004年版，第96页。

② ［德］卡西尔著《语言与神话》，三联书店1988年版，第164页。

③ ［法］列维-布留尔，丁由译：《原始思维》，商务印书馆1981年版，第262页。

语句却愈掌握住殊相（个别具体事物），就愈确凿可凭。”①维柯是从具象思维这一角度来谈诗性语句的。古代文论即为一种诗性语句。我们将在“具象思维”一章谈及古代文论中许多具象化的例子，此不赘述。这里我们仅从语句的外在形式来谈中国文论的诗性特征。

中国古代文论的句式大多是“A是B”和“AB”形式。这是一种非哲学尺度。② 无论是“A是B”还是“AB”，B都是对A的鉴赏、评价的内容，是对A的直觉结果，也即主观判断。它不是推理的，因为它不是描述事情本身的客观属性，而是描述对事情的感觉。如严羽《沧浪诗话·诗评》：“黄初之后，惟阮籍《咏怀》之作，极为高古。”严羽用“高古”描述阮籍《咏怀》一诗的风格，“高古”显然出于严羽的个人感觉，只可意会不可言传。又如钟嵘《诗品》评王粲“方陈思不足，比魏文有余”。这是一句结论性的话，个中原因，钟嵘没有说。且“不足”到什么程度，“有余”到什么份上，更是只字未提。因而，这种品评只能是直观的结果。我们要说明的是，中国文论中也有“A而非A”式句式。早期经典就有这种句式，如《尚书·尧典》“刚而无虐，简而无傲”，《论语·八佾》“乐而不淫，哀而不伤”。后世文论也时有这种句式，如《典论·论文》评应玚“和而不壮”，评刘桢“壮而不密”。《文心雕龙》这种句式更多，如《宗经》“情深而不诡”，“风清而不杂”……《明诗篇》“直而不野”……这样，从句式方面，为表达中国文论感性中有理性、感悟中有逻辑的思想提供了可能。

从文体来说，美国学者宇文所安谈中国文论，引入“文类”这一概念。“文类就是不同类型的时机或场合，它们要求某类事物必须以某种方式去说。”宇文所安把中国文论的文类分以下几类：经、早期散文和子；文学散文和诗歌的文类（1. 论诗诗 2. 序 3.

---

① ［意］维柯著，朱光潜译：《新科学》，商务印书馆1989年版，第122页。

② 李泽厚称：“‘A而非A式’即‘中庸’的哲学尺度。”《美的历程》，安徽文艺出版社1994年版，第231~232页。

书信 4. 短文 5. 跋）；非正式散文（随笔）；技法手册；批评文选及其注疏；诗经学；其他（传记材料、小说逸闻以及文献知识）。①宇文所安对中国文论分类未必严密和科学，但基本包括了中国文论的各种样式。特别是“文类”这一视角有利于我们探讨中国古代文论诗性思维的文体性成因。从宇文所安所列文类可知：中国文论大多采用随感式文体。所谓随感式也即从主观直觉出发，感悟性的、无系统性的即兴描述。这种语体我们称之为语录体，如《论语》即孔子和孔子的子弟或再传子弟的语录。这种语体从遣词造句、篇幅长短及篇章结构都没有严格规定，表现形式多灵活松散。这种文体符合中国经验型思维方式。经验型思维指日常经验的记录和表达，它不依赖于抽象思辨、苦思冥想的系统构筑，不是长篇大论、高台讲章，而是片断语录、短章小札。这种语体也适合体悟式的思维方式。这种思维方式也无法产生客观判断、条分缕析、系统严谨的文体形式，而只能成品评式的随意写法。这种文体可以是日记，日积月累，终而成册；也可以是回忆录，一点一滴，记得多少写多少。

宋代尤袤在《全唐诗话原序》中说：“间又褒话录之纂记，益朋友之见闻，汇而书之，名曰《全唐诗话》。”因此，《全唐诗话》可视为日记体。宋代强幼安在《唐子西文录记》中说：“旧所记，更兵火无复存者。子东书来，属余追录。”清代顾嗣立《寒厅诗话》自序云：“追忆平时见闻所得，援笔识之，题曰《寒厅诗话》。”可见，《唐子西文录》、《寒厅诗话》则可视为回忆录了。无论是日记体，还是回忆录体，重要的特点是散点式。一个作家、一个作品、一段见闻、一个见解，可以自成单元。前一个单元和后一个单元并无必然的联系。从作者角度来看，他可以随感而作，随时可以写，随时也可以不写，处于一种闲谈式的无拘无束的状态。欧阳修《六一诗话》说：“居士退居汝阳，而集以资闲谈也。”南宋黄永存在《砻溪诗话跋》中说：“诗话杂说，行于世者多矣，往往

① ［美］宇文所安著，王柏华、陶庆梅译《中国文论：英译与评论》，上海社会科学院出版社 2003 年版，第 6～11 页。

徒资笑谈之乐。”“资闲谈”、“资笑谈”即透露此一层信息。清代查为仁《莲坡诗话》云：“回忆三十来，酒边烛外，论议所及，足以资暇者，正复不少，并为述其颠末，以助谈柄。”其“资暇者”、“助谈柄”，亦为一轻松心态。至于内容，也可无所不谈。宋代许顗在《彦周诗话》中说：“诗话者，辨句法，备古今，纪盛德，录异事，正讹误也。”可见诗话无话不谈。从读者角度来看，读这种文体可以任意选择一单元而不影响对其文学思想的把握。故此种文体，写起来随意，读起来也随意。正像原逻辑思维并不排斥逻辑思维一样，语录体也并不排斥重于抽象思辨的“学术体”。所以中国文论，除了有大量的诗话、词话、曲话这种语录体文论，也有如刘勰《文心雕龙》、叶燮《原诗》一类的“学术体”。在文体上，古代文论重直觉语录，也兼顾学术思辨，为文论家拓展文学思维空间提供了多种可能。

三、羚羊挂角，无迹可求

“羚羊挂角，无迹可求”本是禅家话头。《传灯录》卷十六：“（义存禅师谓众曰）我若东道西道，汝则寻言逐句；我若羚羊挂角，你向什么处扪摸？”又卷十七：“（道膺禅师谓众曰）如好猎狗，只解寻得有踪迹底；忽遇羚羊挂角，莫道迹，气亦不识。”严羽首先在《沧浪诗话》中用来评诗，指诗歌不涉理路、不落言筌、吟咏情性、纯任天机、自然灵妙的特点。尤其是盛唐诗兴象玲珑，这方面的特点最为突出。这一艺术特点是直觉妙悟思维的结果。刘勰《文心雕龙·物色》篇中说：“或率尔造极，或精思愈疏。”中国文学史上优秀的作家大多是性情中人，敢于且善于吟咏情性、独抒性灵。优秀的作品往往是性情之作，真率自然，“不拘格套”。许多文论家也往往以直寻妙悟、天机自流作为诗文境界的最高标准。从钟嵘的“即目直寻”说到王国维的“不隔”说，文气相呼，文脉相承，形成一种恒久一贯的文学传统。钟嵘在《诗品序》中集中表述了其“即目直寻”的观点：

若乃经国文符，应资博古；撰德驳奏，宜穷往烈。至乎吟

> 咏情性，亦何贵于用事？“思君如流水”，既是即目；“高台多悲风”，亦惟所见；“清晨登陇首”，羌无故实；“明月照积雪”，讵出经史。观古今胜语，多非补假，皆由直寻。

郭绍虞《中国历代文论选》释“即目”为“写眼前所见”，释“直寻”为“直接描写感受”①，正道出“即目直寻”是直觉思维的特征。所以，“即目直寻”即主张诗歌取材于即目所见之物，反对借助经史等书本知识；主张诗歌以天机自流的言语进行描写，反对雕章琢句。钟嵘认为，诗歌与“撰德驳奏”、“经国文符”不同，它是用来“吟咏情性”的，直接把或悲或喜之情抒发出来即可。“即目直寻”的思想贯穿了《诗品》全书。如钟嵘批评颜延之、谢庄诗歌“繁密”，即用典太多；批评大明、泰始年间的诗歌“殆同书抄”；指责任昉、王元长等人“辞不贵奇，竞须新事”。他赞颂自然英旨的作品，如“清音独远”的古诗，“情兼雅怨”的曹植诗，“寓目辄书”的谢灵运诗。

当然，“即目直寻”反对用典，有其偏颇之处。我们认为还是刘勰《文心雕龙·事类》中说得更中肯：“用旧合机，不啻自其口出。”用典也要用得自然。“即目直寻”并不意味着不必经过推敲锤炼。钟嵘虽未明说，但从他推重谢灵运而轻陶渊明来看，我们不难得出这一结论。唐代诗僧皎然在《诗式·取境》中说：“诗不假修饰，任其丑朴。但风韵正，天真全，即名上等。予曰不然。无盐阙容而有德，曷若文王太姒有容而有德乎？”皎然还是主张诗文适当修饰，不能“任其丑朴”。皎然的话可视为对钟嵘观点的进一步申发。全然反对用典和修饰应不是钟嵘《诗品》之真意。

钟嵘提出“即目直寻”之后，这种强调真实、自然的美学思想成为古代诗论的重要理念。司空图《二十四诗品》中列有“实境”一品：

---

① 郭绍虞主编：《中国历代文论选》，上海古籍出版社 1979 年版，第一册，第 315～316 页。

> 取语甚直，计思匪深。忽逢幽人，如见道心。晴涧之曲，碧松之阴。一客荷樵，一客听琴。情性所至，妙不自寻。遇之自天，泠然希音。

“情性所至，妙不自寻”显然是对直觉思维的生动描述，而“取语甚直，计思匪深”则道出直觉思维的非逻辑性。“实境”一品看来似乎是具体写实的，但实际上都是应目会心，而合乎自然英旨的直寻之作。张少康说：“实境之作一般都受直觉思维的作用比较明显。”① 司空图主张直觉自寻，反对取语之时“计思”太深，这与他以道家思想为旨趣有关。如《二十四诗品》中尤重“天”的思想。“天”字出现多次：“薄言情语，悠悠天钧。”（《自然》）“若其天放，如是得之。”（《疏野》）“遇之自天，泠然希音。”（《实境》）“荒荒坤轴，悠悠天枢。”（《流动》）还有一处“天地”之天，“天风浪浪”之天，跟我们讨论的问题无太大关涉。我们这里拈出的“天”是天然、自然之意。

“天钧”，出自《庄子·齐物论》：“是以圣人和之以是非而休乎天钧。”郭庆藩疏之曰：“天均者，自然均平之理也。夫达道圣人，虚怀不执，故能和是于无是，同非于无非，所以息智乎均平之乡，休心乎自然之境也。”“天放”，出自《庄子·马蹄》：“一而不党，命曰天放。”郭庆蕃疏之曰：“党，偏也。命，名也。天，自然也。夫虚通一道，亭毒群生，长之育之，无偏无党。若有心治物，则乘彼天然，直置放任，则物皆自足，故名曰天放也。”“天枢”，出自《吕氏春秋》：“极星与天俱游，而天枢不移。”郭绍虞《诗品集解》云：“流动既不可以迹象求，所以只有一任自然，如坤轴天极之循环往复，千载不停，差为近似。”② “天均”、“天放”、“天枢”都道出宇宙大化纯任天机、天道自然无为的特点。中国的大诗人，皆于直觉任天之中获得心与物的交融和谐，如陶潜之“采菊东篱下，悠然见南山”，如李白之“相看两不厌，惟有敬

---

① 张少康：《二十四诗品绎意》，《江苏大学学报》2002 年第 3 期。

② 郭绍虞：《诗品集解》，人民文学出版社 1963 年版，第 44 页。

亭山”，即在于“如见道心”，达到“情性”与“天”妙合无间之境界。此种境界，即体道之心灵的高级审美体验，是中国大诗人极端极致之诗情，是对生命与自然源泉之直觉体认。崇尚天道自然，反对人工伪饰，是《二十四诗品》一贯的基本精神。司空图单列《自然》一品：“俯拾即是，不取诸邻。”即是纯任天机自然，反对用事用典和雕琢辞藻。

继《二十四诗品》之后，古代文论中论及直觉思维状态下自然品格的思考和追求问题的还有许多人。宋代叶梦得说：“‘池塘生春草，园柳变鸣禽。’世多不解此语为工，盖欲以奇求之耳。此语之工，正在无所用意，猝然与景相遇，借以成章，不假绳削，故非常情所能到。诗家妙处，当以此为根本，而思苦言难者，往往不悟。”（《石林诗话》）“无所用意，猝然与景相遇”，说的是诗人处于直觉思维状态，而“不假绳削”、“诗家妙处”云云，则道出诗句“池塘生春草，园柳变鸣禽”直觉妙悟而得的自然天工之美。陆游提出的“诗家三昧”主要根植于生活土壤之中，其《题萧彦毓诗卷后》：“君诗妙处吾能识，正在山程水驿中。”又在《偶读旧稿有感》中说：“挥毫当得江山助，不到潇湘岂有诗。”陆游主张亲身经历，反对闭门觅句，要求诗人投身大自然的山水之中去体悟去直寻，亦即去亲自感受，这样诗歌才有妙处。没有直觉，光凭间接经验是没有诗情的。这层意思元好问在《论诗三十首》中也说：“眼处心生句自神，暗中摸索总非真。画图临出秦川景，亲到长安有几人？”强调诗应当“亲到长安”，深入实际，要有直觉，由“眼处”所见而“心生”诗篇，才能产生真淳而神妙的作品。反之，仅以古人画图为蓝本，约略虚拟，终有隔膜之感。

王夫之在《姜斋诗话》中突出地发展了钟嵘的“直寻”说理论。他认为诗人应描写自己有切身体会的现实生活，“身之所历，目之所见，是铁门限”，亦即身历目见直觉体验是诗歌创作的必备条件，是不可逾越的界限。在他看来，只有即景会心之作方为佳品：

> “僧敲月下门”，只是妄想揣摩，如说他人梦，纵令形容

> 酷似，何尝毫发关心？知然者，以其沈吟“推”“敲”二字，就他作想也。若即景会心，则或推或敲，必居其一，因景因情，自然灵妙，何劳拟议哉？“长河落日圆”，初无定景；“隔水问樵夫”，初非想得，则禅家所谓现量也。

王夫之用“现量”一词来说诗。所谓“现量”，是佛教法相宗术语。王夫之在《相宗络索》对“现量”作了如下界定：“现量，现者有现在义，有现成义，有显现真实义。现在，不缘过去做影，现成，一触即觉，不假思量计较。显现真实，乃彼之体性本身如此，显现无疑，不参虚妄。”① 这种即景会心直觉顿悟的创作具有自然真实的特点，而无人工雕琢之痕迹，不需冥思苦想而自有神来之笔。“现量”强调第一触刹那间的感觉经验，即直觉体验。王夫之沿承和彰显了钟嵘倡导的“即目直寻”的诗学传统。

寓目辄书，即景会心，是以直觉思维为根基的古代文论原逻辑性的诗性特征的显现。借用维柯的一句话来说，直觉思维“虽不代表理智的真理却代表了感觉的真理”②。文论家主张亲历目见亲身感受，追求天工自然的文风在文论史上产生了深远影响。

第二节 直截根源，单刀直入

“直截根源”，“单刀直入”，本为禅家话头，谓佛家速疾地证悟妙果。严羽《沧浪诗话》用来谈诗之顿悟。直觉思维不仅是非逻辑的，非用意能得，非推理能知，而且是非时间的，来亦匆匆，去亦匆匆，藏若景灭，行犹响起。它往往是俯仰之间的天机自流、一瞥之下的主客兴会、蓦然回首时的心灵感悟……这种心理机制西方理论界称之为灵感（inspiration），有灵气（spirat）的吸入之意。中国古代文论则称之为“应感”、“兴会”、“神思”、“天机”、“灵

---

① 戴鸿森：《姜斋诗话笺注》，人民文学出版社 1981 年版，第 53 页。

② ［意］维柯著，朱光潜译：《新科学》，商务印书馆 1989 年版，第 334 页。

机"、"性灵"等，称灵感来了为"入兴"、"感兴"、"神来"、"顿悟"等。从其称呼就可看出，灵感的原始感觉和诗性特征很浓。从动态来说，灵感是触景之会，勃然而兴，如天地妙流不息，有非时间性特点；从相对静态来说，灵感是着手便煞，放手飘忽，作家要善抓天机，创造瞬间的永恒；从灵感的最佳状态来说，是神理契合，妙机其微，富有机趣。

一、触景之会，勃然而兴

灵感现象，是发生在创造性认识活动中的一种奇特的精神现象。陆机《文赋》生动地描述了这种奇特的精神现象：

> 若夫应感之会，通塞之纪，来不可遏，去不可止。藏若景灭，行犹响起。方天机之骏利，夫何纷而不理。……及其六情底滞，志往神留，兀若枯木，豁若涸流，览营魂以探赜，顿精爽而自求。理翳翳而愈伏，思轧轧其若抽。是故或竭情而多悔，或率意而寡尤。虽兹物之在我，非余力之所戮。故时抚空怀而自惋，吾未识夫开塞之所由也。

关于这段十分精彩的创作心理的描述，前人阐释多矣。我们要指出的是，陆机谈到了灵感动静。灵感，是想象最丰富、神思最活跃的时刻，是"动"之极致。但灵感并不是绝对的、纯粹的动，而是动静兼有、动静统一。"应感之会"就是"通塞之纪"，"通"为"动"，"塞"为"静"。通塞合一，动静交融，才形成灵感。所以灵感既有"动"的一面："来不可遏，去不可止"，"行犹响起"，"天机骏利"；同时又有静的一面："藏若景灭"，"六情底滞，志往神留，兀若枯木，豁若涸流"。

灵感虽然有动有静，但灵感的动静，都是瞬间的事，来去匆匆，难以捉摸，也即动与静有迅捷性、非时间性的特点。正如卡西尔在论述有机生命体的特点时所指出的："有机生命只是就其在时间中逐渐形成而言才存在着，它不是一个物而是一个过程——一个永不停歇的持续的事件之流。在这个事件之流中，从来没有任何东西能以完全同一的形态重新发生。赫拉克利特的格言适用于一切有机生命：'你不可能两次跨进同一条河流。'"① 灵感恰是作为万物之灵的人所特有的心理和生命体征，所以也有这种非时间性特点。正因为灵感的动与静都是非时间性的，所以，陆机自叹："虽兹物之在我，非余力之所戮。故时抚空怀而自惋，吾未识夫开塞之所由。""开塞之所由"，即为"动静之所由"，动静之由，系于天机，非人力所及，因此任其自然，不可强求，所谓"竭情多悔"，"率意寡尤"是也。陆机之后，刘勰《文心雕龙·神思》说"思接千载"，"视通万里"，"吟咏之间，吐纳珠玉之声；眉睫之前，卷舒风云之色"，则进一步指出文之思跨越时空的特点。《神思》还指出，文之思有迟速之分，像刘安、枚皋、曹植、王粲、阮瑀、祢衡等，是"骏发之士"，"思之速也"；而像司马相如、扬雄、桓谭、王充、张衡、左思等，则是"覃思之人"，"思之缓也"。可见，刘勰对灵感的时间性特点有深刻认识。

对于灵感的非时间性的认识，与人们的时间意识的发展有关。原始人的思维特征之一即是它的非时间性。列维-布留尔指出，原始思维"是超空间，有时甚至也是超时间的"，"对一切事物作出十分迅速而合理的解释"。

对原始人的思维来说，它的前关联（它们与我们对任何现象的原因探求的需要一样是强制性的）毫不迟疑地确定着从某种感觉印象到某种看不见的力量的直接转变。或者更正确地说，这甚至不是转变，因为这个用语适合于我们的推理运算，但它不能准确地表现那个看起来更像直接的或者直觉的理解的原始人的智力机能。当原始人感知着呈现给他的感觉器官的东西时，他也想象着如此表现出的神秘力量。他进行由彼及此的"推论"，并不比我们在听到一个词的发音时对它的意义的"推论"更费事。按照贝克里（Berkeley）的十分精辟的见解，我们实际上是在听到这个词时就理解了它的意义，正如我们看出人的脸上的同情或愤怒的表情，并

---

① ［德］恩斯特·卡西尔著，甘阳译：《人论》，西苑出版社 2003 年版，第 86 页。

不需要预先感知这些感情的标志以便接着来解释这些标志一样。这不是连续两次完成的行动，这是一下子就完成的。在这种意义上说，前关联就等于直觉。①

列维-斯特劳斯也指出，“野性思维的特征是它的非时间性，它想把握既作为同时性又作为历时性整体的世界”。“野性的思维没有区分观察的时间和解释的时间，正如一个在观察谈话的人并不是先记录下说话人的记号，然后才试图去理解这些记号：当他说话时，被表达的记号载负着它们的意义”。② 可见，原始思维把握世界的方式是直觉思维，是直接迅速的领悟。

中国古代的哲人们对时间也有自己的理解和感悟。《论语·子罕》云：“子在川上曰：‘逝者如斯夫，不舍昼夜。’”在孔子看来，时间是在不断地变化之中。在庄子看来，时间是相对的。一方面“时有终始，世有变化”（《则阳》），另一方面“人生天地间，若白驹之过隙，忽然而已”（《知北游》），“天与地无穷，人死者有时，操有时之具而托无穷之间，忽然无异骐骥之驰过隙也”（《盗跖》）。到魏晋玄学，人们的时间意识又有变化。向秀和郭象的《庄子·大宗师注》云：

> 夫无力之力，莫大于变化者也。故乃揭天地以趋新，负山岳以舍故，故不暂停，忽已涉新，则天地万物无时而不移也。世皆新矣，而自以为故；舟日易矣，而视之若旧；山日更矣，而视之若前。今交一臂而失之，皆在冥中去矣。故向者之我，非复今我也。我与今俱往，岂常守故哉？

天地万象表面上若旧若前，实则“无时而不移”。一切事物都没有稳定的质的规定性。在这“日新之流”中，什么都留不住，一切

---

① ［法］列维-布留尔著，丁由译：《原始思维》，商务印书馆 1981 年版，第 351、374、375、406 页。

② ［法］列维-斯特劳斯著，李幼蒸译：《野性的思维》，商务印书馆 1987 年版，第 301、254 页。

现象即生即灭，交臂而失之。时间意识更重大的变化是，佛教带进来“空”的哲学。僧肇的《物不迁论》专门阐发大乘佛教的时间意识，说：“旋岚偃岳而常静，江河竟注而不流，野马飘鼓而不动，日月历天而不周，复何怪哉?”这种时间意识从宏观上把运动看破，把先秦儒道惊叹不已的大化运行全视为假象。乾坤日月，周而复始，不能说它不静，洪流滔天，日月不止，不能说它是动。这样，动态的时间之流被分割为互不相干的连续而细小的静态，相应地，浑然一体的空间也解散为无数的小块。文学家们对创作灵感的认识与这种时间意识有关。灵感来去匆匆，它是变化的，是动的。但在创作主体与客观外界兴会的一刹那间，灵感驻足心间，它是不变的，是静的。这就要求文学家在变化中把握不变，在动中抓住静。司空图的《二十四诗品》对此有生动的体悟。一方面，司空图认为创作灵感是瞬息万变的：“脱有形似，握手已违”（《冲淡》），“远引若至，临之已非”（《超诣》）；另一方面，不断变化的大化运行毕竟有刹那间的时光永驻，文学家要善于把握这永恒的瞬间：“饮之太和，独鹤与飞”之冲淡，“柳阴路曲，流莺比邻”之纤秾，“脱巾独步，时闻鸟声”之沉着，“月出东斗，好风相从”之高古，“白云初晴，幽鸟相逐”之典雅，“青春鹦鹉，杨柳楼台”之精神……都是不断变化着的大自然永恒的瞬间。正像郭绍虞《诗品集释》中解“缜密”时就说：“形象之生发，即在将然未然之际，无处不是造化。”《二十四诗品》处处提示人们要去感悟自然造化的一个个精彩片断。

对于直觉思维中灵感闪现，严羽在《沧浪诗话》中谓之“悟入”、“妙悟”、“直截根源”、“顿门”、“单刀直入”等，均道出其非时间性的特点。这些本是禅宗话头，《传灯录》卷三十永嘉真觉大师《证道歌》：“直截根源佛所印，摘叶寻枝我不能。”《传灯录》卷九：“（灵祐禅师曰）单刀趣入，则凡圣情尽，体露真常。”《五灯会元》卷九“趣入”作“直入”。悟尤其是顿悟，具有突发性，所谓“即心即佛”、“即心是佛”或“即烦恼而菩提”。所以顿悟的过程是非时间的。严羽认为诗道通禅道，诗之妙悟也有非时间性。与严羽同时代的杨万里在《答建康府大宰库监门徐达龙》一文中认为:“我无意于作是诗,而是物是事适然触我,我之意亦适然感乎是物是事,触光焉,感随焉,而是诗出焉。”“意”与“是物是事”适然而触,于是诗出。有“触光”之感,是一闪而已。

王夫之论诗经常透露出其对“当下证悟式”兴会的关注:

> 不以当时片心一语入诗,而千古以还,非陵、武离别之际,谁足以当此凄心热魄者?①
>
> 以追光蹑景之笔,写通天尽人之怀,是诗家正法眼藏。②
>
> 情感须臾,取之在己,不因追忆。若援昔而悲今,则如妇人泣矣,此其免夫!③
>
> 就当境一直写出,而远近正旁情无不屈。④
>
> 但用吟魂罩定一时风物情理,自为取舍。古今人所以有诗者,藉此而已。⑤

“当时”、“当此”、“须臾”、“当境”、“一时”等字眼都道出兴会的当下一刻非时间性特点。在王夫之心目中,宇宙天地处在无始无终的妙流不息之中。情在须臾之间,景如光似影,流于两者之间的心之“神”与物之“理”得以“相值”而凑合,则更在倏忽之间。诗家高手在于“以追光蹑景之笔”,及时捉握住这种“神理凑合”的微妙瞬间,创造瞬间的永恒。如果说陆机对灵感还是“未识夫开塞之所由”,只有“时抚空怀而自惋”,而司空图对灵感则是一种诗意的表达,那么到了王夫之这里,对灵感则既有诗意的表达,又有理性的认识和把握。这样,中国古典诗学的灵感理论在王夫之这里达到诗性和理性的最佳契合。

---

① 王夫之:《船山全书》第14册,岳麓书社1996年版,第655页。
② 王夫之:《船山全书》第14册,岳麓书社1996年版,第681页。
③ 王夫之:《船山全书》第14册,岳麓书社1996年版,第741页。
④ 王夫之:《船山全书》第14册,岳麓书社1996年版,第1023页。
⑤ 王夫之:《船山全书》第14册,岳麓书社1996年版,第1449页。

二、着手便煞，放手飘忽

王夫之《夕堂永日绪论·内编》对灵感的飘忽性有精妙的论述：

> 以神理相取，在远近之间。才着手便煞，一放手又飘忽去，如“物在人云无见期”，捉煞了也；如宋人咏河豚云：“春洲生荻芽，春岸飞杨花”，饶他有理，终是于河豚没交涉。“青青河畔草”与“绵绵思远道”，何以相因依，相含吐？神理凑合时，自然恰得。

灵机妙合之时，神理相取，着手便煞，放手飘忽。抓住这一瞬间飘忽的机灵的作品则神理凑合，自然神妙。公元前9世纪，古希腊盲诗人荷马在他的不朽史诗《伊利亚特》开头就向诗神祈求，希望能够赐于他以神圣的灵感。直至公元19世纪，著名的文学大师果戈理仍然这样向灵感之神大声呼求：“噢，不要离开我吧！同我一起生活在地上，即使每天两个钟头也好……”古今中外，多少艺术家渴望灵感永驻心头。但灵感往往来不可遏、去不可止，所以要有所成就就要善于抓住灵感。抓住灵感关键在于善抓时机。《周易·系辞下》云：“变通者，趣时者也。”又说：“君子藏器于身，待时而动。”可见，中国的先哲们早就有善抓时机的思想。中国古人有一个重要概念：机，意即时机、关键。表现了古人对恰当时间的理解和把握。如《庄子》中有多处用了“机”这个概念：

> 其发若机括，其司是非之谓也。(《齐物论》)
> 是殆见吾杜德机也。(《应帝王》)
> 动而持，发也机，寡而审。(《天道》)
> 天机不张而五官皆备。(《天运》)
> 万物皆出于机，皆入于机。(《至宋》)
> ……

以上“机”有机关、弩牙、机神等含义，其中已有后来人们所说的“时机”的因素。正如郭庆藩疏解《天道》篇中“发也机”中“机”字说：“机，弩牙也。攀缘之心，遇境而发，其发猛速，有类弩牙。”一个“遇”字，一个“速”字，已道出“时机”的某些因子。

用在文论上，陆机《文赋》有“天机”一说：“方天机之骏利。”更主要的是他提出“俯仰之形，因宜适变”的思想。陆机并不否定灵感状态中主体之心的能动作用。他指出，当灵感处于静态时，就要“览营魂以探赜，顿精爽而自求”，也就是凝聚全神，作理性和冷静的探赜与自求。《文赋》又云：“课虚无以责有，叩寂寞而求音。”在“虚无”中“责有”，于“寂寞”中“求音”，亦即以静求动。刘勰则更进一步，他在《文心雕龙·神思》篇中提出“敏在虑前，应机立断”，“机敏故造次而成功”，强调创作主体反应迅捷，善抓时机的重要。司空图《二十四诗品》也尤重时机、契机：“素处以默，妙机其微”（《冲淡》）、“窈窕深谷，时见美人”（《纤秾》）、“脱巾独步，时闻鸟声”（《沉著》）、“如渌满酒，花时返秋”（《含蓄》）、“犹春于绿，明月雪时”（《缜密》）、“但知旦暮，不辨何时”（《疏野》）、“力之于时，声之于羌”（《委曲》）、“俱似大道，妙契同尘”（《形容》）、“匪神之灵，匪机之微”（《超诣》），正如郭绍虞先生解《流动》中“载同其符”中“符”字为“契机”，解“妙契同尘”为“妙合同尘之旨”。①“如逢花开”之自然，“忽逢幽人”之实境，“逢”字点出主客双方不期而遇之时道心的闪现。“时”、“机”、“契”、“微”等反复运用，反映司空图对灵感的一种体悟。主体之神与客体之理的妙合，这时“契”、“花时”、“雪时”是一种“妙机”、“契机”。“妙机”是一种微妙之境，时有显现，但又转瞬即逝，所以得及时把握。司空图特别关注主体与客体神理妙合时瞬间的把握。优秀的作家往往能抓住自然大化中水流花开、风起云淡、鸢飞鱼跃的瞬间，创造出许多

---

① 郭绍虞主编：《中国历代文论选》，上海古籍出版社1979年版，第二册，第214、215页。

传世佳作。

苏轼《书蒲永升画后》中记述了画家黄知微作画的情景：

> 始知微欲于大慈寺寿宁院壁，作湖滩水石四堵，营度终岁，终不肯下笔。一日仓皇入寺，索笔墨甚急，奋袂如风，须臾而成，作输泻跳蹙之势，汹汹欲崩屋也。

黄知微在灵感没来时不肯下笔，一旦灵感来则迅速进入创作，须臾而成。苏轼在《腊月游孤山访惠勤惠思二僧》中也谈到自己作诗时的情形。他在“天欲雪，云满湖”之时游孤山，看到了“楼台明灭山有无，水清出石鱼可数，林深无人鸟相呼”，大自然的生机勃勃给诗人以灵感。于是，“到家恍如梦蘧蘧。作诗火急追亡逋，清景一失后难摹”。抓艺术灵感就像抓逃犯那样，刻不容缓。

正因为灵感的出现是稍纵即逝，所以一些诗人就随时作好准备。王昌龄《诗格》中说：“凡诗人夜间床头，明置一盏灯。若睡来任睡，睡觉即起。兴发意生，精神清爽，了了明白，皆须身在意中。”还说，“纸笔墨常须随身，兴来即录”。虽是琐细小事，也是经验之谈。更有趣的是宋代有名的诗人陈师道，据马端临《文献通考》卷二三七载：“世言陈无已每登临得句，即急归，卧一榻，以被蒙首，谓之‘吟榻’。家人知之，即猫犬皆逐去，婴儿稚子，亦皆抱持寄邻家。”陈师道蒙头吟榻，怕的是灵感离己而去。他自己作的《后山诗话》中也说：“余登多景楼，南望丹徒，有大白鸟飞近青林，而得句云：‘白鸟过林分外明。’……余每还里，而每觉老，复得句云：‘坐下渐人多’。”这一则诗话，也证明陈师道“每登临得句”云云是实。

袁宏道在《序小修诗》中说：“有时情与境会，顷刻千言，如水东注，令人夺魄。”诗人们登山造水，情与景会，谪居他乡，触事兴咏，许多名篇佳作即由此而生。李梦阳在《空同集》中也谈及这个道理：“情者，动乎遇者也……故遇者物也，动者情也，情动则会，心会则契，神契者音，所谓随寓而发者也。”古代文学中有许多优秀作品是谪迁、动乱、登山临水时作，因为人们这时情感波动大，也是最容易产生灵感的时刻。宋代葛立方《韵语阳秋》卷十三中说："钱塘风物湖山之美，自古诗人，标榜为多……皆钱塘城外江湖之景，盖行人客子于解鞍系缆顷刻所见尔。"诗话中许多诗人所写钱塘城外江湖胜景，"盖行人客子解鞍系缆倾刻所见尔"，正道出人在行旅中最富于灵感了。有学者指出："诗人们偏爱在吊古登临之际题壁、书楼，写下即景诗篇；在月下赏花，临水送别之时吟出即兴佳作。张祜喜游山而多苦吟，凡历僧寺，往往题咏……如杭之灵隐、天竺，苏之灵岩、楞伽，常之惠山、善卷，润之甘露、招隐，皆有佳作。"①说的也是登山临水之际富于灵感这个理。

当然，平时闲居也时有灵感，如顾彩《桃花扇序》云"何意六十载后，云亭山人以承平圣裔，京国闲曹，忽然兴会所至，撰出《桃花扇》一书"。不论是平时闲居还是客居旅行，灵感一来，就要赶紧抓住。抓住了这顷刻而至、忽然而兴的灵感，往往一篇绝妙文字就产生了。

抓住了灵感往往有佳作，下笔如有神。相反的，灵感流失，作品往往难于一气呵成，下笔如有鬼。这类例子文学史上并非鲜见。葛立方《韵语阳秋》卷二说，诗人潘大临一次诗兴勃发，刚写下"满城风雨近重阳"这句千古绝唱，忽催租人至，打断了他的诗兴和思路，以后绞尽脑汁也写不出一句恰当的续句。灵感确实是来之难而败之易。谢榛《四溟诗话》卷二说："诗有天机，待时而发，触物而成，虽幽寻苦索，不易得也。如戴石屏'春水渡旁渡，夕阳山外山'属对精确，工非一朝，所谓'尽日觅不得，有时还自来'。"徐增《而庵诗话》中说："好诗须在一刹那上揽取，迟到失之。"宋大樽《茗香诗论》中说："有前此后此不能工，适工于俄顷者，此俄顷亦非敢必觊也。"这些都是有得之论。

关于灵感，西方的学者也有深入阐释，如黑格尔就站在哲学的高度探讨过灵感。他认为灵感是"完全沉浸在主题里，不到把它表现为完满的艺术形象时决不肯罢休的那种情况"。关于灵感的产

---

① 肖驰：《中国诗歌美学》，北京大学出版社 1986 年版，第 196 页。

生，他认为感官刺激产生不了灵感，“单靠心血来潮并不济事，香槟酒产生不出诗来”，“最大的天才尽管朝朝暮暮躺在青草地上，让微风吹来，眼望着天空，温柔的灵感也始终不光顾他”。“无论是感官的刺激，还是单纯的意志和决心，都不能引起真正的灵感。”黑格尔认为：“艺术家应该从外来材料中抓到真正有艺术意义的东西，并且使对象在他心里变成生命的东西。在这种情况下，天才的灵感就会不招自来了。”黑格尔也主张要抓住机缘，对于一般人，遇到艺术的机缘也心无所动，而“一个真正的有生命的艺术家就会从这种生命里找到无数的激发活动和灵感的机缘”。黑格尔的语言是一种哲学的语言，他在阐释灵感时，是抽象的高屋建瓴式的，如他说：“如果在一种灵感里，主体作为主体突出地冒出来发挥作用，而不是作为主题本身所使用的器官和所引起的有生命的活动，这种灵感就是一种很坏的灵感。”① 相比中国文论，黑格尔的言说多几分严谨和缜密，却少了诗性的鲜活和灵动。

三、素处以默，妙机其微

“素处以默，妙机其微”语出《二十四诗品》。前面谈及“机”作为“时机”的微妙之处，我们这里谈的是，“机”作为“机神”的美妙之处。《庄子》所言“机”，有“弩机”之意，亦有天机、造化之意。老庄以为万物所由生发的地方本一片空无，这虚无的状态就是“机”，《庄子·至乐》篇说：“万物皆出于机，皆入于机”，说的即是这个意思。对此，成玄英疏曰：“机者发动，所谓造化也。造化者，无物也。人既从无生有，又反入归无也。”古人又以为万物因于气，故造化者，“气机”也。造化之要者，构成了事物发展的动因，是谓“枢机”。《庄子·大宗师》有“其耆欲深者，其天机浅”，因此也可称为“机籁”。此“枢机”乃或“天机”、“机籁”至精至微，能把握至精至微者，心灵必至纤至敏，是谓“机灵”或“灵机”。张实居在《师友诗传录》中说：

---

① ［德］黑格尔著，朱光潜译：《美学》，商务印书馆 1979 年版，第一卷，第 363～366 页。

> 古之名著，如出水芙蓉，天然艳丽，不假雕饰，皆偶然得之，犹书家所谓偶然欲书也。当其触物兴怀，情来神会，机括跃如，如兔起鹘落，稍纵则逝矣。有先一刻后一刻不能之妙，况他人乎？

这就是说，抓住了“触物胸怀，情来神会，机括跃如”的瞬间，即无心偶会、突然得到的艺术灵感，才会有“先一刻后一刻不能之妙”。这里所说的“先一刻后一刻不能之妙”，实际上说的就是优秀作品灵感喷涌、天机妙流的审美情趣，古人称之为“兴趣”、“妙机”、“机趣”、“机神”、“天机自流”、“神理凑合”等。

自陆机把“天机”说引入文论后，“天机”便成了人们论文谈艺的一个习语。如包恢《答曾子华论诗书》说：“盖天机自动，天籁自鸣，鼓以雷霆，豫顺以动，发自中节，声自成文，比诗之至也。”（《敝帚略稿》卷二）徐渭《奉师季先生书》论乐府兴体起句时说：“此真天机自动，触物发声，以启其下段欲写之情，默会亦自有妙处，决不可以意义说者。”（《徐渭集》卷十六）“天机自动”，主要是指自然而然的情感基调和审美趣味。

什么叫“兴趣”？“兴”在古代诗论中原有多种意思。其中孔颖达的解释接近我们这里所谈的直觉思维。孔颖达《诗大传正义》说：“兴者起也，取譬引类，起发己意。”可见，“诗兴”之发是由客观外物触动诗人心弦而生，所谓触景生情。诗要有“趣”，各家多有论述。《诗人玉屑》卷十即专立《诗趣》一书，如引苏轼云：“渊明诗初看若散缓，熟读有奇趣。”苏轼又评柳宗元《渔翁》诗云：“以奇趣为宗，反常合道为趣，熟味之，此诗有奇趣。”严羽融合和发展了前人见解，提出“兴趣”说。一方面，诗歌要讲“妙悟”，情要触物而生。“唐人好诗，多是征戍、迁谪、行旅、离别之作，往往能感动激发人意”（《沧浪诗话·诗评》）。另一方面，诗又如“空中之音”、“水中之月”、“镜中之象”，空灵蕴藉、深婉不迫，令人神往又不落实，也即所谓“别趣”。严羽把“兴”和“趣”结合起来，从而成为一个富有鲜明理论个性的诗歌美学概念。“兴趣”指诗的兴象与情致结合所产生的情趣和韵味，陶明濬说："兴趣如人之精神，必须活泼。"（陶明濬《诗说杂记》卷七）人有精神，则生机蓬勃。诗歌艺术亦要有自己的精神即"兴趣"，反之，则如木雕泥塑，全乏生趣。

"机趣"这个范畴，在古代文学理论批评的后期，有十分活跃的表现。它由"机"和"趣"两个意义并列的范畴构成，但逻辑重点却在"机"上，"机趣"是因"机"而"趣"，见"机"而"趣"。明代理学、心学风行，促使人向内发见心性，故明中、晚期，论者每引此为话题，讨论文学创作。如袁宏道论文，常用"机"或"气机"范畴。王思任和陆时雍将"机趣"与"真素"联系起来讨论，突出了那个时代的特点。也正是受了这种时代风气的影响，时人论戏剧一体，每多及"机趣"。如所谓"本色不在摹剿家常语言，此中别有机神情趣"（吕天成《曲品》卷上）。清代承明人所论，尽管个性解放的色彩少了许多，但也多讲"机"和"机趣"。如吴雷发在《说诗管蒯》中说："大块中景物何限，会心之际，偶尔触目成吟，自有灵机异趣。"李渔《闲情偶寄·词采》中，则专辟一节，论"重机趣"问题："'机趣'二字，填词家必不可少。机者，传奇之精神；趣者，传奇之风趣。少此二物，则如泥人、土马，有生形而无生气。"这是要求唱词要有生动性、趣味性。"机"谓词曲"血脉相连"、"勿使有断续痕"："即于情事截然绝不相关之处，亦有连环细笋，伏于其中，看到后来方知其妙，如藕于未切之时，先长暗丝以待，丝于络成之后，才知作茧之精，此言机之不可少也。""趣"指"无道学气"："所谓无道学气者，非但风流跌宕之曲，花前月下之情当以板腐为戒，即谈忠孝节义与说悲苦哀怨之情，亦当抑圣为狂，寓器于笑，如王阳明之讲道学，则得词中三昧矣。"总之，李渔要求词曲既"血脉相连"，又"无道学气者"，也即要求词曲要写得灵机逗露、天趣盎然，超脱而不迂腐，空灵而不板实，使人在欢悦愉快中受到熏陶。"照此法填词，则离、合、悲、欢，嘻、笑、怒、骂，无一语、一字不带机趣而行矣。"

近代曾国藩《求阙斋日记类抄》卷下论诗有"机神"之属：

> 余昔年抄古文，分气势、识度、情韵、趣味为四属。拟再抄古近体诗，亦分四属，而别增一机神之属。机者，无心遇之，偶然触之。姚惜抱谓文王、周公系《易》彖辞爻辞，其取象亦偶触于其机；假令易一日而为之，其机之所触少变，则其辞之取象亦少异矣。余尝叹为知言。神者，人机与天机相凑泊……唐人如太白之豪、少陵之雄、龙标之逸、昌谷之奇及元、白、张、元之乐府，亦往往多神到机到之语。即宋世各家之诗，亦皆人巧极而天工错，径路绝而风云通。盖必可与言机，可以言神，而后极诗之能事。余抄诗增此一种，与古文微有异同。

“神”的观念有浓厚的原始感觉和诗性特征。维柯指出，原始各民族有强旺的好奇心和生动的想象力，“他们想象到使他们感觉到和对之惊奇的那种事物的原因都在天神”，“他们把一切超过他们的窄狭见解的事物都叫做天神”，并在心里自然形成神谱或诸神世系。神学诗人们把心灵或心智称之为“神力”或“神秘的活力”。① 列维-布留尔也说，对原始思维来说，“这些存在物和客体的神秘力量、神秘性质才是它们的最重要属性”。“原始人不仅不认为他所达到的神秘知觉是可疑的，而且还在这种知觉里面（如同在梦里一样）看见了与神灵和看不见的力量交往的更完美的因而也是更重要的形式。”“任何实在都是神秘的，因而任何知觉也是神秘的。”② 中国的先哲们也早有“神”的观念的表达。《周易·系辞上》云：“阴阳不测之谓神。”作为审美范畴的“神”，在六朝时也进入艺术领域。后世以神论诗更是数不胜数，如杜甫“下笔如有神”、严羽“诗而入神”等是诗家常有的话头。曾国藩把“机”和“神”结合在一起，组成一个有特色的诗学概念。“无

---

① ［意］维柯著，朱光潜译：《新科学》，商务印书馆1989年版，第149、182、386页。

② ［法］列维-布留尔著，丁由译：《原始思维》，商务印书馆1981年版，第55、56、61页。

心遇之、偶然触之”之“机”与“人机与天机凑泊”之“神”相结合是为“机神”。言机言神，方能极诗之能事。灵感的最佳状态是入神，“机神”之境是最佳的审美境界。

前人无论所谓“天机自流”、“兴趣”，还是“机趣”、“机神”，都是指作者抓住了转瞬即变的灵感从而使作品具有独特的审美情趣。

第三节 览之有色，扣之有声

凭直观感觉来思维是原始思维的重要特点，维柯称感觉是“人类心理的基原活动”，“各种感觉是他认识事物的唯一渠道”，原始人“浑身是强旺的感受力”，凭这种强旺的感受力“所能体会的去体会天神意旨”。一切诗性的智慧，都是“一种感觉到的想象出的玄学”。① 列维-布留尔也说：“与其说他们在思维，还不如说他们在感觉和体验。”② 中国古代文论作为一种诗性智慧，借用维柯的话来说，“只凭一种完全肉体方面的想象力”，“是一种感觉到想象出的玄学”。③ 中国古代文论中大量的概念、范畴、术语都是对五官感觉体验的隐喻式表达。用维柯的话来说，就是“用人的感觉和情欲的隐喻来形成的”。④ 中国古代的文论家以眼、耳、鼻、舌、身等感官的日常体验去比拟、体悟文学，在直感的基础上创造了大量直接表达人的感官体验的直觉性范畴和概念。建立在直觉性范畴概念基础上的中国古代文学批评，对文学的产生、作品的阅读和欣赏都是富于直觉体验的。袁中道论唐人诗，称“览之有色，

---

① ［意］维柯著，朱光潜译：《新科学》，商务印书馆 1989 年版，第 181、182、188、252 页。

② ［法］列维-布留尔著，丁由译：《原始思维》，商务印书馆 1981 年版，第 427 页。

③ ［意］维柯著，朱光潜译：《新科学》，商务印书馆 1989 年版，第 181、182 页。

④ ［意］维柯著，朱光潜译：《新科学》，商务印书馆 1989 年版，第 200 页。

扣之有声，而嗅之若有香，相去千年之久，常如发硎之刃，新披之萼”（《宋元诗序》，《珂雪斋文集》卷二）。这里的“色”、“声”、“香”等概念，原来是人的感官的日常体验，今引之以论文，似乎文学也视之有色，听之有声，嗅之有香臭、尝之有滋味。这种体验性的表达最富于原始感觉，也是最富于诗性特征的。

一、览之有色：诗性视觉

现代科学表明，眼睛是人的最重要的感觉器官。亚里士多德说：“能使我们识知事物，并明显事物之间的许多差别，此于五官之中，以得之于视觉者为多。”① 外部大部分信息是通过视觉被人接受的，所以人对外界的视觉类判断的概念也比较多。如对象有形状、有大小、有颜色、有高低、有疏密、有肥瘦……这是刘勰所谓的“道之文”（《文心雕龙·原道篇》）和“形文”（《文心雕龙·情采篇》）。在维柯看来，视觉体验是人类许多思想观念的基础，“人类的思想开始是从用肉眼观照天象所产生的关于天神的思想”。一些玄学和数学的抽象观念是这样形成的，原始人“在世界中第一个观照的对象就是天空。天空中的事物，对于希腊人来说，必然就是第一种题材（mathemata）或崇高事物，而且是第一种 theoremata 或观照的对象”。“希腊人一定是从这些天宫获得了他们的最初的认识材料（theoremata）和计算材料（mathemata），这些都是要观照的一些神圣的或崇高的事物，最后就变成了一些玄学的和数学的抽象观念。”②《周易·系辞上》也说：“仰以观于天文，俯以察于地理，是故知幽明之故。”仰观俯察自然是视觉活动，而所谓“幽明之故”则为视觉体验。基于道通万物、万物一体的原始思维，古人自然把万物的视觉感受转移用来比拟文学，于是文学也有形有色、有疏有密、有肥有瘦。

---

① ［古希腊］亚里士多德著，吴寿彭译：《形而上学》，商务印书馆 1959 年版，第 1 页。

② ［意］维柯著，朱光潜译：《新科学》，商务印书馆 1989 年版，第 191、192、395 页。

对于古代文论的视觉体验，我们可以从“文”字的字源学层面来考察。许慎《说文解字》：“文，错画也，象交文，凡文属皆从文。”据臧克和考证，“文”字字源取象，肇自人体，即属于所谓“近取诸身”的类型。人体的对称、交错、复综、统一诸特征，最有可能首先成为古代人们关于“文”的认识的参照物①。人体的特征之“文”，这是视觉体验。后来“文”广泛用来指称文采、文章、辞藻等，如孔子说的“文质彬彬”、“言之无文，行而不远”。刘勰《文心雕龙·情采》说的“立文之道，其理有三”。所以，后人广为运用的“文”从原始体验上来说即是一种视觉体验。基于上述视觉体验，文章于是有高大、壮阔、雄伟等形状体验：“孔融体气高妙”（曹丕《典论·论文》），“骨气奇高，词采华茂”（钟嵘《诗品》评曹植），“贞骨凌霜，高风跨俗”（钟嵘《诗品》评刘桢）等。有亮丽等颜色体验：“赋体物而浏亮”（陆机《文赋》），“元嘉中，有谢灵运，才高词盛，富艳难踪”（钟嵘《诗品》），“其体华艳，兴托多奇”（钟嵘《诗品》评张华），“诗赋欲丽”（曹丕《典论·论文》），“文丽日月，学究天人”（钟嵘《诗品序》），“虽不具美，而文采高丽”（钟嵘《诗品》评潘尼），“词道清捷，怨深文绮”（钟嵘《诗品》评班婕妤），“尚规矩，不贵绮错，有伤直致之奇”（钟嵘《诗品》评陆机）等。有深浅、清浊、疏密、远近、方圆、肥瘦等体验：“…… 犹浅于陆机。……故叹陆为深”（钟嵘《诗品》评潘岳），“才力苦弱，故务其清浅”（钟嵘《诗品》评谢瞻等），“气之清浊有体”（曹丕《典论·论文》），“轻欲辨彰清浊，掎摭利病，凡百二十人”（钟嵘《诗品序》），“刘桢壮而不密”（曹丕《典论·论文》），“颜延、谢庄，尤为繁密”（钟嵘《诗品序》），“常人贵远贱近”（曹丕《典论·论文》），“必使理圆事密，联璧其章”（刘勰《文心雕龙·丽辞篇》），“郊寒岛瘦”（苏轼《祭柳子玉文》），“造语贵圆”（《沧浪诗话·诗法》）等。司空图《二十四诗品》中有几品即属于视觉体验，如

---

① 臧克和：《说文解字的文化说解》，湖北人民出版社 1995 年版，第 249 页。

"碧桃满树，风日水滨"之纤秾，"月明华屋，画桥碧阴"之绮丽，"水流花开，清露未晞"之缜密，"水理漩洑，鹏风翱翔"之委曲等等，其他各品也有许多视觉体验的呈现。

不同时代有大致不同的视觉体验趋向，如六朝人趋典丽，盛唐人尚壮阔。但人们的视觉审美也有一些共同的地方。以下几点人们不难达成共识：其一，视觉往往注意醒目、突出者，鲁道夫·阿恩海姆说："视觉是选择性的"，"目标就对准了或集中于周围环境中那些可以使生活变得更加美好和那些妨碍其生存活动胜利进行的方面"。"在它们最喜欢选取的东西中，最多的是环境中时时变化的东西。"① 所以出类拔萃的作家、作品自然引人注目，评论家们也往往褒奖有加。如曹植诗深受六朝人推重，钟嵘《诗品》置其诗为一品，评其诗时唯恐没有好词："粲溢今古，卓尔不群。"又说："俾尔情怀吮墨者，抱篇章而景慕，映余晖以自烛。"这些都是源于视觉体验的词语。又如评论家喜用"秀"来赞扬好作品："发愀怆之词，文秀而质羸"（钟嵘《诗品》评王粲），"嗟其才秀人微，故取湮当代"（钟嵘《诗品》评鲍照），"然奇章秀句，往往警遒"（钟嵘《诗品》评谢朓）等。许慎《说文解字》释"秀"云："有实之象，下垂也。"果实成熟得下垂，这是古人日常的视觉体验。其二，人们往往喜欢看多姿多彩的颜色，但这些颜色又不能杂乱无章。以这种体验评文学，则要求创作文采飞扬又不失章法。如陆机《文赋》说："其为物也多姿，其为体为屡迁"，同时又要求："若五色之相宣"。一方面称赞："文徽徽以溢目"，"或藻思绮合，清丽芊眠。炳若缛绣，悽若繁弦"，"石韫玉而山晖，水怀珠而川媚"；另一方面又要求相宜，词藻不宜过分："混妍蚩而成体，累良质而为瑕"，"徒悦目而偶俗"，否则则为瑕，为俗。

二、扣之有声：诗性听觉

维柯说，天帝有两个头衔，一个是"最大的"（maximus），来

---

① ［美］鲁道夫·阿恩海姆著，滕守尧译：《视觉思维——审美直觉心理学》，四川人民出版社 1998 年版，第 25 页。

自天帝的巨大躯体，即天空本身，这是视觉体验；另一个是“最有权力者”（optimus），意思就是“最强的”（fortissimus）。这是人类最初惊惧地听到巨雷时的听觉体验，他们都“自然相信电光箭弩和雷声轰鸣都是天神向人们所作的一种姿势或记号”，天帝用这种记号来发号施令。① 所以，听觉和视觉一样，富于原始体验和诗性特征。和视觉体验主客不分、万物一体的现象相同，古人也把日常的听觉体验移入文学评论。与视觉体验相比，古代文论中的听觉体验更为丰富。这是由早期诗、乐、舞不分的局面所造成的。《尚书·尧典》：“声依永，律和声，八音克谐，无相夺伦，神人以和”，“声”、“律”、“八音”是为听觉的内容，而“依”和“谐”、“无相夺伦”云云，则是听觉体验了，如以之论文，则为一种诗性隐喻的表达。朱自清在《诗言志辨》中说：“以声为用的诗的传统，比以义为用的诗的传统古久得多。”再者，后来的词、曲都是可入乐的文学。这样，评乐时也在评文学，古人对文学音乐性的探讨得以不断深化。

汉代的《诗大序》几乎照抄先秦《礼记·乐记》中本来说音乐的一段话：“情发于声，声成文谓之音。治世之间安以乐，其政和；乱世之音怨以怒，其政乖；亡国之音哀以思，其民困。”郭绍虞释此处“文”为“宫、商、角、徵、羽五声之调”②，亦即后来刘勰《文心雕龙·情采》篇所说的“声文”。《论语·述而》云：“子在齐，闻《韶》，三月不知肉味，曰：‘不图为乐之至于斯也’”，后人常用孔子“三月不知肉味”的典故来形容诗文之美。这些，还是诗文之评向音乐之评的移用或者说混用。后世文论中还有以音乐作比的现象，如曹丕《典论·论文》有“譬诸音乐，曲度虽均，节奏同检……”，陆机《文赋》有“譬偏弦之独张，含清唱而靡应”，意即音乐和文学毕竟是两回事，道理相通而已。这种

① ［意］维柯著，朱光潜译：《新科学》，商务印书馆 1989 年版，第 185 页。

② 郭绍虞主编：《中国历代文论选》，上海古籍出版 1979 年版，第一册，第 65 页。

以音乐比文学，不是我们这里要讨论的。我们要说的是一种隐喻现象，曾经是听觉体验的概念，后来直接用来指文学。如“响”字，许慎《说文解字》云：“声也，从音乡声。”用于文学批评，则指字句铿锵，有韵味，如“字响调圆”。《文心雕龙·体性》篇“嗣宗俶傥，故响逸而调远”。《文心雕龙·风骨》篇“捶字坚而难移，结响凝而不滞”。《沧浪诗话·诗法》“下字贵响”。又如“章”字，《说文解字》云：“乐竟为一章，从音从十，十数之终也。”用于文学，则指文采、文章、章节。如《文心雕龙·原道》篇“莫不原道心以敷章”。《文心雕龙·征圣》篇“邠诗联章以积句”。其他如韵、律、调等都是如此。这里的“响”、“章”、“韵”、“律”、“调”等就是听觉的隐喻性表达。

不同时代不同的人有不同的听觉审美情趣，阳春白雪，下里巴人，各有所好。但人们的听觉审美也有一些共同的地方：

其一，“金石”意识。尚妙音妙曲，尚金石之声，贬轻靡之音、郑音、俗曲。陆机《文赋》：“或寄辞于瘁音，言徒靡而弗华”，“或奔放以谐合，务嘈嘈而妖冶”，“声高而曲下”，“被金石而德广，流管弦而日新”。陈子昂推崇友人的诗歌“音情顿挫，光英朗练，有金石声”（《修竹篇序》）。欧阳修《六一诗话》云：“其声清越，如击金石。”严羽《沧浪诗话·诗评》称“孟浩然之诗，讽咏之久，有金石宫商之声”。杨载《诗法家数》云：“下字要有金石声”，“要雄伟清健，有金石声”等等，都是这一审美意识的反映。所谓“金石”之声，首先是一种宏亮之音，有强劲力度、有生机活力的声音，不能是一种病态的“瘁音”，不能如郊岛辈，“直虫吟草间”（《沧浪诗话·诗评》）；其次应是大雅之音，一种充满人间正气的声音，不作靡靡之音、俚音俗曲。

其二，和谐意识。据《论语·八佾》载：子语鲁大师乐，曰：“乐其可知也：始作，翕如也；从之，纯如也，皦如也，绎如也，以成。”这是孔子对鲁国的乐官谈演奏音乐，大意是说奏乐的道理应该这样：开始时要和谐协调，乐曲展开以后，要美妙、节奏分明，又连续不断，直到乐曲演奏结束。可见，孔子是重视音乐的和谐之美的。其实，重和谐是中国传统文化的一个基本观念。《周易·象卦》云："天地感而万物化生，圣人感人心而天下和平。"《国语·郑语》中说："和实生物，同则不继。"可见"和"之可贵，即在于"生物"。人们都喜欢和谐之音，以这种听觉体验评文学，则要求文学抑扬顿挫、节奏有序。沈约的"四声八病"以及沈、宋对近体诗格律的完善，都反映人们的这一审美诉求。还有李清照《论词》要求歌词"分五音，又分五声，又分六律，又分清浊轻重"，此后众多的曲律著作都是这方面的理论努力。袁宏道在《和者乐之所由生》，认为乐之产生，乃"本人心自有之和"；乐之目的，乃"用以宣天地之郁，而适万物之情"；而"和者，人心畅适之一念尔"。随后写道："有一人之和，则有一人之乐，《击壤》、《鼓腹》是也。有一时之和，则有一时之乐，傩歌、赛舞是也。有一物之和，则有一物之乐，鸟鸣春、蛙鸣雨、稚鸣饱是也。是皆不以功德伦乐，而以性情论乐。则人心之和，遍于天地之和，夫乐不可胜用矣。""不以功德论乐，而以性情论乐"，"和"就纯粹成为生命的"畅适"、生命的欢乐了。如此，则每个生命都自有其"和"，亦自有其乐，所有生命又汇为天地之大和，奏出天地之大乐，这是宇宙生命的交响。

其三，尚韵意识。许慎《说文解字》中说"韵，和也"。刘勰《文心雕龙·声律》有"同声相应谓之韵"，即取其本义。后人说"韵"，多指余蕴。听音乐，人们要求余音绕梁，三月不绝。以之评文学，则要求无声胜有声，有遗韵十足、一唱三叹的艺术效果。陆机《文赋》中说："音泠泠而盈耳。"郭绍虞释"泠泠"为"音韵之清"。杨万里《诚斋诗话》云："五言长韵古诗，如白乐天《游悟真寺一百韵》真绝唱也。五言古诗，句雅淡而味深长者，陶渊明、柳子厚也。如少陵《羌村》、后山《送内》，皆是一唱三叹之声。"尚韵意识，是中国古典诗词审美的主要意识之一。诗词不宜过于浅白，而要有读者填补、想象的空间。明人陆时雍《诗镜总论》说："有韵则生，无韵则死；有韵则雅，无韵则俗；有韵则响，无韵则沉；有韵则远，无韵则局；物色在于点染，意态在于转折，情事在于犹夷，风致在于绰约，语气在于吞吐，体势在于游行，此则韵之所由生矣。"俨然把"韵"当作作品的生命精神、生命情趣和生命情调了。古代文论中有"风韵"、"气韵"、"神韵"、"高韵"、"天韵"、"性韵"等说法。如王士祯论诗标举"神韵"，似乎不谈"神韵"就不懂诗，就不应该论诗。袁枚在《再答李少鹤》中说："仆意神韵二字，尤为紧要。"都是尚韵意识的表现。

三、尝之有味：诗性味觉

中国的饮食文化内容丰富、历史悠久。《礼记·礼运》中说，太古时代，"未有火化，食草木之实、鸟兽之肉，饮其血茹其毛"，饮食仅为了维系生存。后来，祖先们发现并使用火，饮食不仅要吃饱而且要吃好，饮食文化也逐渐丰富。可见味觉体验也富有原始诗性特征。在我国漫长的封建社会中，追求饮食味道之美的理论长盛不衰，诸如《食珍录》、《食谱》、《膳夫经》、《食经》、《馔史》、《茶经》、《茶录》、《汤品》、《水品》、《酒谱》、《酒经》、《酒志》、《酒史》、《糖霜谱》之类的著作，多得不胜枚举，可谓汗牛充栋。丰富的饮食文化蕴育了丰富的味觉体验的观念。其中许多观念后来移植到文学批评当中，文学也成为有滋有味的精神食粮。

如"咀"字，许慎《说文解字》中说："咀，含味也，从口且声。"又"含"字，《说文解字》中说："含，嗛也，从口，今声。"咀、含本指饮食动作，是富于饮食体验性的词，用于文学上则指品味文学，如韩愈《进学解》"含英咀华"。"品"、"尝"、"嗜"几个词也是这一类。又如"甘"字，《说文解字》中说："甘，美也。从口含一。一，道也。"看来"甘"本是指味觉体验的，用于文学上则指作品意义美好。

在所有的味觉体验的词语中，对古代文论影响最大的是"味"这个概念。古代文论中以味论诗、评诗的内容相当丰富。相关的词语有"滋味"、"至味"、"真味"、"余味"、"意味"、"玩味"、"详味"、"全味"、"趣味"、"风味"、"神味"、"气味"、"味外味"等。毫不夸张地说，少一个"味"字，古代文论将逊色三分。以味论诗，贯穿了整个文学特别是诗学批评史。钟嵘在《诗品》中首先提出"滋味说"："五言居文词之要，是众作之有滋味者也，故云会于流俗。……使味之者无极，闻之者动心，是诗之至也。"

在他看来，有“滋味”的诗是最好的诗，是最适合世人欣赏要求的诗。他着重批评了永嘉时期那些崇尚黄老、理过其辞的诗是“淡乎寡味”，他要求诗歌应“词采葱蒨，音韵铿锵，使人味之娓娓不倦”。继钟嵘之后，司空图提出“韵味说”，主要见于他的《与李生论诗书》：

> ……愚以为辨于味，而后可以言诗也。江岭之南，凡足资于适口者，若醯，非不酸也，止于酸而已；若鹾，非不咸也，止于咸而已。……噫，近而不浮，远而不尽，然后可以言韵外之致耳……盖绝句之作，本于诣极，此外千变万状，不知所以神而自神也，岂容易哉！今足下之诗，时辈固有难色，倘复以全美为工，即知味外之旨矣。

司空图主要讲了三层意思：第一，认为只有在辨别诗中“味”的基础上，才可以谈论诗。第二，要求诗有“韵外之致”、“味外之旨”，也即他在《二十四诗品》中所说的“不着一字，尽得风流”，也如他在《与极浦书》中所讲的那种“如蓝田日暖，良玉生烟，可望而不可置于眉睫之前”的“象外之象，景外之景”。没有这种“韵外之致”、“味外之旨”，一首诗难于达到“诣极”和“全美”。第三，怎样才称得上有“韵外之致”，“味外之旨”呢？司空图认为，应该使诗“近而不浮，远而不尽”。

司空图之后，历代以味论诗者大有人在。北宋梅尧臣、欧阳修、苏轼倡平淡有味论，南宋张戒、杨万里、姜夔、包恢等人倡含蓄有味论，元代刘将孙重“趣味”，明代谢榛重“全味”，清代贺贻孙倡“厚味”说，王夫之倡“风味”说等等，数不胜数。① 谈文学，不同的人有不同的审美趣味。但人们的味觉审美也有一些共同之处：

其一，从创作的角度来说，如何使作品产生诗味呢？苏轼在评柳宗元诗时，提出了一个非常重要的“反常合道”的诗学观念：

---

① 陈应鸾著：《诗味论》第三、四、五章，巴蜀书社 1996 年版。

“诗以奇趣为宗，反常合道为趣”（胡仔《苕溪渔隐丛话》）。维柯说，诗的永恒特性是“可信的不可能”（credible impossibility）①。苏轼的“反常合道”早就说出了此意。从审美心理学看，作为“味外之旨”生成原理的“反常合道”与西文现代诗学中的“悖论语言”、“悖论情景”极为相似。“悖论”（paradox）原是古典修辞的一格，指表面上荒谬而实际上真实的陈述。布鲁克斯（Brooke）在“新批评派”经典著作《精致的瓮：诗歌结构研究》（The Well Wrought Urn: Studies in the Structure，1947）中说“诗歌的语言就是悖论的语言”，“诗人要表达这真理只能用悖论语言”。类似西方的论述，在中国传统诗学中，也有不少精辟的论述，如严羽《沧浪诗话·诗辨》：“诗有别趣，非关理也。”《红楼梦》第48回香菱说欣赏诗歌：“诗的好处，有口里说不出来的意思，想去却是逼真的；有似乎无理的，想去竟是有理有情的。”无论是“反常合道”还是“悖论”，都给人思考和启发，有一种奇趣和异味。

其二，从作品本身来说，要有余味，不能太露太透。古代诗味论者或认为自然平淡有味，或认为含蓄朦胧有味。欧阳修《六一诗话》认为梅尧臣“以深远闲淡为意”之诗“真味久愈在”。苏轼《书黄子思诗集后》主张“寄至味于淡泊”，此以自然平淡为有味。而何焯《义门读书记》卷五七认为杜牧之诗“不如义山顿挫曲折，有声有色，有情有味，所得为多”。宋荦《漫堂说诗》也说：“义山造意幽邃，感人尤深，学者皆宜寻味。”此以含蓄朦胧为有味。评论家无论推崇平淡或含蓄，都要求作品有体味的余地，有想象的空间。如谢榛《四溟诗话》以“有余味”称赞孟迟“靡芜亦是王孙草，莫送春香入客衣”一联，以“无余味”批评陈师道《寄外舅郭大夫》诗。王世贞《艺苑卮言》认为《日出东南隅》“绰有余味”。黄宗羲《南雷诗历题辞》反对诗如“嚼蜡了无余味”等等，总之要求诗咀诵之余，别有韵味。严羽《沧浪诗话·诗法》说：“语忌直、意忌浅、脉忌露、味忌短”，意即内容要求深刻、余味

① ［意］维柯著，朱光潜译：《新科学》，商务印书馆1989年版，第187页。

悠长。陆时雍《诗镜总论》评杜诗“有余地，有余情。情中有景，景外含情。一咏三讽，味之不尽。”都是这个意思。

其三，从欣赏、品鉴的角度言，读者要认真研读、仔细体味，要“玩味”、“详味”、“吟味”、“熟味”、“细味”、“诵味”，这样才能把握作品要旨。苏轼在《书王公峡中诗刻后》中说：“庚辰岁，蒙恩移永州，过南海，见部刺史王公进叔，出先太尉峡中石刻诸诗，反复玩味，则赤甲、白盐、滟滪、黄牛之状，凛然在人目中矣。”这里“反复玩味”正是对诗的审美欣赏活动。经过反复玩味，从诗中对三峡各地的风光获得了鲜明、生动、具体的形象感受。张戒《岁寒堂诗话》卷下在评杜甫《洗兵马》时说：“虽似憎恶武夫，而熟味其言，乃有深意”，在评《乾元中寓居同谷七歌》中又说：“读者遗其言而求其所以言，三复玩味，则子美之情见矣。”通过“熟味”、“三复玩味”，才可以领悟到诗中蕴含的深情实意。元代的杨载在《诗法家数·五言古诗》中说：“观汉、魏古诗，蔼然有感动人处，如《古诗十九首》皆当熟读玩味，自见其趣。”其“家数”也是强调“玩味”。明代谢榛《四溟诗话》卷四说：“熟味唐诗，其枢机自见矣。”只有对唐诗进行深入的审美鉴赏，才可能领会出作诗的基本方法。

四、色香臭味：诗性联觉

古代文论话语中不仅有视觉、听觉、味觉体验的移用，也有嗅觉和触觉体验的移用。如明人沈际飞《草堂诗余四集》称“词贵香而弱，雄放者次之”。刘熙载《艺概》有“冷句中有热字，热句有冷字”之说。此处不详论。我们要说的是，文学作品中有联觉（一称通感）现象，而文学批评中也有联觉体验的移入。

“美”字是文学批评中运用较多的字眼，如从字源学角度来说，它是联觉体验的移入。许慎《说文解字》中说：“美，甘也。从羊从大，羊在六畜主给膳也。美与善同意。”“甘”为味觉体验，“大”为视觉体验。可见“美”源于视觉和味觉体验。文论有许多概念和范畴是联觉体验的移入。如“温丽”：钟嵘《诗品》评古诗“文温以丽，意悲而远”，源于触觉和视觉体验。“清润”：钟嵘

《诗品》评江祏“祏诗猗猗清润”，源于视觉和触觉体验。“细润”：方回《瀛奎律髓》卷十四“大历十才子以前诗格，壮丽悲感；元和之后，渐尚细润，愈出愈新”，源于视觉和触觉体验。“淡冷”：胡震亨《唐音癸签》卷七“详大历诸家风尚……写致取淡冷自送”，则源于味觉和触觉体验等等。

联觉体验源于人的自然本性。荀子《荀子·王霸》说：“夫人之情，目欲綦色，耳欲綦声，口欲綦味，鼻欲綦臭，心欲綦佚。此五綦者，人情之所必不免也。”又《荀子·性恶》说：“若夫目好色，耳好声，口好味，心好利，骨体肤理好愉佚，是皆生于人之情性者也。”人之本性即追求美好之物，联觉体验在文学批评中的移用，反映的是人们对文学整体美的追求，即所谓色香味俱全。宋大樽《茗香诗论》中的一段话较好地体现了这种审美追求：

> 或问：“诗至靖节，色香臭味俱无，然乎？”曰：“非也，此色香臭味之难可尽者，以极淡不易见耳。……和气之流，必有色香臭味，云则五色而为庆，三色而成矞；露则结味成甘，结润而成膏。人养天和，其色香臭味亦发于自然。有《三百》之和，则有《三百》之色香臭味；有靖节三和，则有靖节之色香臭味。”

朗吉弩斯说：“所有各部分综合在一起，就形成一个完整的整体。”① 人要感受美的整体，就从整体上各个方面反映它。视、听、嗅、味、触觉各个感官通过不同的渠道，把有关信息输送到大脑皮层，与脑中所贮存的信息掺和在一起，就会融合成一个完整的立体的美的形象。

维柯认为，亚里士多德《论灵魂》中关于个别的人所说的话也适用于整个人类：“凡是不先进入感官的就不能进入理智。”② 席

① 《西文美学家论美和美感》，商务印书馆1982年版，第48页。

② ［意］维柯著，朱光潜译：《新科学》，商务印书馆1989年版，第172页引。

勒也说："凡是我们的感官在直接感觉中觉得舒服的东西都为温柔而灵活的心绪接受任何一种印象打开了大门。"① 可见感觉是思想和理智的基础和前提。中国古代文论不仅由感官进入理智，而且始终保持着感官的体验性和鲜活性，有别于进入了理智阶段却断绝感官鲜活性的西方文论的抽象与玄虚。日本人笠原仲二说："对中国人原初的美意识的内容或本质，我们可以一言以蔽之，主要是某种对象所给予的肉体的、官能的愉快感。"② 可见，对于中国文论的直感性有不少人已有深刻认识。

---

① ［德］席勒著，冯至、范大灿译：《审美教育书简》，北京大学出版社 1985 年版，第二十二封信，第 111 页。

② ［日］笠原仲二著，魏常海译：《古代中国人的美意识》，北京大学出版社 1987 年版，第 6 页。

第五章
圣人立象以尽意

“圣人立象以尽意”语出《周易·系辞上》，它道出先哲们在表达哲理时依象的特点。依象立意、以象达意是富于原始意味和诗性特征的思维及言说方式，如列维-斯特劳斯指出，野性的思维“紧邻着感性直观”。①列维-布留尔也说，原始人的语言是一种“绘声绘影”的语言②，而以象形指事为主要特征的汉语言一直保持着“绘”的功能，既绘声绘影，又绘形绘象。在此基础上，形成华夏民族思维方式的具象性特征。哲学上，先哲们认为“尽意莫若象”；文学上，比譬连类是常用手法；文论上，兴象论、意象论形成有民族特色的象征理论。

① ［法］列维-斯特劳斯著，李幼蒸译：《野性的思维》，商务印书馆 1987 年版，第 21 页。

② ［法］列维-布留尔著，丁由译：《原始思维》，商务印书馆 1981 年版，第 139、160 页。

第一节 尽意莫若象

王弼《周易略例·明象》的“尽意莫若象”，说明先哲们已经认识到“尽意”之艰难，也逐步认识到依“象”是“尽意”的最佳途径。“象”是鲜明可感的，能够给人直观的印象。它的内涵又是宽泛的，具有难以穷尽的特点，这就是它拥有的直观的鲜明性和抽象内涵的模糊性和可塑性。以“象”来概括复杂多变的事物现象，尤其是表述或者代指形而上的“道”的时候，其直观的内涵的鲜明性可以给观照者某种具有启示和导向意义的明确印象，其抽象内涵的模糊性和可塑性又避免了难以包容和界定的尴尬。圣哲们凭依富于诗性的具象思维沟通了“道”和“器”，言“道”时不失“器”的具体鲜活，凭依“同声相应，同气相求”的相似性原则建构象喻关系。

一、天生神物，圣人则之

《周易·系辞上》说：“天生神物，圣人则之”，谓圣人取象于天地万物，由此可见取象思维起源之久远。从思维科学的角度来说，具象思维是原始思维的重要特征。维柯说：人类心灵有一个特点，“人对辽远的未知的事物，都根据已熟悉的近在手边的事物去进行判断”。“近在手边的事物”即我们所说的具象。最初的各民族用的是“实物文字”，如西徐亚国王伊丹图苏斯（Idanthyrsus）就是用五个实物当作文字回答了波斯大留士大帝的威胁。这五个实物文字就是一只蛙、一只鼠、一只鸟、一把犁和一支箭。最初的民族在哑口无言的时代所用的语言必然是从符号开始，“用姿势或实物”，与所表达的意思有某种联系。这种“姿势”或“实物”，即我们所说的具物。这种姿势或实物的文字，即象形文字。维柯指出，用象形文字来达意，是最初的民族的“一种共同的自然需要”。维柯还特别提到中国“经过了那样长的时间，现在还在用象形文字书写”，“中国人具有最精妙的才能，创造出许多精细惊人的事物”。维柯指出，远古人类无法把神的（宗教的）力量抽象地表现出来，“于是就把它表现为具体的物质形式”。如“不会用抽象方式来表达统治，于是就用了‘头’这个具体的词。”“用筋肉表示力量”，“拿着若干谷穗或稻草，或是用若干次收割动作来代表若干年岁”。用手代指权力等等。这里“统治”、“力量”、“年岁”、“权力”等概念是抽象的，而“头”、“筋肉”、“谷穗”、“稻草”、“手”等则是具体的且习以为常的，维柯指出，“在极端野蛮时期自然就有运用这种思维方式的必要。”①

关于原始思维的具象特点，列维-布留尔也指出，“原始民族的语言永远是精确地按照事物和行动呈现在眼睛里和耳朵里的那种形式来表现关于它们的观念。这些语言有个共同倾向：它们不去描写感知着的主体所获得的印象，而去描写客体在空间中的形状、轮廓、位置、运动、动作方式，一句话，描写那种能够感知和描绘的东西。这些语言力求把它们想要表现的东西的可画的和可塑的因素结合起来”。“在眼睛里和耳朵里的那种形式”即是具物的形象。列维-布留尔指出：“在那时，手与脑是这样密切联系着，以致手实际上构成了脑的一部分。”“说话离不开自己的手的帮助的原始人，也离不开手来思维。”原始思维用以表示人、物和行动的“会意符号”，差不多总是运动的描写，“它们表达的或者是四足动物、鸟、鱼等等生物的姿势，或者是它们的习惯动作，或者是捕捉它们时的动作，或者是制造或使用什么东西时的动作等等。例如，为了表示豪猪，就用手的动作准确地描写它掘土和抛土的奇怪方法、它的刺、它竖起自己的小耳朵时的姿态。为了表示水，会意符号表示出土人怎样喝水，怎样舔吸捧在手心窝里的水。为了表示项圈，就用双手做出圈住脖子并从后面锁住的姿势，如此等等。”据魏斯脱曼（D. Westermann）说，埃维人（Ewe）各部族的语言非常富有借助直接的声音说明所获得的印象的手段。这种丰富性来源于土人们的这样一种几乎是不可克制的倾向，即摹仿他们所闻所见的一切。

总之，“摹仿他们感知的一切，借助一个或一些声音来描写这

---

① ［意］维柯著，朱光潜译：《新科学》，商务印书馆 1989 年版，第 84、99、124、198、218、272、319、387、409、558、454～455 页。

一切，首先是描写动作。但是，对于声音、气味、味觉和触觉印象，也有这样的声音图画的摹仿或声音再现”。塔斯马尼亚人（Tasmanians）没有表现抽象概念的词，他们虽然对每种灌木、橡胶树都有专门的称呼，但他们没有“树”这个词。“他们不能抽象地表现硬的、软的、热的、冷的、圆的、长的、短的等等性质。为了表示‘硬的’，他们说：象石头一样；表示‘长的’就说大腿；‘圆的’就说象月亮、象球一样，如此等等。”在俾士麦岛，没有名称来表示颜色。颜色永远是按下面的方式来指出的：把谈到的这个东西与另一个东西比较，这另一个东西的颜色被看成是一种标准。例如，他们说：这个东西看起来象乌鸦。那么“kotkot（乌鸦）这个词是用来表示黑的。所有黑色的东西，特别是有光泽的黑色的东西都叫kotkot”。① 表示各种形状、颜色、温度和软硬的概念是抽象的，但用来表示他们的“石头”、“大腿”、“月亮”、“球”、“乌鸦”等则是习以为常的具物，有具体形象的特点。这样就实现了抽象的具体化，这就是原始思维的具象化过程。

列维-布留尔曾引盖捷特著中的一句话说，“我们力求准确清楚地说，印第安人则力求如画一般地说；我们分类，他们则个别化”。②我们这些现代“文明人”多概念、逻辑思维，而原始土著人则是一种绘声绘影、绘形绘象、具体生动的具象思维。由此可见，具象思维是人类最初的重要思维之一。持续至今，当然也是最古老的思维方式之一。

具象思维除具象性特征外，还有象征性特征。18世纪德国哲学家黑格尔称“象征”是“艺术前的艺术”，并认为它主要起源于东方，经过许多转变、改革和调和，才达到理想的真正的实现，即古典艺术。③黑格尔的观点是西方中心主义的产物，其观点不尽完

① ［法］列维-布留尔著，丁由译：《原始思维》，商务印书馆1981年版，第150、154～158、164页。

② ［法］列维-布留尔著，丁由译：《原始思维》，商务印书馆1981年版，第161页。

③ ［德］黑格尔著，朱光潜译：《美学》，商务印书馆1979年版，第二卷，第9页。

善。后来的文化人类学证明，象征思维是所有远古民族共同的思维特性。维柯指出，在英雄政体产生时，交通神麦库利（Mercury）就用象征神兆的神杖把法律送交造反的家人们，“希腊人用翅膀象征英雄制度”。他也注意到，“在中国人中间龙也是民政权力的象征”。① 列维-布留尔也说，从原逻辑思维的观点来看，由于神秘的互渗，“一个实体可以是另一个实体的象征。”这是因为“互渗的同一”，“鹿是希库里，或者是玉蜀黍，或者是羽毛，如同波罗罗人是金刚鹦哥一样，如同图腾崇拜集团的一般成员都是自己的图腾一样”。“由于互渗的作用，鹰的羽毛也赋有了鹰本身所赋有的那些神秘属性，而鹿的整个身体也赋有了鹿尾所赋有的那些神秘属性；由于互渗的作用，鹿也变成了与鹰的羽毛或者希库里同一的东西”。② 列维-斯特劳斯在《野性的思维》一书中有“图腾分类的逻辑”一章，专门探讨了土著人在生物和自然现象方面丰富的象征系统。如“多贡人把植物分成二十二个主科，其中一些又继续分成十一个子类。排成适当顺序的二十二个科被分成两个系列，其中一个系列由奇数诸科组成，另一个系列由偶数诸科组成。在象征单个生殖的前一类中，称作阳与阴的植物分别同雨季与旱季相联系；在象征成对生殖的后一类中，同一关系颠倒了过来。每一种又分属三个属：树、丛、草。最后，每一个科对应着身体的一个部分，一种技能，一种社会阶段和一种制度”。又如在整个北美洲，艾属植物有女性、月亮、黑夜等含义，而其变种则有男性、太阳、白天的含义。婆罗洲的伊班人使某种啄木鸟具有一种象征作用，因为他们认为这种鸟的叫声含有一种“胜利”感和庄严的告诫声调③。可见，象征思维是原始部族的普遍思维。

类似的文化现象在我国的典籍中随处可见，前辈学者也有许多

① ［意］维柯著，朱光潜译：《新科学》，商务印书馆 1989 年版，第 332、333、340 页。

② ［法］列维-布留尔著，丁由译：《原始思维》，商务印书馆 1981 年版，第 119 页。

③ ［法］列维-斯特劳斯，李幼蒸译：《野性的思维》，商务印书馆 1987 年版，第 48、56、66 页。

精深的研究，敏泽先生在其《中国美学思想史》中谈到：

> 在我国早期的典籍中，关于图腾崇拜的记载是相当广泛的。不仅《山海经》中有大量记载，如“其状如鱼而人面”、“龙身而人面”、“其神状皆鸟身而龙首”、“其状如人面而龙身”、“其神状虎身而九尾，人面而虎爪”，而且也广泛地见于其它典籍，如“有蚩氏兄弟八十一人，并兽身人语”。“天命玄鸟，降而生商”。庖牺氏、女娲氏、神农氏、夏后氏、蛇身人面，牛首虎鼻”。“禹长颈鸟喙”。“古者黄帝四面”。……即使在中国今日的姓氏（如马、龙、牛、羊、猪、鸟、蛇、风及山、水、云、沙等等）中，也仍然保存着原始图腾崇拜的遗迹。而图腾崇拜中，在文化和美学史上最重要的，便是对中华民族意识的形成起着标志作用的图腾崇拜。

图腾是个符号，它代表着某种特殊的意义。所以图腾崇拜的思维方式是一种象征思维。郑元者指出，“图腾具有神圣的神话意义，它象征地表示着图腾祖先和关于他们的故事的个别情节”，而“图腾意识或观念是最早的艺术活动的深刻动机，艺术起源于图腾这种原始宗教观念”①。由此，原始艺术的象征思维便在情理之中了。

二、惚兮恍兮，其中有象

“圣人设卦观象”语出《周易·系辞上》，是说“圣人”（伏羲）通过观察天地万物的纷繁现象了解事情的奥妙和运作方式，然后以能够体现其吉凶和变化规律的卦象概括之。从哲学上看，具象思维要解决的是“道”与“器”的关系问题。《周易·系辞》说：“形而上者谓之道，形而下者谓之器。”据范寿康先生解释，道是指尚未成形的阴阳的原理，器是指已经按象而成形的万物，由

---

① 郑元者：《图腾美学与现代人类》，学林出版社 1992 年版，第 47、48 页。

道至器就是宇宙万物的发展历程的全部。①象是宇宙万有的原型。象具体化了以后，方才产生出有形的万物。器就是具体的物，（所谓形乃谓之器）就是感官能够具体知道的万物。所以道不可见，阴阳也不可见，象可见而无形，器可见并有形。既然道生万物，那么尽管道不可见，人们仍然可以通过可见的万象去体道、悟道。

《老子》在表达“道”的方式上即开其端绪，“道”在老子看来是这样的：“道冲，而用之或不盈。渊兮，似万物之宗。”“湛兮，似或存。”（四章）“视之不见，名曰微；听之不闻，名曰希；搏之不得，名曰夷。”“是谓无状之状，无物之象，是谓惚恍。”“迎之不见其首，随之不见其后。”（十四章）“道之为物，惟恍惟惚。惚兮恍兮，其中有象；恍兮惚兮，其中有物；窈兮冥物，其中有精。”“自古及今，其名不去，以阅众甫。”（二十一章）“有物混成，先天地生。寂兮寥兮！独立不改。”（二十五章）在老子看来，宇宙的本体为“大”、为“道”、为“一”，是恍惚窈冥、无形无声的，超越时间也超越空间。老子又名之曰“谷神”、“虚”、“无”，似乎道是无法认识无从把握的。有意思的是，老子没有就此打住，而是用了大量具象化的言说让人们去领悟道的本质，去体会道的特性，例如：“上善若水。水善利万物而不争，处众人之所恶，故几于道。”（八章）“夫唯不可识，故强为之容：豫焉，若冬涉川，犹兮，若畏四邻，俨兮，其若容，涣兮，若冰之将释，敦兮，其若朴，旷兮，其若谷，混兮，其若浊。”（十五章）“譬道之在天下，犹川谷之于江海。”（三十二章）“大道氾兮，其可左右。”（三十四章）“天之道，其犹张弓欤？”（七十七章）老子用人们常见的事物来比道，从身边的事物的特性去领悟道的特性。可见具象化思维不是一个昧生化的过程，而是一个亲近化的过程。取喻于人们熟知的事物，本来难以把握的东西虽不可言传也大致不难意会了。

《周易》是考察我们民族思维方式的最好材料，其具象、象征思维的特点尤其明显。如前所说，《周易》已认识到了“道”与“器”的不同。其中所谓“天下之理”、“天地之道”、“神明之

① 范寿康：《中国哲学史通论》，三联书店 1983 年版，第 33 ~ 34 页。

德”、“万物之情”云云是形而上的“道”。如何说清这些“道”呢?《周易》采用了“卦象”的方法。在《周易》的卦形符号体系中,“阳”用“—”表示,“阴”用“--”表示。八卦、六十四卦就是以这两种一连一断的阴阳符号重叠组合而成的。“阳”与“阴”的象征范围至为广泛,两者可以分别代指自然界或人类社会中的一切对立的物象,如天地、男女、昼夜、炎凉、上下、胜负、君臣、夫妻等。《系辞上传》以“一阴一阳之谓道”,精炼地概括《易》理本质。八卦各有一定的卦形、卦名、象征物。八卦的象征物分别为天、地、雷、风、水、火、山、泽,对应的各卦分别为乾、坤、震、巽、坎、离、艮、兑。八卦又各具特定的象征意义。这种思维方式,恰如黑格尔所道出的“个别自然事物,特别是河海山岳星辰之类基元事物,不是以它们的零散的直接存在的面貌而为人所认识,而是上升为观念,观念的功能就获得一种绝对普遍存在的形式”①。八卦实质就是我们祖先化具体事物为观念功能“绝对普遍存在”的八种形式。

儒家的哲学是一种实践哲学,但也有许多思想范畴属于心理情感和精神境界,如仁、礼、义、忠、信、亲、庄、敬、恭等,这些思想范畴一般也比较难以把握。《论语》中为了说清楚这些思想范畴,也常用具象化的方法来譬喻。如:“子曰:人而无信,不知其可也。大车无輗,小车无軏,其何以行之哉?”(《为政》)车子都是人们习以为常的事物,以之比“信”,具体生动。“夫道,窅然难言哉!”(《庄子·知北游》)哲学和宗教大多讲的是抽象的世界观和深奥的人生哲理,一般难于被人理解和接受。但哲人们大多注意自己的言说方式,通过巧妙的言说使抽象的道理变得具体生动。深奥的思想变得浅白易晓。特别是具象化手段备受青睐。《墨子·小取》中有段话值得我们注意:

……辟也者,举也物而以明之也。侔也者,比辞而俱行

① [德]黑格尔著,朱光潜译:《美学》第2卷,商务印书馆1981年版,第23页。

也。援也者，曰：子然，我奚独不可以然也。推也者，以其所不取之，同于其所取者，予之也。是犹谓也者同也，吾岂谓也者异也。

这里的“辟”、“侔”、“援”、“推”等是几种不同的言说方式。其中“辟”，据任继愈说是譬喻，“即借用具体的事或具体的物以说明一件事或某个道理，这是辩论中常用的方法”①，亦即具象思维和言说的方式。具象化是中国古代哲学和宗教的重要思维和言说方式。庄子用兔蹄、鱼筌两个具物来论述得意忘言的命题。禅宗公案有许多禅机：问：“如何是佛?”曰：“碌砖。”问：“如何是道?”曰：“木头。”佛法禅理如果用演绎、辩证的传达肯定要千言万语，且越说越糊涂。但用一平常习见之事物“碌砖、木头”，则禅理禅趣尽在其中，就看闻者有无悟性。用日常习见之事物说禅论道是禅师们常有的话头。宋明理学所讲之理也是形而上的范畴，不是一句两句说得清的，周敦颐用“窗草不除”这一日常场景，点出理通万物的道理。

古代哲人面对天地宇宙时，总是用身边事身边物去比照和体味其中的玄奥之理。刘勰说，人们可以通过“象天地”去“效鬼神”，通过“参物序”来“制人伦”（《文心雕龙·宗经》）。具象思维沟通了道与器，通过易写之器消除了“道之难摹”的窘境。钱钟书说：“理赜义玄，说理陈义者取譬于近，假象于实，以为研几探微之律逮，释民所谓权宜方便也。”② 说的也是这一意思。

三、同声相应，同气相求

“同声相应，同气相求”语出《易传·文言》，它道出了圣人演《周易》的基本原则即类推原则，也即相似性原则，反映了中国古人天人同构、“人与天一”（《庄子·山木》）的思想。人天不

① 郭绍虞主编：《中国历代文论选》，上海古籍出版社1979年版，第一册，第27页。

② 钱钟书：《管锥编》，中华书局1979年版，第一册，第11页。

二，万物混同，主体与客体不分你我，天、地、人相通而无碍。天有阴阳，人也有阴阳，人有喜怒哀乐，天有四时变迁。这一思想在典籍中随处可见，这里举几个例子。

《老子》多次以水喻道，因为老子体悟到水与道有相似性："上善若水。水善利万物而不争，处众人之所恶，故几于道。"(《老子》第八章)"天下莫柔弱于水，而攻坚强者莫之能胜，以其无以易之。"(《老子》第七十八章）老子认为水"几于道"。用庄子的话来说，"水之性，不杂而清，莫动则平；郁闭而不流，亦不能清；天德之象也"。(《庄子·刻意》）离道家核心范畴"道"最近的概念恐怕要算水了。陕西楼观台老子讲经处"上善若水"的刻石，赋予水最完美的生存特性：水无形，所以能"君子不器"；水不择细流污流，所以能浩瀚成海，水可为冰、为气，既能变化而又不离其本性；水之恒可以滴水穿石；水至柔，所以抽刀难断；水性向低而能聚势，所以"高峡出平湖"，有一泻千里的浩浩荡荡……总之，中国人的最佳活法便是向水学习。水给人类许多生存智慧的启示。所以在道家看来，水与道异质而同构。"上善若水"于是成为具象思维方式的经典表述。

《周易·系辞上》说："易与天地准"、"与天地相似"，所以观天文、察地理则知天地之道，万物之理。又说："广大配天地，变通配四时，阴阳之义配日月，易简之善配至德。"道之广大、变通、阴阳与天地、四时、日月相配比，两者有类似之处。按照《易传》的看法，圣人"作八卦，以通神明之德，以类万物之情"，"其称名也小，其取类也大"。八卦的象征意义相当广泛，然而其间又顺理成章，条理井然。之所以能如此，关键在于《易传》作者据八卦之象"以类万物之情"，紧紧把握"类"概念而灵活运用之。《易传》作者依据"方以类聚，物以群分"(《系辞上传》)、"同声相应、同气相求……各从其类"(《乾文言传》）的原则认定：凡物与物之间声气相投（相通、相应）者为"同类"，例如：春，龙抬头，雷震，物动草萌。由此，春、雷、龙、动可统统归入《震》卦一类。凡功能相同者为"同类"，例如：君为一国之主，父为一家之长，首为一身之统领。由此，君、父、首可统而归入

《乾》卦一类。凡事物之动态属性或静态属性相同者为同类，例如：天行健，马行亦健，所以天和马可归入《乾》卦一类。在《易传》看来，“八卦而小成”，然而“引而伸之，触类而长之，天下之能事毕矣”（《系辞上》）。根据相似类推原则，八卦之象是完全可以象征天下万物的。

《淮南子·精神训》把人与天地全面地对应比拟为：“头之圆也象天，足之方也象地。天有四时、五行、九解、三百六十六日，人亦有四支、五藏、九窍、三百六十六节。”①董仲舒更是提出“天有阴阳，人亦有阴阳”、“物以类应之而动”的观点，都是一种天人同构的思想。中国文献里“七尺之形而备六合之理”的记载尤为繁多，钱钟书先生举例：《列子·仲尼》：“取足于身，游之至也；求备于物，游之不至也。”《注》：“人虽七尺之形，而天地之理备矣。故首圆足方，取象二仪；鼻隆口窳，比象山谷；肌肉连于土壤，血脉属于川渎，温蒸同乎炎火，气息不异风云。内观诸色，靡有一物不备。”按张湛所注：“……自是相传旧说。”《文子·十守》：“头圆象天，足方象地；天有四时、五行、九曜、三百六十日，人有四肢、五藏、三百六十节；天有风雨寒暑，人有取与喜怒；胆为云，肺为气，脾为风，肾为雨，肝为雷。”《意林》卷五引《邹子》：“形体骨肉，当地之厚也，有孔窍血脉，当川谷也。”②

将世界人格化，是原始思维的重要特点。维柯指出，“由于人类心灵的不确定性，每逢堕在无知的场合，人就把他自己当作权衡一切事物的标准”，“人们就把自己的本性移加到那些事物上去”，如说“磁石爱铁”。“在一切语种里大部分涉及无生命的事物的表达方式都是用人体及其部分以及人的感觉和情欲的隐喻来形成的”。如用“首”来表达顶或开始，用“额”或“肩”来表达一座山的部位，针和土豆都可以有“眼”，“心”代表中央，“脚”代

① 刘文典撰，冯逸、乔华点校：《淮南鸿列集解》，中华书局1989年版，上册，第220页。

② 钱钟书：《管锥编》，中华书局1979年版，第3册，第505～506页。

表终点或底，天或海“微笑”，风“吹”，波浪“呜咽”，物体在重压下“呻吟”……这样，“人通过理解一切事物变成一切事物”，“人把自己变成整个世界了”。①卡西尔考察世界各地神话，作过如此的“人格化”描述：在北欧日耳曼民族的神话中，世界由巨人耶米尔的躯体所形成：耶米尔的肉体形成地球，他的血液形成喧哮的大海，他的骨骼形成山脉，他的毛发形成树木，他的颅骨形成苍穹。②

基于天人同构的思想，刘勰在《文心雕龙·原道》中提出人文与天文相通的观点：“文之为德”、“与无地并生”，人文与天文“旁通而无滞，日用而不匮”。这样，人文与天文之间就有了可比性，借天文可以言说人文，古代文论的具象思维也即在情理之中了。这种主客不分的思维是诗性的而不是逻辑的、理性的，极富于原始思维特征。维柯说：“人类思想的次序是先观察事物的类似来表达自己，后来才用这些类似来证明。而证明又首先援引事例，只要有一个类似点就行，最后才归纳，归纳要有更多的类似点。”此处，“援引事例”可理解为具象思维，而“类似”则是相似性了。维柯特别多次强调，原始民族用的符号和实物，“和他们想要表达的观念有些自然联系”。③如用三枝麦穗或三次挥动镰刀来表示三年，是因为麦子每年收获一次的缘故。

列维-布留尔则用“互渗律”来解释事物之间的联系。人与人之间、人与物之间、物与物之间都存在“神秘的互渗”：“原始人的思维在把客体呈现给他自己时，它是呈现了比这客体更多的东西：他的思维掌握了客体，同时被客体掌握。思维和客体交融，它不仅在意识形态的意义上而且也在物质的和神秘的意义上与客体互渗。这个思维不仅想象着客体，而且还体验着它。”原始人以多种

① ［意］维柯著，朱光潜译：《新科学》，商务印书馆1989年版，第98、114、200、201页。

② ［德］罗卜特·卡西尔：《神话思维》中译本，中国社会科学出版社1992年版，第62页。

③ ［意］维柯著，朱光潜译：《新科学》，商务印书馆1989年版，第78、198、215、210、220页。

多样的形式来想象“互渗”：如接触、转移、感应、远距离作用等等。①

列维-斯特劳斯也发现原始部族把生物和自然现象加以分类，借助的是“一种庞大的对应系统把生物和自然现象加以分类”，而“分类的基本原则决不可能预先假定”，但通过人种志的研究，还是可以发现其中的某种联系。如艾属植物有女性、月亮、黑夜等含义，因为主要用于治疗痛经和难产。龟类由于长寿、金属由于坚硬而各有其象征作用。②

《周易·系辞上》说：“圣人有以见天下之赜，而拟诸其形容，象其物宜，是故谓之象。”先人创造文化时模拟天地万物的特点很明显。在一些记载原始歌舞的典籍中，我们不难看到模仿自然的特点。如《尚书·尧典》中“击石拊石，百兽率舞”即是对自然百兽的模拟。中国古代文献里关于原始舞蹈的最完整的描述当数《吕氏春秋·古乐篇》所载“葛天氏之乐”：

> 三人操牛尾，投足以歌八阙：一曰载民，二曰玄鸟，三曰遂草木，四曰奋五谷，五曰敬天常，六曰达帝功，七曰依地德，八曰总禽兽之极。

杨荫浏在《中国古代音乐史稿》中解释这八首祭祀歌舞的含义时说：“第一首《载民》是歌颂负载人民的地面；第二首《玄鸟》是歌颂黑色的鸟——黑色的鸟是一种作为氏族标志的图腾；第三首《遂草木》是祝草木顺利地生长；第四首《奋五谷》是祝五种谷物繁盛地生长；第五首《敬天常》是述说他们尊重自然规律的心愿；第六首《达帝功》是述说他们有充分发挥天帝的功能的愿望；第七首《依地德》是述说他们要依照地面气候变化的情

① ［法］列维-布留尔著，丁由译：《原始思维》，商务印书馆 1981 年版，第 70、429 页。

② ［法］列维-斯特劳斯著，李幼蒸译：《野性的思维》，商务印书馆 1987 年版，第 49、56、69 页。

形进行工作；第八首《总禽兽之极》是说明他们的总的目的是要使鸟兽繁殖达到最高限度。”上述解释表明歌舞中传达了先民们的原始宗教意识，即对天地、祖先、生殖的崇拜。舞蹈在模拟天地万物上的特点也很明显，《说文·外部》收录的“舞”字取象于羽类，个中透露了古代舞饰的消息，其模仿功能也是题中之意。古代诗、乐、舞三位一体，诗歌的象形求似性也就在情理之中了。

与中国古代天人合一、天人同构、主客不分的思想不同，西方现代哲学认为，人是有理智有情感的，而天地万物是纯客观的存在，大自然是人类征服的对象。这是一种主客对立的思维。反映到艺术上，中国人主张心师造化，用一颗活泼的心去体悟世间万物，因为世间万物象人一样有情有意，草木有情，山水有意。西方人则主张摹仿自然，柏拉图《理想国》第十章说：摹仿就是被动地、忠实地复制外部世界。就像木匠造床，他是“自然创造者”。① 这样，艺术是人为的，主客处于对立分离状态。主客没有可比之处，更无法类比。这似也可说明西方文论少具象思维的原因。德国现代哲学家海德格尔曾提出过一个“此在”的概念，他的目的是要借此对西方哲学中主、客分离的哲学观念提出批评，因为“此在”（人）在海德格尔看来，在本质上就根本离不开世界，在自本自根上就与这个世界处于牵挂之中。这样，西方现代主义哲学家似乎在逃离理性主义的框框，吸取原始思维的非理性的因子。这种思维方式在中国古人那里已是司空见惯，随处可见了。

第二节 拟诸形容，象其物宜

《周易·系辞上》说：“圣人有以见天下之颐，而拟诸其形容，象其物宜，是故谓之象。”说圣人发现天下幽深难见的道理，就把它譬拟成具体的形象容貌，用来象征特定事物的适宜的意义。幽妙的文思文心借助具体可感的器物而生动鲜活。比兴手法是具象思维

① 伍蠡甫主编：《西方文论选》，上海译文出版社 1979 年版，上卷，第 30～40 页。

的常用手法，本体和喻体之间不求貌同，正由神合。

一、春之精神，草树写之

刘熙载在《艺概·诗概》中说："山之精神写不出，以烟霞写之，春之精神写不出，以草树写之。故诗无气象，则精神亦无所寓矣。""山之精神"、"春之精神"，是幽妙情思，难于摹定，借助"烟霞"、"草树"之类具物，则有所寓矣，这里道出文学中的具象手法的运用。

古希腊《荷马史诗》即运用大量的具象，维柯在《新科学》中说：

> 斯卡里格在他的《诗学》里发现到荷马的全部比喻都是从野兽和野蛮事物中取来的，就感到愤怒。但是纵使我们承认荷马有必要用这类野蛮事物，以便本来就野蛮村俗的听众更好地理解，他在这方面确实是成功了，他的那些比喻确是高妙无比的，可是这当然不是受过哲学熏陶和开化过的心灵所应有的特征。

上面所说的比喻即我们这里所谈的具象思维，文学史家称之为"荷马式的比喻"。荷马大量使用比喻加强气氛，使人物的性格更加突出。他把隐约出现的山影比喻成"一个牛皮的盾牌"，把众多和强大的敌人比喻成"像春天出现的花叶一样茂盛"。他在描写俄底修斯攻击求婚者说："求婚子弟们心里充满恐惧，在堂上乱窜，有如一群牛犊在白昼最长的春季被营营的牛虻追刺驱赶。"求婚者的尸体堆放在一起，荷马又描写说："就像捕鱼的人用多孔的鱼网打鱼，从灰蓝的海中把鱼捞到弯弯海岸上，在沙滩上堆在一起。"维柯认为荷马在这方面是成功的，这些比喻"是高妙无比的"。维柯又指出，这种手法"当然不是受过哲学熏陶和开化过的心灵所应有的特征"①。这似有贬斥之意，但从另一方面，我们也可以领

---

① 罗念生编：《古希腊罗马文学作品选》，北京出版社 1988 年版，第 18、19、22 页。

略到具象化手法起源之辽远及浓厚的原始意味和诗性特征。

从中国的文学实践看，具象思维有更丰厚的土壤。最早的《诗经》有许多草木鸟兽即是作为具象而存在的。谢榛《四溟诗话》卷二云："予尝考之《三百篇》，'赋'七百二十，'兴'三百七十，'比'一百一十。"而比、兴的思维即具象思维，它们都依托具体物象来进行。《诗三百》如古希腊《荷马史诗》一样，其中的比、兴也是一种"荷马式的比喻"。比兴把抽象事理具象化，内在情感外物化，赋予个体情感一种审美形态，这就是具象思维，就是创造意境，创造诗美。比如《周南·汉广》，写一樵夫爱上了一位美丽姑娘，但却得不到她，因而总是不能忘怀。首章即连用四比：

> 南有乔木，不可休息。汉有游女，不可求思。
> 汉之广矣，不可泳思。江之永矣，不可方思。

从所爱高不可攀，说到想求亦难成功，长歌浩叹，不能自已。抽象的感情，具象化了；失望的神态，审美化了。再如《桧风·隰有苌楚》：

> 隰有苌楚，猗傩其枝。夭之沃沃，乐子之无知。
> 隰有苌楚，猗傩其华。夭之沃沃，乐子之无家。
> 隰有苌楚，猗傩其实。夭之沃沃，乐子之无室。

桃树开花结果，鲜嫩而有光泽，这是一幅令人神往的景象。但仅仅是一幅画面吗？显然不是！因为诗人已经通过"因物喻志"，在眼前的美景中融入一种悲怨的感情，使形象和情感融为一体。同"比"相比，"兴"似乎更富有形象性，更能创造意境，创造诗美。比如《周南·关雎》，欲写所思之"女"，先以雎鸠起兴。雎鸠天性温顺，可比淑女之娴静；雎鸠乃"河洲"常见之鸟，可使人联想起常来河边采荇之女；"关关"乃雎鸠雌雄唱和之音，可起"君子"思"逑"之情；雎鸠乃自然之鸟尚知求偶，人有匹配之思当是天经地义。"兴"意如此丰富、巧妙、深远，真可谓文尽而意长。《邶风·燕燕》是我国最早的送别诗。前三章均以"燕燕于飞"起兴，然后才写到"远送"、"之子"、"泣涕如雨"。兴句不独点明送别时间（春天），更重要的是用春燕的自由和乐："差池其羽"、"颉之颃之"、"上下其音"，反衬出主人公生离死别的悲苦。寓情于景，巧妙生动，所以朱熹《朱子语类》说："譬如画工一般，直是写得他精神出。"

楚辞中的比、兴，在联想性与比喻象征性上同《诗经》是一致的。"鸟飞反故乡兮，狐死必首丘"（《哀郢》），是通过正比联想，比说自己的"冀壹反之何时"、"何日夜而忘之"；"伯乐既没，骥焉程兮"（《怀沙》），是通过反比联想，比说"世溷浊莫吾知"；"悲回风之摇蕙兮，心冤结而内伤"（《悲回风》）、"悲哉，秋之为气也"（《九辩》），则是触景生情，以秋风之摇落草木象征自己恶劣的处境和忧伤的心情。而《离骚》中的比、兴则有着丰富的或明或暗的象喻意义，十分耐人寻味。古人有云："愤世嫉邪意，寄在草木中。"（梅尧臣《答韩三子华、韩五持国、韩六玉汝见赠述诗》）

深于比兴，深于取象，不独为《诗经》、《楚辞》所专有，更是先秦文章的一大特质。这一点清人章学诚《文史通义·易教上》早已指出：

> 战国之文，深于比兴，即其深于取象也。《庄》、《列》之寓言也，则触蛮可以立国，蕉鹿可以听讼。《离骚》之抒情也，则帝阙可上九天，鬼情可察九地。他若纵横驰说之士，飞箝捭阖之流，徒蛇引虎之营谋，桃梗土偶之问答，愈出愈奇，不可思议。

继承先秦文学深于取象的特点，后世的文学作品尤其是诗歌也善于取譬连类，托物寄兴。如自从屈原采用"香草美人"的象征手法之后，这一香草美人意象构成了一个复杂而巧妙的象征系统，使得诗歌蕴藉而生动。动植物在后世诗文中大量地成为象征意象。如闻一多先生曾根据先秦典籍如《周易》、《左传》、《管子》、《诗经》等等关于“鱼”字的考释，指出以“鱼”代替“匹配”和“情侣”①。古代大量的咏物诗中，梅、兰、菊、竹、松是几种最常见的物象。正如元代韦居安《梅磵诗话》卷下所云：“梅格高韵胜，诗人见之吟咏多矣。”“植物中惟竹挺高节，抱贞心，故君子比德于竹焉，古今赋咏者不一。”诗人们将有限的内在的精神品格，借这些物象升华为永恒的无限的诗美存在，故深于取象成为中国文学的一大特点。

二、不求貌同，正由神合

郭绍虞《诗品集解》释《二十四诗品》“形容”一品中“离形得似，庶几斯人”时说：“总结形容之妙，贵在离形得似。离形，不求貌同；得似，正由神合。能如是，庶几为形容高手矣。”具象比拟不是随意取象，本体和喻体之间要有某种妙合之处。“离形得似”，即神似，也即具物之形与文思之神的妙合。

古代文学创作常有“形似”之求，如晋宋诗坛多模山范水之作，尤以“形似”为贵。钟嵘《诗品》评张协“巧构形似之言”，评谢灵运“故尚巧似”。在理论批评界，陆机《文赋》云：“体有万殊，物无一量，纷纭挥霍，形难为状”，“虽离方而遁员，期穷形而尽相”。所谓“形难为状”、“期穷形而尽相”，即以“形似”为自己的审美追求。上引钟嵘《诗品》中所谓“巧构形似”，“贵尚形似”，且置张协、谢灵运为一品，都透露出钟嵘尚巧似的审美情趣。沈约在《宋书·谢灵运传论》中说，“巧为形似之言”和“气质为体”两种文风“并标能擅美，独映当时，是以一世文士，各相慕习”。刘勰《文心雕龙·物色》中也说：“自近代以来，文贵形似，窥情风景之上，钻貌草木之中。吟咏所发，志惟深远，体物为妙，功在密附。故巧言切状，如印之印泥，不加雕刻，而曲写毫芥。”可见，到刘勰的时代，这种“如印之印泥，不加雕削”的

---

① 闻一多：《闻一多全集》，三联书店 1982 年版，第一集，第 119 ~ 125 页。

形似文风依然主导着时代审美风尚。

“神似论”的提出，跟形神关系的探讨有关系。早在先秦，哲学家即已围绕形神关系展开讨论。魏晋南北朝时期，哲学界围绕着“形灭神不灭”的问题展开了激烈的争论。伴随着人的觉醒和文的自觉，艺术家开始自觉地将哲学领域中的形神引入艺术领域，其标志则是顾恺之在人物画领域提出传神论。

儒家的山水比德，是一种具象思维的言说方式。孔子说：“智者乐水，仁者乐山。智者动，仁者静，智者乐，仁者寿。”（《论语·雍也》）《尚书大传》、《韩诗外传》、《说苑》、《荀子》等书对孔子“智者乐水，仁者乐山”的思想作了发挥，竭力寻找智者、仁者与山水之间的某种“神似”。这对诗文理论中具象思维的神似论言说有启示作用。如刘向《说苑·杂言》在解释“智者何以乐水”时说：

> 泉源溃溃，不释昼夜，其似力者；循理而行，不遗小间，其似持平者；动而之下，其似有礼者；赴千仞之壑而不疑，其似勇者；障防而清，其似知命者；不清以入，鲜洁而出，其似善化者；众人取平，品类以正，万物得之则生，失之则死，其似有德者；淑淑渊渊，深不可测，其似圣者；通润天地之间，国家以成，是知之所以乐水也。

人与山水虽异质而神同，是神似把两者联系起来。

文论与山水之间亦本无瓜葛，但在文论家看来，文论与山水虽异质而同妙，所以古代文论中有许多以山水喻文的言说，尤其以水喻文的言说更多。可以丝毫不夸张地说，关于水的基本术语，大致可以在文学艺术批评术语中找到。以水喻文，反映了古代作家对自然美的追求，对行云流水、天地运化之妙境的向往，反映了文学家们把自己的生命活动与山川自然、天地万物之运行相呼应相沟通的思想。同声相应，同气相求，在古代文论家看来，山水之德与文学之道相近相通，有某种奇妙的“神似”。正如袁宏道《文漪堂记》卷二所言：“文心与水机，一种而异形。”文与水，形虽异而心机同。

在诗文理论中，“神似”的提出是建立在反对“文贵形似”理论基础之上的。司空图《二十四诗品》说“超以象外，得其环中”，“脱有形似，握手已违”。他还专辟“形容”一品：

> 绝伫灵素，少迴清真。如觅水影，如写阳春。风云变态，花草精神。海之波澜，山之嶙峋。俱似大道，妙契同尘。离形得似，庶几斯人。

“形容”一品重在说明诗境的描写应以传神为高，而不以形似为妙。水之影、春之景、风云变幻无穷的神态、花草蓬勃兴旺的生机、海水汹涌澎湃之波涛、山峦绵延起伏之壮阔，无不是自然之本身，无不充满活泼泼的生命力，无不是“道”之精神的体现。所以只有极力保存对象的神气质素，巧妙地符合“道”的精神，才能脱略形迹而神情毕露，成为诗中之妙境。郭绍虞《诗品集解》释“俱似”两句云：

> 上所云云，言形容不可以形迹求，亦不可以强力致，必不即不离，妙合同尘之旨，才称合拍，故云“俱似大道”。《老子》：“和其光，同其尘，湛兮似或存。”言以生之至杂而无不同，则于万物无所异矣。圣人之道如是而后全，则湛然常存矣。

司空图的《二十四诗品》还多提及“神”这一重要概念：“空潭泻春，古镜照神”（《洗练》），“行神如空，行气如虹”（《劲健》），“神存富贵，始轻黄金”（《绮丽》），“神出古异，淡不可收”（《清奇》），“匪神之灵，匪机之微”（《超诣》），“超超神明，返返冥无”（《流动》）等等。他还专辟“精神”一品，可见其对传万物之神、脱略形似而求神似的推重。

苏轼高度评价司空图“离形得似”的观念，他本着“诗画本一律”的基本理念，把绘画领域“贵神似”的思想推广到诗文领域："论画以形似，见与儿童邻。赋诗必此诗，定非知诗人。诗画本一律，天工与清新。"（《书鄢陵王主簿所画折枝二首》）后世评诗论诗多称引此诗，借以阐明自己重"神"的诗学主张。在一而再、再而三的称引、解读过程中，人们对诗学之神的认识，也得以逐步深化。明代杨慎《升庵诗话》卷十二评此诗云："言画贵神，诗贵韵也。然其言有偏，非至论也。晁以道和公诗云：'画写物外形，要物形不改。诗传画外意，贵有画中态。'其论如为定，盖欲以补坡公之未备也。"胡应麟对苏轼"赋诗必此诗，定非知诗人"颇有心得，称"独二语得三昧"："今于登临则必名其泉，燕集必纪其园林，寄赠则必传其姓氏，其所谓田庄牙人、点鬼簿、粘皮骨者，汉、唐人何尝如此？最诗家下乘小道"（《诗薮·内篇》卷五），刻意求似是"粘皮骨者"，是"下乘小道"。

明清以降，诗论家们对诗学之神更是津津乐道。翻开明清诗话，随处可见"神"这个字眼："神理"、"神气"、"神采"、"传神"、"精神"、"神魂"……如明代安磐《颐山诗话》说："思入乎渺忽，神恍乎有无，情极乎真到，才尽乎形声，工夺乎造化者，诗之妙也。"王士祯更独标"神韵"说，在理论上更自觉地追求"无迹而神"的审美创造。其他如董其昌提出"文要神会"（《画禅室随笔》卷三《评文》）。方拱乾说"作诗如写照，贵在得神"（周亮工《尺牍新钞》二集录方拱乾《与田雪龛》）。郑燮说"写其神，写其生，不构成局"（《郑板桥集》补遗）。谢榛《四溟诗话》卷二说："诗无神气，犹绘日月而无光彩。"赵执信《谈龙录》说："气味神采，非可涂饰而至。"薛雪《一瓢诗话》说："诗神诗旨，跃然纸上。"不胜枚举。

在许多明清诗论家们看来，杜诗堪称神品，时时有传神之笔，"有神往神来，不知而自至之妙"（陆时雍《诗镜总论》）。如杜甫的《画鹰》一诗没有出现一个"神"，却在再创造中运用传神之笔，诗人情思受画上之鹰感发，画鹰变成诗人心中真实的雄鹰。浦起龙对此大加赞赏："掇身侧目，此以真鹰拟画，又是贴身写；堪摘可呼，此从画鹰见真，又是饰色写。结则意以真鹰气概期之，乘风思奋之心。嫉恶如仇之志，一齐揭示。"（《读杜心解》卷三之一）金圣叹读此诗，则特别指出诗里传神写照的佳句："世人恒言传神写照，夫传神、写照乃二事也。只如此诗，'掇身'句是传神。'侧目'句是写照，传神要在远望中出，写照要在细看中出。不尔，便不知颊上三毛，如何添得也。"（《杜诗解》卷一）传神就是要准确地捕捉事物典型的形象特征，传写出事物独特的风姿、精神和气韵。重传神、尚神似成为明清许多诗论家的审美旨趣。沈德潜《诗说晬语》也说："其法全在不粘画上发论，如题画马画鹰，必说到真马真鹰，多从真马真鹰开出议论，后人可以为式。"对杜甫的神来之笔大加赞赏。

关于形神、心物之关系，王夫之有深刻论述：

> 两间生物之妙，正以神形合一，得神于形，而形无非神者，为人物而异鬼神，若独有恍惚，则聪明去其耳目矣。（《唐诗评选》卷三杜甫《废畦》）。
>
> 情景名为二，而实不可离。神于诗者，妙合无垠。巧者则有情中景，景中情。（《姜斋诗话》卷二）
>
> 情景虽有在心在物之分，而景生情，情生景，哀乐之触，荣悴之迫，互藏其宅。（《诗绎》）

在王夫之看来，妙在神形合一、心物互藏其宅，巧在情中景、景中情、妙合无垠。此"神"即主体之神，此"形"即客体具物之形。此"情"即作者之心目，此"景"即天壤之景物。神与形、情与景的契合是诗的最高境界。这样，几个世纪以来的心物、形神理论，在王夫之这里作了一个很完满的总结。

三、引譬连类，诗可以兴

《论语·阳货》："诗可以兴。"孔安国注曰："引譬连类。"人心与自然物象相触相通，引而申之，周流无滞。具象思维所用手法是赋比兴，关于赋比兴的含义，历来说法颇多。前人各自从不同角度来解释赋比兴，有的视赋比兴为美刺讽谕的诗歌体制，有的从审美效果上谈论赋比兴，不同的角度，观点自然不尽相同。正像朱自清所说，"说《诗》的人你说你的，我说我的，越说越糊涂。"①我们无意参与关于"赋比兴"之定义的争论，只是从思维方式的角度来阐明赋比兴所包含的是一种具象思维的特征。作为借物言志抒情的赋比兴，或者说，作为具象思维的赋比兴，主要有以下几家解释较为切当。

郑众注《周礼》时说："比者，比方于物也，兴者，托事于物。"（郑玄《周礼·春官·大师》注引）宋代胡寅《致李叔易书》载李仲蒙之语说："索物以托情，谓之比；触物以起情，谓之兴；叙物以言情，谓之赋。"朱熹《诗集传》说："赋者，敷陈其事而直言之也。""比者，以彼物比此物也。""兴者，先言他物以引起所咏之辞也。"王应麟《困学纪闻》说："叙物以言情，谓之赋，情尽物也；索物以托情，谓之比，情附物也；触物以起情，谓之兴，物动情也。"钱钟书在征引诸家观点时，认为李仲蒙的话"颇有胜义"②。赋是借物以赋，兴是借物以兴，比是借物以比，赋比兴皆为借外物以抒情说理叙事。以上所引诸说有一个共同点，即把赋比兴归之于"托物"，无论言情、托情，还是起情，都要凭借"物"，即都要有具体物象作为中介。无此"物"，则不知对何赋，不知为何兴，也不知以何比。可见，就思维方式而言，赋比兴是一种具象思维。

古人早就认识到《诗》的比兴与《易》象之间的关系。陈骙《文则》中说："《易》之有象，以尽其意；诗之有比，以达其情。文之作，可无喻乎？"以《易》之象、《诗》之比兴，来强调文应当多用比喻。章学诚《文史通义·易教下》中，反复论说了"《易》象通于《诗》之比兴"，认为《易》象"与《诗》之比兴，尤为表里"，并举例说："睢鸠之于好逑，樛木之于贞淑，甚而熊蛇之于男女，象之通于《诗》也。"《易》与《诗》相通之处，确实不少，《易》中的某些卦辞，放在《诗》中亦无愧色，如《中孚》九二："鸣鹤在阴，其子和之，我有好爵，吾与尔靡之"，

---

① 朱自清：《诗言志辨》，华东师范大学出版社1996年版，第49页。

② 钱钟书：《管锥编》，中华书局1979年版，第1册，第63页。

《屯》六二："屯如邅如，乘马班如，匪寇，婚媾"等等，都可以说是优美的诗篇。

对赋、比、兴进行了全面论述和探讨的是刘勰。《文心雕龙·诠赋》中说："赋者，铺也；铺采摛文，体物写志也。"在《比兴》中，他解释比兴说："故比者，附也；兴者，起也。附理者切类以指事，起情者依微以拟议。"《比兴》着重分析了《关雎》、《鹊巢》中的比兴，指出："关雎有别，故后妃方德；尸鸠贞一，故夫人象义。义取其贞，无疑于夷禽；德贵其别，不嫌于鸷鸟。"《毛传》认为《关雎》是赞美后妃之德，古人认为鸤鸠有专一之德，故诗中取此义来兴起，并不因为是禽鸟而不用，这样就能"称名也小，取类也大"，又因为"比显而兴隐"，"明而未融"，读者难以理解其含义，"故发注而后见也"，所以在《毛传》中，对用"兴"的地方，都加以注明。刘勰对"比"的具体用法，阐说更详："夫比之为义，取类不常：或喻于声，或方于貌，或拟于心，或譬于事"，他又举前人作品中的"比声之类"、"比貌之类"、"以物比理"、"以声比心"、"比响比辩"、"以容比物"的具体的例子，来说明比的用法。不能把比仅仅看成一种语言修辞技巧，一种一般的表现方法。因为要打比方，就必须通过类比联想或反比联想，引进比喻客体，"写物以附意"，所谓"金锡以喻明德，珪璋以譬秀民，螟蛉以类教诲，蜩螗以写号呼，浣衣以拟心忧，席卷以方志固"是也。刘勰反复强调本体和喻体之间要有"契合之处"，也即前面所说的"神似之处"。刘勰所谓的"切象"、"比类"、"切至"、"合"、"拟容取心"即此义。本体和喻体之间如有"契合之处"，那么"物虽胡越，合则肝胆"；反之，"若刻鹄类鹜，则无所取焉。"

唐代皎然《诗式》也强调取象取义要有"类同者"："取象曰比，取义曰兴，义即象下之意。凡禽鱼、草木、人物、名数，万象之中义类同者，尽入比兴。"认为无论什么事物，只要是义类有相同之处，就可以用作比兴。

对于赋、比、兴在作品中的作用，不同学者有不同观点。有的强调三者并重，不能偏废。著名的如钟嵘《诗品序》中所说：

> 故诗有三义焉：一曰兴，二曰比，三曰赋。文已尽而意有余，兴也；因物喻志，比也；直书其事，寓言写物，赋也。宏斯三义，酌而用之，干之以风力，润之以丹彩，使味之者无极，闻之者动心，是诗之至也。若专用比兴，患有意深，意深则词踬。若但用赋体，患在意浮，意浮则文散，嬉成流移，文无止泊，有芜漫之累矣。

钟嵘对三者作出了新的解释。他释赋、比是对其手法进行阐述，而释兴又是从其艺术效果方面而言，角度显然不同，体例不够一致。但他认为无论是描写事物，还是表达情志，都应当形象鲜明，含义深长，耐人寻味，则是明显的。他强调三种手法，应当根据具体情况，统一考虑，综合使用，不可偏废。因为无论是偏于比兴，还是偏于赋，都会产生毛病，影响诗歌的艺术表现。清代潘德舆《养一斋诗话》卷十说："大抵诗知赋而不知比兴，则切直而乏味；知比兴而不知赋，则婉曲而无骨：三纬所以不可缺一。"这段话显然同钟嵘所言是一致的。更多的论者，更强调比兴。吴乔认为："诗之失比兴，非细故也。比兴是虚句、活句，赋是死句。有比兴则实句变为活句，无比兴则实句变成死句。"认为用比兴，易于虚、活，当然正确，但说"赋是死句"则未免过当。他还说："唐诗有意，而托比兴以杂出之，其词微而婉，如人而衣冠。宋诗亦有意，惟赋而少比兴，其词径以直，如人而赤体。"（《围炉诗话》卷一）认为宋诗不如唐诗，就在于只用赋而"少比兴"。不少论者都有这种观点。潘德舆也说："唐以前比兴多，宋以来赋多，故韵味迥殊。"（《养一斋诗话》卷一）有些论者更强调兴。许多诗论家都认识到"兴"最能体现诗的艺术特征。李重华说："兴之为义，是诗家大半得力处。无端说一件鸟兽草木，不明指天时而天时恍在其中，不显言地境而地境宛在其中，且不实说人事已隐约流露其中。故有兴而诗之神理全具也。"（《贞一斋诗说》）离开了"兴"，诗的神理就是残缺不全的。古代诗学中对"兴"的论述非常多，与"兴"联缀的词也不少，如"兴寄"、"兴象"、"兴会"、"兴味"、"兴趣"、"感兴"、"托兴"、"情兴"等等，这也从一个侧面说明了古典诗学对“兴”的重视。赋、比、兴的运用要视具体的情形而定，不过一般地说，如果只是直言而无比兴，那就不容易成为好作品，因为比，尤其是兴，更能充分体现诗的美学特征。即以意象而论，用赋直陈，意容易深入、突出，但象则不容易鲜明、生动；而用比兴，则意寓象中，因象而意明，使人思而得之，有一唱三叹之妙。

古代文论中许多用“如、若、犹、似、譬”等词的句子，其手法是比，其思维即是具象思维。《文心雕龙》中这样的例子颇多，如《声律篇》有“若夫宫商大和，譬诸吹籥；翻回取均，颇似调瑟”，《章句》有“章句在篇，如茧之抽绪”，《总术》有“是以执术驭篇，似善弈之穷数；弃术任心，如博塞之邀遇”等等。后世文论中的具象表达多用这种句式。具象思维的另一种句式是所谓“对喻”、“平行的譬喻”。① 先说喻体，后说本体。在《文心雕龙》中，这种句子也多，如《通变》“练青濯绛，必归蓝茜，矫讹翻浅，还宗经诰”，《丽辞》“体植必两，辞动有配”。《指瑕》“丹青初炳而后渝，文章岁久而弥光”等等即是。这种句式的手法似也可理解为兴体。古代文论中的具象思维还有一种句式，既无系动词，也不是对喻，而纯是具象画面的呈现。如司空图《二十四诗品》即多此句式，朱自清《诗言志辩》说其“集形似语之大成”，意即集具象之大成。在文论中运用比兴手法，文论家们把文论当作品来创作，力图使之更形象、更生动、更富于诗性。抽象的变成具体的，呆板的变成富于灵性的。在中国人看来，文学不是抽象玄虚之学，而是有声有色、有形有态、有滋有味、有气有温的，是可看、可听、可闻、可尝、可触、可摸的灵性物。

赋比兴作为具象思维的手法，借物以言志抒情，通神明之德，类万物之情，富于原始思维特征和诗性感觉。《说文解字》：“兴，起也，从舁同。同，同力也。”“舁，共举也。从臼廾。”可以想象原始先民共举一硕大之“牺牲”盘，伴以歌、诗、舞，明显为一种娱神行为。盘状物正是沟通神人，协于上下，以承天意之媒介。

① 朱自清：《诗言志辩》，华东师范大学出版社，1996年版，第56页。

故“兴”的原始功能，与“象”相通，即所谓“八音克谐，神人以和”，“夔典乐，神人以和，祖考来格”（《尚书·尧典》）。沟通人神，是整个原始文化的基本特质。赋比兴沟通天地万物，打破人神界线，以己度物，将世界人格化。用维柯的话来说，“它使无生命的事物显得具有感觉和情欲”①。原始人类的一种基本思维方式，那就是一种前逻辑的、主客体不分的思维类型。在原始人的心目中，人与万物并没有本质的区别，它们都有同样的生命，性别、情感是同一的，因而，对客观外物都以我之情感、我之生命去感知。

第三节　神用象通

“神用象通”语出《文心雕龙·神思》，说神思与物象接触，因而感通。根源于原始文化的具象思维渗透到中国哲学、语言文字和文学创作的深层结构，而依托于这些门类的文学批评大量运用具象思维则是自然而然的了。《文心雕龙·神思》中说：“思理为妙”，文心文理是深隐幽妙的，文论家们有时难于用准确的语言表达这种深隐幽妙的文心文理，而借助具体物象则可以“沿隐以至显，因内而符外”（《文心雕龙·体性》）。正如沈德潜所言：“事难显陈，理难言罄，每托物连类以形之；郁情欲舒，天机随触，每借物引怀以抒之……其言浅，其情深也。”（《说诗晬语》）“托物”、“借物”即具象思维，它可使难言难显之事理显现抒发出来。如谢榛《四溟诗话》中有这样一段话：

> 熟读初唐、盛唐诸家所作，有雄浑如大海奔涛，秀拔如孤峰峭壁，壮丽如层楼叠阁，古雅如瑶瑟朱弦，老健如朔漠横雕，清逸如九皋鸣鹤，明净如乱山积雪，高远如长空片云，芳润如露蕙春兰，奇绝如鲸波蜃气，此见诸家所养之同也。

---

① ［意］维柯著，朱光潜译：《新科学》，商务印书馆1989年版，第200页。

其中雄浑、秀拔等十个词空灵幽妙，难于把握，而后面相应的十个具体物象则质实生动，让人们较好地去体味前面所说的作品境界，这是具象思维的妙处。古代文论的取象有“近取诸身、远取诸物”二途，建构在“物象”基础上的“兴象说”、“意象说”构成有民族特征的象征理论。

一、近取诸身，远取诸物

《周易》云：“近取诸身、远取诸物。”说古代圣人取象有远近二途，我们这里借来说明古代文论取象之二途。近取诸身是“生命之喻”，以人拟文。远取诸物中“远”其实也是相对人自身而言，其物也是身边事物、眼前情景。在古代文论中，“日月叠璧”是具象，“山川焕绮”是具象，甚至“傍及万品”，动物植物皆可成具象。这些都是人们习以为常，并非稀罕之物。粗略来分，古人取象大致有三个向度：一为自然，二则人自身，三曰人工。与之相关，同时也体现出不同的人文精神和文学观念。

中华文化是一种农业文化，中国古代先民在长期农耕生产的过程中，在遵守春耕秋收的节气、日出而作日入而息的过程中，逐渐形成与大自然相依相存的文化心态。人的一切活动及其结果都要合乎这个自然节律，自然而然，无为而治。文学，作为人的一项重要活动，当然要巧夺天工。文德与天道合一，所谓“文之为德”，“与天地并生”（《文心雕龙·原道》）。艺术家们要得“江山之助”（《文心雕龙·物色》），投身于大千世界山山水水之中，从山高水低、日耀星繁、鱼跃鸢飞、草长花盛中获得灵气和创作的冲动。“登山则情满于山，观海则意溢于海，我才之多少，将与风云而并驱矣”（《文心雕龙·神思》）。天地日月、山川万物给人们无尽的创作灵感和思想启迪，给文学创作带来无限活力和灵性。古人云：“走万里路，读万卷书。”其中“走万里路”就包含着对山川万物的投入和对其灵气的吸纳。古代文论的许多用词，即取法自然万物，如《文心雕龙》中的几个例子：“是以汉饮博士，而雉集乎堂；晋策秀才，而麏兴于前”（《文心雕龙·议对》）。“既驰金相，亦运木讷”（《文心雕龙·书记》）。“若夫镕铸经典之范，翔集子史之术”（《文心雕龙·风骨》）。“自献帝播迁，文学蓬转”（《文心雕龙·时序》）。“并体貌英逸，故俊才云蒸”（《文心雕龙·时序》）。以上几例中的“雉集”、“麐兴”、“金相”、“木讷”、“翔集”、“蓬转”、“云蒸”等词语，单从词源学的角度来说，就是一幕幕大自然真实场景的写照：飞禽走兽，草青木秀、水流云飞……是人们日常生活之中抬头不见低头见的场景。从中，我们可以感受到汉民族的思维与天地一起律动的脉搏。

有感于天道与文道合一，自然的节拍与文学的节律合符，文论家们常以山川日月、花红草绿、莺飞鱼跃等自然气象来比作文学。如：“其为文用，譬征鸟之使翼也”（《文心雕龙·风骨》）。“故论文之方，譬诸草木，根干丽土而同性，臭味晞阳而异品矣”（《文心雕龙·通变》）。“绿林野屋，落日气清”、“海风碧云，夜渚月明”之沉著，“载瞻星气，载歌幽人。流水今日，明月前身”之洗练(《二十四诗品》）等等。天地之间，斗转星移、风云变幻、山高水长、春华秋实，本是天造地设、自然神妙的弦律。文论家以日月星辰、山川草木比文学，自有一种“法天贵真”的人文意蕴和文学精神。历代文论家推崇行云流水、自然流畅的艺术之境，这是山川万物对文论家们的启示。刘勰认为“机好矢直，涧曲湍回”有“自然之趣”，“激水不漪，槁木无阴”是“自然之势”，“文章，如斯而已”（《文心雕龙·定势》）。李白推崇“天然去雕饰”的诗艺，是从“清水出芙蓉”的天然景象中感悟出来的。心到口到，无需刻意以求，文学中的这种自然状态是合乎天地万物之本性的。包恢说：“诗家者流以汪洋淡泊为高，其体有似造化之未发者，有似造化已发者，而皆归于自然，不知所以然而然也。”（《答傅当可论诗》，《敝帚稿略》卷二）沈德潜也说：“然所谓法者，行所不得不行，止所不得不止……试看天地间水流云在，月到风来，何处著得死法。”（《说诗晬语》）山川万物自然而然，因其自然性的充分展示而近于道，故以自然之道为本体的文则必然以山川万物之自然性来标举艺术风格。这里，文学与万物齐一，文学性与自然性无二。

人生天地间，如白驹过隙，而天地万物相对来说则是永恒久远的。年年如此，月月如此。面对自然万物，人们常常生发出“自然永恒，人事不永”的感慨。“年年岁岁花相似，岁岁年年人不同”，“今人不见古时月，今月曾经照古人”，就透露其中信息。作为“不朽之事业”的文学与山川日月在永恒久远的特点上有了共同之处。人们常常把文学尤其是优秀的作品比作山河日月，说这些作品与山河同在，与日月同辉：“故子夏叹《书》，昭昭若日月之明，离离如星辰之行，言昭灼也。”（《文心雕龙·宗经》）“若离骚者……虽与日月争光可也。”（《文心雕龙·辨骚》）“屈平词赋悬日月，楚王台榭空山丘。”（李白《江上吟》）“尔曹身与名俱灭，不废江河万古流。”（杜甫《戏为六绝句》）“江山万古潮阳笔，合在元龙百尺楼。”（元好问《论诗绝句三十首》）把文学比作千古江山和恒久之日月，流露出的是对自然永恒的企羡和对生命短暂的感伤。

把文学艺术作品比喻为人体，是中国古代文论更常见、更普遍的比喻。陶明濬《诗说杂记》卷七解释严羽《沧浪诗话》时就说：“以诗章与人身体相为比拟……近取诸身，远取诸物，而诗道成焉。”早在20世纪30年代钱钟书就提出了这个问题。他在《中国固有的文学批评的一个特点》① 一文中指出，中国古代文学批评有“把文章通盘的人化或生命化”、“把文章看成我们自己同类的活人”的特点。这样的例子很多，如《文心雕龙·体性》中说：“辞为肤根，志实骨髓。”清代王铎《文丹》说：“文有神、有魂、有魄、有窍、有脉、有筋、有腠理、有骨、有髓。”（《拟山园初集》）又如中国古代文论的许多概念范畴如风骨、形神、筋骨、主脑、诗眼、气骨、格力、肌理、血脉、精神、血肉、眉目、皮毛等，评论中所用肥、瘦、病、健、壮、弱等等术语，都是一种把文学艺术人化的隐喻。以人拟文从文化背景上，其所接受的影响是多方面的。如古代的中医理论，汉代以后的相术和人物品评等。以人拟文反映了中国古代传统的美学思想，即推崇生机勃勃、灵动自由、神气远出的生命形式，要求文学艺术应具有和生命的运动相似相通的形

① 原载1937年《文学杂志》第1卷第4期。

式，把艺术形式视成一种具有内在生命力的有机动态整体。这与西方的某些理论有暗合之处。黑格尔以“生气灌注”（full of vitality）来表述美与人的心灵的联系。文学是人学也一直是西方文学的主旋律。艺术最高的境界是一种有机和谐、尽善尽美的统一，这是中西方共通的古老的美学原则。① 文学的生命之喻最富于原始意味和诗性特征，原始思维的一大特点即人们“把自己当作衡量宇宙的标准”，“把自己的本性”移加到自然事物上去。②

宫室居所是人们生活居住的地方，人们再熟悉不过了，所以也常常用来比拟文学。有一个成语“登堂入室”，用在文学艺术上，指某人的艺术造诣所达程度。这个成语出自《论语·子张》：“子贡曰：譬之宫墙，赐之墙也及肩，窥见室家之好。夫子之墙数仞，不得其门而入，不见宗庙之美、百官之富。”后世文论常引此作比来谈论文学，如班固《汉书·艺文志·诗赋略论》：“如孔氏之门用赋也，则贾谊登堂，相如入室矣。”钟嵘《诗品》评曹植语：“故孔氏之门如用诗，则公干升堂，思王入室，景阳、潘、陆，自可坐于廊庑之间矣。”韩愈《答李翊书》：“抑愈所谓望孔子之门墙而不入于其宫者，焉足以知是且邪？”登堂者固然可喜，入室者则更佳，但终究是步人后尘，至多并驾齐驱、旗鼓相当，没有超越创新的气象。

宫室居所为人工所造，非天造地设之物。以宫室居所喻文，体现了人们在自然美之外对人工美的探求。建造宫室居所，要讲结构布局，遣词造句也要讲究篇章结构。于是，源于房屋构造的“结构”、“布局”、“间架”等词成为古代文论的重要术语。在文论家们看来，写文章就像建造房屋：“若筑室之须基构。”（《文心雕龙·附会》）“凡作一部大书，如匠石之营宫室，必先具结构于胸中，孰为厅堂，孰为卧室，孰为书斋灶厩，一一布置停当，然后可以兴

① 参见吴承学：《生命之喻——论中国古代美于文学艺术人化的批评》，《文学评论》1994 年第 1 期。

② ［意］维柯著，朱光潜译：《新科学》，商务印书馆 1989 年版，第 114 页。

工。”（佚名《儒林外史四评》）清代李渔在《闲情偶寄·词曲部》中甚至标出“结构第一”，以示重视。关于戏曲的结构，李渔以“工师之建宅”作比喻，把工师建造房屋的整套程序和理论都用来说明戏曲结构的重要。

大千世界，具物万千，无论是日月星辰还是山川草木，不论是身体宫室还是珠光宝玉，都是人们身边的具物。这是一种富于诗性特征的把握文学的思维方式，有别于欧洲人进入所谓“文明社会”后的抽象的概念思维方式。正如列维-布留尔所说：“欧洲人差不多是不假思索地利用抽象思维，但在原始人那里，思维、语言则差不多只具有具体的性质。”“我们的思维首先是‘概念的’思维，而原始人的思维则根本不是这样的。”① 具象和抽象只是人类两种不同的思维方式，并无先进落后之分。列维-斯特劳斯将原始思维称之为“野性的思维”，正如植物有“野生”和“园植”两大类，思维方式也可以分为“野性的”与“园植的”两大类。因此，原始人类以幻想性、具象性、混沌性为特征的神话思维，与文明人类以现实性、抽象性、分析性特征的理性思维，便各司其职并行不悖，相互渗透相得益彰，而并无高下优劣文野精粗之分。② 具象和抽象思维都是人类思维方式中科学的合理的存在。“存在着两种不同的科学思维方式……一条紧邻着感性直观，另一条则远离着感性直观。”③ 任何一个民族也都不是单纯的具象或纯粹的抽象，只是以某方面为主或为其主要特色罢了。欧洲人喜抽象，但也有人多用具象，尽管已成为嘲讽的对象。钱钟书说：“西洋柏格森说理最喜取象设譬，罗素尝嘲讽之，谓其书中道及生命时，比喻纷繁，古今诗人，无堪伦偶。而柏格森自言，喻夥象殊，则妙悟胜义不至为一喻

---

① ［法］列维-布留尔著，丁由译：《原始思维》，商务印书馆 1981 年版，第 414 页。

② ［法］列维-斯特劳斯著，李幼蒸译：《野性的思维》，商务印书馆 1987 年版，第 5 页。

③ ［法］列维-斯特劳斯著，李幼蒸译：《野性的思维》，商务印书馆 1987 年版，第 20～21 页。

一象之所专攘而僭夺。"① 中国文论以具象为其特色，也出现在像刘勰《文心雕龙》、叶燮《原诗》这样逻辑性很强的文论著作中。

引譬连类、具象比兴的言说方式，自有生动形象易于理解易于接受的优势。但其不足也是显而易见的。最初质疑比兴的作用的是钟嵘。《诗品序》中说："若专用比兴，则患在意深；意深则词踬。"同时刘勰论兴，也说是"明而未融，故发注而后见"（《文心雕龙·比兴》）。具象思维因其主要手法即比兴，所以也有类似缺点。毕竟文思是文思，具物是具物，两者类似但并不相等。刘勰说"形器易征"、"文情难鉴"（《文心雕龙·知音》），更何况具物有多种意义指向，不同的接受者，因其体味的深浅不同，理解的角度不同而会有不同的理解。同是庐山，"横看成岭侧成峰，远近高低各不同"，这也是诗性文论的应有之义。

二、兴象玲珑，风神超迈

明代许学夷《诗源辩体》卷十六评唐代孟浩然诗"兴象玲珑，风神超迈"，以"兴象"论诗是诗论家的一大喜好。"兴象"之"象"主要由"兴"决定。"兴象"作为一个理论范畴，还是唐代才有的事，而"兴"这一概念产生就久远得多。前面谈"比兴"时已说过，"兴"与图腾牺牲、巫觋歌舞有关，有沟通人神之意，有浓厚的原始意味和诗性特征。汉代郑众、齐梁刘勰、唐代孔颖达、宋代李仲蒙、罗大经、朱熹、清代陈奂对"兴"都有解释，大概不离"触物起情"之意。也即"兴"是由外物感发而引起强烈的主观反映，这使得它实际上具有心物交融、主客合一的理论特质。刘勰《文心雕龙·物色》说："情往似赠，兴来如答。"署名贾岛的《二南密旨》说："外感于物，内动于情，情不可遏，故曰兴。"都道出"兴"之主客交融的特点。

"兴象"在唐代成为一个理论范畴。殷璠在《河岳英灵集序》中说："挈瓶庸受之流……攻异端，妄穿凿，理则不足，言常有余，都无兴象，但贵轻艳。"在批评作家作品时，殷璠常用"兴

① 钱钟书：《管锥篇》，中华书局1979年版，第1册，第14页。

象”一词：如评陶翰“既多兴象，复备风骨”；评孟浩然“至如众山遥对酒，孤屿共题诗，无论兴象，兼复故实”。殷璠所谓兴象，大抵指自然景物和诗人由此而引起的感受。以兴象见长的诗人，大抵擅长描写山水田园等自然景物，如常建、孟浩然等均是。殷璠之后，兴象成为历代文人每每论及的重要范畴。如明代胡应麟《诗薮》云：“作诗大要不过二端，体格声调，兴象风神而已。”“兴象风神”已成为一项重要的作诗原则。

古人论“兴象”之特征大致有三：其一，兴象自然。关于兴象浑沦、自然天工，宋人杨万里在《答建康府大军库监除达书》中所说的一段话很有意义：“我初无意于作是诗，而是物、是事适然触乎我，我之意亦适然感乎是物、是事。触先焉，感随焉，而是诗出焉，我何与焉，天也！斯之谓兴。”“适然”而兴的结果是自然凑泊，了无牵挂。古代诗论认为“象”是情起之时的自然呈现，或是情与景、意与象偶然触发时的“相生相融，化成一片”（朱庭珍《筱园诗话》卷一），或是“其造语天然浑成，兴象不可思议执著”（方东树《昭味詹言》卷五），或谓“兴象玲珑，句意深婉，无工可见，无迹可寻”（胡应麟《诗薮·内编》卷六）。

其二，兴象深隐。兴象之象有别于比象之象，主要是“兴象”所寄之情意深而隐，朦胧含混，恍恍惚惚，常在似是而非、似非而是之间。兴象玲珑之境是情不知所起，一往情深之境；是不知何者为我，何者为物，不知庄子是蝴蝶还是蝴蝶是庄子的混沌之境；是情不知所向，不知是因情及景，还是因景生情的迷茫之境。刘勰《文心雕龙·比兴篇》云：“比显而兴隐。”纪昀说：“在心为志，发言为诗，古之风人特自寓其悲愉，旁抒其美刺而已，心灵百变，物色万端，逢所感触，遂生寄托，寄托既远，兴象弥深，于是缘情之什，渐化为文章。”（纪昀《鹤街诗稿序》，《纪文达公文集》卷九）朱庭珍《筱园诗话》中把兴象玲珑、寄托深远作为创作追求的目标：“盖兴象玲珑，意趣活泼，寄托深远，风韵泠然，故能高踞题颠，不落蹊径，超超玄著，耿耿元精，独探真际于个中，流清音于弦外，空诸所有，妙合天籁。”

其三，兴象微妙。兴象既然寄托遥深，自然高妙精微，可意会不可言传，如镜中之花、水中之月。翁方纲注重诗的“兴象互相感受”（翁方纲《石洲诗话》卷十六）。方东树则追求诗歌“兴象超远，浑然元气”（方东树《昭昧詹言》卷十六）。继唐皎然“兴取象下之意”说，不少人提出“兴在象外”的命题。不同的是，他们提出这一命题的角度不一样。大致有三个角度：一是从隐与秀的角度。冯班说：“诗有活句，隐秀之词也。直叙事理，或有词无意，死句也。隐者，兴在象外，言尽而意不尽也；秀者，章中迫出之词，意象生动者也。”（《严氏纡谬》，《钝吟杂录》卷五）冯班从隐与秀的角度来说“兴在象外”。以隐秀论文，始于刘勰。《文心雕龙·隐秀》说：“隐也者，文外之重旨者也。秀也者，篇中之独拔者也。”其中“隐”已有寄托之意。黄侃《文心雕龙札记》正是从这个角度来谈隐秀：“然隐秀之原，存乎神思。意有所寄，言所不追，理具文中，神余象表，由隐生焉；意有所重，明以单辞，超越常音，独标茗颖，则秀生焉。”颇有胜义。清人章学诚说：“《易》之象也，诗之兴也，变化而不可穷物矣。”在这里，象和兴都有变化而不可穷物之妙，也即都有“隐”的特点。所以朱自清在《诗言志辨》中说：“言外之义，我们可以叫做兴象。”二是从诗味的角度。方东树《昭昧詹言》卷十八有“诗重比兴，比但以物相比，兴则因物感触，言在此而义寄于彼……解此则言外有余味而不尽于句中。又有兴而兼比者，亦终取兴不取比也。若夫兴在象外，则虽比而亦兴。然则，兴最诗之要用也。”方东树认为兴象“言在此而义寄于彼”，“言外有余味而不尽于句中”，所以“兴最诗之要用”。这是说“兴在象外”有诗味。三是从情与景的角度。清代学者朱庭珍说：“夫律诗千态百变，诚不外情景虚实二端。然在大作乎，则一以贯之，无情景虚实可执也。写景，或情在景中，或情在景外。写情，或情中有景，或景从情生。断未有无情之景，无景之情也。又或不必言情而情更深，不必写景而景毕现，相生相融，化成一片。情即是景，景即是情，如镜花水月，空明掩映，活泼玲珑，其兴象精微之妙，在人神契，何可执形迹分乎？”（朱庭珍《筱园诗话》卷一，《清诗话续编》本）无论是情在景中还是景在情中，只要情景相生、相融，则兴象精微之妙自不待言。

三、意象欲出，造化已奇

司空图在《二十四诗品·缜密》中提出：“是有真迹，如不可知；意象欲出，造化已奇。”意即艺术构思活动中一旦形成“意象”，那时令诗人诗兴大发的自然景致顿时变得奇妙无比，而此中奥妙在于：“意象”中的“造化”融合了人情味，自然真正人化了。许多学者认为，意象是一个舶来品，是20世纪初到20年代意象主义（imagism）运动在西方兴起后的产物。国内学者谈到“意象”往往就离不开“image”，认为是从西方输进来的。敏泽先生认为这是一个历史的误会，“关于‘意象’的理论，在我国的美学史上有着源远流长的历史；对于意象，我国的美学和文学理论批评史上有过很多的、以至精辟的论述。”①敏泽先生认为中国的意象论有两个历史的源头：《周易》和《庄子》。说中国的意象论是自己的土著产品，这个观点很有见地。但推其源头只到《周易》和《庄子》止，却有待商榷。我们前面说过，取象思维（其中包括意象思维）是原始思维的重要特征。所以进入“文明时代”的《周易》和《庄子》从理论上来说也只是意象论的流而不是源。当然，在存世文献中，《周易》和《庄子》是较早的。《周易·系辞上》有一段话：“子曰：‘书不尽言，言不尽意。’然则圣人之意，其不可见乎？子曰：‘圣人立象以尽意，设卦以尽情伪，系辞焉以尽其言。’”这段话说，言、意不能表达的，可由“象”来表达。《系辞下》就言（辞）与象的关系说：“其称名也小，其取类也大。其旨远，其辞文，其言曲而中，其事肆而隐。”也即说，《易》象有以小见大、以近见远、乘一总万的特点，很自然就具有象征性的特色。意象论的另一个源头是《庄子·外物》：“筌者所以在鱼，得鱼而忘筌；蹄者所以在兔，得兔而忘蹄；言者所以在意，得意而忘言。”《庄子》认为“言”是手段，“意”是目的。其舍“言”求“意”对后世艺术求含蓄、求韵味的思想产生很大影响。

---

① 敏泽：《中国古典意象论》，载罗宗强编《20世纪中国学术文存·古代文学理论研究》，湖北教育出版社2002年版，第594页。

诗歌创作中自觉地运用象征性意象是从屈原开始的，《橘颂》是典型的一例。《古诗十九首》充满象征之趣，离别、思念、功名、富贵、生之欢乐、死之悲哀等人生观念，都在种种对应物如"浮云蔽白日"、"郁郁园中柳"、"青青陵上柏"、"秋蝉鸣树间"、"冉冉孤生竹"、"白杨何萧萧"等空间和时间的意象中表现出来。胡应麟《诗薮》中说："古诗之妙，专求意象。"近年来学界关于意象的讨论较多，有的学者把物象和意象相混用，这是不当的。意象是由不同的意和象结合而成，意象形成的关键是人的意识的作用。自然物象作为意象的功能是进入一个诗歌语境，也即处于一种陈述状态中才实现的。如"明月"是古典诗词用得较多的意象，月亮本身只是物象，只有在各种情境中被观照、被表现的月亮才是意象。裴斐说得好："客观存在的月亮只有一个，诗中出现的月亮千变万化。物象有限，意象无穷。"① 又如杜甫《绝句》："两个黄鹂鸣翠柳，一行白鹭上青天。窗含西岭千秋雪，门泊东吴万里船。"照流行的用法，将名物指称为意象，前两句就包含了黄鹂、翠柳、白鹭、青天四个意象。实际上是"两个黄鹂鸣翠柳"这个完整的画面才是一个意象，而作者的感觉和意趣也融入了其间。同理，"一行白鹭"也只是在数量限定的名词，付之"上青天"的动作，才构成一个意象。马致远小令《秋思》，"枯藤"、"老树"、"昏鸦"虽都有修饰关系，也只能和"小桥流水人家，古道西风瘦马"一样看作一个意象，而不是三组九个意象。

"意象"一词，第一次见于王充的《论衡·乱龙》，但不是一个文论概念。刘勰《文心雕龙·神思》有"然后使玄解之宰，寻声律而定墨；独照之匠，窥意象而运斤"。按刘勰使用的是骈偶句法，以"意象"对"声律"，与我国文论史后期所说的"意象"或西方所谓的"image"含义并不相同，比之要广泛得多。但从《文心雕龙》的一些论述中我们可以推断，刘勰已有"意象"理论方面的思想。如《文心雕龙·物色篇》中说："物色虽繁，而析辞尚

① 裴斐：《意象思维刍议》，《诗缘情辨》，四川文艺出版社1986年版，第109页。

简；使味飘飘而轻举，情晔晔而更新。”《神思》中还说“神与物游”。这些都有主观精神与客观交融的理论思想。

唐朝开元年间，书法理论家张怀瓘在论书法艺术时直接运用了“意象”一词：“仆今所制，不师古法。探文墨之妙有，索万物之元精。以筋骨立形，以神情润色。虽迹在尘壤而志出云霄。灵变无常，务于飞动……探彼意象，如此规模。”① 中国的书法艺术，从其本质就是意象的艺术。作为书法艺术家，可以对那些原型物象倾注主观感情，使之有个人主观情意的渗透。

大约与张怀瓘同时，王昌龄在《诗格》中也引进了“意象”一词：“诗有三格：一曰生思。久用精思，未契意象，力疲智竭，放安神思，心偶照境，率然而生。二曰感思。寻味前言，吟讽古制，感而生思。三曰取思。搜求于象，心入于境，神会于物，因心而得。”“取思”承“生思”而来，诗人将主观精神投入自己的审美对象之中，所谓“神会于物，因心而得”，恰如黑格尔所说的，诗凭自己的“精神活动的主体性”，去对事物作“内心的观照”②。

到了明代以后，茶陵派的首领李东阳，前后七子中的王廷相、何景明、王世贞、李攀龙、谢榛、胡应麟以至清代的钱谦益、沈德潜、李重华、薛雪、朱承爵、方东树等，都曾以意象论诗。下面择其有代表性的几家谈一谈。

明前七子之一的王廷相在《与郭价夫学士论诗书》中有这样一段话：

> 夫诗贵意象透莹，不喜事实黏著，古谓水中之月，镜中之影，可以目睹，难以实求是也。《三百篇》比兴杂出，意在辞表，《离骚》引喻借论，不露本情……斯皆包韫本根，标显色相，鸿材之妙拟，哲匠之冥造也。若夫子美《北征》之篇，

---

① 北京大学哲学系美学教研室编《中国美学史资料选编》，中华书局1980年版，上卷，第256页。

② ［德］黑格尔著，朱光潜译：《美学》，商务印书馆1981年版，第3卷下册，第187页。

> 昌黎《南山》之作，玉川《月蚀》之词，微之《阳城》之什，漫铺繁叙，填事变实，言多趁帖，情出辐辏，此则诗人之变体，骚坛之旁轨也。……嗟呼，言征实则寡余味，情直致而难动物也。故示以意象，使人思而咀之，感而契之，邈哉深矣，此诗之大致也。(《王氏家藏书》卷二十八)

这里关于意象的看法，很明显是吸收了严羽《沧浪诗话》中的镜花水月的观点。严羽说诗的妙处在于一种难于捉摸，不能究实的性质。之后，“镜花水月”成为诗论史上一个常见的象喻。王廷相对严羽的观点作了进一步发挥。他首先强调诗的意象不宜过于质实和直露，不宜“言征实”和“情直致”，反对诗歌缺少比兴，强调诗的意象要蕴藉含蓄，旨远寄深，耐人寻味，也即要富于暗示性和象征性。这种观点无疑是正确的。当然，不能把这个标准当作好诗的唯一标准，否则会走向评价误区。如王廷相认为《北征》这样的诗史名篇都非正体，而是诗坛的“变体”和“旁轨”，则是有失偏颇的。王廷相关于意象的另一个重要观点是，诗歌意象要有现实物质基础，认为它来自现实生活：“凡是形象之属，生动之物，靡不综摄为我材品”；同时又认为它也可以虚构：“摆脱形模，凌虚结构。”(《王氏家藏书》卷二十八)

与王廷相持类似观点的是李东阳，他通过对温庭筠《早行》中的名句“鸡声茅店月，人迹板桥霜”的分析说：

> 不但知其能道羁愁野况于言意之表，不知二句中不用一二闲字，止提掇出紧关物色字样，而音韵铿锵，意象具足，始为难得。若强排硬叠，不论其字面的清浊，音韵之谐舛，而云我能写景用事，岂可哉！

“鸡声茅店月，人迹板桥霜”是温庭筠《早行》诗的颔联。全联全用代表典型景物的名词组合而成，“状难写之景，如在目前”。而且突出了“早行”的特点，“见道路辛苦，羁旅愁思”(欧阳修《六一诗话》)。我们前面谈及物象与意象的区别。这两句诗中“鸡声”、“茅店”、“月”、“人迹”、“板桥”、“霜”都只是名词提示的简单的物象，根本没有意义，只有几个视觉表象融合而成的复合体才具有意象的性质。

“意”与“象”的关系是这一时期关于意象讨论较多的话题。意象虽是一个完整的概念，但从它诞生那天起，就有客观的“象”和主观的“意”两方面的内容。何景明说：“意象应曰合，意象乖曰离，是故乾坤之卦，体天地之撰，意象尽矣。”谢榛在《四溟诗话》卷一中也从意与象的关系方面对产生于晚唐五代的《金缄诗歌》提出意见，不赞成它的“内意”、“外意”之分：

> 《金缄诗歌》曰：“内意欲尽其理，外意欲尽其象。内外涵蓄，方入诗格。若子美‘旌旗日暖龙蛇动，宫殿风微燕雀高’是也。”此固上乘之论，殆非盛唐之法。且如贾至、王维、岑参诸联，皆非内意，谓之不入诗格，可乎？

谢榛不赞成“内意”、“外意”之分，跟我们区分物象和意象的观点是相符的。总之，意象的问题在这时已被普遍地重视和注意。

除意象论外，中国古代还有不少以意境论诗论文。所谓“意境”，叶朗先生认为“就是超越具体的、有限的物象、事件、场景，进入无限的时间和空间，从而对整个人生、历史、宇宙获得一种哲理性的感受和领悟”①。叶朗先生还指出，“意境”是“意象”中最富有形而上意味的一种类型。可见，“意境”说也是一种有意味的象征理论，不过它已超越了形而下的具体物象了。

总之，无论是兴象，还是意象，都讲究主观之情意与客观之物象的相契相融，这跟传统的天人合一思想，跟原始诗性思维主客不分的观念是一脉相承的。兴象说、意象说构成中国古代以具象思维为基础的有民族特色的象征理论。

---

① 叶朗：《说意境》，《再说意境》，载罗宗强编《古代文学理论研究》，湖北教育出版社2002年版，第556页。

第六章

诗体若人之有身

如本书第五章所述，象征，是古代文论的主要思维方式。草木之发生、山水之情态，日常生活中的居室、丝竹、饮食，以及世运之盛衰都可成为论说文学规律的对照之物。在这些对照物之中，最常见的莫过于“人”自身。可以说从骨肉肌肤，到神韵品格，到生老病死，人的身体结构、精神气质和发展变化都进入了文论的隐喻体系，弥漫并贯穿于整个古代文论的开始和终结。“诗体若人之有身”① ——“人格化”，是中国古代文论非常显著的一个特征，也是诗性传统的具体体现，具有特定的思维和文化背景，与西方文论中出现的“人喻”相比，具有明显的民族特色。“人格化”批评保持了艺术诞生之初的“诗性”，使文学与“人”全面地融合，成为张扬着活力和灵性的生命之舞。

第一节　性灵所钟，天地之心

探寻文论“人格化”的文化和思维根源，绝不能忽视“人”

① 贾岛:《二南密旨》。

在中国艺术世界中的特殊地位，刘勰《文心雕龙·原道》曰："惟人参之，性灵所钟，是谓三才。为五行之秀，实天地之心。"人是天地的"心"，也是审美的中心。轴心时代"人"的地位的确立，以及传统相术及人物品藻"人物审美"的文化背景，使"人格化"批评得以在文论中全方位地弥漫和覆盖。由此，"以己度物"的诗性隐喻——这一原始人的思维方式，保留并融入了中国古代文学批评的灵魂之中。

一、天地间，人为贵

彦和《序志》释《文心雕龙》之题云："夫'文心'者，言为文之用心也。昔涓子《琴心》，王孙《巧心》，心哉美矣，故用之焉。"在古人眼中，心是思维的器官，乃人之太极、五脏之圣。《礼记·礼运》说："故人者，天地之心也，五行之端也。"人有心，文有心，天地亦有心。人居天地之中，心居人中，人就是"天地之心"，由此可见，对于中国传统哲学来说，宇宙万物中最宝贵的存在就是"人"。

人为贵的思想的确立，相对应的是天命观的消除，这其中的转换是一个相当漫长的过程，东汉初年班固在其《幽通赋》中还重复着"神先心以定命"的老调，一百年后，"性不信天命之事"①的曹操则于《度关山》中唱出了"天地间，人为贵。立君牧民，为之轨则"这样一曲君治取代神治、人力战胜天命的凯歌。曹操的这个时代，与重视"人"的"人文主义"②思想的出现，尚相隔千年。

时间定格在公元前的轴心时代——商周时期，人格神的改造之后。

虽然早在先古时代，天神就以人的姿态出现，但是，他们却不真正具备"人"的品性。夏商之时，人们信奉着以"上帝"为名

① 曹操：《述志令》。

② 当然，这种"人文主义"具有不同于欧洲文艺复兴以来的人文主义或人本主义的性质和特点。

的至上神。至上神被认为可以主宰自然界与人类社会的万事万物。然而上帝对人类所降下的赏或罚与人类的行为毫无关系。人与上帝相联系的唯一媒介是占卜——巫师根据龟甲或兽骨经烧灼后所出现的裂纹的多少及走向来推测上帝的旨意，在今人眼中，这位上帝更像一位不通人情、一意孤行的暴君。

经过周初宗教改良之后的人格神，开始具有一丝人的味道。《诗经·周颂·敬之》对这位天神的形象讲得非常具体，

敬之！敬之！
天维显思！
命不易哉！
无曰高高在上，
陟降厥士，
日监在兹。

至上神被认为在时刻监视着人间的行为，直接干预着社会政治乃至人们的日常生活。西周的天帝虽然与商代的上帝一样，都是活龙活现的人格化至上神，但他的形象不再是令人畏惧惊惧的暴君，而变成了一位公正的君王，是德行的保护者和邪恶的惩罚者。按《尚书·诏书·周诏》所载，夏商的统治者由于不能敬德，不能顺从天意，激怒了上天，所以上天结束了对于两代的任命。而周人之所以能统一中原，是因为行善敬德而得到了上天的奖赏。由于统治者的行为敬神与否会决定国家的兴衰存亡，所以归根结底，国家兴亡的最终原因在于人本身。这样，在浓郁的宗教气氛中透露出几丝“人的发现”的曙光。从徒有人形、性格莫测的天神，转向了具有人性的天神。这一形象的变化，标志着华夏文明由蒙昧向理智的长足进步。虽然周初的宗教意识很快成为崛起的哲学意识的批判对象，但其中重视“人”的观念等积极因素却得到了后代思想家的发扬光大。

孔子首创了人本主义的哲学体系，否定了传统的天命神学，把人从天帝、鬼神的统治中解放出来，肯定人“惟万物之灵”、“天

地之性人为贵”的价值判断，把人作为关心和研究的对象。《礼记·礼运》篇说：“故人者，天地之德，阴阳之交，鬼神之会，五行之秀气也。”“天地高远在上，临下四方，人居其中央，动静应天地。天地有人，如人腹内有心，动静应人也。”① 所以人是“天地之心”，成为传统的世界建构中体验的中心；同时，人又是最得五行之妙气的精灵：“万物悉由五行而生，而人最得其妙气。明仁义礼智信，为五行之首也”②，故人为“五行之端”。人之一身，既是天地感应系统的中枢，又集中了宇宙间最精粹的情感和品德，故“天地之性，人为贵”③。“人为贵”的人本思想，否定了殷商以来的神本思想，这是中华民族也是人类认识史上的很大的飞跃。

如西方学者称“轴心时代”的开启为“哲学的突破”，余英时先生在《士与中国文化》中叙述美国当代社会学家帕森思的观点说：

> 在公元前一千年之内，希腊、以色列、印度和中国四大古代文明，都曾先后各不相谋而方式各异地经历了‘哲学的突破’的阶段。所谓“哲学的突破”即对构成人类处境之宇宙的本质发生了一种理性的认识，而这种认识所达到的层次之高，则是从来都未曾有的。与这种认识随而俱来的是对人类处境的本身及其基本意义有了新的解释。

正是在这样一段时间内，人们对于自身的认识，有了突破性的飞跃。儒家“人为贵”的理性精神，得到了后世的一再阐发，并融入了文化传统的基本建构。如《淮南子·精神训》：

> 于是乃别为阴阳，离为八投。刚柔相成，万物乃形。烦气为虫，精气为人。

---

① 郑玄：《礼记注疏》卷二十三。
② 孔颖达：《礼记注疏》卷二十二。
③ 《孝经》。

《春秋繁露·人副天数》：

天地之精〔精气）所以生万物者，莫贵于人。

《论衡·物势》：

天地合气，人偶自生也。

《太极图说》：

二气交感，化生万物。万物生生而变化无穷焉，惟人也得其秀而最灵。形既生矣，神发知矣，五性感动，而善恶分万事出矣。

哲学家们视人为天地精华、五行之秀，因而，人与自然之间有了感应关联。“万物有灵”、“以己度物”的人物互渗，原本存在于早期人类的诗性思维之中，先秦的哲学理论在承续早期诗性传统的同时，使其脱离了原始性而纳入哲学体系，并用自然万物、社会现象来讲述哲学思想。孔子就常采用这样的方式与学生交流。如《荀子·尧问》所载：

子贡问于孔子曰：“赐为人下而未知也。”孔子曰：“为人下者乎？其犹土也，深抇（掘）之而得甘泉焉，树之而五谷蕃焉，草木殖焉，禽兽育焉，生则立焉，死则入焉，多其功而不德。为人下者其犹土也。”

人的品德与自然物“土”形成对应，德行被注入了对象之中，作为“人”最本质的社会性进入了互渗系统，善的抽象的东西与自然事物相通，这是非理性的原始思维与以道德伦理为核心的理性思维共同作用的结果，显示着人们对于自身的认识，进入到道德本体的存在。

《庄子·天下》称周“以天为宗，以德为本”，周代的伦理思想延伸于敬天的宗教意识，而儒家则视“德”为人和禽兽的根本区别，把人上升为道德本体。孟子说：“饱食、暖衣、逸居而无教，则近于禽兽。”① 古代传说燧人氏钻木取火，有巢氏构木为巢，神农教人耕稼，黄帝教人纺织，解决了吃饭、穿衣、住房等物质生活的问题。但那时还没有教化，孟子认为，这就还没有真正摆脱禽兽的境界。所以“圣人有忧之，使契为司徒，教以人伦：父子有亲，君臣有义，夫妇有别，长幼有叙，朋友有信”②。有了人伦教化，才摆脱禽兽境界，进入人的境界，也就是人类文明时代。《荀子·王制》曰：“水火有气而无生，草木有生而无知，禽兽有知而无义，人有气、有生、有知亦且有义，故最为天下贵也。”《荀子·劝学》曰：“义则不可须臾舍也。为之，人也；舍之，禽兽也。”他们从不同的角度说了同一个思想——即肯定人与禽兽不同，高于禽兽，“最为天下贵”。而人之所以高于禽兽，在于人伦关系，在于种种道德规范。故孔颖达疏“五行之端”为“仁义礼智信”。可以说，只有认识到人兽之别，才能真正认识到“天地之性人为贵”。比德③，正是在这样的认识基础上形成的哲学和美学传统。

比德，将人格化的对象，由神性转向了自然和社会；人格化的内容，由人形转向到人与禽相区别开来的“德”。换一个角度讲，从前轴心时代神形的人化，到轴心时代早期，神性的人格化，再到轴心时代后期（周秦诸子）以社会、自然为对象的“比德”传统，在人的自我发现过程中，始终承续着史前诗性智慧。随着宗教神雾的驱散，“人”的本来面目逐渐清晰。人的双眼从仰望上天，回到了对自身存在的观照，“人”才有可能进入人类审美的视野，并以人的美来规准万物之美，由此，以人格品人，人格品“物”，作为中华美学思想流程中的遗传基因保留下来，成为传统审美的基本方式。

---

① 《孟子·滕文公上》。

② 《孟子·滕文公上》。

③ 关于“比德”，本书第一章第一节已有详述。

二、美不自美，因人而彰

人既是天地之精气或秀气所化生，那么，人便融天地之精气为一体，于是，人能感天动地，能象天地。《淮南子·精神训》：“是故精神，天之有也；而骨骸者，地之有也。”形神、五脏、生老病死，皆可与天数相副。“人”自然成为了中国传统“象”性思维的中心，并由此推及到美学观念。宋人李廌有云：

> 凡文之不可无者有四：一曰体，二曰志，三曰气，四曰韵。……文章之无体，譬之无耳目口鼻，不能成人。文章之无志，譬之虽有耳目口鼻，而不知视听臭味之所能，若土木偶人，形质皆具而无所用之。文章之无气，虽知视听臭味，而血气不充于内，手足不卫于外，若奄奄病人，支离颠顿，生意消削。文章之无韵，譬之壮夫，其躯干枵然，骨强气盛，而神色昏懵，言动凡浊，则庸俗鄙人而已。有体有志有气有韵，夫是谓之成全。①

这段批评文字，借人物审美的语言来构建文论范畴，可谓毛发肌肤骨肉神韵皆备，非常典型。在中国艺术审美传统中，鲜明的“人化审美”的倾向不仅仅存在于文论，在书论、画论中，“人格化”同样的强烈，甚至在自然审美之中，我们也可以处处发现“人格化”的印迹。袁中道《游黄山记》评天都峰：

> 亭立天表，健骨崚嶒，其格异；轻岚澹墨，被服云烟，其色异；玉温璧润，可拊可飧，其肤异；咫尺之间，波折万端，其态异；无爪无泥，而生短松，如翠羽，其饰异。

又于《游太和记》中评太和山“一美丈夫也”，趾、腹、颅、躯干、左右臂，“全体具焉”。

---

① 李廌：《济南集》卷八《答赵士舞德茂宣义论宏词书》。

“人格化”批评，渗透和覆盖于中国传统审美的各个领域，并形成一系列的范畴，与传统文化中“人物审美”有着千丝万缕的关系。李泽厚、刘纲纪在《中国美学史》中指出，中国古代美学观念中，人物美、自然美和艺术美三者之间有着根本相通、一致的地方。同时，从整个中国古代美学的发展来看，三者之中，人物的美又是最根本、最重要的。

中国传统的人物审美观，肇始于先秦两汉及魏晋南北朝时期流行的相术和人物品藻。人物审美向艺术审美的渗透、过渡、转化，也始于这一时期。古代相术是一种由人的形貌神态来预测人的命运的方术。春秋战国之时，相术是热门学问。据载，当时著名相者有姑布卿和唐举。《荀子·非相》云：“相人之形状颜色而知其吉凶、妖祥，世俗称之”；《左传·文公元年》有叔服相公孙敖两子的记载。虽然一些人明确地反对相术，如荀子《非相》篇，然在当时并不为人所重。司马迁的《史记·淮阴侯列传》中记蒯通的话说：“仆尝受相人之术，贵贱在于骨法，忧喜在于容色”，可见“相人之术”在汉代仍然流行。不仅有“相工”、“卜相工”，甚至以相术来决断大事。史书中也多有相术应验的记载，由此可见当时相人之术的兴盛。

汉之后，虽然相术日渐沉寂，但始终未被国人绝弃，甚至今天仍然在民间有相当的市场。相术以对象——主要是人——的外表来断定其实质，预测其将来，将对象的贵贱、贫富、祸福、寿夭等以其筋、骨、皮、肉作为推断依据。现在看来，古代的相法是一种神学宿命论，但其中也包含有某些合理的东西，即看到了人物的内在精神和外在形体之间所存在的某种联系。

古时医卜不分，《月波洞中记·序》：“医卜者，皆术也。医而不验非所谓良医也，卜而不应非所谓善卜也。”传统医学认为，人体存在着内在与外在的和谐，除五脏——心、肝、肾、脾、肺之外，各部分主要由筋脉、皮、毛、骨、肉五物构成，五脏及五物与阴阳五行一一对应，故生命生生不息。无论是健康、凶吉，还是人之禀气、结胎、修短、贵贱皆定于此。对于人体各部位，相法有一定的标准。如王符《潜夫论·相列》说“人之相法，或在面部，或在手足，或在行步，或在声响。面部欲溥平润泽，手足欲深细明直，行步欲安稳覆载，音声欲温和中宫。头面手足，身形骨节，皆欲相称副，此其略要也。”而人的表象繁多掺杂，其中以供预测的最主要的证据是“骨法”和“神气”。如《月波洞中记·卷上》所言：“要其大旨，在于骨法神气，但先相其骨法，观其神气，则贵贱自明矣。”

相术的种种观点，灌注到审美传统之中，产生了深广的影响。人们在进行艺术品评时，习惯将相术术语和观念引入其中。相术重“骨法”和“神气”，艺术批评同样如此。画论如汤垕《画鉴》：“看画如看美人，其风神骨相有肌体之外者。”诗歌评论如沈德潜《说诗晬语》评徐祯卿“大不及李，高不及何，而倩朗清润，骨相嵚嵜，自能尊吴体”。再如，相术理论还重骨轻肉，骨肉相辅为上，骨轻肉滞为下。在传统书论，“骨君肉臣”成为判别高下的标准，如项穆《书法雅言》称字须肥瘦相称：“犹人之论者，瘦而露骨，肥而露肉，不以为佳。”在相术传统之上，艺术审美的“人化”隐喻找到了可以直接套用的逻辑和范畴。

另一方面，承继了相术思维的汉魏以来的人物品藻进一步将“人”纳入审美视野，促进了人物审美与艺术审美的融合。东汉王充在《论衡·骨相》对人的“骨相”和“命”与“性”的关系作了集中论述：“贵贱贫富，命也。操行清浊，性也。非徒命有骨法，性亦有骨法。”不仅把“贵贱贫富”与“骨法”相联，而且还进一步认为“操行清浊”，即人的道德行为的高洁或卑污也与“骨法”相联。这是对古代相法范围的扩大。可见在汉末魏初，相术摆脱了原初相术的局限，向重神理才性的人物品鉴转换，开始与政治现实相关。“清议”在当时是重要的政治行动，人物品藻也随之具有了广泛而重大的意义。士人的升迁经常取决于某些有影响的名士的评论品题，有名者入青云，无名者委沟壑。当时如郭泰、许劭、许靖等人，都是评论人物的权威。据《续后汉书》卷二十五载，曹操未得势之前，也得求取许劭的品题：“（桥）玄谓太祖曰：‘君未有名，可交许子将。’操乃造子将，而问之曰：‘我何如人?’子将鄙其为人不答，操乃劫之子将，曰：‘子治世之能臣，乱世之奸雄。'操大喜而去。"出身宦官家庭，很受当时名流轻视的曹操由是知名，在政治上的影响也随之扩大。

留存至今的刘劭《人物志》，系统地总结了汉末以来品评人物的经验和理论，提出了"九质九征"之说。"九征"，是"神"、"精"、"筋"、"骨"、"气"、"色"、"仪"、"容"、"言"。书中还强调了人的形质与"五行"的对应："若量其材，稽诸五物。五物之征，亦各著于厥体也。其在体也，木骨、金筋、火气、土肌、水血，五物之象也。"① 并由此推论出与人个性才智相关联的"五常"、"五德"。《人物志》直接用人的自然生理的特征来说明和规定人的精神品质，细致而系统地考察分析了人的内在的智能、德行、情感、个性在人的形体、气色、仪容、动作、言语上的种种表现，这为风行于魏晋南北朝的人物品藻做了充分的理论准备。

如果说两汉相术的目的在于推察人的命禄，汉末魏初人物品评的目的基于政治上的循名责实，那么魏晋的人物品藻风尚，更接近于对于"人"的审美观照和欣赏，如"飘如游云，矫若惊龙"，"玉山上行，光映照人"，"濯濯若春月柳"，"岩岩清峙，壁立千仞"② 等语，纯粹以艺术化的语言来赏鉴人物之美，而"骨体不恒"、"垒块有正骨"、"有筋而无骨"、"虽无骨干然亦肤立"等语则赋予相术术语前所未有的审美属性，由相人以骨法的具体生理性转向了人物审美的抽象精神性。在这种审美性的人物品藻中，已经包含了与一般美感和艺术相通一致的重要思想，并直接地影响到文艺和美学，并为文论的"人格化"提供了坚实的语言土壤和先期的理论准备。

首先，人物审美的途径——"品"，直接影响了艺术的审美途径。对人物品藻，具有审美的性质，要求以高度简练、形象、优美和意味深长的语言贴切而准确地说出某一人物的美，如"双眸闪闪若岩下电"、"若玉山之将崩"等语，给人留下极其深刻的印象，这使魏晋名士对美的细腻的感受能力和表达能力得到了很大的发

① 刘劭：《人物志·九征第一》。

② 刘义庆：《世说新语》。

展，这对自然美和艺术美的欣赏同样适用。中国古代的文艺批评，特别是魏晋及其以后的文艺批评，经常能够用非常精练的几句话一下子就抓住了不同艺术家及其作品的特征，使人感到体味不尽，并且“诗品”、“画品”、“书品”层出不穷。这同魏晋审美性人物品藻中的“目”或“品题”的方法的高度发展不能分开。①

其次，人物品藻明确地把对人物的观察区分为内在的不可见的精神方面与外在的可见的感性方面，这是和艺术审美相通一致的。因为任何美的事物——包括文学艺术——都确实包含着内在的精神方面与外在的感性方面。刘勰《文心雕龙·附会》称：

> 夫才量学文，宜正体制。必以情志为神明，事义为骨髓，辞采为肌肤，宫商为声气。

刘熙载《艺概·诗概》：

> 诗格，一为品格之格，如人之有智愚贤不肖也；一为格式之格，如人之有贫富贵贱也。诗品出于人品。人品悃款朴忠者最上，超然高举，诛茅力耕者次之，送往劳来，从俗富贵者无讥焉。

以上两段引文，代表了文论人格化的两个倾向，一是以人的血脉肢体来隐喻文学本身的有机整体性；一是以人的气质品格来隐喻文学的内涵和风格。由此也形成了以“骨”和“神”为代表的人格化范畴的两大系列。

关于内在和外在之间的辩证关系，人物品藻讲求由外以知内、由形以征神。而文论鉴文则要求“披文以入情”——从面目骨骼入手识情性神气。如杨维祯《赵氏诗录序》所云：“面未识，而谓得其骨骼，妄矣；骨骼未得，而谓得其情性，妄矣；情性未得，而

---

① 参见李泽厚、刘纲纪：《中国美学史》，中国社会科学出版社1987年版，第二卷上册，第95~96页。

谓得其神气，益妥矣。”

第三，人物品藻直接孕育了在魏晋及其后来发生了重要影响的一些美学概念，如“骨”、“筋”、“气”、“肌”等审美要素。当时人们还通过描述人物的风仪，赋予“神”、“韵”、“风”、“旷”、“爽”、“简”、“气”等字以丰富深邃的涵义，通过其间的互相配置，产生词约旨丰的审美内涵，形成了“形神”、“风骨”、“气韵”等艺术审美范畴，这些都是由“人物之美”而推及于艺术之美的，就是说构成人物之美的诸要素，同时也是构成艺术之美的诸要素。在魏晋南北朝时期，人物品藻的词汇已经开始被用来说明诗文书画的美的构成，东晋顾恺之的《论画》常用“骨”来品评古画；南齐谢赫标举绘画“六法”，其中就有“骨法用笔”；刘勰《文心雕龙》专门著有《风骨》篇……后世这样的例子更是俯拾皆是，举不胜举，在以下的章节中将具体论述。

另外，对于“人”的审美标准的确立，使人们普遍注意加强自身的修养，追求骨峻风清、简贵郁苍的风度仪态，希望以此来传达自己不同流俗的高雅情志。在心为志，发言为诗，诚于中而形于外。人们在艺术创作之时，也取与自己崇尚的生命存在相近的形式。譬如，叶燮《原诗》云：“诗而日作，须有我之神明在。”刘熙载《艺概·文概》云：“太史公之文，精神血气，无所不见。”体现了作家的生命精神，作品才能引起人对生命的观照和体验。文学艺术与生命之间的界限淡化消解，很自然地使其与“人”之间建立起隐喻关联。

相术和人物品藻文化，为中国古代文论的“人格化”隐喻批评提供了成熟的语义环境和论说氛围。就其本源来讲，文学观的独立与人的独立息息相关，唯有对人的生命的观照，才有真正文学意义的探求，在视人为性灵所钟、天地之心的时代，人不仅仅是万物存在的标准，而且人的美也成了万物之美的标准，以人物之美隐喻艺术之美，作为中国传统美学的一个重要特征保存下来。

三、万物皆备于我

《文心雕龙·神思》：

> 夫神思方运，万涂竞萌，规矩虚位，刻镂无形，登山则情满于山，观海则意溢于海，我才之多少，将与风云而并驱矣。

才华与天地风云并驱，情与意充溢于万物，人在文学创作中极大限度地扩张自身，纵游大化，变化不穷。人也从具体的有限的社会人，变化成神秘的、似乎具有无限超能量的存在，从而人与物互融，天机自动。这一神秘而似乎无法言说的经历，与原始社会早期艺术“击石拊石，百兽率舞”以协“神人”的怪谲，有许多相似之处。艺术思维源于原始思维，上文所述的人化审美的传统，如果从人类思维的角度追溯，可以找到“以己度物”、“万物有生”等“自我体验模式”的诗性思维在文明社会中存留的鲜明印迹。

“诗人们可以说就是人类的感官，而哲学家们就是人类的理智。”① 诗人——艺术家用感官来接近世界，在思考与创作时，总是赋予对象某种有形的意义，使我们透视到生命的含义，从而揭示那个不可言的世界。而这种有形，首先就是人自身。如西方现象学大师梅洛·庞蒂指出的，身体世界是艺术奥秘的谜底，因为身体既是能见的又是所见的。我的身体之眼注视着一切事物，它也能注视自己，并在它当时所见之中认出它所表现的另一面。所以，身体在看的时候能自视，在触摸的时候能自触，是自为的“见”与“感”。正是由于身体的这种自为的“见”和“感”，躯体得以领会自身，构成自身并把自身也改造为思想的形式。②

人对自己身体的倾慕可以追溯到极遥远的时代。“人是万物的尺度，合乎这个尺度就是存在的，不合乎这个尺度的就是不存在的。”③古希腊的普罗泰戈拉早在公元前 5 世纪就发现了“人”对于世界存在的重要意义。由人的躯体到万物之间互渗共通的过程是

---

① ［意］维柯著，朱光潜译：《新科学》，商务印书馆 1989 年版，第 172 页。

② ［法］梅洛·庞蒂：《眼睛与心灵》，转引自王岳川《目击道存——世纪之交的文化研究散论》，湖北教育出版社 2001 年版，第 14 页。

③ ［德］黑格尔著，贺麟等译：《哲学史讲演录》，商务印书馆 1960 年版，第 2 卷，第 27 页。

通过“以己度物”的诗性隐喻来实现的。在第一章第一节中，本书已论及了“以己度物”的诗性思维，如维柯所言，人类在学会用玄学——即形而上学的思维之前，统统是按照诗性的逻辑来思考世界的。借助隐喻，他们将熟悉的喻体——人——的特点投射到了本体之上，让一些物体成了具有和人一样的生命实质，使其也具有了感觉和情欲。

隐喻一词来自希腊语的 metaphora，其字源 meta 的意思是“超越”，而 pherein 的意思则是“传递”。它是指一套特殊的语言学程序，通过这种程序，一个对象的诸方面被“传送”或“转换”到另一个对象，其运作方式是“超越”语言的字面意义，“传送转换”到另一隐含的意义上去。正如亚里士多德在《诗歌》与《修辞学》中对隐喻作的基本定义：“隐喻就是为一事物借用属于另一事物的名称。”隐喻中的四个元素 ABCD，其联系的根基就在于 B 同 A 的关系与 D 同 C 的关系完全类似，那么可用 A—D 或 C—B 来借代这种内在的联系。如老年之于生命，正如黄昏之于白昼，因此可以称黄昏是“白昼的老年”，或者把老年比作“生命的黄昏”或“生命的落日”。① 关于隐喻，一般人的联想，也许只是语文课堂上的一种作文技巧，但实际上，对于人类——特别是早期人类——来说，隐喻并非修辞手段，而是一种认知行为，如同不可缺少的空气，包容着整个人类的思维空间。

早期人类，本性就是崇高的诗人，他们通过隐喻思维，认知世界，将自己变成一切事物，并构建出他们的生存——今人眼中的神话世界。如果忽视了“以己度物”的隐喻思维，那么对远古神话的误读就不可避免。

任何神话都是用想象和借助想象以征服自然力、支配自然力，把自然力加以形象化。② 这是关于神话功能的一个经典论述，人们

① 亚里士多德著，崔延强译：《论诗》，《亚里士多德全集》第九卷，苗力田主编，中国人民大学出版社 1990 年版，第 673～674 页。

② 马克思《〈政治经济学批判〉导言》，《马克思恩格斯全集》第 46 卷（上），人民出版社 1979 年版，第 48、49 页。

耳熟能详，但它似乎包含了某种片面性。它以现代人的理解将原始世界主客二分，而取消了原始人在述说神话时，“以己度物”的隐喻思维的作用。夸父逐日，一向被视为原始人对于自然之力的挑战，可是原始人为什么要虚构出巨人形象，去追赶太阳呢？没有人可以回答。而当代学者研究发现，这段故事绝不只是大胆的想象，而是中原民族先民原始测日活动的记录，记录者按照他们那个时代的思维方式非常自然地将测量日影的标杆“人格化”为巨人追日的形象，以此来记录他们对世界的认知，只是失落了诗性的当代人很难读懂它了。再比如神话中的“帝”，实即自然运动或自然规律的人格化——神话所谓“颛顼生老童，老童生祝融”，乃指冬季（颛顼为冬神）向春季（老童为春神）的转化以及春季向夏季（祝融为夏神）的转化。刑天舞干戚，以乳为目，以脐为口，则是农业仪礼中的舞蹈仪式，对“无头”——“晚耕误种、颗粒无收”的农业失误的警戒。①

由此可见，活动于神话世界中的众多奇异的“肉身”之象，并非是“有意为之”的文学创作或虚幻的想象，而是根基于对现实认识之上的“虚化”，是对现实生活的诗性隐喻。“由于人类心灵的不确定性，每逢在无知的场合，人就把他自己当做权衡一切事物的标准。”② 原始人是不是因为无知才以己度物，我们无可得知，但通过解读古代神话，可以看到“以己度物”的诗性隐喻，是人类构建自己生存状态的重要思维方式。

随着人类社会的发展，诗性的隐喻思维不再只是“无意中为之”的神话述说方式，而泛化为一切艺术的内在要素。可以说，诗性隐喻是艺术创造的灵魂，特别是诗歌的基本语言。隐喻，可以使语言活泼、超凡，为明晰的语言增添魅力和个性，而人们在以己度物的同时，把自己的情感投射到对象之上，使万物也生动起来。英国浪漫主义理论家柯勒律治则将隐喻设想为想象的活动——完全

---

① 本段参考尹荣芳对原始神话的相关研究，参见《神话求原》，上海古籍出版社2003年版。

② ［意］维柯著，朱光潜译：《新科学》，商务印书馆1989年版，第98页。

诉诸想象的能力，将隐喻的各种不同因素融会、凝聚，来创造一种诗性世界。在这个诗的世界里，本无感觉的事物被赋予感觉和情欲，我们的存在生动起来，充满了梦境一般的丰富多彩、变幻不定，无所顾忌、令人迷醉和永远新鲜。

尼采说："没有隐喻，就没有真正的表达和真正的认识。"① 然而在今天，诗性远离了人类的基本生存。尼采不无讽刺地指出，摆脱了诗性隐喻思维的西方世界，"人们利用概念把印象掳获，再将之杀死、剥制、干化并保存起来。由此建造起来的宏伟的概念大厦，高居于原初活跃的印象世界之上，有如秩序井然的骨灰陈列室，散发着逻辑的冰冷之气，显示着数学的力量和冷漠"②。尼采呼唤着要去打碎概念的骨灰间束缚，回到生命，回到神话和隐喻的世界，也就是直觉与艺术的世界中去，从而复苏被形而上思维所冰冻的诗性，重新获得那种主客体浑融不分的世界。

在尼采鼓动"冲动造反逻各斯"，揭示西方世界的精神生存危机之时，中国人却已在诗性的浑融世界中纵游了几千年。徐复观在《中国艺术精神》中指出："能游的人，实即艺术精神呈现了出来的人，亦即艺术化了的人。""游"，在中国人的传统世界里，是最自由的状态，物我两忘，逍遥天地间，如《庄子·山木》所言："一上一下，以和为量，浮游乎万物之祖。"中国传统的审美方式，正是这种纵游大化的"神与物游"。黄宗羲《黄孚先诗序》中有云：

> 古之人，情与物相游而不能相舍。不但忠臣之事其君、孝子之事其亲、思妇劳人结不可解，即风云月露、草木虫鱼，无一非真意之流通。

---

① ［德］尼采著，田立年译：《哲学与真理——尼采 1872～1876 年笔记选》，上海社会科学院出版社 1993 年版，第 119 页。

② ［德］尼采著，田立年译：《哲学与真理——尼采 1872～1876 年笔记选》，上海社会科学院出版社 1993 年版，第 107 页。

人的感情与物是那样不可分割地纠缠在一起。无论是对于人物，如君、亲、夫、妇，还是对于景物，如风、云、草、木，皆情意缱绻、神理相通。

> 万物在秋之中，而吾人又在万物之中，其殆将与秋俱变者欤？……借彼物理，抒我心胸。即秋而物在，即物而我之性情俱在。然则物非物也，一我之性情变幻而成者也。性情散而为物，万物复聚而为性情。①

人在万物中，人与万物皆在自然中，人、物一体，息息相通，故而可以“山川使予代山川而言也，山川与予神遇而迹化”②。即物即我，即我即物。这是主体与客体的精神契合，以“我”与“物”互渗实现主客二元对立屏障的拆解，我们的古人就于此间获得微妙的美感，也于此间创造出微妙的美。

《孟子·离娄上》说：“万物皆备于我。”整体世界观与“以己度物”隐喻思维的结合，使古人以人为天地之心，以主体为本位，将天地大宇宙铸合为“我”的心理小宇宙，以主体去包容客体，去实现万物有灵、万物同形。而在诗人眼中，“世间一切皆诗也……一切物，一切事，一切意，无非诗者”③。人与物，互相往来，畅行无碍。“人”与物的互渗，以“人”为诗性隐喻的借代，显得如此自然——“我看青山多妩媚，料青山见我应如是”④——这种思维方式用之于艺术批评必然呈现为人化批评。

第二节　诗与人为一

“气度欲其浑厚，其失也俗。体面欲其宏大，其失也狂。血脉

---

① 廖燕：《李谦三十九改诗题词》。

② 石涛：《画语录》。

③ 张戒：《岁寒堂诗话》。

④ 辛弃疾：《贺新郎·独坐停云有怀亲友》。

欲其贯穿，其失也露。韵度欲其飘逸，其失也俗。”这段文字表面看来，和传统的人物品藻并无二致，其实原文说的不是“人”，而是“诗”，出自姜夔《白石道人诗说》。钱钟书先生曾经指出，中国人在谈文论艺之时，常常“把文章通盘的人化或生命化……看成我们自己同类的活人”①。的确如此，纵观中国古代文论话语，许多审美概念如：风骨、形神、筋骨、主脑、诗眼、气骨、格力、肌理、血脉、精神、血肉、眉日、皮毛等；评论中所用肥、瘦、病、健、壮、弱等术语，都是把文学作品及创作的过程，视为与人同形同构：文学的构成，具有和人一样的生命模式；文学的体性，充溢着灵动的生命力；文学的风格，和人一样其异如面，各具风韵。

一、首尾周密，表里一体

宋代吴沆《环溪诗话》卷中云：

> 诗有肌肤，有血脉，有骨骼，有精神。无肌肤则不全，无血脉则不通，无骨骼则不健，无精神则不美。四者备，然后成诗。

古代文论家向来注重自然和谐、融会贯通，以整体把握对象。传统的人体观，视人为一个内在完整体系，人体的结构互相联系，不可分割；人体的各种功能互相协调，彼此为用。在文论家看来，文学与人的身体一样，具有与生命类似的结构模式，是呈现生命律动的浑然不分的有机整体。

北齐颜之推在其《颜氏家训·文章篇》中就以“人格化”的形式来强调“文章”是由多个要素组成的完整机体：“文章当以理致为心肾，气调为筋骨，事义为皮肤，华丽为冠冕。”类似以人体要素为罗列排比的句式，在古代的文艺评论中并不少见，甚至形成

---

① 钱钟书：《中国固有的文学批评的一个特点》，载《文学杂志》1937年8月，第1卷第4期。

了一种表达模式。文论家通过这一模式重复着他们对于艺术完整性的认识。姜夔《白石道人诗说》："大凡诗自有气象、体面、血脉、韵度。"苏轼《东坡题跋上卷·论书》："神、气、骨、肉、血，五者阙一，不成其书也。"王铎《文丹》："文有神、有魂、有魄、有窍、有脉、有筋、有腠理、有骨、有髓。"陶明濬《诗说杂记》："严羽曰：'诗之法有五，曰体制，曰格力，曰气象，曰兴趣，曰音节。'此盖以诗章与人身体相为比拟，一有所阙，则倚魁不全。体制如人之体干，必须佼壮；格力如人之筋骨，必须劲健；气象如人之仪容，必须庄重；兴趣如人之精神，必须活泼；音节如人之言语，必须清朗。五者既备，然后可以为人。亦惟备五者之长，而后可以为诗。"

人物的取美直观，包含着内在的才能、智慧、精神与外在的形体、容貌、语言、声音、举止、风度两个方面。前者是不能直接地看到的东西，但它会通过后者而感性地显示出来，成为直观的对象。文学的人格化术语，也分为内在和外在的两大系列。外是可以目见的衣冠、肌肤、血脉、骨骼、体面、肌理；内为不可见的韵度、神、魂、魄、格、调……我们不必也无法以人格化文论中出现的人体各部机械地对应艺术的要素。不同的艺术门类，同一个术语指向的内涵不可能一致；而不同的论者，在使用同一术语时，也带有个人的色彩；就接收者来说，确切的意蕴传释有赖于其学识素养。总体上来讲，结构类的皮毛骨肉血，可用文体形式归之；神韵气等与之相应谓为艺术的内涵和风格。

人作为有机的整体，是外在肌体和内在神韵的结合，文学的整体美，则如《文心雕龙·附会》所言，"弥纶一篇，杂而不越"，来自结构的"首尾周密"以及外在形式与内在神韵的"表里一体"。

"首尾周密"，指的是结构布局上的完整："跗萼相衔，首尾一体"①。《易》："臀无肤，其行次且。"臀部没有肌肉，是走不好路的。同样，文学创作有头无尾，首尾不应都不为古人所取。因而施

① 刘勰：《文心雕龙·章句》。

补华《岘佣说诗》指出："洋洋大篇，收场尤须完整。"李渔《闲情偶寄》中讲到戏剧的结尾部分"大收煞"的重要性和设计的困难：

此折之难，在无包括之痕，而有团圆之趣。……须要自然而然，水到渠成，非由车戽。最忌无因而至，突如其来，与勉强生情，拉成一处，令观者识其有心如此，与恕其无可奈何者，旨非此道中绝技，因有包括之痕也……水穷山尽之处，偏宜突起波澜，或先惊而后喜，或始疑而终信，或客极信权而反致惊疑，务使一折之中，七情俱备，始为到底不懈之笔，愈远愈大之才，所谓有团圆之趣者也。

李渔还将行文结尾的技巧风趣地称为"倒骗主司入彀之法"：

予训儿辈，尝云"场中作文，有倒骗主司入彀之法：开卷之初，当以奇句夺目，使之一见而惊，不敢弃去，此一法也。"终篇之际，当以媚语摄魂，使之执卷留连，若难送别，此一法也。收场一出，即勾魂摄魄之具，使人看过数日，而犹觉声音在耳，情形在目者，全亏此出撒娇，作"临去秋波那一转"也。

然而仅有首尾又是不完全的，王世贞《艺苑卮言》云："绝句固自难，五言尤难。离首即尾，离尾即首，而腰腹亦自不可少，妙在愈小而大，愈促而缓。"五言绝句20个字，文体极其小巧，却必须是首、尾、腰腹完备，可见其难。洋洋万言的长篇巨制更考验作者把握全局的能力。毛宗岗《读三国志法》云：

《三国》一书有首尾大照应、中间大关锁处。……照应既在首尾，而中间百余回之内若无有与前后相关合者，则不成章法矣。于是有伏完之托黄门寄书，孙亮察黄门资玺以关合前后。……凡若此者，皆天造地设以成全篇之结构者也。

原始要终，首尾一体，是使作品形式完整的关键。

“表里周密”，主要指内与外的统一。“评诗之品无异人品也，人有面目骨体，有情性神气，诗之丑好高下亦然。”① “面目骨体”这些实体性的存在和“情性神气”精神气质共同构成了人的个体存在，同样，文学作品的存在，也涉及一系列两两相对的文论范畴，如形与神、言与意、华与实、文与质、辞与义等等，这些对立统一的概念，都具有内与外的相对性，简单地讲，指的是内在意蕴与外在表现的对立统一，既有丰富的内涵又有精致的表达。

孔子提出文质彬彬、文质双美的观念对文学理论的影响非常之大。虽然从总体上讲，古代文学理论的主流倾向重质轻文，如先秦法、墨两家认为应先质后文，宋明理学家认为“文胜则质丧”②，王夫之提出“敦实崇质”，但这都是建立在“文”与“质”是对立而统一的完整肌体，不可或缺的认识基础之上。

王充《论衡·书解》篇云：

> 夫人有文质乃成，物有华而不实，有实而不华。《易》曰：圣人之情见乎辞。出口为言，集札为文，文辞施设，实情敷烈。

《论衡·超奇》篇云：

> 实诚在胸臆，文墨著竹帛，外内表里，自相副称。

《文心雕龙·情采》中，刘勰以外界事物作比，指出质文双茂的重要性：

> 夫水性虚而沦猗结，木体实而花萼振，文附质也。虎豹无文则鞹同犬羊，犀兕有皮而色资丹漆，质待文也。

① 杨维桢：《赵氏诗录序》。

② 邵雍：《诗史咏》。

皎然《诗式》：

> 诗不假修饰，任其丑朴，但风韵正，天真全，即名上等。予曰：不然。无盐缺容而有德，曷若文王太姒有容而有德乎？

钱钟书《谈艺录》中说：

> 人之骨肉停匀，血脉充和，而胸襟鄙俗，风仪凡近，则伧父堪供使令，以筋力自效耳，然尚不失为健丈夫也。右百骸六脏，赅焉不存，则神韵将安寓著？毋乃精气游魂之不守舍而为变者乎！故无神韵，非好诗，而只有神韵，恐并不能成诗。

这些话都暗示着一个主题：外文绮交、内义脉注、华实相符、辞情并茂的作品，才具有文学价值的完整性。

"有机统一性"是生命体的基本特征。古人强调文学艺术的不可分割的整体功能的同时，十分注重各种艺术因素之间的血肉联系。金圣叹《第六才子书〈西厢记〉读法》：

> 若是字便是字；若是句，便不是字；若是章，便不是句。何但不是字，一部《西厢记》，只是一章。……若是章，便应有若干句；若是句，便应有若干字。今《西厢记》不是一章，只是一句，故并无若干句；乃至不是一句，只是一字，故并无若干字。《西厢记》其实只是一字。

整部《西厢记》，"其实只是一字"，法眼独具的金圣叹，指出了一部优秀文学作品在形式结构上的整一严密。也就是说，各要素的组成，须四肢百骸，连合具体，浑沦无迹，熔成一片，否则只是"泛填滥写，牛头马身，参错支离"①。

追求文学作品各要素的完整构建，首先要保持各组成部分之间

---

① 庞垲：《诗义固说》。

神圣的和谐，只有原始要终，道味相附，心声克协，通过各方面的“和”，达到美的形式，艺术作品才能活力充溢。如同人体的美基于比例，文学艺术否定“蜂腰”、“鹤膝”的病态，肯定“匀停”、“匀称”的和谐美，如姜夔《白石道人诗说》云：

> 作大篇，尤当布置：首尾匀停，腰腹肥满。多见人前面有余，后面不足；前面极工，后面草草。

前工后草，和人一样头重脚轻，必然会影响到作品的欣赏价值。又如杨载《诗法家数》：

> 五言七言，句语虽殊，法律则一。起句尤难，起句先须阔占地步，要高远，不可苟且。中间两联，句法或四字截，或两字截，须要血脉贯通，音韵相应，对偶相停，上下匀称。

“骨”与“肉”必须相称，胡应麟《诗薮》称：“肉不可使胜骨，而骨不可太露。”元诗“肉盛骨衰，形浮味浅”，而杜甫的一些诗“肉少骨多，意深韵浅”。又，情与词必须一致。钱钟书《管锥编》：

> 夫洋洋雄杰之词不宜咏以靡靡涤滥之声，而度以桑、濮之音者，其诗必情词佚荡，方相得益彰。不然，合之两伤，如武夫上阵而施粉黛，新妇入厨而披甲胄，物乖攸宜，用违其器。

一定的风格与一定的体裁选择，一定的情节内容与一定的表述手法的安排等等，都存在着内在的规律性，不可随意更换，这是更深层次的“和”。如王夫之的诗论非常强调各文体之间的界限。诗歌的表达和功用与史书有明显的差别，如五官之功能不可互代，《姜斋诗话·诗绎》：“夫诗之不可以史为，若口与目不相为代也。”史笔与序记杂文、经文各自有体，若人体各有其征，不可截割生入，《姜斋诗话·夕堂永日绪论·外编》：“一段必与一篇相称，一句必与一段相称。截割彼体，生入此中，岂复成体？要之，文章必有体，体者，自体者。妇人而髯，章子而有巨人之指掌，以此谓之某之某体某体，不亦慎乎？”黄侃《文心雕龙札记》中列“体瑕”为五类文瑕之首。如“王朗《杂箴》，乃置巾履；陈思文诔，旨言自陈是也”。箴文是用来起警戒作用的文体，王朗为了强调这种警戒作用，把他的《杂箴》写在了鞋帽之上，有失体统；诔文是临丧时累列死者德行的文体，曹植为其兄写的《文帝诔》中却用百余言来表白自我，远离了作诔文的意义。对文体使用不当，或者内容和体裁相悖，是文体之失谐的体现。

文体各方面的和谐，又是通过总体的结构设计将之骨肉合铸，使之血脉贯通，浇熔为统一的整体。李渔《闲情偶寄·结构第一》云：

> 至于结构二字，则在引商刻羽之先，拈韵抽毫之始，如造物之赋形，当其精血初凝，胞胎未就，先为制定全形，使点血而具五官百骸之势。倘先无成局，而由顶及踵，逐段滋生，则人之身当有无数断续之痕，而血气为之中阻矣。

作品之创作犹如人之胎胞之形成，剧作家创作时，应率先使整体结构酝酿成熟于心中，以保持结构形式的完整。否则血气中阻，有无数断续之痕，无法成为血肉完整的生命体。

文学艺术和人的生命一样，肌体、形神一一具备，结构为之制定全形，使诸要素相关相联、相辅相成、杂而不越、协调一致，从而构成血肉丰满、筋脉联络、富有生命力的整体。

二、大用外腓，真体内充

朱庭珍《筱园诗话》云：

> 须要成竹在胸，操纵随手，自起至结，首尾元气贯注，相生相顾，熔成一片。精力弥满，浑沦无迹，自然高厚沉雄……

“自起至结，首尾元气贯注”，如果离开了“元气”、“生气”的总而持之、条而贯之，文学“熔成一片”的完整则徒有其表，与积字无异，文学体性的生命化也无法完成。清代归庄《玉山诗集序》有云：“予尝论诗，气、格、声、华四者缺一不可，譬之于人，气犹人之气也，人所赖以生者也，一肢不贯，则成死肌，全体不贯，形神离矣。”

《白虎通义》云：“天地者，元气所生，万物之祖。”作为生命现象的气息和象征自然运行的大气，被视为万物之祖，也是人的血肉之躯与土偶木人相区别开来的生命驱动：“夫含气之伦，有生必终，盖天地之常期，自然之至数……夫亡者，元气去体，贞魂游散，反素复始，归于无端。既已消仆，还合粪土。”① 元气的注入，使文学成了灵动的生命体。气，是非常重要的文论元范畴之一，关于其范畴阐述将在后文进行，这里我们强调的是它所赋予的文论人格化的生命灵动性。

方东树《昭昧詹言》卷一云：“诗文者，生气也。”中国传统诗学，要求文学艺术应具有和生命的运动相似相通的生机勃勃、灵动自由、生气远出的生命形式，如徒有其形而缺少生气的贯注，则与木偶土人无异。明人艾南英在给其朋友的书信中指出：“自乙丑以后，海内推尚文章，其词雕琢，其象美熠。数行之内，经子百籍，青煮黼黻，间杂其间，然吾观之土木偶而已耳。”这些时尚文章，合乎规范，文字华美，四体毕备，然而就像“土衣而木雕者”，虽“衣冠佩剑，非不焕然也”，但毕竟是土偶；又如“中痞而风痺者”，“肢骸犹人也，呼吸运动则非人矣”。究其原因，不过是气亡或气伤的缘故罢了②。再如谢榛《四溟诗话》以婴儿的诞生为喻，说艺术作品若“全篇工致而不流动，则神气索然”，“譬诸产一婴儿，形体虽具，不可无啼声也”。啼声是婴儿生命力的表现，同样，文学作品也必须神气高扬，气韵流动，方有艺术生命。方东树《昭昧詹言》云：“观于人身及万物动植，皆全是气所鼓

---

① 《后汉书·赵咨传》。

② 艾南英：《天佣子集》卷十。

荡。气才绝，即腐败臭恶不可近。诗文亦然。”“生气”是诗文的命脉，是洋溢于文学作品中的活泼泼的生命力和感染力。若钟嵘《诗品》载袁嘏夫子自道：“我诗有生气，须人捉着，不尔便飞去。”且不论其诗与其论是否一致，但生气的注入的确使诗歌插上了翅膀，具有了生命的活力。

神完气足之文，如健康活泼之人，眼波流转，身姿轻健，通体活力满溢。李腾芳《文字法三十五则》：

> 有颈转，从上转也；有腰转，两半中间转也，有股转，从股尾转也。其法无穷。古人云：“转如短兵相接。”言步步转也。一篇有一篇之转，一段有一段之转，一句有一句之转，一字有一字之转。贵变幻而不可测，惧其易尽也，贵活，惧其死也，贵圆，惧其板也，贵婉曲，惧其直而硬也；贵快，惧其累坠而翻身不便也，贵迅，惧其缓也，贵紧，俱其漫也；贵自然，惧其生别也，贵切，惧起迂远也。得转之妙，其于文过半矣。

富有生命力的文学，在表达和结构中，起承转合，从上至下无不灵动，一篇好的作品，几乎同于人的肢体艺术，可舞出浑身解数。

人的生命是发展变化的过程，当文学被“人格化”批评赋予生命灵动性之后，其内在的自身规律性也昭现出来。如果能遵循规律，追求各方面因素的充分发展和因素之间的高度和谐，则文学创作就可以美善皆备，“筋骨立于中，肌肉荣于外，色泽神韵充溢其间而后诗之美善备”①，这也是文学艺术的最高境界。否则，就会出现种种“病症”，甚至于“死亡”。

文章之病，多是出于必要因素的缺失及和谐机制的打破。姜白石《白石道人诗说》曰：“不知诗病，何由能诗？不观诗法，何由能诗？各家者各有一病，大醇小疵，差可耳。”由此类推，不知病，焉能文，是古人很早就确定的创作观念。

① 胡应麟：《诗薮》。

“文病说”创于沈约之“酷裁八病，碎用四声”。沈约《诗苑类格》曰：“诗病有八：平头、上尾、蜂腰、鹤膝、大韵、小韵、旁纽、正纽。唯上尾、鹤膝最忌，余病亦通。”钟嵘《诗品序》写道：“蜂腰鹤膝，闾里已具。”足见声病之说，当时已普遍流行。唐朝之时，日本僧人遍照金刚按崔融《唐朝新定诗格》、王昌龄《诗格》、元兢《诗髓脑》、皎然《诗议》等书排比编纂《文镜秘府论》，其《论序》写道：“沈侯、刘善之后，王皎、崔元之前，盛谈四声，争吐病犯，黄卷溢箧，缃帙满车。”又西卷《论病》云：“颙、约已降，兢、融以往，声谱之论郁起，病犯之名争兴，家制格式，人谈病累。”西卷除《论病》之外，还有《文二十八种病》、《文笔十病得失》，详论文病之得失。由此可见，以诗律为主要内容的“声病说”，到唐代，几乎成了文论家不可回避的热点问题。

当然，文“病”的内涵远远超过声律之失谐。历史上最早系统地论述文章疾病的当数刘勰：“古来文才，异世争驱；或逸才以爽迅，或精思以纤密，而虑动难圆，鲜无瑕病。”《文心雕龙·指瑕》列举了前人和时文的疵病及其危害，文章的毛病有六种：一、用词不当，如“圣体轻浮”；二、文义失当；三、比拟不类；四、语音犯忌；五、抄袭，“掠人美辞”；六、注解谬误。《文心雕龙·熔裁》篇还以身体的畸变类比文章之病：“骈拇枝指，由侈于性，附赘悬肬，实侈于形。一意两出，义之骈枝也；同辞重句，文之肬赘也。”

之后，文论史上，以病评文的例证举不胜举。如严羽《沧浪诗话·诗评》：“孟郊之诗，憔悴枯槁，其气局促不伸。”陆游《读近人诗》：“雕琢自是文章病，奇险尤伤骨气多。”姚鼐《与陈硕士书》：“夫文章一事，而其所以为美之道非一端：命意。主格、行气、遣辞，理充于中，声振于外，数者一有不足，则文病矣。”朱庭珍《筱园诗话》：“骨有余而韵不足，格有余而神不足，气有余而情不足，则为板重之病，为晦涩之病，非平实不灵，即生硬枯瘦矣。”王夫之强调意景融合，如果“意外设景，景外起意，抑如赘疣上生眼鼻，怪而不恒矣。”① 而学诗泥古不知变通，“舍固有之心，受陈人之束，则卑陋不灵，病相若也。”② 如若生气断绝，则“医家名为关格，死不治”。③

清代学者章学诚在《文史通义·古文十弊》中，将当时文章的疾病分为十类：剜肉为疮、八面求圆 、削趾适履、私署头衔、不达时势、同里铭旌、画蛇添足、优伶演剧、井底天文、误学邯郸。章公对文病的批评可谓是入木三分，如在“剜肉为疮”一弊中说，有位名士请人为其母作志，说他母亲节孝并举了个例子。当年他祖父“衰年卧病在床，溲便无时，家无次丁，乃母不避秽亵，躬亲熏濯”。这事例本已洽切足用，可作志的非加油添醋，说什么他祖父当时如何“蹙然不安”，而母亲却很严肃地说：“妇年五十，今事八十老翁，何嫌何疑？”章学诚认为，这样一来，“母行可嘉，而子文不肖甚矣”。事例本来很美，“据事直书”就可以“得体”，硬要自生嫌疑，妄加雕饰，此所谓“剜肉为疮”。

钱钟书《中国固有的文学批评的一个特点》一文中，也特别提到沈起凤《红心词客传奇》四种之一《才人福》写张梦晋、李灵芸挂牌专医诗病，因苏州诗伯诗翁作品不通，开方劝服大黄；还有《聊斋志异·司文郎》一则，记盲僧以鼻评文，“刺于鼻，棘于腹，膀胱所不容，直自下部出”。这些地方，以笑话的形式将文病与人病合二为一，完全模糊了界限，钱先生指出“此类笑话可以旁证人化文评在中国的流行”。

文有病，也自然会有活与死。受宋禅宗美学的影响，文论中有“参活句”、“参死句”，“死法”，“活法”之论。在禅宗典籍中，“活”是一个最常见的字眼。如《临济录》记临济义玄禅师言：“无形无相无根无本无住处，活鲅鲅地。”“活”是强调悟道的随机性，即所谓任运随缘。慧洪《林间录》引洞山守初禅师语：“语中有语，名为死句；语中无语，则为活句。”此中的“活”，则是强

---

① 王夫之：《唐诗评选·卷三》。

② 王夫之：《姜斋诗话·夕堂永日绪论·序》。

③ 王夫之：《姜斋诗话·夕堂永日绪论·卷二》二三条。

调语言的非逻辑性。“参活句”，是宋代公案禅、看话禅的一条基本原则。如《五灯会元》卷十五，云门宗的德山缘密禅师就对“参活句”的有关规律作过一番总结：

> 上堂：“但参活句，莫参死句。活句下荐得，永劫无滞。一尘一佛国，一叶一释迦，是死句。扬眉瞬目，举指竖拂，是死句。山河大地，更无淆讹，是死句。”时有僧问：“如何是活句？”师曰：“波斯仰面看。”曰：“恁么则不谬去也。”师便打。

可见所谓“参活句”，实际上是指不拘于字面意义，只需凭直觉去体验联想，并在这种体验联想的过程中顿悟“本心”。江西派诗人曾几直接把禅宗这种“活参”精神引入诗法领域，他在《读吕居仁旧诗有怀其人》中说：“学诗如学禅，慎勿参死句。纵横无不可，乃在欢喜处。”“参活意”、“参活句”应用于文学理论领域，导致了见月忽指、不落言筌的直觉感悟的欣赏方式，这在本书第四章中已论，不再赘述。

与曾几同时代的吕本中则在诗歌创作领域首次提出了“活法”，《夏均父集序》：“所谓活法者，规矩具备，而能出于规矩之外；变化不测，而不背于规矩也。”吕本中“活法”，是指做诗思维活络、语言灵活。按照诗体的规矩，又不受规矩的限制，能有出奇的变化。就像“珠走于盘而不出于盘”，不越规矩，有万种变化之奇；守规矩，又无束缚手脚之窘。不离法也不即法，先从法入，后从法出，以无法而为有法，达到自由和规律的统一。“诚斋体”以其幽默活泼的语言和不墨守陈规的创作使人耳目一新，被视为得本中“活法”真意的实践者。与诚斋同时的张镃称其“造化精神无尽期，跳腾踔厉即时追。目前名句知多少，罕有先生活法诗”①。

无论“参活”还是“活法”，“活”字的基本意义没有很大的区别，即灵活、圆活、活脱。作为呆板、拘滞、因袭的对立面，可

① 张镃：《南湖集》卷七。

以指向思维、文字、体制等各个方面的灵活多变。思维活络，方能通透圆融地缀性理与诗文一体，如方回《桐江集·卷二·景疏庵记》：

> 枯桩者，死法也，非枯桩者，活法也。吾儒之学，上穷性理，下缀诗文，必得活法。释氏虽枯槁其形，寂灭其情，活泼泼处，一口吸尽四大海水可也。

文字亦有活死之限，可转神奇为腐朽，或化腐朽为神奇。李腾芳《文字法三十五则》：

> 字法甚多，有虚实、深浅、显晦、清浊、轻重、偏满、新旧、高下、曲直、平仄、生熟、死活各样。第一要活，不要死。活则虚能为实，浅能为深，晦能为显，浊能为清，轻能为重，以致其徐，莫不皆然。若死则实字反虚，深字反浅，清字反浊，以致其馀，莫不皆然。

在叶燮看来，"活法"的实质是语言富于变化，富于创造，是灵活万变之法。《原诗·内篇下》曰：

> 彼曰："凡事凡物皆有法，何独于诗而不然！"是也。然法有死法，有活法。若以死法论，今誉一人之美，当问之曰："若固眉在眼上乎？鼻口居中乎？若固手操作而足循履乎？"夫妍媸万态，而此数者必不渝，此死法矣。彼美之绝世独立，不在是也。又朝庙享燕以及士庶宴会，揖让升降，叙坐献酬，无不然者，此亦死法也。而格鬼神，通爱敬，不在是也。然则，彼美之绝世独立，果有法乎？不过即耳目口鼻之常，而神明之。而神明之法，果可言乎？彼享燕之格鬼神、合爱敬，果有法乎？不过即揖让献酬而感通之。而感通之法，又可言乎？死法，则执涂之人能言之。若曰活法，法既活而不可执矣，又焉得泥于法！……作者之匠心，不可言也。

如果缺少创造精神，一味地模仿，削足适履，其文学创作必然失去生机，与应试馆阁体无异，成为死板呆滞的印板文章。如清代阮葵生《茶余客话·诗之死法》所言：

> 死法之立，皆因旨趣卑下，识量浅狭，如制陶前，依模范而后能成。如演杂剧，啼笑行止，皆成铁板，哀莫大于心死矣。

又如王夫之《姜斋诗话·夕堂永日绪论·内编》四十七条形容千篇一律的应酬文字为“透心全死”：

> 其法：姓氏、官爵、邑里、山川、寒暄、庆吊，各以类从；移易故实，就其腔壳；千篇一律，代人悲欢；迎头便喝，结煞无余；一起一伏，一虚一实，自诧全体无瑕，不知透心全死。

凝滞不变是僵死的征兆，变动不居才能显示出生命活力。生命现象所以能够持续不断地存在和发展，就在于它按照各种方式的节奏有条不紊地进行着生命交换。在古人看来，宇宙之道就是一个生生不息、相生相续的生命模式，生命的存在以不断的死亡和再生呈现出一种永不停息的运动。“通其变，遂成天下之文”①，文学史本身的发展变化，与生命的生长节奏有着内在的契合——“诗之为道，未有一日不相续相禅而或息者也”②。

穷则变，变则通，通则久，变化和新生的观念亦通用于文学理论。这种“变”的理论，《文心雕龙》亦有披露。《通变》：“文律运周，日新其业。变则其久，通则不乏。”文学的循环、传承及变化，与生命生生不息的自然韵律，何其相似。只有“因时顺机”，在不违背事物固有的“规矩”的前提下，讲求腾挪变化，文学艺

① 《易·系辞传下》。

② 叶燮：《原诗·内篇·上》，人民文学出版社 1979 年版，第 3 页。

术才能常青不衰。如果缺少变化和创造，内力枯滞，文学的生命则会走向衰竭，胡应麟《诗薮》论及中唐之后诗歌的衰竭云："降而钱、刘，神情未远，气骨顿衰。"而去除旧弊，重振文学尤如治病救人，刘熙载《艺概·文概》："八代之衰，其文内竭而外侈；昌黎易之以万怪惶惑、抑遏蔽掩，在当时真为补虚消肿良剂。"

文的盛衰为"气运"所限，气盛则文章繁荣，气竭则衰落。一种文体的衰落又以新的体裁、新的风格的兴起为续。从《诗经》到楚辞，而后有乐府、近体至宋有词，元有曲；文有秦汉古文、大小赋体、唐宋古文、四六文、明清小品等；小说有六朝志人志怪、唐代传奇、宋元话本、明清长篇等，中国古代文体形式的变化发展使之获得了无穷的生机活力。文体的不断创新、变化，实际是陈旧形式的生命力衰竭、不堪适应新的内容表现的结果。而新的形式的产生往往最具有生命力。萧子显《南齐书·文学传论》云："习玩为理，事久则渎，在乎文章，弥患凡旧，若无新变，不能代雄。"从欣赏趣味的角度说明了文学体制形式的变化是一种必然。

文学艺术充满着生命的灵动，无论是创作个体还是文学史的整体，都具有不断发展变化的有机性。遵循其规律，才能使作品呈现出健康完整的面目；而在遵循规律的前提之下，"变"是保持文学生命力不二法门。文机独造、思维活络、字句活泼使作品灵动而富有感染力；学习前人的经验，研寻文法时，不抱残守缺、泥古不化，方能游刃有余；文学的形式更需要新鲜血液的注入，使文学艺术青春永驻。

三、其异如面，自为佳好

《黄帝内经·太素》曰："气（以）天地之风（名之）。"在文论中，气与风经常互换，如风骨，历代论者往往称"气骨"、"骨气"。作为万物之祖的元气，在自然界以流动不居的风的形式出现，注入到文学之中，则使其具有流动的生命力，呈现出个性之美。世界上没有两片同样的树叶。独特的个性，使每一个生命体，不是流水线上毫无生气、别无二致的产品，而是独一无二的个体，具有不容侵犯的尊严。人的个性是气质、品貌、能力、社会交往等多方面的组成，而文学风格的生命流动，也使文学创作表现出“其异如面”① 的不同风貌，正如清人徐增《而庵诗话》所言：“诗乃人之行略，人高则诗亦高，人俗则诗亦俗。一字不可掩饰，见其诗如见其人。”

《易传·系辞下》曰：“情见乎辞……将叛者其辞惭；中心疑者其辞枝；吉人之辞寡；躁人之辞多；诬善之人其辞游；失其守者其辞诎（屈）。”古人认为，文辞的风格源于人的个性，推而论之，文学的精神风貌亦源于人的内在品性，与人的血气、才力相通。

《礼记·乐记》：“夫民有血气心知之性，而无喜怒哀乐之常，应感起物而动，然后心术形焉。”刘勰《文心雕龙·体性》云：“若夫八体屡迁，功以学成，才力居中，肇自血气”，认为作家创作精神最基本的内核是“血气”。《文心雕龙·声律》也有相应的论说：“声含宫商，肇自血气”——作品声音的抑扬高低，亦与人体的血气直接相关。先天性的“血气”乃父母精血所造，非后天修养可及，曹丕《典论·论文》云：“气之清浊有体，不可力强而致。”说明人一生下来，就有了清浊之分，不能轻易变化，这里的“血气”、“气”，相当于我们今天所说的先天“气质”。

“人之气禀，有多少般样，或清或浊，或昏或明，或贤或鄙，或寿或夭。”②古代贤哲认为，人禀气而生，含气而长，气有清浊高下，人的气质也有雅俗刚柔之分。白居易《故京兆元少尹文集序》云：“天地间有粹灵气焉，万类皆得之……文人得之又居多，盖是气，凝为性，发为志，散为文。”先天气质的差异，紧密关联人的语言表达，必然会表现在各自的作品当中。

范椁《木天禁语·六关·气象》：

> 又诗之气象，犹字书然，长短肥瘦，清浊雅俗，皆在人性中流出。……性情褊隘者，其词躁；宽裕者，其词平；端靖者，其词雅；疏旷者，其词逸；雄伟者，其词壮；蕴藉者，其

① 刘勰：《文心雕龙·体性》。
② 朱熹：《朱子语类》卷六十四。

词婉。涵养情性，发于气，形于言，此诗之本源也。

陆时雍《诗镜总论》则将人的气质分为“峭、劲、弱、微、粗、秀”：“凡骨峭者音清，骨劲者音越，骨弱者音庳，骨微者音细，骨粗者音豪，骨秀者音冽。声音出于风格间矣。”

阴阳相生、刚柔相摩的宇宙观也被用于区分人之先天气质，《文心雕龙·体性》：“才有庸俊，气有刚柔。”气之刚柔，落实到文学创作中，则是阳刚之美和阴柔之美。曾国藩《圣哲画像记》称司马相如、扬雄文“此天地遒劲之气，得于阳与刚之美也”，刘向、匡衡文“此天地温厚之气，得阴与柔之美者也”。姚鼐《海愚诗钞序》：“文章之原本之精，皆可以为文章之美。阴阳刚柔而已。苟有得乎阴阳刚柔之精，皆可以为文章之美。”在以阳刚阴柔之美对举论文的同时，传统文论多是推崇清刚之气，也就是刚健壮大之美——王十朋《蔡端明公文集序》：“文以气为主，非天下之刚者莫能之，古今能文之士非不多，而能杰然自名于世者亡几。非文不足也，无刚气以主之也。”这样的例子有很多。

《汉书·地理志》：“凡民函五常之性，而其刚柔缓急，音声不同，系水土之风气。”相对而言，一定的水土风气会影响到人的气质。一般认为，“西北之音慷慨、东南之音柔婉”①，“北人工篇章，南人工句字。工篇章，故以气骨胜；工句字，故以色泽胜”②。这种风格的差异，甚至可以具体到更小的区域——袁中道《二赵生文序》云：“夫楚人之文有骨，失则伧，吴人之文有态，失则跳。予每欲以楚人之质干，兼吴人之风致，而不可得也。”

先天的气质决定于遗传基因和一定的地理环境，所谓本性难移；而后天的道德修炼和文学素养的加强，则可以使创作主体的能力得以全面的发展，使个人气质以更鲜明的风格彰显出来。谢榛《四溟诗话》卷三称：

---

① 唐顺之：《东川子诗集序》，《荆川先生文集》卷十。

② 王骥德：《曲律·杂说》第三十九上。

自古诗人养气，各有主焉。蕴乎内，著乎外，其隐见异同，人莫之辨也。熟读初唐、盛唐诸家所作，有雄浑如大海奔涛，秀拔如孤峰峭壁，壮丽如层楼叠阁，古雅如瑶瑟朱弦，老健如朔漠横雕，清逸如九皋鸣鹤，明净如乱山积雪，高远如长空片云，芳润如露蕙春兰，奇绝如鲸波蜃气：此见诸家所养之不同也。

而不同的身份、不同的社会阅历，均会在语言表达上有所透露。徐祯卿《谈艺录》云：

诗之词气，虽由政教，然支分条布，略有程度。良由人士品殊，艺随迁易。故宗工巨匠，词淳气平；豪贤硕侠，辞雄气武；迁臣孽子，辞厉气促；选民遗老，辞玄气沉；贤良文学，辞雅气俊；辅臣弼士，辞尊气严；阉童壶女，辞弱气柔；媚夫幸士，辞靡气荡；荒才娇丽，辞淫气伤。

先天的气质，后天的生世遭遇、修养陶染，共同铸就作家的才力。《文心雕龙·体性》：“若夫八体屡迁，功以学成，才力居中，肇自血气。气以志实，志以定言，吐纳英华，莫非性情。”宋代吕南公《与王梦锡书》说：“盖才卑则气弱，气弱则辞蹇。为文而出于蹇弱，则理虽不失，人罕喜读。”章学诚《文史通义·质性》也说：“夫情本乎性也，才率于气也，累于阴阳之间者，不能无盈虚消息之机；才情不离乎血气，无学以持之，不能不受阴阳之移也。”

古代文论很大一部分是对作家品质才情的品评，叶燮《原诗·外篇上·六》：“杜甫之诗，随举其一篇，篇举其一句，无处不可见其忧国爱君，悯时伤乱，遭颠沛而不苟，处穷约而不滥，崎岖兵戈盗贼之地，而以山川景物友朋抒愤陶情：此杜甫之面目也。我一读之，甫之面目跃然于前……此外诸大家，虽所就各有差别，而面目无不于诗见之。”文学作品的气质风貌，完全决定于创作者的气质风貌，而体现了作者本来面目、内在性情的文字，才是好文字，才是真诗。在“人文合一”的传统之上，文学的风格与人的风格等同起来，评人与论文所采用的术语和范畴相互重合，文学风格的生命流动也由“人格化”的表述而生机盎然，带领我们走入一个与人类社会同样丰富多彩的艺术世界。

《论衡·自纪》：“百夫之子，不同父母，殊类相生，不必相似……美色不同面，皆佳于目……谓文当于前合，是谓舜眉当复八采，禹目当复重瞳。”王充以人的个性之美来说明“各为所禀，自为佳好”的道理，主张文机独创，反对面面相似的摹拟和保守的复古倾向。

风格的形成，是文艺创作趋向成熟的标志。可以说，风格，就是一个创作者的存在方式。历代论者在阐释诸多作家风格之区别时，往往采用人物品评的语言，或形象化的人物活动。周济《介存斋论词杂著》：

> 李后主词，如生马驹，不受控捉。毛嫱、西施，天下美妇人也：严妆佳，淡妆亦佳，粗服乱头，不掩国色。飞卿、严妆也。端已、淡妆也，后主，则粗服乱头矣。

魏庆之《诗人玉屑》卷二引《臞翁诗评》：

> 魏武帝如燕赵老将，气韵沉雄；曹子建如三河少年，风流自赏……白乐天如山东父老课农桑，句句皆实；元微之如李龟年说天宝遗事，貌悴而神不伤……李长吉如武帝食露盘，无补多欲……张籍如优工行乡饮，酬献秩如，时有恢气……

高明的作家，并不为某种风格所限，其创作往往呈现出多样化的风貌。宋何溪汶《竹庄诗话》卷五引王荆公语：

> ……（杜）甫则悲欢、穷泰、发敛、抑扬、疾徐、纵横，无施不可，故其诗有平淡简易者，有绮丽精确者，有丽重威武若三军之帅者，有奋迅驰骤若泛驾之马者，有淡泊闲静若山谷隐士者，有风流蕴藉若贵介公子者。盖其诗绪密而思深，观者

苟不能臻其阃奥，未易识其妙处。

司空表圣则将诗的风格理论直接“人格化”：纤秾：窈窕深谷，时见美人；高古：畸人乘真，手把芙蓉；典雅：坐中佳士，左右修竹；清奇：可人如玉，步履寻幽；悲慨：壮士拂剑，浩然弥哀……

低劣的作品亦各有面目，只是这些面目或陋或浮，甚至可鄙可憎。祝允明《朱性父诗序》论时人诗作之弊：“守分者多疲词腐韵，无天然之态，如东邻乞一裾，北舍觅一领，错杂装缀，识者可指而目之曰，此东家裾也，此北户领也，是可谓之陋；徇质者多儇唇利口，无敦厚之气，如丹青涂花，伶人饰女，苟悦俗目，不胜研核，是可谓之浮。”王夫之《姜斋诗话·夕堂永日绪论·内编》：“门庭之外，更有数种恶诗：有似妇人者，有似衲子者，有似乡塾师者，有似游食客者。”甚至于“无赖”、“措大”、“虐鬼”、“诗佣”这样一些人格化的词汇，皆被王夫之用来批评不良的文风诗法。

文学，不仅仅其内容和精神上对于人生诸问题加以记录研究，是“人的文学”，而且其形式特征——如完整性、灵动性和多样性等方面也与人的生命对应。龚自珍《书汤海秋诗集后》：“诗与人为一，人外无诗，诗外无人，其面目也完”，本指文与行的一致，却也道出了人和文学艺术之间微妙的“一种而异形”① 的关系。

生命异质同构的关联，以及作为人生命存在之观照的本质，使文学的理论与“人”之间建立起稳定的隐喻关联。而我们的祖先朴素地意识到了艺术形式同生命形式的类似相通，用“人格化”的诗性隐喻去追求艺术完整和谐以及与生命的契合，评论者欣赏者通过这些人格化的隐喻，接触到作者的生命之力，完成了创作——评论——欣赏这一文学创作、传播和接受过程中生命力的循环传递。

按照格式塔心理学原则，当外部事物所体现的力的式样与某种人类情感所包含的力的样式同构时，我们便感觉它具有了人类情

① 袁宏道：《文漪堂记》。

感。诗性的中国古代文论，赋予文学以“生命”。当我们阅读和创作时，犹如在和一个活泼泼的人在打交道，于是，一切枯燥的言语变得灵动起来，无味的理念化成了富有情韵的交流互动，我们的生命由此也与文学艺术携手同游，洽然相融。

第三节 中西文论：人喻与人格化

肉体是灵魂的寄居之地，是人类作为存在之物的存在。对于人类而言，世界的存在是身体的感知所映射出来的影像。爱顾影自怜的人，通过感官的明镜，最先看到并最渴望看到的莫过于其自身。一切美的创造都源于对于自身价值的体认，因而，以人自身为对照来观察对象，并不是中国古代文论独有的表述方式，在西方文论中，我们也可以找到不少“人喻”的例子。而中国的“人格化”在以人为喻体的基础上，表现出与西方文论“人喻”不同的意蕴和独特的民族风貌。

一、西方文论中的“人喻”

把艺术看作一个有生命的有机统一体，这种古老的观念，不仅属于中国，在西方传统的诗学理论中也可以找到。

早在古希腊，柏拉图和亚里士多德就已提出文学作品结构的有机统一的思想。柏拉图曾以“有生命的东西”喻文章的结构，亚里士多德给悲剧下定义时谓其“完整”为“事之有头，有身，有尾”，并用“活的东西”的各个部分组成的生命之物来描述戏剧完美的布局①。黑格尔则以“生气灌注”来表述美与人的心灵的联系，讲到人的心灵如何给自然形象的各个部分灌注生气，使其成为一个有生命的统一体。席勒在《审美教育书简》中曾明确说明艺术有映象生命的能力，只有把生命和形式统一起来，形成一种活的形象，一种生命形式，艺术才会有强烈的感染力。当代西方的美学

---

① 伍蠡甫主编：《西方文论选》，上海译文出版社 1979 年版，上卷，第 41 页。

家们也非常重视艺术和生命的关系，“艺术作品同活的生物体之间的相似之处，得到了这两位作者（G. 谬勒、H. 奥贝尔）的有力探索……谬勒曾讲到一部长篇小说的时间系统，好像这是一只动物的骨架一样。文学研究成为了生物学的一个分支”①。

钱钟书在《中国固有的文学批评的一个特点》一文中，将“西洋文评”里近似人化的言论拣了许多“亲切有味的”作为例证：

郎吉纳斯（Longinus）云：“文须如人体，不得有肿胀”，又云：“文如人体，非一肢一节之为美，而体格停匀之为美”。

昆铁灵（Quintilian）云：“人身体康强，血脉足，运动多，筋骨牢固，所以为健丈夫，亦即所以为美丈夫，若专事涂饰，作妇人态，适见其丑，于文亦然”，又云：“文章雕饰，必有丈夫气，勿为女子佻冶态，”又云：“文章矫揉做作之弊，曰肿胀，曰水蛊，曰肉感”，又云：“文章宁可粗硬，不可有女气而软弱。”

维威斯（（Juan Louis Vives）的议论要算西洋文评里精辟的人化说了，他说：“文章者，心灵以及全人之影象也。人品本诸身与心；文品本诸文字及意义。文字有音与形，故文章有体格。字句精炼，音节宏亮，结构充实，则文之体高而大。文字琐碎，音枙薄，词紧促而不舒，则文之体卑且侏。体格而外，文章更有面貌：文之简赅者，其貌圆而润，文之详实者，其貌方以刚。文章亦有肉，有血，有骨。词藻太富，则文多肉；繁而无当，则文多血。文章又有液：字妥句适，理壮，辞顺，则文之液也。用字过省，且无比兴譬喻，音节细弱，结构庸俗，则文枯瘦；无血无肉，干皮包散骨，如囊贮石而已。”

班琼生（Ben Jonson）也有类似的见解：“文字如人，有身体，面貌，皮肤包裹。繁词曲譬，理不胜词，曰多肉之文；词不该理，曰多筋骨之文；音谐字妥，则文有血液。”

华茨华斯（Wordsworth）云：“世人以文章为思想之衣服，实

---

① ［美］R. 韦勒克著，丁泓、余徵译：《批评的诸种概念》，四川文艺出版社 1988 年版，第 70 页。

则文章乃思想之肉身坐现。”

卡莱尔云：“世人谓文字乃思想之外衣，不知文字是思想之皮肉，比喻则其筋络。有瘦硬之文，有憔悴穷饿无生气之文，有康健而不免中风危险之文。”

佛罗贝（Flaubert）论文云：“思想与形式分开，全无意义。譬如物体，去其颜色形模，所余不过一场空。思想之为思想，端赖文笔耳。”又云：“文章不特为思想之生命，抑且为思想之血液。”

钱钟书认为，这几个例子够举一反三了。他还指出，一切艺术鉴赏根本就是移情作用，人化文评是移情作用发达到最高点的产物。“我们对于世界的认识，不过是一种比喻的，象征的，像煞有介事的诗意的认识。用一个粗浅的比喻，好像小孩子要看镜子的光明，却在光明里发现了自己。人类最初把自己沁透了世界，把心钻进了物，建设了范畴概念；这许多概念慢慢地变硬变定，失掉本来的人性，仿佛鱼化了石。”① 这里，钱钟书颇有见地地发掘到人类原初的思维方式中的移情互渗对人化文评形成的决定作用，共同的诗性思维的遗存，使文论的人化同时为东西方所拥有。

另外，钱钟书还精辟地分析了他所见的西洋文论中的人喻与中国文论的人化的区别之处。第一，西方的人喻，是视人体与文章二元化的一种显喻，“只是比喻的词藻，算不上鉴赏的范畴”；而中国文论的人格化，文与人无分彼此，混同一气。第二，“西洋人在皮毛或肉体的文章风格以外，更立骨髓或精神的文章思想为标准”，将思想与文章对举，他们所谓文章只指我们所谓“词采”或外表，只能粘贴着思想或内容，并不跟思想或内容融贯一片。第三，“西洋文评，有了人体模型，还缺乏心灵生命”，只注意到文章有体貌骨肉，不知道文章还有神韵气魄。第四，西方文论中的“气”和“力”的观念是外察式“物理界的譬喻”，不是中国传统文论中的内省式的“生命界的譬喻”。由此证明，西方文论人化的趋向，远远没有中国文论中的推演精密，发达完备。

---

① 钱钟书：《中国固有的文学批评的一个特点》，载《文学杂志》1937 年 8 月，第 1 卷第 4 期。

西方文艺理论界，全面而系统地将艺术与生命形式建立起关联的是卡西尔的著名的女弟子、美国哲学家苏珊·朗格，她在《艺术问题》中认为，形式一旦充满了情感，就显得像是有生命一样，成了活的印象，尽管有些艺术形式连有生命物的边都不沾，但在艺术家的观念中，这样一种生命体的外观是内含的，他有时很少会去有意识地考虑它，但是如果缺少了它，艺术品就“死”了，什么情感也发现不了。优秀的艺术，所谓“活的”艺术，就意味着“生命性质”的艺术：

> 你愈是深入地研究艺术品的结构，你就会愈加清楚地发现艺术结构与生命结构的相似之处，这里所说的生命结构包括着从低级生物的生命结构到人类情感和人类本性这样一些高级复杂的生命结构（情感和人性正是那些最高级的艺术所传达的意义）。正是由于这两种结构之间的相似性，才使得一幅画，一支歌或一首诗与一件普通的事物区别开来——使它们看上去像是一种生命的形式，使它看上去象是创造出来的，而不是用机械的方法制造出来的；使它的表现意义看上去像是直接包含在艺术品之中（这个意义就是我们自己的感性存在，也就是现实存在）。①

在艺术创作过程中，生命可感的活动已转化为艺术符号中可感的性质。艺术家的全部艺术技巧都将用来服务于这种转化：“如果要想使得某种创造出来的符号（一个艺术品）激发人们的美感……它必须使自己作为一个生命活动的投影或符号呈现出来，必须使自己成为一种与生命的基本形式相类似的逻辑形式。”②

那么，什么是生命的逻辑形式呢？或者说什么是生命形式的基

① ［美］苏珊·朗格著，滕守尧译：《艺术问题》，中国社会科学出版社1983年版，第55页

② ［美］苏珊·朗格著，滕守尧译：《艺术问题》，中国社会科学出版社1983年版，第43页。

本特征呢？苏珊·朗格认为，表现情感或任何心理事实必然要运用“生命形式”，这是因为心理事实本来就是生命与行为的浓缩，生命体更深层的节奏正包含在其中，个体能动的结构就在情感形式中得到反映，就仿佛真的处在身体的剧烈运动中一样。朗格将这种浓缩于艺术的生命形式概括为有机统一性、运动性、节奏性和生长性。“如果说艺术是用一种独特的暗喻形式来表现人类意识的话，这种形式就必须与一个生命的形式相类似，我们刚才所描述的关于生命形式的一切特征都必须在艺术创造物中找到，事实也正是如此。”①

苏珊·朗格从符号学美学角度出发，指出艺术内容与形式相统一的主客交融的“生命形式”，更接近于中国古代文论建立在整体思维之上的“人化审美”，她所归纳的艺术的生命形式逻辑，与我们前文所分析的文学艺术与人“一种而异形”的人化特征亦有许多契合之处。但她仍然像所有西方文艺批评家一样，割裂了内容与形式、人生与艺术的内在联系，如钱钟书所言，“人体跟文章是两元的，虽然是平行的两元”②。生命形式只是苏珊·朗格艺术形式理论阐发的参照系，在两者之间寻找符号以类艺术和生命的共性。而在中国的人化批评中，“人与文是无分彼此，混同一气，达到《庄子·齐物》所谓‘类与不类，相与为类，则与彼无以异’的境界”③。

应该说，艺术的内在规律是中西皆通的。以己度物、物我互渗的原始思维遗存，使以“人”为喻的文艺批评广泛存在；另一方面，共同的渊源在迥异的文化背景的浸染下，自然会体现出不同的风貌和发展趋势。西方文论的人喻特色，与其高度发达的自然科学和外察式的认知观相关，西方的有机统一体论只限于作品之内，自

① ［美］苏珊·朗格著，滕守尧译：《艺术问题》，中国社会科学出版社1983年版，第50页。

② 钱钟书：《中国固有的文学批评的一个特点》，载《文学杂志》1937年8月，第1卷第4期。

③ 钱钟书：《中国固有的文学批评的一个特点》，载《文学杂志》1937年8月，第1卷第4期。

然需要人的心灵灌注才有生命，主客是分离的，并没有像中国那样具有将天——人——文打通的更宏广的整体统一观。西方人讲有机体的统一，往往是从生物学或者解剖学的意义上来讲的，先部分后整体；而中国人讲有机体的统一，则是从天人合一的意义上说的，先整体而后部分。类似于出自中国文化背景中的“气”的观念，西方人更难理解和想象了。

二、“人格化”的民族特征

中国传统文论中的人格化在其发展演化的过程中，与中国传统文论的总体特征相呼应，表现出独特的民族气派。

（一）中国古代文论的“人格化”，基于具象性思维之上，集各类喻象批评于一体，但它又非单一的比喻。比喻，是在两者之间寻找相似，而“人格化”并非仅简单地把文章比作一个人，而是把文章本身看作一个活人，一个有生命的四肢健全的人。相对而言，西方文论之中的以人为喻，它们是单向度的，是“左顾右盼”的；而一般来说，中国古代文论的“人格化”包含了体貌骨肉、神韵气魄、社会活动的统一，由此人格化真正指向多层次多向度的“圆览”，以生命的充盈和丰沛使艺术的本质得以张扬。前面我们已经谈论了“人格化”中以人体为喻，以人的精神气质为喻，而以人的社会经验、人的伦理关系、社会活动来喻文，这在西方文论中是没有见到的。

严羽《答吴景仙书》：“坡、谷诸公之诗，如米元章之字，虽笔力劲健，终有子路未事夫子时气象。盛唐诸公之诗，如颜鲁公书，既笔力雄壮，又气象浑厚，其不同如此。”子路是孔子弟子中年龄最长者。为人耿直，有勇力才艺，长期随侍孔子，遵从老师的教诲，以政事著称。卫国发生宫廷政变，子路“不避其难”，死于战乱中。《史记·仲尼弟子列传第七》载：“仲由字子路，卞人也。（集解，徐广曰：《尸子》曰：“子路，卞之野人。”）少孔子九岁。子路性鄙，志伉直，冠雄鸡，佩豭豚，陵暴孔子，孔子设礼稍诱子路，子路后儒服委质，因门人请为弟子。”由“卞之野人”到“不避其难”、“结缨而死”的凛然君子，子路身上弥漫冲荡的“力”，由有勇无义的为乱、为盗，在夫子的引导下，走向被仁义所规整的君子之勇力。随着儒家学说的流传，子路的事迹广为人知。严羽诗论，将苏、黄之诗与米芾之书并举，取其皆笔力雄健，真力弥满，但气象略薄，庄重不足。“子路未事夫子时气象”，引入了人们特别是熟悉经义的读书人所熟知的典故，不必多费口舌，其意自显，符合典雅含蓄的传统审美标准。

这段文论，无疑采用的另一种“人格化”，它所比拟的不是凝固的人体或某一种精神气质，而是个人在社会生活中所表现出来的某个方面，是流动发展的人生过程中的一个截面。甚至拓展到人与人的相互关系中。意和文的关系，是古老的命题。文为意所役，意为文之帅，“无帅之兵，谓之乌合”① 之类的论语很常见，以用兵之法说明意与文的主次关系，就是典型的取社会活动中人的相互关系阐明“文”之内在规律。

中国文论人格化的拓展，进而扩大到社会生活的方方面面。若皎然《诗式》论诗有“三偷”，苏轼《腊日游孤山访惠勤惠思二僧》曰：“作诗火急追亡逋，清景一失后难摹”，“偷”、“追亡逋”这样的只有人才能作为主体的词语，被诗论家不经意地拿来使用，丝毫不显生涩，反而颇见新意，触发出别具一格的审美感受。有时，人格化批评还被用来作为博君一粲的戏语。如《六一诗话》载：“有赠渔父一联云：‘眼前不见市朝事，耳畔惟闻风水声。’说者云：‘患肝肾风。’又有咏诗者云：‘尽日见不得，有时还自来。’本谓诗之好句难得耳，而说者云：‘此是人家失却猫儿诗。’人皆以为笑也。”论诗者以诙谐调侃的人化，化解了批评对象表面的庄严，故而可笑。但从另一个角度来看，能以人事戏谑诗句，这不仅仅是联想上的小把戏，还是源于文学与人生之间的同构性。

又如宋代李觏《上宋舍人书》所云：“近年以来，新进之士……不求经术，而摭小说以为新；不思理道，而专雕锼以为丽。句千言万，莫辩首尾。览之若游于都市，但见其晨而合，夜而散，纷纷藉藉，不知其何氏也！”对于时文的不良风气，李觏形象地比

① 王夫之：《姜斋诗话》。

之于都市生活的繁华喧闹而缺少和谐统一的内在秩序。

以人类社会生活为喻，是“人格化”从人的形体结构、有机功能，向社会功能的推衍。这方面，叶燮的《原诗》发挥得最为充分，可以说将“人格化”扩展到了极致。其行文之中，处处以人类社会为喻的方式来阐发文理，此处略举几例。

《内篇上·三》以饮食、丝竹、居室古不如今之理来说明文学发展必须求新、求变；又以人之行程的步步相继阐明诗歌艺术沿革之相续相禅之理；以小儿学语“徒有喔伊，声音难似，都无成说，令人哕而走耳”嘲讽前后七子句剽字窃、依样画葫芦的复古行为。

《内篇下·二》，以“医者之治结疾，先尽荡其宿垢”的方法，说明作诗者须痛去自己本来面目，以古人之学识神理充之，久而能去古人面目，匠心自出。

《内篇下·四》，作诗须具“才、胆、识、力”。有“识”，方得“任其发宣而无所于怯，横说竖说，左宜而右有”，不然，则如“三日新妇，动恐失体；又如跛者登临，举恐失足”。“惟力大而才能坚，故至坚而不可摧”，“言若金石”，譬之于二人行于险路，“弱者精疲于中，形战于外，将裹足而不前，又必不可已而进焉。于是步步有所凭藉，以为依傍；或藉人之推之挽之；而手有所持而扪，或足有所缘而践”；有力者“神旺而气足，径往而直前，不待有所攀援假借，奋然投足，反趋弱者扶掖之前。”所以，无力不能自成一家。而人各自有家，不可“依傍想象他人之家以为我之家”，也不可“穿窬邻人之物以为己有”，因而立言者应自成一家，不可依傍他人。

《外篇上·七》以用兵之出奇制胜，说明作诗“须有我之神明在内”，活学其法，不然“直如刍狗，略无生气”。

《外篇下·一》，以三皇五帝、三王（夏商周开国之君）、汉祖唐宗等王霸之更替兴衰，法制之日益完备，来说明诗歌艺术从文体初创到质文治具，进而作者代兴，“因”之而广大之，极其所至，后代之诗，求穷尽事物之变，不拘格套方能成其霸业的文学内在规律。

《外篇下·一七》:“作诗文有意逞博，便非佳处。犹主人勉强偏处请生客，客虽满坐，主人无自在受用处。多读古人书，多见古人，犹主人启户，客自到门，自然宾主水乳，究不知谁主谁宾。此是真读书人，真作手。若有意逞博，搦管时翻书抽帙，搜求新事、新字句、以此炫长，此贫儿称贷营生，终非己物，徒见蹴踖耳。”

正如沈珩《原诗叙》所言，《原诗》阐明文理，“凡天地间日月云物、山川类族之所以动荡、虬龙杳幻、鼪鼯悲啸之所以神奇，皇帝王霸、忠贤节侠之所以明其尚、神鬼感通、爱恶好毁之所以彰其机，莫不条引夫端倪，摹画夫毫芒，而以之权衡乎诗之正变、与诸家持论之得失，语语如震霆之破睡”。天下之事同情同理，在古代观念中，人事与文事同理相通，可互为参照发见。

由此可见，中国诗学的“人格化”，不仅仅是术语的“人格化”，而且是对人的全息摄取，其内在精神也与人的日常生活相通，走向了人诗为一的境界。文学的境界与人生的境界的全然相融，环环相扣，息息相关。在我们今人眼中看来，就表现为生存状态的诗化和艺术理论的人格化。

（二）中国文论的“人格化”并不是固定不变的。从物我互渗的原始思维，到对人自身价值的体认，再到视艺术为人生、以艺术直观生命、以生命体验艺术，中国传统思维和艺术观的发展，经过了漫长而艰难的历程。与之相应，中国文论的“人格化”批评，日趋周密完备，经历了从实到虚，由人象之喻到境象之喻，由形象性人化向整体功能的人化的推衍。

人化批评的最初表现形态呈现同构层次的“以人体为喻”，如东晋葛洪《抱朴子·辞义》论属文之病：“其浅者则患乎妍而无据，证援不给，皮肤鲜泽而骨鲠迴弱”；颜之推《颜氏家训·文章篇》所论:“文章当以理致为心肾，气调为筋骨，事义为皮肤，华丽为冠冕”，这些文论尚带有较明显的初创时期相术和人物品鉴之风的影响，即以诗章与人身体相为比拟，指证的是文学对象与人的有机体之间的直观对应。当时人们热衷于讨论的是形与神的问题，追求的是骨肉匀停、表里周密的有机完整性。

在这一时期，随着人物品藻的风行，对人的精神气质以及道德的品评，也进入了文论话语。该阶段，整个审美的核心范畴是“骨”，标举骨骼清刚、风清骨峻的风貌，究其内涵，则于相术骨相之说中注入了人物品评对风致性情的追求。汪涌豪在其《中国美学风骨论》一书中指出：两汉相术以骨相气色推察人的命禄，而汉末魏初品人重骨法，稍偏于神理性情。至两晋南北朝，则将骨与风与力直接组合，重铸“风骨”一词，以指人诚于中形于外的精神风貌，将人的体骨形貌、才性修养、风度仪表综合为一个整体，并作为审美范畴运用于人物和艺术的欣赏品评。风骨范畴的形成，体现了在文化演进的过程中，“人格化”从实在的人体向精神内在的人格推衍。文学活动，除了“形神兼备”、“气足神完”的生命寻求外，还要营造真善美相统一的艺术境界。可以说，以“人格”品物，是在以“人体”品物的基础上的升华和提升。

风骨范畴的盛行是在唐代，尤其是盛唐，对风骨的重视远远超过了六朝。为脱六朝习气之牢笼，唐初近百年间，从初唐史家到四杰到陈子昂，以风骨为理论武器，树立了盛唐诗坛刚健雄强、真力弥漫诗风的主流地位。壮大高举、气象雄浑的盛唐诗风，以主体充沛生命力和勃郁志气为底里，基于作者内在的豪气、壮思和激情，健康的艺术趣味，开阔的人生视域，这使得以风骨为代表的人格化文论语言，趋向于理想人格的铸造，人之生命所运载的美和善的属性以及社会伦理道德规范，开始一一呈现于人格化批评之中。

中唐之后，随着社会心理、审美风尚的转变，人格化的范畴系列呈虚化之势，“神”、“韵”、“兴象”、“兴趣”等范畴兴起，较之“骨”、“质”、“气”这样一些有形迹的范畴更抽象而空灵。这样的转变与唐宋之时佛教鼎盛、禅宗思维的影响大有关系。禅宗以具象、意象显抽象，贵活、贵灵、贵空、贵透。文论人格化由此开始导向空灵、飘渺的虚无之境。最典型莫过于司空图《诗品》，若“精神：欲返不尽，相期与来。明漪绝底，奇花初胎。青春鹦鹉，杨柳楼台。碧山人来，清酒深杯。生气远出，不著死灰。妙造自然，伊谁与裁？”论者超越了对人的身体的同构摹拟和对品格气质的审美品判，以人之生活情形、思想行为作为描述内容来展示形诸于外的诗歌风格，并在以人为主体的意象组合的境界中完成了人与艺术的交融互渗，实现了文论“人格化”从“以象为喻”到“以境为喻”的拓展。

明清以降，人生之趣，人生之风姿、神韵的追求使“人格化”更趋于人的整体功能性，不仅是个人的风韵，整个人生的丰富多彩，社会生活的五光十色，都进入到文论的境界营造之中。这一点，可以参见前文所举叶燮《原诗》诸例。在这种由实而虚，由象入境，由个体到社会的演化过程中，人格化的文论批评获得了历史的丰富性和绵延不绝的生命力。

（三）文论的“人格化”，在中国并不是孤立的批评现象，而是整个中国传统美学艺术形态体系中的重要组成。

维特根斯坦《哲学研究》中说“不要想，而要看！”（Don't think, but look!），鲁道夫·阿恩海姆则说：“知觉活动在感觉水平上，也能取得理性领域中称为‘理解’的东西……眼力也就是悟解能力。”① 这与中国魏晋以来形成的“目想”的思维方式甚为相似。本书第四章论述中国文论直觉思维时已经讲到，为超越语言对整体世界的割裂，庄子美学以目击道存、心存目想、物我相融时的一瞬间的体悟，来追求对对象的整体把握。钟嵘《诗品》说：“寓目辄书”；萧统《文选序》：“心游目想”；元好问《论诗三十首》：“眼处心生句自神，暗中摸索总非真”；王夫之《古诗评选》：“天壤之景物，作者之心目，如是灵心巧手，磕着即凑”等等，都是强调“目见”对于艺术审美活动开展的重要性。目想，不仅是中国传统艺术构思的不二法门，建立在目想思维之上的具象批评亦是中国传统艺术理论非常重要的批评方法之一。在中国，文艺批评者凭其艺术家的气质和能力，不仅仅能体验到作品传达给他的意义，还能将其变成一种可以触知的东西，“能够为他亲身体验到的无形体的结构找到形状”②。“人格化”，便是具象批评中最特殊的一个

① ［美］鲁道夫·阿恩海姆著，滕守尧、朱疆源译：《艺术与视知觉》，中国社会科学出版社 1984 年版，第 56 页。

② ［美］鲁道夫·阿恩海姆著，滕守尧、朱疆源译：《艺术与视知觉》，中国社会科学出版社 1984 年版，第 228 页。

部分。物象、人象，或以人或物为主体的“境象”，犹如诗之“眼”，于无言处引导读者进入文本并领悟象外之意，通过人格化的感性呈示，寻到通往韵外之致、壶内乾坤的必经之道。因为书法、绘画是直接触于视觉的象形艺术，因而找到这条道路，较文学要直接许多。

较文学而言，书法艺术是典型的“象”的艺术。汉字本身的“依类象形”以及书法以线条、造型等为美学要素，直接触及视觉，通过目击——远而望之、近而察之——与具象取得互融沟通。如果说，由文学到人的过渡，需要一定的想象和联想的心理机能，需要对文学内在的规律和机能有一定的了解，书法艺术到人的过渡，由于其形体上的相似性，十分的简便。因而，人格化，尤其是人的整体风姿的比拟，最早运用于对书法艺术的品评。

按照张伯伟《中国古代文学批评方法研究》中对于“具象批评”（张伯伟称之为“意象批评”）的分期，从东汉后期到魏晋之际的萌芽期，东晋至唐五代的成熟期，“人格化”被广泛运用的批评领域是书法。南朝梁普通四年，当时著名书画家袁昂奉旨做《古今书评》，对二十五位书法家进行评判，其中近一大半运用了人化的批评语言：

> 王左军书如谢家子弟，纵复不端正者，爽爽有一种风气。王子敬书如河、洛间少年，虽皆充悦，而举体沓拖，殊不可耐。羊欣书如大家婢为夫人，虽处其位，而举止羞涩，终不似真。徐淮南书如南冈士大夫；徒好尚风范，终不免寒乞。阮研书如贵胄失品次，丛悴不能复排突英贤。王仪同书晋安帝，非不处尊位而都无神明。庾肩吾书如新亭伧父，一往见似扬州人，共语便音态出。陶隐居书如吴兴小儿，形容虽未成长，而骨体甚骏快。殷钧书如高丽使人，抗浪甚有意气，滋韵终乏精味。袁崧书如深山道士，见人便欲退缩。……曹喜书如经论道人，言不可绝。……蔡邕书骨气洞达，爽爽有神。……张伯英书如汉武帝爱道，凭虚欲仙。……梁鹄书如太祖忘寝，观之丧目。……卫恒书如插花美女，舞笑镜台。

而这样类似的以人的整体风姿，以人物品藻的语言评论文学，大量出现是在宋代之后，也就是张伯伟所说的发展期。文艺批评的人格化，不仅在敖陶孙《臞翁诗评》这样的文论中得以大批量的出现，而且也扩大到了曲评、画评、甚至于医评。在日本、朝鲜这样的东方国度的诗歌批评中也可以看到。①

由此可见，文论“人格化”，并非孤立和偶然。它的出现和发展，与书评、画评和其他艺术批评的“人格化”一起参与构成了中国传统文艺学经验形态，并将其提升到了更高的层次和境界。

人格化，是中国传统具象批评中的核心组成，其内涵又远远越出了具象批评。

首先，人的生命，包含了生命形式、生命功能和生命经验，因而，人格化批评可以集各类具象批评于一体，使艺术的本质和内在规律得以全方位的张扬和拓展，因而“人格化”批评是具象批评的核心和灵魂。

其次，“人格化”所取的是创作体自身——“人”，文学对象不再是对象，而是人自身，文学创作不只是一种文字活动，也是人的生命活动。把艺术看作人本身，其批评方式超越了暗喻和象征，演进为艺术直观生命的体悟，与其说是一种批评，不如说是生命与生命的对话和叩访。通过它，读者之心与作者之心得以“神遇”，在实现真的价值的同时，又让读者体悟生命的美和道德的善。

再次，“人格化”以其独特的功能和意义实现审美价值和批评效果。较于一般的具象批评，“人格化”批评更有利于调动读者的想象和联想等心理活动，有效地实现批评与读者的沟通。它以不可强化图解的人的形态神貌以及生活经验为尺度，既保留了审美经验的模糊朦胧，又避免了分析批评对作品的肢解，以实际经验的完整印象，用络绎纷呈的人化之象、人化之境，引发读者的审美感受，激发读者的审美共鸣。

“审美的愉快产生于生命的自我发现，任何事物，只要呈现出

① 参见张伯伟：《中国古代文学批评方法研究》，中华书局2002年版，第252页。

生命的表现，只要我们从中看见生命的动态平衡和奋求过程，就能造成审美的愉快。”① 人格化，使文学艺术成为映照人自身的镜子，让读者更直接地从中发现自我，发现人生的多姿多彩，从而不仅获取审美经验，而且还伴随着审美的愉悦感。赖力行在《中国古代文学批评学》绪论中指出，古代批评具有鲜明的人文主义精神，其表现的一个重要方面就是批评不仅仅是技巧的解释，还应该使读者看到作者的性情和作品中丰富多彩的人生。从这个角度来看，人格化，不仅仅是富有民族特色的艺术观念，而且还饱含着中国传统人文主义精神的渗透。

① 滕守尧：《审美心理描述》，中国社会科学出版社1985年版，第325页。

第七章

洪范九畴，归畴为范

钱穆先生在《现代中国学术论衡》中指出："西方文化主要对物，可谓是科学文化。中国文化则主要是对人对心，可称之为艺术文化。"① 人生是传统中国人看待世界的基点，人周围的一切都不是冷漠僵死的对象，而显示着生活的意义。这种诗性的世界中，产生了人格化的文论话语，也产生了一系列的与人的生命、感性、经验世界息息相关的文论范畴。

我们的祖先在认识世界、构建概念的过程中，取"归畴为范"的经验归纳之径，在提取概念的同时对具体的形象和鲜活的经验不离不弃，并逐步树立起名实相符、名不离实的名实观。这种名实观落实到文论范畴之上，表现出生命之灵动与概括抽象相统一的诗性特征，成为了中国传统文论诗性景观的重要组成。许多文论范畴无论是其原初含义还是参与构建传统文论世界的过程中，无不饱含着浓郁的诗性意味，其中，"文气"范畴颇具有代表性。

---

① 钱穆：《现代中国学术论衡》，三联书店2001年版，第260页。

第一节 名实之间

如黑格尔所言：“文化上的区别，一般地基于思想范畴的区别。”① 诗性文化的典型特征之一，便是其遵循诗性逻辑而构建的“想象性类概念”体系。诗性逻辑实体性、经验性的类化思维方式，明显地体现于汉字象形见意的构造之中，促成了古代中国独特的“名实”观。这必然影响甚至制约范畴系统的构成方式，也赋予了古代文论理论范畴的经验归纳性质。

一、依形定名，类族辨物

范畴是人类把握世界的方法，是帮助我们认识和掌握自然现象之网的网上纽结。通过对对象世界的概括、抽象和分类，纷杂的自然万象方以井然之序呈现在人类的思维之中。在传统中国的诗性世界里，人们认识世界的主要途径是以实体性的概念区别事物的不同类型。即如《易·同人·象传》称：“天与火，同人。君子以类族辨物”，《尹文子·大道上》称：“名也者，正形者也。形正由名，则名不可差。”依形而定名，类族而辨物，也是早期人类在诗性逻辑下创造出把握世界的经验模式，亦即维科所说的“想象性的类概念（imaginative class concepts）”。

谈到“想象性类概念”，必须先了解什么是“类概念（class concepts）”。“类”在西方逻辑学体系中“通常也称为集合，是具有相同属性的事情的汇集。”② 对于古典概念体系的创建者亚里士多德而言，概念必须是排斥诸现象的罗列，可以自明的抽象真理，而类概念必须是某种抽象本质属性的体现，被用以作为分类的准则，它是“抽象的共相”，排斥具体现象，却可以推导出一个个具体的事物。当人们在思维中习惯于用抽象的本质属性来归类和定义

① ［德］黑格尔著，贺麟、王太庆译：《哲学史讲演录》，三联书店 1956 年版，第 47 页。

② 《哲学大辞典·逻辑学卷》，上海辞书出版社 1988 年版，第 355 页。

万物时，语言的、观念的世界成为了先于现实世界的东西，而具体的事物只是无限的理念在世间有限的实现。比如说，生物学中树的概念绝对不包含有鲜明的形象，当我们指着一棵枝繁叶茂、栖鸟鸣唱的老榕树说“这是一棵树”的时候，实际上已用观念来认知真实，把活生生的一棵树归于一个抽象的类概念之中。

然而抽象的观念并不是人类认识世界的自然方式，亚里士多德同时期的古希腊人对事物类别的认识还是习惯于枚举法，如“人”这个概念是用张三、李四一个个活生生的人的集合来表示的。亚氏的老师柏拉图在其哲学著作中，一次次地谈到苏格拉底是如何耐心地指导时人纠正以个别表示观念的“错误”思维。由此可见，“共相”、“类概念”并非是早期人类的认识方式。在《新科学》中，维科指出，最初的人民仿佛就是人类的儿童，根本不懂得“共相”或可用理智去理解的“类概念”。早期人类在从个别认识一般时，遵循的是源自人本心的特性：每逢对远的未知的事物不能形成观念时，就根据习见的事物去对它们进行判断。这也是一种纯粹的经验式的判断，在被经验感知的个别具体事物之上形成“想象性的类概念”，就是用形象鲜明的突出的个别事物代表同类事物。于是，人们在神话中创造出一个个“诗性人物性格”，他们“制造出某些范例或理想的画像，把同类中一切和这些范例相似的个别具体人物都归纳到这种范例上去”①。这些类型化人物主要是某种观念的集中体现，因而他们实质上只是某种观念的集合。希腊神话中，阿喀琉斯指一切强大汉子所共有的勇敢；攸里赛斯指一切聪明人所共有的谨慎。直到今天，这种“诗性人物性格”仍然活跃于民间的文学想象之中。像中国传统道德观“忠孝节义”皆被落实为具体的人物和具体的事件，通过杨家将、岳飞传、三国、二十四孝等故事的传播，民间的传统道德观念得以树立，在关羽、岳飞这样具有普遍意义的具体人物身上，道德观念的集合远远超过了人物的个体性，他们是全民族共同创造出来的想象性类概念。这种通过某实体来达到概括和抽象的冲动，并非仅在于塑造出具有非凡品性的人

---

① ［意］维柯著，朱光潜译：《新科学》，商务印书馆 1989 年版，120 页。

物，其真实目的在于概念的获得，对于早期人类来说尤其如此。

“金橘”是原始思维中一个很重要的想象性类概念，它代表或象征着成熟、收获、珍贵。原始人开荒种地，收获谷物，并发现谷物有助于人类营养，“从此他们运用一种很美妙的既自然而又必然的比喻，把谷穗叫做金橘。把橘这种自然果实夏熟的观念转注到用人工也在夏天使其成熟而收割起来的谷穗”；“当英雄们把谷穗称为金橘时，谷物一定还是世界上唯一的黄金。……只有到后来人们才根据金属矿物在颜色上类似当时人们最重视的谷粮，人们才以比喻的方式称金属矿物为金。”西方文化中，能归于“金橘”或“金色”一类的，大多与成熟、收获、珍贵等概念相关，如荷马史诗中的“金羊毛”，古希腊神话中的“金枝”，加冕典礼上国王手持之“金球”，婚礼上国王赐给王后的“金币”，等等。①在维柯所举的这个例子中，原始人类先是创造出“金橘”这样一个想象性的类概念，然后将各种与之同类的物体——金穗、金矿、金羊毛、金枝、金球、金币等——归于其中。用“金橘”这一实物来代表其他实物，在这一点上《易·系辞》所言的“其称名也小，其取类也大”类辨思维与之非常相近，就是以具体概念代表某些事物的相同属性。

想象性类概念主要的特点，在于它是一种不离形象或实体的抽象和概括，比如说用雪花来表示白，用大腿来表示直，用狐狸表示狡猾，用狮子表示勇敢，等等，主要是从对象的外部形象及形象的结构中，抽取其主要特征形成实体概念“以类万物之情”，这种“依形定名”的方式，迥异于逻辑思维从对象的内在联系和结构中抽取本质特征而形成抽象概念的方式。逻辑概念总是避免形象的干扰，因而没有感性的色彩。而想象性类概念无论抽象或概括到什么程度，始终没有飞升而完全摆脱物质形象，因而总是带有感性的色

① ［意］维柯著，朱光潜译：《新科学》，商务印书馆1989年版，第284～290页。

彩。① 所以，这种形象性的概念范式使原始语言带有强烈的诗性和艺术形象性。

想象性类概念的另一个特点，在于其经验性归类方法。列维-施特劳斯指出："任何一种分类都比混乱优越。甚至在感官属性水平上的分类，也是通向理性秩序的第一步。"② 通过分类使众多的意象建立某种秩序，是思维系统的自组织功能必然会产生的要求或趋向。我们今天所说的分类，是根据一个对象的本质特性，将其纳入到一定的类概念当中。或者说，概括众多对象共同的本质特征，而形成一个类概念。而诗性逻辑层次上的"分类"，立足于同类相似的关系，更近似于"归类"。想象性类概念并未真正达到一般，而只是从众多个别实体中摄取了共同的或相似的"象"，所以在概念之间并不存在真正意义上的"种属"关系，而只有一种"相似"关系的集合，是《周易·系辞》所说的"方以类聚，物与群分"。想象性类概念代表的是具有相同属性的群体，这种归类的方式类似于皮亚杰在考察儿童思维时指出的，在"表象性思维"的水平上，"分类只是形成'形象集合体'"。③

原始人切分组合对象，将之归类的方式变化多样，从根本上讲，不外乎"求同"。这些共同之处也许是外形上的，也许是空间位置上的，也许是某种实用功能上的。例如，那伐鹤（Navaho）印第安人把动物分为"走兽"、"飞禽"和"爬虫"三大类，每类再分为"陆地行者"与"水泽行者"、"日行者"与"夜行者"。母项的标准是活动的方式，子项的标准是活动的区域与时间，都很清楚，没有含糊。然而这并不算是严格的逻辑分类，因为这些都是对动物的外部形象的描述，而非内部基本特征的规定，于是往往出现这样的情况，今人看来完全不同的动物被归到一个类下，比如说

---

① 刘文英：《漫长的历史源头——原始思维与原始文化新探》，中国社会科学出版社 1996 年版，第 194 页。

② ［法］列维-斯特劳斯著，李幼蒸译：《野性的思维》，商务印书馆 1987 年版，第 21 页。

③ ［美］皮亚杰著，范祖珠译：《发生认识论原理》，商务印书馆 1987 年版，第 36 页。

尼尔人把红蚂蚁与眼镜蛇作为一个种类，因为它们的外观看起来都是棕红色的①。因而，无论分类之标准如何变化多样，其归纳的基点都是经验的观察和积累。

思维运算方式的差异，使诗性思维中的概念体系迥异于我们今天的概念体系，这些概念在我们的脑海意识中唤起的联想意象群，由此也完全不同。当澳大利亚土人或者回乔尔人想到"鹿"或者"羽毛"或者"云"的时候，他脑海中所呈现的图景绝对包含着欧洲人的概念意识中完全不同的东西。而我们今天说的"骨"，与古人所说的"骨"，所指的外延和内涵又绝对不是一致的，或者说，古人的"骨"，很难用外延内涵这种逻辑术语进行分析，因为，在想象性类概念中，表象的关联通常与表象本身一起提供出来。正如布留尔所言：原始思维"表现出几乎永远是不分析的和不可分析的"②。

二、依类象形，故谓之文

语言是人类思考的工具、意识的模型，正是在语言的使用和承袭过程中，铸成了一个民族的思维定势，并构建起一定的文化精神和审美理想。西方世界被语音符号规整成抽象概念时付出了沉重的代价，剩下的只是一个思想符号的世界，而汉语言文字为我们保留了一个经验的世界——几千年前同样在我们祖先的视野中展开的经验世界。语言文字像一面透镜，让我们从中发现思维母体的深刻影响；另一方面，文字是构成概念体系的基本元素，中国传统元范畴全由单字组成，因而汉字也是我们探索中国古代范畴特征的必经津梁。

原始人以诗性的逻辑建构起想象性的类概念体系，凭借经验性的归纳喻概念于形象，这种诗性逻辑在中国的汉字构成中至今仍然

① ［法］列维-斯特劳斯著，李幼蒸译：《野性的思维》，商务印书馆1987年版，第47~48页，第67页。

② ［法］列维-布留尔著，丁由译：《原始思维》，商务印书馆1981年版，第102页。

清晰可察。首先，汉字具有以人为本的具象性特点。与西方拼音符号不同，汉字始终保留了象形符号的特点，视而可识，察而见意。六种造字法中，纯粹的象形字并不占汉字的多数，但无论是指事、会意、甚至形声字，都少不了形象视觉的要素。《周易·系辞下》："古者庖牺氏之王天下也，仰则观象于天，俯则观法于地，观鸟兽之文，与地之宜，近取诸身，远取诸物，以通神明之德，以类万物之情。"所谓"观象"即凭自己的感观去了解自然世界，"近取诸身"、"远取诸物"，即提炼万物之精华，摄自然与社会中的各形各态、动物与人的形状，然后以诗性智慧研磨抛光，使每一个符号都成为具有丰沛生命力的艺术品。这种生命力，即源自于其对实体和形象的摄取。

自然万象，是汉字创造的灵感之源。所有的原始语言都具有形象性和具体性，倾向于描写"那种能够感知和描绘的东西。"① 而这"绘声绘影"倾向在汉字里保留得最为完整清晰。人的四肢五官，自然界的日升日落，以及草长莺飞、高山流水，无不入字。宗白华先生曾经讲道："中国字在起始的时候是象形的，这种形象化的意境在后来'孳乳浸多'的'字体'里仍然潜存着、暗示着。在字的笔画里、结构里、章法里，显示着形象里面的骨、筋、肉、血，以至于动作的关联。后来从象形到谐声，形声相益，更丰富了字的形象意境，象江字，河字，令人仿佛目睹水流，耳闻汩汩的水声。"② 文字的形象可视的具象特征，宛如一幅幅生动的画卷，引发人的联想，激发人的美感。如"早"的初文"杲"，万物初醒，朝辉染红了树丛的顶端，"夜"的初文"杳"，最后一抹余辉被树丛吞没，夜的静寂笼罩了大地， "杲乎如登于天，杳乎如入于渊"③，此两字的具象性，使读者在阅读此类语句时，激发出文字表面含义之外的更丰富的想象。美国意象派诗人弗莱契被汉字

① ［法］列维-斯特劳斯著，李幼蒸译：《野性的思维》，商务印书馆 1987 年版，第 150 页。

② 宗白华：《美学与意境》，人民出版社 1987 年版，第 332 页。

③ 《管子·内业》。

"莫"（"暮"）启示出诗的灵感："现在，最低的松枝，已横画在太阳的圆面上。"① 视觉符号特征，使汉字本身成为一篇文、一首诗、一幅画，含不尽之意于其中。

具象性的汉字构结的中心，是人的感知经验。姜亮夫在《古文字学》中指出：

> 整个汉字的精神，是从人（更确切一点说，是人的身体全部）出发的。一切物质的存在，是从人的眼所见，耳所闻，手所触，鼻所嗅，舌所尝所出的（而尤以"见"为重要），故表声以殸，以萧管（即虽），表闻以耳（听，闻，聪等），表高为上视，表低为下视。画一个物也以人的所感受的大小轻重为判，牛羊虎以头，人所易知也；龙凤最祥，人所崇敬也。总之，它是从人看事物，从人的官能看事物。

以人的身体、感官和行为作为衡量世间万物之准的，这种"以己度物"的诗性思维在汉字造字法中保留得非常完整。汉字以人为本的经验世界，直接促使了一系列以"人格化"为中心的具象性范畴概念的产生。

其次，汉字之中体现着经验性归纳的思维特点。文字毕竟不同于图画，许慎在《说文解字》中把仓颉造字的基本方式归之为"依类象形"，后世研究者多注重"象形"二字，而忽略了"依类"二字。文字的记录者不可能将所有的个体形象逐一描画，而必须在类化的前提之下提取出某一类事物的总体特征，因而在古代汉字之中亦隐藏着古人们的类化思维的相关信息。比如"人"字，从铭于殷代青铜器上或四肢俱全或瞪眼竖鼻的正面"写真"②，到取侧

---

① 赵毅衡：《意象派与中国古典诗歌》，载《外国文学研究》1979 年第 4 期。

② 藤枝晃：《汉字的文化史》附图，知识出版社 1991 年版。

立姿势“象臂胫之形”①，这一演变过程里面就隐含着古人对于“人”之类别的认识。如果仅就象形而言，现有的“大”字更像人的形体，为何取“人”不取“大”？如果与狗的象形字“犬”相比较，造字之初强调了人是直立行走的意图十分明显。人是直立的两腿动物，这是和其他动物最明显的区别，但这种区别是经验性的而非本质性的。将直立而不必用手足并用爬行作为人与禽兽区别开来的主要特征，很显然，在这里人的主观经验成为了比客观属性更重要的依据。再如“月”字，画成一轮弯月的形状，月有阴晴圆缺，一个月内只有十五和十六的月形是圆形，于是古人选择了弯形作为月亮的主要特征，其目的是和“日”区别开来。视而可察的经验性归纳凭借人的主体经验从纷繁而缺少天然秩序的现象群中提取主要的特征来进行定义和类化，这成为汉字“依类像形”表达概念的主要标准，并且在从文字图画到真正文字的转换的同时，实现了由个别特征表示整体形象的以少总多、以简驭繁的符号功能。

另外，汉字还成功地解决了象形文字表达抽象概念的难题。许多早期的象形文字都因无法灵活地传达抽象概念失去了生命力，但汉语言驻足观察的经验性归纳，巧妙运用充满诗性隐喻的神秘互渗实现了抽象概念的表达，“山之精神写不出，以烟霞写之。春之精神写不出，以草树写之”②。诗性智慧的抽象是在彼此不同的存在物神秘的相互作用中寻找到一般性因素。譬如“大”的概念，即从正立的人形得出。在汉民族充满了隐喻的神秘可能性的氛围里，天地人，皆为“气”化，通过这一共同的神秘物的互渗，人的身体、人的感觉、人的精神，与天地万物相往来，异形同构，“天大，地大，人亦大焉”③，因而正面的“天地之性最贵者也”④ 的

① 许慎撰，段玉裁注：《说文解字注》，上海古籍出版社 1981 年版，第 365 页。

② 刘熙载：《艺概·诗概》。

③ 许慎撰，段玉裁注：《说文解字注》，上海古籍出版社 1981 年版，第 492 页。

④ 许慎撰，段玉裁注：《说文解字注》，上海古籍出版社 1981 年版，第 365 页。

人形，囊括了殊类异质的纷陈万象中所有“大”的概念。用有限的个体表达共性，可以从人到万物，也可以从物归之于人。比如“才能”、“能力”之“能”，在金文中是一种动物，《说文》称“能，熊属，足似鹿”，据说“能”这种动物强壮而灵巧，故“人有贤才皆谓之能”。就金文“能”字的象形而言，“能”这种动物的功能与具有这种功能的动物还是相互纠缠的；而就“能”字的释义而言，用具有“强壮、灵巧”之功能的实体，比喻性地表示人或其他动物的强壮和灵巧。在长期的使用过程中，“能”这一能指的“实体性”所指逐渐淡出乃至于完全消失，最终只剩下较为纯粹的“概念性”所指，或者说，“能”这个类概念发生了从形象到抽象的转化。再如“类”字，“类”原字为“類”，“頪”是声符，“犬”是义符。《说文》曰：“类，种类相似，唯犬为甚。”“类”的本义是“相似”，类别是以“似”或“不似”来划分的。“唯犬为甚”是说在古人眼中犬与犬的相似性最为突出。犬是人类最早驯养的一种动物，因而人们很早就发现，犬与犬在外形上非常相似，而不自觉地把犬看作一个“类”。但这实际上只是关于犬的一种经验式归纳，与犬之作为哺乳动物的一个“种”的“类”概念相距很远。基于“相似”这一经验性前提的“犬类”被用以表示“类别”的抽象含义，从“类”的概念的建立和表达上，我们也寻觅到经验式的分类方式和以具象表抽象的诗性逻辑的鲜明印迹。

观察、描绘、归类、抽象，汉字的“类化”过程中经验性归纳、以具象表抽象的诗性逻辑，直接影响了中国范畴体系的生成。但在符号化和化繁为简的同时，古人从来没有放弃过对具体感性及细节的强烈兴趣，也就是说，汉字使用指向的仍是多样化的经验世界。“牛”字的初文是以牛头的形象“依类象形”来代表这一类的事物，即所有的“牛”。但是，原始初民在描述不同种类的“牛”时，仍然要用各种各样的专名，比如《尔雅》所提到的“黑牛”就有黑唇牛、黑眼圈牛、黑脚牛、黑耳朵牛、黑肚皮牛等。这些专名都是描述性的，可睹可闻的，而且“它们特别注意表现那些为我们的语言（现代西方语言——引者注）所省略或者不予表现的具体细节”①。不惟名词，动词更是如此。“一个原始动词就可以反映原始人劳动生活和日常生活的一个情境。在原始动词的意义中，不但包含着某种行为，而且包含着行为的主体、客体、方式、工具、时间、地点等等。”比如一个“杀”字，其含义中既有行为（杀），又有行为的主体（我方）、客体（敌方）、地点（战场上）、时间（肉搏时）等。②

因而，汉语从具象到抽象，并没有完结，而是指向了更为丰富的具象，也就是大千世界的丰富多样性。于是，我们看到古文字的诗性特征在两个相反的维度展开。就字和词的创造而言，古文字是内敛式的聚象；就字或词的解释和应用而言，又是外衍式的绘象，举一反三、闻一知十地描绘百态千姿的声色形貌。这使由汉字构成的概念范畴，也沿着具象—抽象—具象的路径展开，具有了一词数义、每义具形的特征。

譬如“美”，无论许慎解说的“羊大为美”，还是当代学者解释的戴着头饰的巫师，“美”的汉字无疑是从形象凝结而成，然而在“美”的使用过程中，没有人像苏格拉底一样去追问“什么是美”，人们只关心“什么是美的”。同是美的概念，徐上瀛《大还阁琴谱》解释说：“丽者，美也”；黑格尔《美学》中的定义则是：“美是理念的感性显现。”黑格尔的“理念”是彻底放弃具象性质的抽象概念。他所得出的美的概念丝毫不带感性的色彩，是完全抽离了形象的纯概念。而在中国，人们习惯的是在粘带着形象的概念上进行思考。人们对美的概念的认识没有离开具体形象的“丽”，徐上瀛在思考美时，也是经过了一定的推理和判断，但在这抽象概括的过程中，他的思维始终没离开现实的经验和具体的形象。“美”的指向，远远超过了其字体凝结的实体对象，转眼间融入到更丰富多样的形象之中，成为各种美的形式的集合。传统的中国

① ［法］列维-布留尔著，丁由译：《原始思维》，商务印书馆 1981 年版，132 页。

② 张今、陈运清：《英汉比较语法纲要》，商务印书馆 1981 年版，第 337～338 页。

人，对于多样性的兴趣，远远超过关于本质的纯形而上的追问。

正是汉语言文字这种具象——抽象——具象的思维理路，使其所指内涵远远超出了能指的形式，有限的字形中汇聚了极其丰富的文化信息，对此E. 范尼洛萨在其著作《汉字作为诗歌的媒体》不禁赞美道："诗的思维通过暗示来工作，将最大量的意义压进一个句子，使它孕育，充电，自内发光。在汉语里，每个字都聚存着这种能量在体内。"① 汉语中保存着的"诗的思维"，为传统范畴体系以少总多、凝无限于有形的特殊性提供了基础。同时，取象尚简的汉字，也导致了范畴外延的模糊和灵活多变。林纾《春觉斋论文》称："字为人人所识，为义则殊；字为人人所习见，安置顿异，此在读古文时会心而已。"说的就是汉字和汉字构成的范畴对文学创作和批评的巨大影响。

三、名实相符，归类于范

中国哲学中的"范畴"一词，译自西语 category，取《尚书·洪范》"天乃锡禹，洪范九畴"之义。然而与西方相比，中国传统范畴体系，有着自己的运行轨迹。"洪范九畴"之"范"，本义为铸器的模子；"畴"，本义为耕治之田。孔颖达疏曰："畴是辈类之名，故为类也，言其每事自相类者有九。""辈"，亦可释为"类"或"等等"。可见"范畴"一词的初义，是将同类的事物归纳起来而作为典范，所谓归"畴"（类）为"范"是也。出于诗性思维的特性，中国传统范畴选择了自己的表达方式——归类于范，也就是我们上文所讲的诗性的经验归纳，这使得中国的范畴系统表现出独一无二的民族特性。

"名实相符"是中国传统范畴系统的最主要特征。"名"与"实"，是中国古代哲学思想体系的重要范畴，出现在春秋末年，《墨经·经说上》曰："所以谓，名也；所谓，实也。""名"接近于今人所说的概念和范畴，"实"则是概念所称谓的事物。名实之

① E. 范尼洛萨：《汉字作为诗歌的媒体》，D. 阿伦与托曼编《美国新诗学》，转引自郑敏《语言观念必须革新》，载《汉字文化》1997年第4期。

辩则是战国时百家争鸣的重要问题之一。在名与实关系的争辩中，中国传统的范畴系统的主要特征逐渐清晰地显现。

“觚不觚，觚哉！觚哉！”面对新款酒器，孔夫子感慨万千。觚，这个“名”本指有角的酒器，其形状上圆下方，腹部作四条棱角，足部也作四条棱角。随着时代风尚的变迁，社会上出现了种种新的酒器，孔子所见的觚已不是原来的模样，但当时都被叫做觚，形已不与名符。在孔子看来，“名失则衍”，社会混乱、“礼崩乐坏”是由“名”、“实”的混乱引起的。故而“为政必先正名”，通过正“名”以正实，恢复周礼的名分制度，社会才可以转危为安，转乱为治，秩序方会井然。孔子的这种以名正实的观点，即由实决定名，由概念去规定现实存在，强调的是名实之间的一致。

名实相符，不仅仅体现在孔子的名教观中，在先秦绝大多数思想家的名实观中都可以找到相近的认识。庄子曰：“名者，实之宾也。”认为名是实的陪从和象征。墨家主张“以名举实”，“举”，“拟实也”，名应是对对象的认识和反映。荀子则指出“制名以指实”，即制定概念的目的在于说明现实。《管子》中亦反复强调了“按实而定名”，“名生于实”。《尹文子·大道上》称：“大道无形，称器有名。名也者，正形者也。形正由名，则名不可差。故仲尼曰‘必也正名乎！名不正则言不顺’也。”在尹文子看来，大道无形不可名，可名者皆有形之器。因此“名”因称“器”而产生，依“形”而立。这些观点都认为：“名”应该是“实”的反映和呈现。虽然这与孔子的以名正实的观念不尽一致，但其中仍清晰地体现了名实相符观。而且先秦思想家对“名”的研究是以关怀社会秩序为中心，以解决现实社会的实际问题为目的①，其根本目的与亚里士多德的范畴理论的“纯知识”兴趣不同。可见，强调概念与现实之间的关系是中国传统思维的重要特征，它折射出古代中国人名实观的核心部分：名的产生和应用不能游离在现实之外，名虽然是抽象的和理论的，但它同时必须又是具体的和实际的。

---

① 参见陈声柏：《先秦名学与亚里士多德的范畴》，载《兰州大学学报》2003年第3期。

在这样的背景之下，加上汉字的象形特征，中国的传统哲学范畴绝大多数是建立在具象基础之上，为解决具体的问题而提出，先取象，后抽象。这种名不离实、名象相融的范畴特征与西方完全不同。西方概念体系为了追求逻辑的明确性和系统性，极力排斥单独个性和具体意象的干扰，只把概念作为思维的唯一合法工具；而在中国的传统范畴中，名和象为同样合法的思维工具，即使是后人眼中看来完全符号化的一些哲学范畴，但其原初的实体形象性，以及这一形象在汉字中的保留仍不时会影响到我们的思维过程。①

譬如“易”之名，或说原来取象于蜥蜴，因其会改变自身的颜色故用以表示变易；也有人说其字上日下月，以日月象征阴阳；或说其字下为日影，以向日背阴表示阴阳等等，无论哪种解释，都和某种实体之象有关联。

再如“道”。道首先是中国哲学的元范畴，继而衍为中国文论的元范畴，有着颇为纯粹的形而上意味，但“道”这个字在古汉语中的原初释义却是实体性的。《说文》：“道，所行道也。”道就是道路，《诗经·小雅·大车》有“周道如砥，其直如矢”。经验世界中实体性的“道”有着诸多特征或规定性，如：道之两端（起点与终点），道之边限（轨与界），道之走向，行道之方，等等。“道”的这些经验层面的义项，在历史时空中逐渐发生了由形而下向形而上的转变。由“道之两端”而有“本源”、“本体”、“终极”之义，由“道之边限”而有“准则”、“规范”之义，由“道之走向”而有“运行”、“规律”之义，由“行道之方”而有“技艺”、“技巧”、“技法”之义……凡此种种，从不同的层面构成中国古代文论元范畴之“道”的丰富内涵。《说文》说“一达谓之道”，而“道”之“一达”何其远哉：由“如砥”、“如矢”之道，达于“不可见”、“不可道”之道。无论是老子的“道隐无名”还是朱子的“道是统名”，都可视为对“道”的形而上体认。而今天我们在思考天道、人道、文道等哲学或艺术问题时，总不免会产生

① 参见刘文英：《中国传统哲学的名象交融》，载《哲学研究》1999年第6期。

天体运行之道、人生的道路等与“道”概念的原初实体含义相关联的想象。另外“理”、“气”、“文”等元范畴也经历了由经验而超验、由具象而抽象的演变历程。而纯抽象范畴非常少见，即或产生，也非主流。

传统范畴系统的第二个特点，是对于属性也就是定义问题的淡漠。定义是对概念的准确把握，是以对事物的本质的探求作为基础的。总的说来，古代中国人对于本质问题并无太大的兴趣。虽然《墨经》、《荀子》这样的哲学著作表明古代的思想家已经对于种属关系有了一定的认识，如《墨经》的《经上》曰：“名：达、类、私。”《经说上》又对此解释道：“名：物，达也，有实必待之名也。命之马，类也，若实也者必以是名也。命之臧，私也，是名也止于是实也。”将名分成三种：达名、类名、私名。物是达名，即总概念，它所反映的是实际的一切对象；马是类名，即类概念，它所反映的是实际的某一类对象；臧是私名，即特殊概念，它所反映的是实际特定的个别对象。《荀子·正名》中则以“大共名”、“大别名”区别总概念和类概念。然而，《墨经》和《荀子》都没有将种属问题的讨论与事物本质问题结合起来，而是仅止步于此。而且种属观念在中国人的思维体系中发展相当有限，传统范畴中，极少可见到纵向的从属概念体系，最发达的还是以经验归纳的意象组合为形式的类概念体系。

与对定义的漠然态度相对，则是传统范畴系统对于内涵之丰富完整的特别关注，对于对象世界具体性、多样性、生动性的强烈兴趣。可以说，经验归纳的目的，是为了更进一步地展示世界的千差万别。中国人的思维始终离不开具体的感性现象，易象中的阳爻“—”、阴爻“--”，这两个在黑格尔眼中“极抽象的范畴”符号，实际上仍是源自于具象基础上的高度抽象，有的学者解释为抽象于男女的生殖器，有的学者则认为它们是占筮用的两种竹节。而让习惯于纯概念思考的黑格尔惊异和不能理解的是，看上去极其抽象的符号三个一组合，马上就进入了完全感性的具体世界，八经卦、六十四别卦、三百八十四爻，每一后面都隐藏着具体的东西，可以作为天地间万事万物的规律性的象征。如以阴阳为范畴，通过归类于范的思维，统摄了一系列的概念：阴阳、天地、乾坤、日月、昼夜、刚柔、动静、清浊、鬼神、魂魄、男女、雌雄、奇偶、方圆、寒暑、上下、刑德、春夏秋冬……形成了极其庞大的阴阳系统。“从抽象过渡到物质是如何地迅速，这充分表现在那些三个一组的卦里，这已经达到完全感性的东西了。没有一个欧洲人会想到把抽象的东西放在这样接近感性的对象里。……这是从最抽象的范畴一下就过渡到最感性的范畴。”① 受到束缚的抽象马上又迅速地化为具象，飞散到万有的空间之中。

中国人的思维方式与具象紧密联系，信赖感觉和依附感觉的立场，使其对现象的复杂多样性尤为敏感，而很少去考虑有关规制这种多样性的普遍法则。中国人眼中的世界多样具体且一一对立，在他脑中的世界同样也是多样的、具体的、对立的，由此形成了内涵丰富的、具体的、对立的范畴系统，这与西方哲学家致力于逻辑的缜密和内涵的稳定完全不同。

比如《论语》中的“仁”。孔子使用“仁”字达109次，其中不少涉及仁的内涵的理解，但这些理解都并非唯一的特质的指认，而是对“仁”的各方面特征的精细分析。如《颜渊》：“仲弓问仁，子曰：己所不欲，勿施于人。在邦无怨，在家无怨。”《雍也》：“（子贡问仁）。子曰：……夫仁者，己欲立而立人，己欲达而达人。能近取譬，可谓仁之方也。”《颜渊》：“颜渊问仁。子曰：克己复礼为仁。”《雍也》：“（樊迟问仁）。曰：仁者先难而后获，可谓仁矣。”《颜渊》：“樊迟问仁。子曰：爱人。”《子路》：“子曰：风、毅、木、讷近仁。”……孔子并未就仁的本质含义给出一个清晰的定义，但在其使用和解说的过程中，却对仁的内涵做了十分细密的划分。类似这样的概念的细致化多样化，还可以找出许多。如《尚书·禹贡》中将九州的土壤分为白壤、黄壤、白汶、垆埴等种类；《管子·地员》进一步将一般地区的土壤分成了十八种类型；荀子对于“儒”，细致地区分为：大儒、小儒、贱儒、陋儒、散

① ［德］黑格尔著，贺麟等译：《哲学史演讲录》，商务印书馆1983年版，第一卷，第122～123页。

儒、腐儒、雅儒、俗儒等；杨万里释《易·蒙》“六五，童蒙，吉”时，指出：有童稚之蒙，有小民之蒙，有学者之蒙，有圣人之蒙；《易·系辞上》所谓“引而伸之，触类而长之，天下之能事毕矣”。通过类推，“推而别之，别则有别，至于无别然后止”①，使对象的属性全面地展现，成为了中国人认识世界的主要方式。

对具体和多样化的关注，还体现在众多的对立范畴的出现。在《尚书》、《易经》这两部记载了汉民族早期思维方式的文献中，包含了大量的对立概念：左右、上下、先后、大小、吉凶、刚柔、泰否、进退、出入、天地、有无、我彼等等。此后，对立范畴在哲学思考中蓬勃生长，比如《道德经》之中有：有无、大小、多少、上下、先后、长短、轻重、主客、彼此、生死、正反、正奇、善恶、美丑、祸福、贵贱、荣辱、难易、进退、静躁、损益、成缺、盈冲、成败、与夺、新敝、兴废、治乱、利害、开阖、张歙、始终、明昧、曲全、刚柔、强弱、智愚、巧拙、辩讷、古今、盈虚、阴阳等等，可以说一部《道德经》，几乎是对立范畴的集成。以对立的观念看待事物，在中国是非常普遍的。对立范畴，作为中国传统辩证思维的体现，不仅仅在哲学领域，而是渗透到了各方面的观念和认识之中，包括兵法、医学和文学理论。

不同的思维方式和兴趣偏好，使中国的范畴系统从一开始就走上了与西方不同的发展方向。这种中西范畴体系的差异和优劣，王国维在《论新学语之输入》一文中早已有所论述，他说：

> 夫抽象之过，往往泥于名而远于实，此欧洲中世学术之一大弊，而今世之学者，犹或不免焉。乏抽象之力者，则用其实，而不知其名，其实亦遂漠然无所依，而不能为吾人研究之对象……

王国维一方面指出了我国人重视现实，讲求具体知识的思维特点，另一方面他认为，中国乏于抽象的思维方式，不利于学术研究的进

① 《荀子·正名》。

行。受西方哲学逻辑的影响，王国维所说的名，指的是符合西方逻辑的抽象概念。而中国范畴系统的经验归纳式的思维方法，仍是在具象基础上的抽象化和普遍化，只是这种抽象和概括的方向与西方不同。相比较而言，西方式范畴注重种属方向对本质特征的把握，而中国古代则注重范畴的具体划分以及对一般特征、主要特征的把握。西方的范畴是由一个大圆套上一个小圆构成，从种属关系中对一个概念的外延给予确定；而中国的传统范畴则并列成若干或许多小圆，呈示为蜂窝状，其意义在于对范畴的内涵有全面的展示。①总而言之，中国的范畴系统特别重视与客观现实的关系，而且非常注意其内涵的全面性完整性，在定义的界定上虽显得漫不经心，但在内容把握方面却显得异常的精细。

遵循着与传统范畴系统母体相近的规律，中国的传统文论范畴，所归之“畴”与自然人事相关，具有经验性和形象性；归后之“范”则是归纳、抽象的结果，具有典范性和概括性。在鲜活的生命之中，蕴含着抽象和概括，具象而灵动，并有着精致的内涵和开放的外延。关于文论范畴直觉性、模糊性、可延续性等特质，前人时贤已多有论述，本书不再多费笔墨②。在下一节中，我们着重关注的是文论范畴诗性特征的具体表现。

第二节　诗径与理路

范畴是任何文论体系的核心，是思维和理论的结晶和支点。中国传统范畴构成的思维方式落实到文论范畴之中，直接导致了一系列诗性特征的萌生：源于“洪范九畴，归畴于范”的经验归纳式思维造就了文论范畴诗性灵动与逻辑抽象的统一；基于文学世界丰富性的文论范畴系列在多样和谐中引导着文学理论走向全面和深

① 吾淳：《中国思维形态》，上海人民出版社 1998 年版，第 336～346 页。

② 参见党圣元：《中国古代文论的范畴和体系》，载《文学评论》1997 年第 1 期；汪涌豪：《范畴论》，复旦大学出版社 1999 年版，第三章，第 64～103 页。

入；在个人经验和公众经验的矛盾张力中生成了文论范畴开放的外延和精致的内涵。这些诗性特性，不仅为范畴的理论阐释及其在文学批评中的具体操作提供了广阔的空间和灵活多样的手法，而且决定了中国古代文论具有不同于西方文论以及现代文学批评的诗性精神，从而形成其独特的话语系统、理论体系和批评模式。

一、名象交融，生气远出

由仓颉造字，到“八卦成列，象在其中”①，当汉字成为把握世界的工具之时，取象立义的造字法就使古人仰观俯察的能力得到培育和发展，汉字的使用又使这种能力成为了中国人思考问题的基本方式。在关于文学理论的思考过程中，文论家主动地去逼近、渗透思维对象，以身入其中的方式进行感受，然后取象以类之。这一方式与艺术创造是相近的，故而许多文论概念、范畴本身具有艺术化的诗性倾向，耐人咀嚼寻味。然而自然界本没有什么概念，是人类为其分类赋名，所以任何范畴概念都是某种程度的理性认识的结果，都是以“无”再现“有”的过程。故而中国的文论范畴在直觉感悟之基础上进行理性的抽象，凝具象和抽象、体悟和思辨于一体，以经验性、形象性的概念术语表示具有典范性和概括性的文学理论，体现出名象交融、生机灵动的诗性特征。

古代文论鲜有那种纯抽象的、很难在现实经验世界中找到对应物的范畴，或者说，文论者在设立概念范畴时，尽可能地使用那些形象性的词汇。这是中国古代思想者的共同倾向。他们不喜欢纯理论的游戏，那些缺血少肉的术语不近人情，又缺少生命力的融注，不能激发想象和联想，即使曾经创造使用，也会被世人弃之不顾。所以与老庄和儒家著作强大的生命力相比，《墨经》中那些概括式的话语，颇不合中国人的胃口；而先秦的刑名之辩，太史公评之曰：“专决于名而失人情。”对于普通人来说，除了“白马非马”这样与形象相结合的思辨还留有些许印象，那些纯粹形而上的逻辑讨论，大多数中国人是提不起兴趣的。

---

① 《易·系辞传》。

先秦时代，哲学的原初范畴皆取式人事自然以类万物之情，如"道"、"元"、"气"、"理"、"阴阳"等等。这些哲学核心范畴几乎都被引入到文学批评理论之中，成为文论范畴的原生点，繁衍出若干概念术语来。故而哲学范畴的形象性在文论之中被沿用并无限地放大开去。另一方面，文论范畴在其自身的发展中，这种"象在其中"的范畴概念构建方式，因为与文学自身规律的切合，以及诗性和人本精神的浸注，亦成为文论范畴系统的主要特点并在文论批评之中被赋予新的生命。如"波澜"、"兴象"、"冷热"、"情采"、"文质"等文论范畴，究其原初内涵，都包含有现实经验性的描绘，或是对象之外形，或是某方面的属性，其中心皆是人类的感知体验。而文论概念范畴中最突出之"象"，莫过于人自身。我们在第七章中已详细分析了文论"人格化"的思维和文化背景，以及人与文学的异形同构关系。"人格化"的诗性隐喻的批评方法是通过一系列的"人格化"范畴而被固定并延续下来的。

"骨、筋、脉、肉、皮"，也即中医之"五体"，是构成整个人身形体的重要组织。早在公元前3世纪的《黄帝内经》中就有关于"五体"的论述："骨为干，脉为营，筋为刚，肉为墙，皮肤坚……"这"五体"都进入了传统诗学的隐喻系统，有的还成为非常重要的核心范畴。以人之象为中心的文论范畴在古代文论中相当可观，形成了一整套的"人格化"话语。有的研究者将中国古代文学批评的人格化范畴划分成了三种类型——生理性、心理性、整体性。

生理性的范畴系统，将文本构造视同于人的身体生理构造。如从人眼出发，在文中有诗眼、文眼、点睛、字眼等；从人首出发，在文中有篇首、首联、首句、首字、首尾等；从人骨出发，在文中有风骨、气骨、骨架、骨力、骨气等；从人胸出发，在文中有心胸、胸襟、胸次、胸怀、胸抱；从人体而言，文中有文体、体脉、体性、整体等；从人的形体而言，文中有形拟、形象、形貌、形体、形态等，从人的肌肤而言，文中有肌理、肌体等。

心理性范畴，则将人的内在精神气韵赋予了文学的内涵表达：从人的心出发，文中有文心、诗心、词心、中心等；从人的气脉出发，有文气、气骨、神气、脉络、文脉等；从人的精神出发，有神气、神似、入神、神韵、精华、精神、精典等。

整体性范畴从人生命体的和谐完整性出发，主要有气、精、神、韵等，充分体现出文学、文本的整体效果。①

人格化范畴将人与文紧密相联，在思辨和分析阐释的方法上实现了思维主体对思维客体的逼近和渗透，形成了文学批评中深厚的人文底蕴。"人之象"在文论范畴的具象性特征中颇具代表性。当然远远不只是人之象，天地万物之象都是文论者思考文学规律时的工具，这与西方概念体系只以抽象概念为唯一合法工具不同，中国人相信目击道存，在现象中蕴含着无上的真理。虽然说道无处不在，但在大多数人看来还是有区别的。理学家格物致知，格竹子，甚至格自己的脚趾头，但很少有人去格一块砖头，格一座楼房。但凡感官经验之上具有生命性、流动变易性的对象，最容易为范畴构造所采用；而人造之物，僵死不变之物，则一般不会成为传统文论家思考的工具。所以"象在其中"的文论范畴，最常见的就是以人为核心的自然之象。自然之象的变易性、流动性和生命性亦赋予文论范畴以相近的属性，或者应该说，是文学艺术的变易性、流动性和生命性促使了文论范畴去选择了自然之象作为思考的途径。于是文论范畴中的"象"，成为联通思维主客体的桥梁，主体由此在洽然相融中去深入地体验、领悟和探求文学的幽妙隐微之处，由此真正地做到了"以吾身入乎其中，而涵泳玩索之"②。

以形象为思维的工具，并不是仅停留于个体形象的描述；思维主客体相浃相洽，也并不是完全的彼此不分。只要是术语、命题或概念范畴，就必然包含着以抽象化、普遍化的意念超越具象性、个别性的指述对象的理性因素。所以传统文论范畴亦具有抽象理性，只是从具象到抽象之间的抽取，采用的不是西方式的理性逻辑，而是诗性思维的前逻辑——经验式的归纳。

---

① 参见张利群：《论中国古代批评范畴的类型特征》，载《文艺理论研究》，2000 年第 4 期。

② 况周颐：《惠风词话》。

譬如“骨”，字形取人骨之象，其原初释义是实体性的，指人之体骨、骨体、骨干、骨骼等，“骨”作为人体的主要构成本用于人物品鉴，其后逐渐获得精神性内涵，衍至于书评用以表示“果敢之力”等抽象的风貌，而后又渗透入文学批评，成为文论核心范畴之一。从骨骼之实体到“支撑坚挺”的骨骸之力，以至到文学批评之中“建安风骨”命题的提出，“骨”已完成了从实体具象到抽象理念的转换。这一转换之所以能实现的前提基础就是人骨有着支撑、构架之功能和坚挺、奇崛的经验性实体属性，在经验式归纳的诗性逻辑的作用之下，人物之清峻爽朗。书法艺术的劲拔挺崛，文学作品端直刚健，都能归之于“骨”这一范畴。而文论者在运用“骨”范畴品诗论文时，仍然是基于“骨”的经验性实体属性，作品结构的整体一贯被誉为“四肢百骸，连合具体”①，而作品风格的柔弱无力则被描述为“若瘠义肥辞，繁杂失统，则无骨之征也”②，或褒或贬，全以“骨”之有无立论。对“骨”之具象的想象与超越奇妙地统一于“骨”这一范畴之中。“骨”范畴在文学和艺术批评中的使用，其范围之广、频率之高充分显示出由经验归纳所得到的中国古文论范畴有着强大的生命力。

与西方文论那些纯哲学味道的范畴相比，“名象交融”的中国文论范畴有着独特的理论价值：在经验中进行分析，在具象中进行抽象，诗性灵动和抽象逻辑相统一，主体在洽然相融中去深入地体验、领悟和探求文学的幽妙隐微之处，入乎其中又出乎其外，提供出一种灵动结合，虚实相生的思辨场景。

二、造化不可执一

“象在其中”之象，并不是纯自然之象，而是以人的感知为中心对万象世界进行区分和辨识之后的“象”。也就是说范畴指向的百态千姿的声色形貌，并非初民眼中纷杂世界的简单罗列，而是经由诗性智慧打磨之后的，加以类化、互相联系、服从于整体性的多

---

① 庞垲：《诗义固说》卷下。

② 刘勰：《文心雕龙·风骨篇》。

样性。

阴阳二元观，是中国古代世界观最基本的组成部分，是传统中国人辨知世界、阐释宇宙的主要模式。受阴阳二元观的影响，传统文论范畴在两两相对中获得了理论的严密和完整。

在各种各样的现象之中，中国人特别关注到几乎所有的现象都是一一对立的。列维-斯特劳斯《野性的思维》列举了大量的材料，说明原始人在维系其氏族制度时涉及大量的对立划分：夏与冬、左与右、男与女、天空与陆地、白天与黑夜等等①，可见，将事物分成对立两方面普遍存在于人类早期的思维方式之中。而在新石器时代中晚期的彩陶纹饰上，已经出现了对立而抽象的图形，如半坡类型晚期彩陶上的鱼纹图案，常见的概括变形，就是一种黑白对称的三角形组成的矩形图案。屈家岭文化时期，彩陶上已出现了十分规整的太极式旋纹，这体现着原始中国人意识中阴阳对立的认识和观念。

"阴""阳"文字本义指日光向背，向日为阳，背日为阴。《诗经·大雅·公刘》："笃公刘，既溥既长，既景迺冈，相其阴阳，观其流泉。"《易经》中明确地出现了阴阳的观念。《庄子·天下》篇说："《易》以道阴阳"，点明了《易》与阴阳的关系。《易经》的经文中虽然没有出现阴阳二字，但其"—""--"二爻，也就是阴阳的符号。二爻组合为八卦，八卦又组合为六十四卦。阴阳二爻的增减变动，遂形成卦与卦相互之间的转换和联系，也即《易传》所谓"刚柔相推而生变化"，"一阴一阳谓之道"。至少在《易传》的作者看来，《周易》是有意建立一个"曲成万物"而"范围天地之化"的符号系统。这一符号系统向人们阐明，宇宙间的万事万物皆处于普遍联系和不断变化之中，而这种变化的动力之源，就在于阴与阳的相互作用。

随着被儒、道等哲学吸纳，"阴阳"成为不具有具体内容却能包容一切具体内容的哲学范畴。阴阳的认知方式转变成了一种具有

① ［法］列维-斯特劳斯著，李幼蒸译：《野性的思维》，商务印书馆 1987 年版，第 157～160 页。

普遍意义的“思维框架”。作为思维框架或思维模式，阴阳实质上是一种分类法，并且是源于前逻辑思维的非本质的“归类”之法——在寻找到了一种思维框架后，装进所有的事物而不计较事物的本质属性，无限地扩大它的类比联系，把在一定条件下形成的经验无条件地扩大和推广，从而得出被前逻辑所规整的世界景观。《黄帝内经·阴阳类》说：“阴阳者，一分为二也。”就是说，世界上的万事万物都可以分成阴阳两大类。《黄帝内经》首先提出了“阴阳应象”的命题，“应”是相应结合的意思，“象”指事物的外在表象或征象。“阴阳应象”的意思是说，自然界和人类社会的事物或现象都有一定的表象或征象，这种表象或征象是与阴阳相应的。根据这种相应的关系，就可以把自然界和人类社会的事物或现象归纳于阴或阳这两大类中。宋代理学家张载则视“两两相对”为自然界的普遍规律，《正蒙·太和》曰：“有象斯有对，对必反其为，有反斯有仇。”将这种分类法上升为广泛、普遍的规范，于是，出现了众多对立的哲学范畴：理与气、心与物、阴与阳、道与器、有与无、理与欲、名与实、动与静……

以阴阳二元结构规范的传统诗学范畴，也往往以对称的、对立同构的方式出现：文与质、形与神、虚与实、情与采、意与象、言与意、美与丑、雅与俗、清与浊、浓与淡、隐与显、繁与简、圆与方、拙与巧、疏与密、真与幻、藏与露、因与革、奇与正、文与道、清空与质实、阳刚与阴柔、豪放与婉约，优游不迫与沉着痛快……刘勰《文心雕龙·体性》就文章风格提出“八体”说：典雅，远奥，精约，显附，繁缛，壮丽，新奇，轻靡。值得注意的是，刘勰把“八体”归为四种类型，雅与奇反，奥与显殊，繁与约舛，壮与轻乖——两两相对，形成了一个完整的体系。

这些范畴看似相互对立，但在传统文论的论述中，更看重的是它们之间的相互转换变化、相互包容和相反相成、相推相动的关系，如“虚实相生”、“刚柔相济”、“大巧若拙”等等，还产生一些对偶性的理论命题，如“静中有动，动中有静”、“诗中有画，画中有诗”，“以形写神，神形兼备”、“化俗为雅，雅俗相和”等等。从这个角度说，古代文论范畴的对称性，使范畴系统具有了严密的结构。它以两两相对（不是相互矛盾）的范畴形式，构成了文学理论某方面具有张力的内在体系，完成对一个命题的探索和讨论。从最凝炼的概念对举之中提出问题并提供思考的角度，“因为对立，就使范畴具有张力；又因为和谐，就使范畴避免了倾斜”。①

二元对立范畴对于文学理论的推动可以“形神”为例。“形”与“神”是中国古代艺术思想史上的重要范畴，原出自先秦哲学关于人的精神和肉体关系的思考，自引入到文艺学之中后，一系列的艺术理论讨论便由此展开并被引向深入。

在艺术作品中，神是充满生气的内在意蕴，形是内在意蕴的外在表现；形是直观的对象，而神则需要审美思维方能把握；形是外相，神是内涵。在文艺批评史上，关于形和神的关系一向是批评者要考虑的问题。儒家认为“神”在“形”中，“形具而神生”②，“神”不能脱离“形”而孤立存在。道家则贵“道”贱“物”，贵“无”贱“有”，与此相一致，必然得出贵“神”贱“形”的结论，“抱神以静，形将自正”③，“形”完全处于从属地位，甚至是一种累赘，必要时可以彻底舍弃。所谓“重神理而遗形骸”的观念在魏晋玄学中蔚然成风，直接影响了绘画艺术，并形成了以“传神”为核心的绘画理论。而在绘画艺术领域“重神轻形”的风习之中，文学批评方面对于形神的讨论却有着不同的声音。正当顾恺之高标“传神”之时，刘勰则肯定山水诗“形似”的特色。《文心雕龙·物色》：

> 自近代以来，文贵形似，窥情风景之上，钻貌草木之中。吟咏所发，志惟深远，体物为妙，功在密附。故巧言切状，如印之印泥，不加雕削，而曲写毫芥。故能瞻言而见貌，即字而知时也。

---

① 吴功正：《中国文学美学》，江苏教育出版社2001年版，第785页。
② 《荀子·天论》。
③ 《庄子·在宥》。

沈约《宋书·谢灵运传论》："相如巧为形似之言。"钟嵘《诗品》评张协："文体华净，少病累。又巧构形似之言。"评颜延之："尚巧似。体裁绮密，情喻渊深。一字一句，皆致意焉。"评谢灵运："故尚巧似，而逸荡过之，颇以繁芜为累。"评鲍照："善制形状写物之词。"颜之推《颜氏家训·文章篇》："何逊诗实为清巧，多形似之言。"以上诸例，凡称"形似"或"巧似"，均为褒义。

随着诗歌创作写景状物的炉火纯青，盛唐及中唐探讨诗歌理论开始出现了由求形似向求神似的转化过渡。旧署王昌龄撰的《诗格》，分"诗有三境"，其一为"物境"，"欲为山水诗"，须"神之于心，处身于境，视境于心，莹然掌中"，实现了心物交融的"传神"要求。晚唐司空图《二十四诗品·形容》提出了"离形得似"之说。"似"而"离形"，显然所指乃是"神似"。至此，"传神"或"神似"的观念真正在诗歌理论中确立了自己的地位。

宋代起，论诗重"传神"，成为人们的共识。苏轼《书鄢陵王主簿所画折枝二首》："论画以形似，见与儿童邻。赋诗必此诗，定知非诗人。"苏东坡的这个见解对后人影响很大，对神的追求越来越成为诗人的时尚。此后，文论者的分歧主要在于"传神"要不要借助于"形"。欧阳修《赠无为军李道士二道》："心意既得形骸忘。"显示了舍弃"形"去求"神"的理论趋向。明代陆时雍《诗镜总论》提出"离象得神"，清代沈德潜在《清诗别裁集》里提出"遗形取神"，张谦宜《茧斋诗谈》则提出"象外追神"。同时，亦有批评者强调要以形传神，如屠隆《论诗文》："诗道之所为贵者，在体物肖形，传神写真，妙入元中，理超象外。"

这场历时千年的关于形神关系的讨论，从求"传形"，到"传神"，"遗形取神"还是"得神于形"，引导着艺术家由对象的外表进入到内部，去揭示对象的深层特性，并使艺术美学表现和再现的问题得到全方位的展开。正是在形与神的不平衡中，达到了文学对象论的完整性。二者关系的消长，又与一定时期文学的发展和时尚的关联紧密相关。而形神观在文学理论与绘画理论中的发展错位，也为人们提供了研究文学与绘画不同的艺术体性的思路。

除形神之外，还有文质之争、情志之辨等，两两相对的文论范畴牵引着文论者叩其两端、上下探索。《类经图翼》曰："阴无阳不生，阳无阴不生。"某一概念的单独出现并不能显示特定的美学意义，只有在跟其相对意义概念相配后才能组成具有内在体系性的范畴，它们既相互依存、又相互对立，并在相摩相荡的动态中使文学理论走向全面和深入，引导着人们打开文学艺术的众妙之门。

中国古代文论范畴还具有鲜明的"数字化"倾向。阴阳二元观的形成，可能与原始人的数字观念有一定关联。许多原始民族中，"一"与"二"是互相对立的，"凡在'一'是善、秩序、完美、幸福的本原的地方，'二'就是恶、混乱、缺陷的本原"①。数字崇拜是人类历史上重要的文化现象，"神秘的数获得了一种范畴的面貌，在这个范畴中必须包含集体表象的内容"②。除以奇数、偶数象征天地阴阳之数之外，殷代时还流行过强五观念，如五方观，五臣观，五火观③，对于"五"的数字崇拜，形成了"五行"观，成为华夏民族规整世界的另一重要的类化方式。

水、火、木、金、土概括为"五行"，最早见于《尚书·洪范》，"天乃赐禹洪范九畴，彝伦攸叙"，将天地万物联系为九大类，第一大类就是"五行"："水曰润下，火曰炎上，木曰曲直，金曰从革，土爰稼穑。润下作咸，炎上作苦，曲直作酸，从革作辛，稼穑作甘。"五行作为最初的范畴，成为古人联系天地万物，类化多样性世界的主要方式之一。在汉语体系里，充满了众多"五"："五味"、"五色"、"五章"、"五声"、"五谷"、"五体"、"五官"……"五行"以及"八卦"说所表达的多样性，在春秋之后得到了普及和发展——"树五色，施五采，列文章，养目之道也；正六律，和五声，杂八音，养耳之道也；熟五谷，烹六畜，和

① ［法］列维-布留尔著，丁由译：《原始思维》，商务印书馆 1981 年版，第 201、205 页。

② ［法］列维-布留尔著，丁由译：《原始思维》，商务印书馆 1981 年版，第 209 页。

③ 详见李德永主编：《中国辩证法史稿》，武汉大学出版社 1990 年版，第 456 页。

煎调，养口之道也”①，这样的“数”句，在古代文献中俯拾皆是。“五行观念实际上开创了一种思维方式，它最终导致了中国的多样性观念定位于这样一种经典格式，即借助于数字化的归纳形式，来阐述多样性与差异性的思想。”② 对此，列维-布留尔在《原始思维》中不无惊诧地说：“在中国，包括数在内的对应和互渗的复杂程度达到了无穷无尽。而这一切又是错综复杂甚至互相矛盾的，但这丝毫不扰乱中国人的逻辑判断力。”

于是，以数字的方式来进行逻辑类化成为中国古代文论范畴的一大特色：诗词之品有二十四（司空图《二十四诗品》），一十二（杨夔生《续词品》），三十六（袁枚《续诗品》）……皎然《诗式》中列出了诗有“四不”、“四深”、“二要”、“二废”、“四离”、“六迷”、“六至”、“七德”、“五格”……将文学现象的多样性、多面性，类化为可以序列的数字，这种类化方式的标准含糊而多变，且相互交叉，体现了经验性分类的思维特征。有时，数字甚至成为了思维的前提设定。中国人喜欢十二的倍数，于是无论诗品还是画品、棋品，选择品鉴之时特意以十二的倍数为限，这里数字系列的合乎规格似乎比艺术现象的本真更为重要。

无论是阴阳二元，还是五行多向，各要素之间并不是对立的并列，而是相杂相生相胜的关系，传统文论概念范畴之间往往相互渗透、相互沟通，因而在理论视域方面体现出交融互摄、旁通统贯、相浃相洽的特点。道生一、一生二、二生三、三生万物，古代文论范畴由此具有了极强的衍生性，一个核心范畴往往可以派生出一系列子范畴，子范畴再导引出下一级范畴，范畴衍生概念，概念派生命题，生生不已，乃至无穷，便出现了一系列概念范畴家族，即由一个核心范畴统摄众多范畴、概念、命题的范畴群。古代文论范畴的多样性指向循着阴阳五行的思维理路展开，形成了一个与天、地、人具有同构关系的巨大体系。

---

① 《吕氏春秋·孝行览》。

② 吾淳：《中国思维形态》，上海人民出版社 1998 年版，第 178 页。

三、经验的张力

古代文论范畴的具象性与多样化，体现了传统思维模式对于经验直觉的信赖。这种经验直觉，无疑是以人的实践感知为中心的。体察、目击、辨味、甚至耳观等，人类感知世界的各种方式，都被引入到文学批评之中。而经验又是多层次的，有个人的认知经验，有公众的认知经验。

经验思维很重要的特征，是个人性。感觉的主体是个人，由于感受的角度和方法不同，也由于个人的经历不同，对于同一个事物，不同的人的感受可能会完全不一样。然而经验不会只满足于依赖个人的感觉，经验需要不断地累积和归纳，而其结果就是形成一种带有普遍或一般意义的规范性公众经验。经验的个体特征，带有活跃的创造性，但因为缺少稳定性而不利于知识的传播；而公众经验，具有相当的稳定性和规范性，为其操作和传授提供了相当大的方便，但是这种稳定性又制约了创造力的发展，形成保守的格局。可以说，文论范畴的创造与运用就体现出了经验的个人性与公众性的矛盾张力。

首先，中国传统文论范畴的产生基于感性经验。中国古代范畴系统讲究“名实相契”，范畴多取自自然人事，其运用和讨论也往往不离现实。这种对现实的关注也体现在文论范畴之中。一方面，文论范畴之词汇多用有形之名，另一方面，文学理论的范畴，亦与文学现象紧密关联。

譬如“风骨”，就与魏晋时期的文学创作不可分离。文学批评动态过程的起点，并非某种理论框架和范畴体系，而是文学批评者对具体文学作品的审美感受和文学现象的感性认识。文论范畴与批评者的审美体验密切相关，出于这种审美感受的表达，批评者运用形象化的语言，化抽象的精神特征和幽微的心理体验为可以触摸、可以体会的经验形象。这种形象化的表达与个体的直觉和想象紧密结合，极具个人经验色彩，它孕育了批评家的艺术灵性，表现出旺盛的生命活力。

富有创造力的文论家，往往不满足于重复前人所使用的语言和概念，他们自出机杼，以新颖的语言方式打开新的诗学境界。譬如“警策”，出自陆机《文赋》：“立片言而居要，乃一篇之警策。”《文选》李善注：“以文喻马也。言马因警策而弥骏，以喻文资片言而益明也。”以马喻文，指散文创作之中的突出主旨和统率全文的片言精语。再如“家数”，本义是各个行业的特定技法，《墨子·尚同下》：“天下为家数也甚多”，说话人亦以“家数”称不同的门庭流别或者技巧：“说话者谓之舌辨，虽有四家数，各有门庭。”① 严羽引“家数”入诗学，在《沧浪诗话》中说：“辨家数与辨苍白，方可言诗。”《答吴景仙书》：“世之技艺，犹各有家数，市缣帛者，必分道地，然后知优劣。”用“家数”来指称独特师法传统基础上的诗歌流派风格，可谓严羽之先创。南宋张炎《词源》则首开“清空”、“质实”、“意趣”之说：

> 词要清空，不要质实，清空则古雅峭拔，质实则凝涩晦昧。姜白石词如野云孤飞，去留无迹。吴梦窗如七宝楼台，眩人眼目，碎拆下来，不成片段，此清空、质实之说。
>
> 词以意趣为主，不可蹈袭前人语意，如东坡中秋水调歌云……此数词皆清空中有意趣，无笔力者未易到。

明人王骥德用人的身体的中枢“头脑”，喻一部戏剧作品的关键，《曲律》：

> 《西厢记》每套只是一个头脑，有前调末句牵拉后调做者，有后调首尾相补前调做者，单枪匹马，横冲直撞，无不可人，他调殊未能知此窾窍也。

这样的例子不胜枚举，而且大多数批评者都是有感而发，结合一定的文学创作提出新的表达方式，如果表达得贴切中肯，比喻得恰得其妙，往往会超出个人的审美经验而为后世的文论者所接受和传

---

① 吴自牧：《梦粱录》，卷二十。

用，固定为一定的概念范畴。

传统文论范畴的经验性表达，如果完全脱离于公众经验之外，其传播的宽广及生命力的久长则会受到限制。如被后人称为“别作奇警之新熟字以为命名”的金圣叹的文学批评。评一部《西厢记》，金圣叹便新创出若干术语来：移堂就树法，月度回廊法，羯鼓解秽法，那辗法，起倒变动法……批评者从自己的日常经验中提取的这些语汇，虽然与其解释的艺术技法也贴切，但流于个人一时之趣味，很难转换为公众经验；又因为其内涵的狭窄和外延被坐实，也造成了理解和接受的狭窄性，不易于被传授和认同。

所以，个人经验基础之上的诗性表达，尚不足于凝固为特定的文论范畴。文论范畴是一种经验性的结晶和支点，它要求被所归之“范”不超出于中国传统文化想象图景，与公众经验具有共通性和相融性，并能与公众的审美习惯相协调。譬如张炎创“清空”的词学范畴。“清”、“空”二字为道释两家义理所聚，并非空穴来风，所以“清空”一词合用之后，毫不费力地与公众经验相融，成为新的词学范畴。王国维所创“境界”之范畴，亦是如此。这种共通性和相融性，使得这些范畴具有时间和空间的普遍适用性，用之于解说和分析它们之前出现的文学作品以及不同类别的文学创作也丝毫不见生涩。相比之下，金圣叹创造的“移堂就树法”就很难成为这样的具有强大生命力的“范”。

另外，文论范畴的形成是一个承传变易的动态过程，很少有文论范畴从诞生的那一刻起就具有了清晰的意义，而是在不断地被诠释的过程中获得越来越丰富的内涵。批评家们“从调整自己的审美感受的需求中，产生出运用某种理论术语的欲求”①，因此，范畴的运用者选用最接近的词汇使自己的感知体验变得清晰可辨，不知不觉中将自己的体验注入于前人创设的概念范畴。随着越来越多的感知经验被“归类于范”，围绕着某一文论范畴的联想群日益庞大，其内涵随之日益丰富而精致。而凝结于文论范畴内的经验，随

① 赖力行：《中国古代文学批评学》，华中师范大学出版社 1998 年版，第 212 页。

着积累和归纳的过程，也由个人性转化为公众性，从而具有了一定的稳定性和概括性。

比如“风骨”，作为一个成熟的、内涵丰富的诗学范畴，其明确地被提出是在刘勰《文心雕龙·风骨篇》。然而风骨范畴的萌生与确立，绝非横空出世，而是受到传统相术和人物品鉴之风的影响，而且较早之前已在书画理论之中得到了运用。这些都为风骨在文论体系中成为被广泛接受的核心范畴打下了文化基础。

“风骨”范畴在诗学理论和批评中的发展，经过了一个由萌生、确立到嬗变、深化的过程。汪涌豪《中国古典美学风骨论》中，将这一过程大致地划分为四个发展阶段。魏晋南北朝的萌生、确立期，刘勰、钟嵘等人对于“风骨”已有了深入的认识，刘勰通过“风骨”，以广义的文章为对象，昭现的是一种骨干坚挺、高峻磊落、劲气弥满、雄强刚健的力度之美。唐代是“风骨”范畴的盛行期，诗人、选家和批评家多用此范畴进行诗学批评，不少论者甚而将之作为自己诗学理想的重要组成，“风骨”作为诗学的核心范畴在这一阶段被稳定下来。并通过陈子昂、殷璠等人文学理论和文学批评中的运用，“风骨”范畴与建安文学，与初唐四杰，与盛唐诗人们的作品联系在一起，其内涵和美学指称日益丰满和多样化。宋元嬗变期，人们仍以风骨作为衡裁作品的重要标准，但随着时代美学风尚的变化，风骨范畴的内涵得到了进一步的充实，与“气格”、“体调”、“气象”、“笔力”等有了更多的联系，由此扩大了风骨之于创作的涵盖面，增加了其作为理论范畴的自在张力。明清是“风骨”范畴的扩大、深化期，有关的讨论趋于深入，而且运用的范围扩展到词曲及赋。①

这个千年的漫长承用变易的过程中，并没有偏离刘勰所提倡的“结言端直，意气爽峻”的主要内涵。然而，通过长期与文学批评的结合，使我们讲到“风骨”时，脑海中总是将其与一系列的体格刚健，气象雄厚的文学作品和个人风格相联系。而随着各个时代风尚的变迁，“风骨”范畴展延出更生动丰富的内涵，成为足以贯

① 详见汪涌豪：《中国古典美学风骨论》，中国人民大学出版社 1994 年版。

穿整个古代诗学发展史的重要理论原则，发展成超越个体经验，具有普遍或一般意义的公众经验规范。

传统文论范畴的抽象和概括基于经验的积累和归纳，在与具体的文化体验、文学批评相结合的过程中成为具有普遍意义的规范。与其说是范畴被用以规范文学现象，不如说是在文学对象的体验过程中来规范范畴。然而，我们在使用和阐释文学范畴时，又必须依据个人的经验，也就是说文论范畴接受过程，不能离开个人经验的参与，这使范畴的理论阐释及其在文学批评中的具体操作，具有广阔的空间和灵活多样的手法。王夫之《夕堂永日绪论外编》："统此一字，随所用而别。"林纾《春觉斋论文》称："字为人人所识，为义则殊；字为人人所习见，安置顿异，此在读古文时会心而已。"文论范畴多由单字或复合词组成，汉字的多义性和指向的灵活性，同样适用于文论范畴。而这种释义的多义化，源自于个人体验的差异，即使在同一个文论者的使用中，同一个范畴也往往不一定就是同一个意思。这又从另一个方面说明了中国古代尚实用经验，轻概念分析的思维特点。

个人性的经验，必须具有一定的概括和抽象，方能成为固定的范畴，也就是公众性的经验。而范畴的使用和阐释，又是依赖着接受者的个人体验，正是在这种个人经验和公众经验的张力之中，诗学范畴既留存了生命的灵动与鲜活，亦不乏理论的概括与抽象，达到了两者的统一。

"道可道，非常道；名可名，非常名"，言不尽意的言意观，通过不说破的意境达到诗的完整，传统文论范畴也以同样的思维方式，以不固定的外延，富有弹性的指向来获得绵延不绝的生命力。而范畴一旦成为被定义的对象，则是走向僵死的开始。"当我们一经从理论的境域，蹈入实际的世界时，我们就会感到这种不遂心的经验的痛苦……我们在许多千变万化的实际表象之前，如果坚持着简单的定义，是会觉得手足无措的。"① 手足无措也是西方研究者

① ［德］格罗塞著，蔡慕晖译：《艺术的起源》，商务印书馆 1984 年版，第 190 页。

面对着“风骨”、“气韵”这样的一些中国传统文艺学范畴时的感受。循着与文学创作相近的诗性思维之路，中国传统文论范畴并非僵化的定义，而是满浸着前人经验感知和情感因素。这些特殊的词汇是传统文学生存发展的枢纽，虽不可强解、不能确指，但我们在使用和接受它们时，不仅不会有一丝一毫的犹豫和迟疑，而且还满怀着情感。正如雅各布逊在《何谓诗》中所言：“当一个词语被当作词语得到接受之时，而不是作为被命名的简单替代物或某种情感的迸发，也就是说，当词语及其句式的含义，在外部和内部的诸形式不再是现实世界的冷漠和征象，而是具有其自身的力量的独特的价值，诗性便得到了体现。”

第三节　诗文者，生气也

方东树《昭昧詹言》曰：“诗文者，生气也，若满纸如剪彩雕刻无生气，乃应试馆阁体耳！于作家无分。”“气”范畴，自从被曹丕带入文学领域，便沿用贯穿于整个中国文论史，衍生、导引出“文气”、“养气”、“体气”、“气韵”、“气象”、“气势”、“神气”、“气脉”、“气格”、“气骨”、“气味”、“逸气”、“生气”、“辞气”等等理论概念、术语，组成一个无与伦比的庞大的家庭。作为古代文论的核心范畴之一，“气”论的原初含义和哲学内涵，携带着神秘互渗、万物有灵等原始智慧的鲜明烙记，颇能体现诗性的思维方式。而且“气”范畴在古代文论系统中的运用，充分揭示了文学以人为中心的生命化特质以及文学体式内在的运转机制。对“气”范畴的阐释，将有利于我们去发掘和展示文论范畴的诗性特征。

一、通天下一气耳

《淮南子·泰族训》：“万物有以相连，精祲有以相荡。”“精祲”，高诱注为“气之入侵者也”。把万物连接起来并能渗透到万物内部的精气相激荡的，就是在中国的传统观念中，充盈于宇宙的神奇之源——气。生与死互相循环，生之所以为生，死之所以为死，其根本原因是气的聚与散。“气”神奇地融会于万物之中，处于有形无形之间，具有原始思维的神秘性质。

原始思维的分类方式属于经验性的，而这经验性又常与神秘因素交织在一起。列维-布留尔称这种因素为“实体里面共同存在的对部族来说极为重要的神秘力量”。在早期人类眼中，共同的神秘之物的灌注，使任何对象随时可以互渗而产生关联，这种情感式的经验甚至强大于任何现实的经验。

例如，对北美的回乔尔人而言，玉蜀黍、鹿和“希库里”（神圣的植物）在某种意义上来说是同一个东西。人类学家指出，这种同一——以一种实体指称另一种实体的归类——初看起来似乎根本无法解释，而实际上，这些实体是通过内部共同存在的神秘力量达到互渗同一。希库里是一种神圣的植物，采集希库里是一种宗教仪式——回乔尔人的生存和安宁，特别是玉蜀黍的收成与这种植物的采集神秘地联系着。而在一定的季节猎鹿也被赋予同样神秘的特征——回乔尔人的安宁和生存取决于这期间打死的鹿的数目，正如同取决于希库里的收获量一样；而这种狩猎也伴随着一些仪式，也像神圣植物希库里的采集一样，唤起同样的集体感情。“我们见到他们屡次断言的希库里、鹿和玉蜀黍的同一即来源于此。……以至于他们认为喝了鹿肉汤和吃了希库里以后会产生同样的效果——使玉蜀黍获得丰收。……在他们的集体表象中，这三样看来是与那些对部族有最重要意义的神秘属性互渗了；它们也就是根据这个原因被看成是‘同一个东西’。在这里，原逻辑的和神秘的思维不服从于逻辑思维的要求和支配，它毫不拘束、毫不费劲地发生作用。”①

再比如北美印第安人部族中的“瓦康达”，“他们把一切存在物和客体形态、一切现象都看成渗透了一种不间断的、与他们在自己身上意识到的那种意志力相像的共同生命。他们把这个存在于一切东西身上的神秘力量叫做瓦康达，这样一来，一切东西都是与人联系着和彼此联系着的了。这个生命的不间断性观念也确证了看得见的东西与看不见的东西之间、死的东西和活的东西之间以及某件

---

① ［法］列维-布留尔著，丁由译：《原始思维》，商务印书馆 1981 年版，第 116 ~ 117 页。

物品的碎片与整个物品之间的联系。"① 一切生命是瓦康达，一切表示力量的东西也是瓦康达，作为这一种神秘的东西，任何东西可以视情况与它互渗或不与它互渗。

又如在西非沿岸发现的"翁"（Wong）的观念，"它们钻进祭司的身体里，使他们能通神意；它们是人们健康和疾病的根源。……但是，它们全体，至少它们中的某一些也是与物质实体联系着的……在翁的国度里，还应当列进河流、湖泊、泉水、区划、白蚁巢、树、鳄鱼、猴子、蛇、象、鸟"②。

这样性质的集体表象，几乎在一切得到全面细致的研究的原始民族那里都或多或少地得到清楚地表现。在中国，循环于一切实体中间的神秘力量，并作为一切生物的生命和力量的神秘本原的流质，被称为"气"。

气，古作"⺄"，《说文解字》："云气也，象形。"段玉裁注曰："象云起之貌，三之者，列多不过三之意也，是类乎从三者也，故其次在是。"气本指的是自然界存在的有别于液体、固体的细微流动体，是所谓的"天地之气"③。气本无形，但古人却以象形之法造出了"气"字，并且取与气的属性最相近，能够与"气"直接转化的，可视能察的有形之物"云气"为"象"，让我们更能体味到原始智慧"仰观俯察"的经验式思维运作方式对民族观念形成的重要性。

视"气"为世界的本初状态，这样的观念最早见于世界各民族的创世神话之中。缅甸的加钦人（Katchin）认为世界原是一"气团"，由"气团"生出了天穹，北美的约述亚（Joshua）印第安人也认为世界最初是天、雾、水不分的混然。然而，这样的材料在中国西南各少数民族中更加多见。土族和壮族都认为最初是由

① ［法］列维-布留尔著，丁由译：《原始思维》，商务印书馆 1981 年版，第 126 页。

② ［法］列维-布留尔著，丁由译：《原始思维》，商务印书馆 1981 年版，第 130 页。

③ 《国语·周语》。

“周天一气”或“一团大气”产生宇宙蛋；拉祜族、侗族、苗族、布依族等族的神话中，多以“迷雾沉沉”、“大雾笼罩”，“混沌一团气”，来讲述宇宙的最初状况。由于某种力量的作用，混沌逐渐分化为清浊二气或类似清浊二气的现象。侗族神话说，宇宙像“大雾笼罩”，在“云开雾散”之后，出现上天下地。布依族的清浊观念很明白，说清气浊气最初“相粘”，四面八方都是黑沉沉的。后来有巨神布灵公公，将它们捏在手里，用力一扳，“清气浊气两分离，清气呼呼往上冒，浊气扑扑往下沉，清气上升变成天，浊气下沉变大地”。而在中土的盘古开天的神话之中，盘古氏挥动巨斧，劈开了浑蒙世界，使清气上腾凝为天，浊气下降结为地。①

以自然现象中的气以及由气形成的烟雾，来说明混沌无形状态的原始观念，源于原始初民的切身体验和观察的积累。在山林、平原或大海上，雾气一般是在夜间形成，早上日出之后逐渐退去。遇到了光、热和风吹，气与雾或烟云就会消散，在消散的过程中，各种东西的轮廓、形象逐渐显露出来，关于气的原始想象的自然原型和生活基础或在于此。

中国传统的气论，在很大程度上保留了原始的想象。《易传·乾·文言》有一段著名的话：“同声相应，同气相求，水流湿，火就燥，云从龙，风从虎，圣人作而万物睹，本乎天者亲上，本乎地者亲下，则各从其类也。”显然，这里把云和龙、风和虎归为同类，是想象的而非真实的本质联系，而“同气相求”表明了这种非本质的归类源于对汉民族至关重要的“气”观念在万物中的流传渗透。气，是天地万物之始，由此，任何事物可以视情况彼此互渗或不互渗，“同类通气，性感相动”②，这使诗性逻辑的归类，随意而变化莫测，并始终处于开放的状态之中。

春秋战国之时，气为万物之源、天地之本的思想已相当流行。哲学家们常用气的凝聚解释固定形体的万物生成，并将其纳入宇宙

---

① 参见刘文英《漫长的历史源头——原始思维与原始文化新探》，中国社会科学出版社 1996 年版，第 656～665 页。

② 王充：《论衡·幸偶》。

演化理论之中。王充《论衡·言毒》:“万物之生，皆禀元气。”在古人看来，天地未形之始，宇宙洪荒，是元气冲荡，“万物负阴以抱阳，冲气以为和”①，以定三才四时。作为一种真力弥满，流动不居的宇宙本元，万物万象的存在与不存在皆与“气”有关。在《左传·昭公元年》中就有这样的记载：“天有六气，降生五味，发为五色，征为五声，淫生六疾。六气曰阴、阳、风、雨、晦、明。”《庄子·至乐》则用气来说明有形之物的生灭，初始的“芒芴”状态“变而有气，气变而有形，形变而有生”，《庄子·知北游》：“人之生，气之聚也。聚则为生，散则为死。若死生为徒，吾又何患！故万物一也。是其所美者为神奇，其所恶者为臭腐；臭腐复化为神奇，神奇复化为臭腐。故曰：‘通天下一气耳。’圣人故贵一。”物之生死循环决定于气的聚散。气存在于一切实体之中，《荀子·王制》：“水火有气而无生，草木有生而无知，禽兽有知而无义，人有气、生、知，亦且有义，故最为天下贵也。”把气视为有生命无生命的事物、有智慧无智慧道德者一概共有相通的东西。在这一时期，气已经具有了相对稳定、众所认同的抽象意义，还衍义出“精气”、“元气”、“阴阳二气”。在留存了原始经验的基础之上，“气”上升成为具有典型意义的哲学范畴，气一元论和气化论，一直沿续到封建社会晚期，如黄宗羲《明儒学案》所言：“草木之枯荣，寒暑之运行，地理之刚柔，象纬之顺逆，人物之生化，夫孰使之哉？皆气自为主宰也。”

世界上许多古老的民族都曾经有过运用气概念或者以气比况解释世界本原、构建哲学体系的历史。古希腊米利都学派的哲人中阿那克西美尼提出“空气是万物基始”的学说；稍后，恩培多克勒也认为“气”是世界万物生化的“四根”之一；《圣经》中也有以上帝之“气”来解释万物和现象形成的记载……②。然而这些观念的影响都十分有限，不能与中国的“气”观念互释。正如李约瑟

① 《老子》四十二章。

② 详见涂光社：《原创在气》，百花洲文艺出版社2001年版，第22～23页。

在《中国科学文明史》中所言："它（气）虽然在许多方面类似希腊的空气，我还是宁肯不进行翻译，因为它在中国思想家那里的含义是不能用任何一个单一的英文词汇表达出来的。""气"，做为中国传统哲学中最基本、最广泛、涵摄丰富而衍变繁杂的范畴，保留了原始思维方式，贯穿古今，向各个领域渗透，沿用不衰，表现出华夏民族把握世界时的特殊智慧，并铸就了民族文化的浑融气质。

在中国文学批评史上，"文气"很早就出现了，自从"气"在魏文帝时被引入文学批评，便一发不可收，经六朝成为了十分通行的文论范畴，并熔铸于创作心理、思维方式、文法构成各个方面，既指作者主体丰沛的生命积养，又指作品生气弥满、意气周流的健旺征象，"气"与文学在诸方面相渗透，使文学成为天地间精气所集的核心艺术，成为人生的寄托，亦因其自身的生命性与人产生共鸣。

二、凝为性、发为志、散为文

《典论·论文》称："文以气为主，气之清浊有体，不可力强而致"，曹丕还对当时作家的"气"各有评价："徐干时有齐气"，"孔融体气高妙"，"公干时有逸气"……这些文论之中的"气"，指的是人内在的生命气质、才气，曹丕通过对"气"的品评，指出了才性差别对文章特色的制约作用。这里，流行宇宙的气，通过人体之气转化为文气。气，通过创作的主体渗透融贯于文学作品之中。

如白香山所言："天地间有粹灵气焉，万类皆得之，而人居多；就人中，文人得之又居多。盖是气，凝为性，发为志，散为文。"① "气"渗透于天地万物，而天地之性人为贵，人为性灵所钟，所谓"烦气为虫，精气为人"②，天地之灵气聚之于人，"气以实志，志以定言。吐纳英华，莫非情性生而为文学"③。"元气流

① 白居易：《白香山集》卷三《故京兆元少尹文集序》。
② 《淮南子·精神训》。
③ 刘勰：《文心雕龙·体性》。

行乎宇宙之间，其精华在人有不能不著者，发而为文章焉。”①“天地以精英之气赋予人，而人钟是气也，养之全，充之盛，至于彪炳闳肆而不可遏，往往因感而发，以宣造化之机，述人情物理之宜，达礼乐刑政之具，而文章兴焉。”② 这些论述都说到文是人所禀之气活动的产物。有人之气，方有文之气。文气如何，一决于人所禀之气。所谓“视其资之薄厚，与所蓄之浅深，不得而遁焉。故祥顺之人其言婉，峭直之人真言劲，嫚肆者无庄语，轻躁者无确词，此气之所发者然也。”③ 邵长蘅《与魏叔子论文书》亦云：“是故其气盛者，其文畅以醇；其气舒者，其文疏以达；其气矜者，其文砺以纰；其气恧者，其文诐以刓；其气挠者，其文剽以瑕。”

汉魏时期以“气”评品人物十分流行。嵇康《明胆论》说“霍光怀沉勇之气”，扬戏《季汉辅臣赞》评庞士元“军师美至，雅气晔晔”，蔡邕《后汉书·申屠蟠》说“申屠蟠禀气玄妙、性敏心通”等等。在以气论人的思维影响下，以“气格”论文的方式亦流行起来。《文心雕龙·体性》将气分为刚柔：“气有刚柔”，“风趣刚柔，宁或改其气”。桐城派则将文学风格明确地划分为阳刚、阴柔两大范畴，姚鼐《复鲁絜非书》曰：“文者，天地之精英，而阴阳刚柔之发也。”在这两品之中，古人多以雄放之气为贵，以骨气凛凛、“为文有气力”④ 的阳刚之美为重。曾国藩又细分阴阳二象为太阳、少阳、太阴、少阴“四象”，谓阳刚之美有雄、直、怪、丽之分，阴柔之美有茹、远、洁、适之分，将阳刚阴柔之美更加地细致化、多样化。

而个体创作的多样性使文学之“气格”百态千姿。如《文心雕龙·诸子》：“列子气伟而采奇。”钟嵘《诗品》：“刘越石仗清刚之气。”张戒《岁寒堂诗话》：“退之文章待从，故其文有廊庙气。”叶梦得《石林诗话》载：“子瞻赠惠通诗云：‘语带烟霞从古少，

---

① 陈旅：《以国朝文类序》。
② 彭时：《文章辨体序》。
③ 真德秀：《日湖文集序》，《真文忠公文集》卷二十八。
④ 韩愈：《薛公达墓志铭》。

气含蔬笱到公无。'尝语人曰:'颇解蔬笱语否?为无酸馅气也。'"还有"纱帽气"、"馆阁气"、"浑厚气"、"烟火气"、"脂粉气"……诗人们推崇的是"正气"、"真气"、"逸气"、"爽气"、"清气"和"灵气",反对"累气"、"伧气"、"昏气"、"骄气"、"吝气"、"客气"。一个时代也有一个时代的气格,刘勰评建安文学"梗概而多气";方东树评汉魏风格"如龙跳虎卧,雄浑一气"。"气"以论风格,很少单用,总是与某种总体判断的修饰语相加。①

刘熙载《艺概·诗概》称:"气有清浊厚薄,格有高低雅俗。"气格之高下,决定于人的先天的血气和后天的才气。《文心雕龙·体性》:"才力居中,肇自血气。"《声律》篇亦云:"声含宫商,肇自血气。"刘勰认为,作家主体才性的基本核心是先天的血气,即先天的气质,声音的抑扬顿挫,亦与血气相关。气质有先天性,很难依个人的意愿发生转移,故而曹丕说:"不可力强所至","虽在父兄,不能以移子弟"。才气是文学创作者的才能和性格的融合,血气不可力强所至,而才气可以依靠后天的学习,通过对道、理的体悟和道德品性的修养来获得天地之灵气的积纳和萃取。因而文论者多强调"为文必在养气"②。

中国最早的养气说是指养生之道,侧重于生理营卫。《左传·昭公十一年》有"守气"之说;《论语·季氏》中,子曰:"君子有三戒:少之时,血气未定,戒之在色;及其壮也,血气方刚,戒之在斗;及其老也,血气既衰,戒之在得";《孟子·公孙丑》:"持其志,无暴其气";《黄帝内经·素问》专从生理的角度讨论了气的"固"、"营"、"守"、"卫"、"养";所养之气主要是指人的血气,指通过对气的吐纳,自我维系、培养和更新生命的内涵。刘勰《文心雕龙·养气》主要是从这个角度来讲临文的心理调节。

古代对文学批评影响很大的以道德为本的"养气说",源出于孟子"浩然之气"。孟子主张"充实之谓美",用"志"与"气"

---

① 参见赖力行:《中国古代文学批评学》,华中师范大学出版社 1998 年版,第 217 页。

② 宋濂:《文原》。

来充实人的身心。这种气，“配义与道”，不是虚无飘渺的，而有实实在在的道德内容，需要在生活实践中修炼而成，这就把人格修养纳入了养气范围。养气说，主张既养先天之气，又养后天之气，而总的要求是要作者加强主观修养，强调性情、道德的锻造，强调深化人生感受，提高写作技能，增进才调学识。宋代之后，理学对于世人的道德情操提出严格要求，“文气”之“养”愈与高尚的情操和坚定的意志相结合，如陆游《方德亨诗集序》中所言：

> 诗岂易言哉！才得之于天，而气者我之所自养。有才矣，气不足以御之，淫于富贵，移于贫贱，得不偿失，荣不盖愧，诗由此出而欲追古人之逸驾，讵可得哉！

仅靠先天的才而缺乏道德情操的驾驭，只会使自己含愧蒙羞。明代的宋濂在《文原》中称：“人能养气，则情深而文明，气盛而化神，当与天地同功也。”希望以“大道湮微，文气日削”的警世之言，重新高举“文以载道”的旗帜。清人朱庭珍则集前人养气说的成果，其《筱园诗话》提出“积理养气”一说：“诗人以培根柢为第一义。根柢之学，首重积理养气。”通过广泛的阅读，同时留心于“世故人情、物理事变”，与所读之书义，“冰释乳合，交契会晤”，以达积理养气之目的。朱庭珍进而指出：

> 养之云者，斋吾心，息吾虑，游之以道德之途，润之以诗书之泽，植之以性情之天，培之以理趣之府，优游而休息焉，蕴酿而含蓄焉，使方寸中怡然涣然，常有郁勃欲吐畅不可遏之势，此之谓养气。

创作之“真气”得之于多方面的蓄养，从而根植于性情之中，随时呈“郁勃欲吐畅不可遏之势”，一旦吐露于诗章，则雄放若江河长流，“涛翻云涌，滔滔莽莽”，自能“结奇异之精思，发之高论，铸成伟辞”。

艺术家的生命之气转化为了文气。先有塞天地之气，而后有垂世之文，“古今来非无文章美瞻而人多卑污者，然其文必无超拔之气”①。作者主体的丰沛的生命积养，与作品生气弥满、意气周流的健旺征象建立了不可分割的联系。

三、文者，气之所形

苏辙《上枢密韩太尉书》：“文者，气之所形。气激成声，因声求气。”文之“气”，既包含了“人”（创作主体）之声气，同时也包含“文”（文章体裁）之气韵。换言之，“气”对文学的渗透，并非完全依靠人之气为中介，文学体式本身也映射着宇宙的程序、节奏、和谐。从这个角度说，文气说揭示了文学自身作为语言艺术的内在机制。“气”的本原特性，如“气激成声”的本原属性和流动性与文学艺术媒介的运用发生了直接的关联；而“气”的生命性，通过生气灌注，赋予文学与人生同构的生命活力。

文学是语言的艺术。如嵇康《声无哀乐论》所言：“口之激气为声，何异于籁籥纳气而鸣耶?”文学启自语言，语言又与声气吐纳密不可分。故刘勰《文心雕龙·声律》曰：“言语文章，神明枢机，吐纳律吕，唇吻而已。”“字句气力，穷于和韵。”气有清浊高下，文亦有抑扬顿挫，宫商吕律。文学之声律与音乐之宫商相同，皆生之于气流之婉转。

古人很早就发现了空气的振动与声响之间的直接关系。《庄子·齐物论》：“夫大块噫气，其名为风，是唯无作，作则万窍怒号。”气动而成声，故“气”论在文论之前就已经进入到乐论之中。《左传·昭公元年》：“天有六气，降生五味，发为五色，徵为五声，淫生六病。”气可以转化为高低不同的音响，人间的音乐摹仿于自然的音响。气之相激而生风，风所过处产生的自然声响，是原始音乐摹拟的对象，也给早期的音乐制作者极大的启发，故“风”在古代与“曲”同名。《山海经·大荒西经》中说：“祝融生太子长琴，是处摇山，始作乐风。”《注》曰：“风，曲也。”音乐的节奏韵律亦与风有关,《吕氏春秋·音律》曰:“大圣至理之世，

---

① 徐树丕:《士先器识》,《识録》卷一。

天地之气，合而生风，日至则月钟，其风以生十二律。”天地之气的交合导致了宫商吕律的产生。而音乐的和谐与否影响到人与自然，人与人之间的协和关系。如《国语·周语下》记伶州鸠所言：

> 铸之金，磨之石，系之丝木，越之匏竹，节之鼓而行之，以遂八风。于是乎气无滞阴，亦无散阳，阴阳序次，风雨时至，嘉生繁祉，人民和利，物备而乐成，上不罢，故曰乐正。

音乐由气激而成，而音乐亦会影响到阴阳之气的聚散，从而与社会的稳定和谐交感互渗。儒家乐论强调以音乐化育人心，就是源自这种带有原始巫术性质的早期乐论。

曹丕引“气”论入文学，其实是直接援引于乐论：“……譬诸音乐，曲度虽均，节奏同检，至于引气不齐，巧拙有素，虽在父兄，不能以移子弟。”这让我们注意到，中国传统文学与音乐的共生现象。《诗经》之“风、雅、颂”皆与曲配唱，“风”是民间歌谣之称。原始宗教仪式中，歌乐舞同体，这种人类表达情感的天然方式，在魏晋文人对于音乐的强烈爱好中亦可见到。曹丕《与吴质书》：“每至觞酌流行，丝竹并奏，酒酣耳热，仰而赋诗。当此之时，忽然不自知乐也。”曹植甚至说：“夫为君子而不知音乐，古人达论，谓之通而蔽。”不知音乐不足以言文。陆机《文赋》亦以音乐论文章之病：“譬偏弦之独张，含清唱而靡应”；“象下管之偏疾，故虽应而不和”；“犹弦么而徽急，故虽和而不悲”；“寤防露与桑间，又虽悲而不雅”；“虽一唱而三叹，固既雅而不艳”，借乐理以发挥文理，提出行文应具备本为音乐原则的“应、和、悲、雅、艳”①。《文心雕龙·声律》亦云：“陈思潘岳，吹籥之调也；陆机左思，瑟柱之和也。”萧子显《南齐书·文学传论》记载道：“史臣曰：‘文章者，盖情性之风标，神明之律吕也。’”

乐理与文理之合，即在于皆为“气”之运转。如饶宗颐先生

---

① 参见饶宗颐：《论文赋与音乐》，载罗宗强编《20世纪中国学术文存·古代文学理论研究》，湖北教育出版社2002年版。

所言：

> 子桓谓气有清浊，彼则谓音有清浊。气即音所由生，无气便不成音。繁钦所谓“潜气内转，哀音外激，大不抗越，细不幽散”，歌唱如是，行文亦复如是。……而驾驭操纵之，尤赖乎内在之力量，即“气”是也。故歌唱（内转）之气，与行文之气，其理正合。①

曹丕所言“文以气为主”，文气之清浊高下，不仅仅是人之气禀，亦有声气之含义，并导致了文学声律理论的产生。齐永明年间，沈约、谢朓、王融，“以气类相推毂……文皆用宫商，将平、上、去、入四声，以此制韵，有平头，上尾，蜂腰，鹤膝。五字之中，音韵悉异；两句之内，角徵不同。不可增减，世呼为永明体”②。同气相求，同声相应，“气”作为文学艺术媒介，直接影响到文学艺术节奏美、声调美的形成。辞气、气调等范畴即衍生于此。

“文气”论中有以“气驱辞行”之说，根本上源自“文气”的音律属性。如韩愈《答李翊书》：“气，水也；言，浮物也；水大而物之浮者大小毕浮。气之与言犹是也，气盛则言之短长与声之高下者皆宜。”韩愈讲气盛言宜固然是讲作者之主观修养和写作的关系，但也涉及声之高下对文学语言的驾驭。方孝孺《与舒君书》说“气昌则辞达”，李梦阳《驳何氏论文书》曰：“辞之畅者，其气也”，曾国藩《辛亥七月日记》谓：“奇辞大句须得瑰玮飞腾之气，驱之以行”，都讲的是以音律之“气”驱辞。桐城派刘大魁明确地将“神气”与音节字句联系起来，其《论文偶记》曰：

> 音节高则神气必高，音节下则神气必下，故音节为神气之迹。……故字句为音节之矩。积字成句、积句成章，积章成

---

① 饶宗颐：《论文赋与音乐》，载罗宗强编《古代文学理论研究》，湖北教育出版社2002年版，第243页。

② 李延寿：《南史·陆厥传》。

> 篇。合而读之，音节见矣；歌而咏之，神气出矣。
>
> 学者求神气而得之于音节，求音节而得之于字句，则思过半矣。其要只在读古人文字时，便设以此身代古人说话，一吞一吐皆由彼而不由我。烂熟后，我之神气即古人之神气，古人之音节都在我喉吻间。合我喉吻者，便是与古人神气音节相似处，久之，自然铿锵发金石。

作为一个古文大家，海峰先生极其重视语言的音乐属性对于语义表达和艺术效果上的特殊功用。张裕钊近承刘氏之说，提出"因声求气"说，与"气驱辞行"相似，都是从音响效果入手，考虑文学语言的结构对作品内在精神品格的表现。缘于此，朱自清《经典常谈》说文中所行之气就是自然的语气，也就是自然的音节；罗根泽在《中国文学批评史》中也称"文气是最自然的音律，音律是最具体的文气"。

另一方面，文学作品的展开、意象的呈现，都是在语言表述的过程中实现，具有时间的延续性。在这个意义上讲，文学是时间的艺术，不同于依靠空间展开的绘画和雕塑艺术。而"气"的本原属性具有流动不居的时间性，或许正是这个原因，导致了"气论"先于绘画和书法进入了音乐和文学理论。

文学艺术的时间性基于生命体验的流动性。文学创作者的自我体验在古代批评家的描述中，是一种极其特殊的与日常状态暂时隔断的精神状态。如陆机《文赋》所描绘的"收视反听，耽思傍讯，精骛八极，心游万仞"，这是对审美对象进行内在关注、感知、品味、想象的过程。这一过程是持续的体验，时间被这种体验全面地充实着，即现象学家胡塞尔所说的体验流（experience-stream）。文学创作中主体的体验流伴随着话语流的生成，主体的话语流演化并反复激活了读者的体验流，带领着接受者去体验话语所表达的世界。如果这世界与接受者的生命趣味相适应，接受者就会从他者的话语流中获得强烈的震撼性体验。这样的时间过程完整不可隔离，当生命的流动性得到了深刻而细致的体现时，文学作品便达到了古人所说的"精力弥满"，"气韵生动"：生气在语言中流转传递循环，或似江河水绵绵不尽，或如山呼海啸，带领着读者冲出心灵的局限，涌向它永远与之共鸣的宇宙万象。

文学语言表现出来的意识和体验连续不可分割，如波澜起伏，又如云烟明晦，连绵不绝亦朦胧难辨，在古人看来，这些都是可以感知而难以言表的“文气”的运转。气是流动的，具有非结构性，充塞天地间的恍惚之物，如用有形之物相譬，水、风、云皆十分相似，唯水有可以视察的连绵不绝的流动性，所以古代文论中在分析“文气”时，水之意象使用最繁。如唐李德裕《文章论》说：

> 魏文《典论》称“文以气为主，气之清浊有体”，斯言尽之矣。然气不可以不贯，不贯则虽有英词丽藻，如编珠缀玉，不得为全璞之宝矣。鼓气以势壮为美，势不可以息；不息则流宕而忘返，亦犹丝竹繁奏，必有希声窈渺，听之者悦闻；如川流迅激，必有回洑逶迤，观之者不厌。

文学作品中的气具有流动性，但是这种流动性绝不是纯自然的，它必须受到艺术家的调控，这又与上一节中作者的主体之气联系起来，诞生出“气势”概念。颜之推《颜氏家训·文章》：“凡为文章，犹人乘骐骥，虽有逸气，当以衔勒制之，勿使流乱轨躅，放意填坑岸也。”方东树《昭昧詹言》：

> 气势之说，如所云“笔所未到气已吞”，“高屋建瓴”，“悬河泄海”，此苏氏所擅长。但嫌太尽，一往无余，故当济以顿挫之法。顿挫之说，如所云“有往必收，无垂不缩”，“将军欲以巧服人，盘马弯弓惜不发”，此惟杜、韩最绝，太史公之文如此，《六经》、周、秦皆如此。

清末的林纾对气势的顿挫蓄敛之法作了更深刻与明确的表述：

> 文之雄健，全在气势。气不王，则读者固索然；势不蓄，则读之亦易尽，故深于文者，必敛气而蓄势。然二者皆须讲究

于未临文之先，若下笔呻吟，于欲尽处力为控勒，于宜伸处故作停留，不惟流为矫伪，而且易致拗晦。①

敛气蓄势，引而不发是文学作者的高超手段，使其作品之中涌动着强劲郁勃之气，“气势”说在“气”的流动性之上，深刻地揭示了艺术表现与传达过程中的内在机制问题。

在传统观念中，世间万物得气则生，无气则死。气的有无，气的运行状态，决定着生命的存亡和质量，因而“气”具有生命本原意义。文学内在的体制，如整体性、有机性、灵动性等等都体现出生命的征象，这种生命的征象，可与一切生物相类，而在以人为本的传统文论里，是以“人格化”的方式加以强化。文论者借用人物品藻的术语来品评文学，借用人体构结之术语来全面揭示文学本身的生命之气，衍生出一系列“人格化”的“文气论”范畴，如“气脉”、“气韵”、“气力”、“气骨”等。在生命的层面上，实现了人与文学的融合。② 于是，我们可以看到，宇宙之气，人之气，文之气，以下面的图式达到沟通互渗，将文学纳入到天人合一的体系之中。

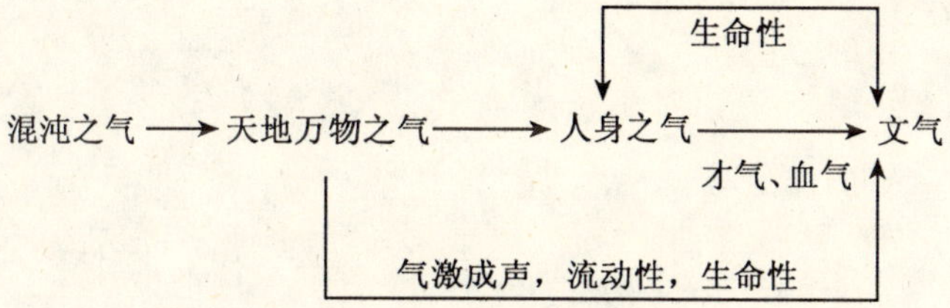

象在气中，气以象呈。生动气韵的流荡，使文学诗章与众生万物往来无碍，同类互渗：“清气为六月风，为腊前雪，于植物为梅，于人为仙，于千载为文章，于文章为诗。”③ 文学作为完整的

① 林纾：《春觉斋论文·应知八则·气势》。

② 关于文学的生命化特征以及人格化详见本书第六章。

③ 刘将孙：《彭宏济诗序》，《养吾斋集》卷十一。

生命体性，亦可宣造化之机，生出万千气象，“文气”充之于宇宙而无所不达：

> 文以气为主，非主于气也，乃其中有所主，则其气浩然，流动充满而无不达，遂若气为之主耳。故文之盛也，如风雨骤至，山川草木皆为之变；如江河浩淼，波涛平骇，各一其势。大之而金石制作，歌明堂而颂清庙；小之而才情婉娈，清白雪而艳阳春；古之鼎彝幼眇，陈淳风而追泰古；时之而花柳明媚，过前川而学少年。①

“气”范畴强烈的生命意味，在中国传统文人的心象中，以鲜明生动的自然图景呈现，它无所不在，变动不居，充满力度，生生不息。这不仅是“气”范畴的特征，也是大多数传统文论范畴的特征。它携带着来自原始文化的思维信息，以诗性逻辑去解说中国传统文学存在的方式和意义，在形象之中达到概括和抽象，在体验中形成丰富的内涵，在人生哲学与艺术哲学的贯通中，获得绵亘深远的意韵。

---

① 刘将孙：《谭村西诗文序》。

第八章

天地间竟有这等文字

诗性地说，是中国古代文论的正宗。

诗性，并非仅仅是诗的语言。黄宗羲《金介山诗序》："古人不言诗而有诗，今人多言诗而无诗。"在黄梨洲看来，古时之人没有诗歌的理论，但诗的精神无所不在。他所处的时代，人人都要谈论诗歌，纯粹的诗性却已丧失。诗性，这种在想象和哲学思考之间游荡的态度，不仅蓄于诗，更呈现为一种人的生活态度。诗性，如晨光挥洒，给人间万物披上童话世界一般的金色。它也渗透进文论的灵魂深处。批评主体的非职业化、文体的非理论化以及诗一般的批评语言，种种诗性的表达使中国古代文论具有特殊的文学性和审美性，它不是艰涩晦深的文字，而是亲切和蔼的对话；它不是对文学对象的无情解剖，而是竹影山色之外的又一道风景，如李贽评《水浒传》之言："若令天地间无此等文字，天地亦寂寞了也。"

第一节　诗必与诗人评之

“文章得失寸心知，千古朱弦属子期”①，文学，自从它被创作出来的那一刻起，就期待着知音的出现。《抱朴子·喻蔽》：“音为知者珍，书为识者传。”如果没有知音君子的明鉴，文学的价值和内涵往往被掩没。相反，如若得到“聪达亮于闻前，明鉴出于意表”②之人的品评，文学作品则如玉石经切磋琢磨更加润泽动人。如欧阳修评“鸡声茅店月，人迹板桥霜”，曰：“与造化争巧可也”③；金圣叹评《水浒传》：“写鲁达为人处，一片热血，直喷出来，令人读之深愧虚生世上，不曾为人出力”，这样的评断，不仅发掘出文本内在的精义，其自身亦颇值得玩味。传统的文学评论者，不仅要能深入文本，以心会文，还必须能够以畅达优雅的诗性文字将之形象化地传达，兼具出众的审美感知能力和形象思维能力，这和对文学创作者的素养要求基本一致。于是，文学创作者，与评论者的身份重合到一起，如清张晋本《达观堂诗话》所说：

> 昔人谓诗文一道，作者难，识者尤难。余谓农夫识谷，织女识布，作与识本是一家眷属，盖失则两失，得则两得也。

中国的文论传统中，“作”与“识”本为一家，诗人，被视为最有资格的评论者，他们直接赋予文论以诗性的特质。

一、论家原本是诗人

在中国文论史上，纯粹的文学理论家是很难见到的。“中国古人也很少有意识去做一个职业理论家或职业批评家，在他们，讨论文学问题或从事文学批评只是一种业余的爱好，而不会成为终生的

① 元好问：《自题〈中州集〉后五首》，《遗山先生文集》卷十三。

② 刘昼：《刘子·正赏》。

③ 欧阳修：《欧阳文忠公文集·温庭筠严维诗》。

事业。”① 在文学这一特定范围里，或许“写诗”和“做诗人”才可以成为他们的终生事业。司空图所叙之“诗品”虽然二十有四，但他最推崇的还是含蓄、自然、冲淡等风格，此种偏好显露出这位文论家的诗人趣味和诗人性情，在《与李生论诗书》中，司空图排比自己的“得于早春”、“得于山中”、“得于江南”、“得于塞下”的诗作，言说中并不掩饰其“自赏”、“自得”之情。综观几千年的中国文论史，不难发现，缺乏诗性的文论家是少见的，不会做诗的文论家更属罕见。刘勰文思致密，意无不达，京师名僧碑志，多出自他手，也曾有文集传世，只是亡佚于隋唐，今人仅得见其《梁建安王造剡山石城寺石像碑》和《灭惑论》两篇文章；钟嵘也曾作《瑞室颂》，“辞甚曲丽”②；小说理论家金圣叹同时也是小说的删改者，加入到小说创作的队伍之中，他也写诗，存有《沉吟楼诗选》，金昌论其诗作“不主一格，总之出入四唐，渊涵彼土，而要其大致，实以老杜为归”。③ 对于那些文学创作传世不多的文论者，即使今人看来，他们的文论十分精彩，却也往往被重视创作能力、强调知音者必先操曲的评论者所诟病。

可以说，中国古代文论缺少一种“理论家”的自我确认，或者说，根本不存在单纯的“理论家”，更深一步，甚至没有单纯的职业“文学家”。古代文人，生存于诗意的状态之中，人生的最高境界，也常常是以审美境界，或曰诗的境界为归结。“文学”或“文论”从未脱离出中国人“天人合一”的整体世界而外化为“客体”，而是与个人心灵相通的“精神家园”。因而，对于书写着文学批评的诗人来说，写诗与评诗是没有区别的，文学创作与文学理论是没有区别的。

强调诗人论诗的同时，另一种相应的论调，是反对以“学究”式的思维和表达方式论诗。传统中国的读书人，很多是文人而兼学

---

① 张海明：《回顾与反思——古代文论研究七十年》，北京师范大学出版社1997年版，第75页。

② 《南史·钟嵘传》。

③ 《杜诗解》附录一。

者的，自古以来就有“文非学不立，学非文不行”的说法，二者很难截然分开。我们这里所谈论的“诗人论诗”和“学究论诗”，并不是说文人和学究之间存在着清晰的界限，而指的是以诗人诗性的精神和诗性的气质评论文学，与以学究般的态度说诗这两者之间的区别。而且“学究”一词明显有着思维板滞，缺少通达变化之意。

周亮工《尺牍新钞二集·周圻〈与某〉》：“自来诗文书画，直当以笔还笔，墨还墨；而注古人者，更当以古人还古人。得一还字，杜诗从此无事矣。”有“借”，才会有“还”，周圻认为应该还艺术以本来面目，而“学究”式的评诗却往往背离了艺术的本来，以经论诗，以学问论诗，所以杜甫之诗自宋以来就成为争论中心。

学究论诗，将典册、简牍、训诂的治经之法用于说诗。这一种批评方式与中国古代文论的早期形态有一定的关系。先秦两汉，文学作品的解说者，大多是哲学家和史学家。他们批评文学的角度，多是从其哲学主张出发。孔子和其弟子谈论《诗经》，是政教解诗的最早范本。孟子则提出知人论世，把以史证诗从实践上升到理论。汉代《毛诗序》对诗三百篇中所划分的129篇“刺”诗、27篇“美”诗的解说，为后世经学家简单比附的说诗方法提供了固定的范式。随着文学的自觉和文学批评的自觉，“学究”论诗遭到越来越多的批评，说诗的学究们往往被讥为俗儒、盲瞽、塾师、两脚书柜。赖力行《中国古代文学批评学》，将经学家说诗的弊病归为三点：不读而论，对诗义的引申发挥离开了审美感受；断章取义，穿凿附会；停留在考证阶段，孜孜以求“字字落实”，沦为烦琐的章句之学。如果换一个角度看，学究论诗，从其思维方式以及表达方式上，皆与中国古代文论的诗性传统背道而驰。

首先，学究解诗，采取的是格物穷理的理性态度，或是将草木虫鱼的形象都与政教风化相关联，或是咬文嚼字，逐字逐句寻出处，或是以“史法”考证论诗。如王夫之《姜斋诗话》卷二曰：

> ……宋人之陋也。其尤酸迂不通者，既于诗求出处，抑以诗为出处考证事理。杜诗：“我欲相就沽斗酒，恰有三百青铜

钱。”遂据以为唐时酒价。崔国辅诗：“与沽一斗酒，恰用十千钱。”就杜陵沽处贩酒，向崔国辅卖，岂不三十倍获息钱邪？求出处者，其可笑类如此。

文学创作有着自身的规律性，如果视其等同于历史的真实记载，自然会被弄得晕头转向，闹出“就杜陵沽处贩酒，向崔国辅卖”的笑话来。出现这样的误读，问题出在思维方式的错位。文学艺术是诗性思维的产物，而实据考证，视文学为现实，到诗歌中去考证事理，则属于理性思维。不是以心会诗，而是以“理”解诗，在这样的解剖之下，诗的本身的意韵之美自然荡然无存。而获得的“事理”，当然也是不准确的。

正因为学究论诗采取的是经生治经的态度，因而，对于诗性的妙处无法体悟，所以有人说学究不读诗。方玉润《诗经原始》：“诸儒说《诗》，其实未尝读《诗》”，这种“读”，指的是对作品本身的阅读、体味，而学究读诗，是将文学视为经学的附庸。如朱熹《清邃阁论诗》所言：“大抵学究家说诗，必先有一付宽大帽子压倒众人，然后独申己见”，“以致上下文义不相连贯亦不之觉”，“只缘诗序者立例，篇篇要作美刺说，将诗人意思尽穿凿坏了”。赖力行将其归纳为一种“由外及内”的操作程序：“先从收集创作的背景材料入手，然后根据既定的儒家政治道德信条确定作诗者之志，最后提取作品中的意象、典故的象征寓意。”① 固定的阐释套路，使其对诗的阅读远离了能够保留诗之内涵的品味和感悟。王夫之《姜斋诗话》以《诗·出车》篇为例，指出其妙处“训诂家不能领悟，谓妇方采蘩而见归师，旨趣索然矣”。不仅如此，用治学理性解诗，甚而将诗歌肢解离析，使其气韵之美丧失殆尽，吴雷发《说诗菅蒯》：“向见注唐诗者，每首从始至末，必欲强为联络，遂至妄生枝节，而诗之主脑反无由见，诗之生气亦索然矣。”不见形象之美，而自说自话，妄自猜测，牵强附会，这的确和村瞽说书有

① 赖力行：《中国古代文学批评学》，华中师范大学出版社1998年版，第34页。

相近之处。

学究解诗与传统诗学相背，还在于其缺少诗性的表达。学究治学以儒家理学为根基，所以轻视不涉政教风旨的艺术创作。宋代理学家程颐曾以“闲言语”批评杜甫“穿花蛱蝶深深见，点水蜻蜓款款飞”之句。学究一般不会写诗，或者写不出好诗。项安世《项氏家说》：“大抵说诗者皆经生，作诗者乃词人，彼初未尝作诗，故多不能得作诗者之意也。”不作诗，因而缺少审美感悟的能力，“说字无字外之句，说句无句外之意，说意无意外之味”①，如经生注经，死扣字面，就不能领悟文学内在的神韵风旨，也不能用艺术的语言将其表达出来。

清康熙年间的文论家叶燮，晚年设馆横山，平日言谈之中最恶俗儒评诗之法，“因摘取杜少陵似有可议而实无可议之句，戏代俗子评驳，摹写妄人口吻，句句酷肖，令人捧腹。”②其戏拟之句如：“……‘斩木火井穷猿呼。’必曰：‘斩木’一事，‘火井’一事，‘穷猿呼’一事，硬牵合。‘片云天共远，永夜月同孤，落日心犹壮，秋风病欲苏。’必曰：言‘片云’、言‘天’、言‘永夜’、言‘月’、言‘落日’、言‘秋风’，二十字中，重见叠出，无法之甚……”③ 即使最为诗家尊崇的杜诗，如果用学究俗儒的评论句式评之，“索其瑕疵”，那么处处都是“硬牵合”、“无法”、“杜撰”、“错误甚”。叶燮以戏说的方式将学究诗论的铢两琐屑、枯燥乏味、字句刻板摹仿得惟妙惟肖，批评了学究诗论思维僵化，执于死法，缺少活络的语言和新鲜精美的意象比喻，故腐气陈陈，闷杀人也。

背离了诗性传统的文学批评，因其思维板滞，故而见识低下，因其脱离形象，故而丧失风雅。这种诗论标准指导下的文学创作，“将使从事风雅者，惟谨守老生常谈为不刊之律，但求免于过，斯

---

① 王夫之：《姜斋诗话》引杨万里《庸言》。

② 薛雪：《一瓢诗话》。

③ 叶燮：《原诗·外篇·上》。

足矣，使人展卷，有何意味乎！"① 学究论诗之陋，在于其不懂创作，以经治诗。而对艺术规律和技巧最熟悉的，莫过于诗人自己。

二、操千曲而后晓声

中国古代文论对批评家艺术才能的要求，在西方文论中也时有所见。别林斯基说："评论家必须变成诗人。并且是伟大的诗人"②；王尔德则认为："只有艺术家，才是有能力的批评家"③；19世纪"印象主义批评"（Impressionistic Criticism）强调艺术家首先是唯一合格的批评家；20世纪20年代现代派诗歌的代表庞德《几条禁令》认为，不必理会那些自己从未写过一篇值得注意的作品的人的评论……都是编造出来以解释规则的。由此可见，诗人论诗，文人论文，较之专业的理论家有着先天的优越性，这一点，无论中西方，都是共通的。

文学创作者论文的优势首先在于，他们拥有超越常人的审美感知能力和诗性语言的表达能力。一方面，他们既可以高屋建瓴的姿态，在纷杂的现象中直击要害，洞察内在的规律性，又能善察秋毫，俯仰观察，细心揣摸，捕捉到别人无法体验到的些微差别。艺术家工于体物，拥有比常人更明亮的双眼和更敏锐的感知。如洪亮吉《北江诗话》三十七条：

> "蝉曳残声过别枝"，实属体物之妙。余又见残声未到别枝，而半道复为雀所食者，雀嗉中尚若音响……亦可见天地间景物无所不有，苦吟者亦描写不尽。

听到蝉之残声已属观察之细致，而洪亮吉更敏锐地观察到麻雀嗉中

---

① 叶燮：《原诗·外篇·上》。

② ［俄］别林斯基著，满涛译：《别林斯基选集·第一卷》，上海译文出版社1979年版，第511页。

③ ［美］布鲁克斯、韦姆萨特著，颜元叔译：《西洋文学批评史》，中国人民大学出版社1987年版，第457页。

之蝉声，诗人观物体情之精确非常人可比。文学批评亦需要这种善察秋毫的敏感，对于作者风格的鉴别，具体作品的赏析，任何文学要素的细微变化，经识见高明、体察入微的文论者的指点，莫不昭然于世。比如小说戏曲评论里常可见到“精切读之”，“细寻其肤寸”① 的细节评点。金圣叹细评《水浒传》第二十三回中潘金莲挑逗武松的言语：“以上叫过三十九个叔叔，至此忽然唤作一你字，妙心妙笔”，《读第五才子书法》：“有草蛇灰线法，如景阳冈连叙许多哨棒字，柴石街连写若干帘子字等是也。骤看之，有如无物，及至细寻，其中便有一条线索，拽之通体俱动。”叔叔、哨棒、帘子，这样一些丝毫不起眼的“道具”，却蕴涵着作者的巧心，若不经金圣叹指点，即便是感觉敏锐的读者也未必留心于此。

另一方面，他们能表达出别人体验到而无法言说的东西，或者能将人人都说过的话说得更加巧妙。感受，对多数人并不困难，困难的是用准确而精致的语言将之表达出来。诗性的语言通过将感受形象化，使之可以触及，表达出别人体验到而无法言说的东西，如鲁道夫·阿恩海姆所言：

> 艺术家与普通人相比，其真正的优越性，就在于：他不仅能够得到丰富的经验，而且有能力通过某种特定的媒介去捕捉和体现这些经验的本质和意义，从而把它们变成一种可触知的东西……一个人真正成为艺术家的那个时刻，也就是他能够为他亲身体验到的无形体的结构找到形状的时候。②

将体验具象化，不仅仅是中国传统文学的特征，也是传统文论的特征之一。譬如，刘勰《文心雕龙·风骨》：“辞之待骨，如体之树骸；情之含风，犹形之包气。”钟嵘《诗品》：“五言居文词之要，是众作之有滋味者也”；白居易《与元九书》：“诗者：根情、苗

① 金圣叹：《第六才子书〈西厢记〉读法》。

② ［美］鲁道夫·阿恩海姆著，滕守尧、朱疆源译：《艺术与视知觉》，中国社会科学出版社 1984 年版，第 228 页。

言、华声、实义”；《旧唐书·杨炯传》引张说之语：“李峤、崔融、薛稷、宋之问之文，如良金美玉，无施不可”……无论是对诗理的论说还是对具体对象的评论，皆化复杂的义理和丰富的审美感受为具体形象，比兴托物，以语言的隐喻性指向艺术的深层体悟，使人一触了然，进入神妙的经验境界。这一点本书在第六章中已有充分论述。

“以奇特之识见，批文章之妙处”①，中国传统文论要求论者的表达富有新意和个性，而文学创作者最擅长于创造个性化的表达方式。每个成功的作家都有自己的语言特点，或雅致恬静，或通俗幽默，或风流多情。通过个性化的语言，人之“常言道”，一出自诗人之口，必脱胎换骨，另有新趣。如姜夔《白石道人诗说》：“一篇全在尾句。如截奔马，词意俱尽。如临水送将归，意尽辞不尽。若夫辞尽意不尽，剡溪归棹是已；辞意俱不尽，温伯雪子是已。”李渔《闲情偶寄》：“终篇之际，当以媚语摄魂，使之执卷留连，若难送别，此一法也。收场一出，即勾魂摄魄之具，使人看过数日，而犹觉声音在耳，情形在目者，全亏此出撒娇，作‘临去秋波那一转’也。”同是论文章结尾之要，文论者的表达各尽其妙：姜白石风流俊赏，微妙精言，意象雅致脱俗；而李渔言语俗滑幽默，所用意象出人意表，亦与其戏曲生涯相关。二人之论各呈其风流之态，只是一雅得有味，一俗得有趣。

诗人论诗，不一定追求思维的严密，而是追求表达的生动和体验的深刻。其实这也是中国古代文论的特点。如钟嵘《诗品·序》：

若乃春风春鸟，秋月秋蝉，夏云暑雨，冬月祁寒，斯四候之感诸诗者也。嘉会寄诗以亲，离群托诗以怨。至于楚臣去境，汉妾辞宫，或骨横朔野，或魂逐飞蓬，或负戈外戍，杀气雄边，寒客衣单，孀闺泪尽，又士有解佩出朝，一去忘返，女

① 蔡冠洛：《清代七百名人传·金人瑞》，北京市中国书局1984年版，第1741页。

有扬蛾入宠，再盼倾国；凡斯种种，感荡心灵，非陈诗何以展其义？非长歌何以骋其情？

众多的物象，流动繁复的人情百态，以诗的文字一一道来，穷尽诗歌艺术兴寄情思的深广无涯。言说中杂以寄托沉重历史之感的典故，如楚臣、汉妾；再融以引发人们身世之感的经典诗歌意象，如塞客、孀闺。诗的美妙意境和寄于诗歌之中的不朽情感，如同电影蒙太奇画面，叠入淡出，读之仿如历经人生的春花秋月、悲欢离合，文论者排列意象以表诗歌艺术兴寄情思的深广无涯的同时，营造了诗歌的美境，而蕴含于其中的浓厚情感，又使其文论表达具有了诗歌艺术的含蓄之美。如果没有诗人的才质，如何写得出如此诗意盎然的文字？叶维廉在《中国诗学》中指出："假如批评家本身不具有诗人的才能，他就无法唤起诗的活动。"即使在今天，身兼双重身份的批评家，其理论表达也显出与一般理论家不同的风格。生动的形象思维和诗性语言使其评论如山之有烟云，春之有草树，生机灵动，诗美和思美并具。

诗人论诗的优越性还在于，他们对于文学作品博观众览。《文心雕龙·知音》："凡操千曲而后晓声，观千剑而后识器；故圆照之象，务先博观。"诗人在其积累为学的过程之中的"操千曲"、"观千剑"，使他们具有了超越一般人的识见。徐昌谷《谈艺录》云："未睹钧天之美，则北里为工；不咏《关雎》之乱，则《桑中》为隽。"如果不阅读经典的话，那么就会以二三流作品为优等。张谦宜《茧斋诗谈》中的一段自述可与此参见：

昔与单季朗共好栎园诗，其实彼时读书少，才见一雅致手段，便推为极颠，摹仿不休。阅历渐多，然后竖起脊梁，大开眼界，胸中别有一见解。记示后生，勿随人脚跟，须自有本领，方可聆音识曲，本领何来？先明道理，虚心博学而已。①

---

① 《清诗话续编》，上海古籍出版社 1983 年版，第 800 页。

聆音识曲的本领来自虚心博学，柳宗元《与杨京兆书》：“读百家书，上下驰骋，乃少得知文章利病。”只有广博百家之言，洞晓文之脉络，方能成为有识之论家。自古以来，对文学批评者来说，博览，是有识的前提。而中国传统的学诗方式，同样需要广博的阅读和对古代经典的研学。扬雄读千首赋而后能为赋①，老杜“读书破万卷，下笔如有神”，再如苏洵之《上欧阳内翰第一书》所言：

> 取《论语》、《孟子》、韩子及其他子人贤人之文，而兀然端坐终日以读之者七八年。方其始也，入其中而惶然，博观于其外而骇然以惊。及其久也，读之益精，而其胸中豁然以明，若人之言固当然者，然犹未敢自出其言也。时既久，胸中之言日益多，不能自制，试出而书之，已而再三读之，浑浑觉其来之易矣，然犹未敢以为是也。

阅读经典，使创作者胸中历历着千年，笔下源源赴百川，广其波澜，发其才气。学诗之人，不仅仅要通览文学作品，对于其他的学问，也要兼通，才能具备足够的创作素材。李渔《闲情偶寄·贵显浅》论词人之学，就说到无论经、传、子、史，以及诗、赋、古文，“无一不当熟读”，就是道家、佛氏、九流、百工之书，下至孩童学习的千字文、百家姓，“无一不在所用之中”，“至于形之笔端，落于纸下，则宜洗濯殆尽。亦偶有用着成语之处，点出旧事之时，妙在信手拈来，无心巧合，竟似古人寻我，并非我觅古人。此等造诣，非可言传，只宜多购元曲，寝食其中，自能为其所化。”

诗人博览群书的目的，在于炼识，如严羽所说：“夫学诗者以识为主”，许学夷《诗源辩体》中对“识见”之于学诗的重要性分析得很到位：“学诗者识贵高，见贵广。不上探《三百篇》、楚骚、汉魏，见识不高；不遍观元和、晚唐、宋人，则见不广。识不高，不能究诗体之渊源；见不广，不能穷诗体之汗漫。上不能追蹑风骚，下不能兼收容从也。”叶燮《原诗》则将作家之基本要求归之

---

① 语出葛洪《西京杂记》：“或问扬雄为赋，雄曰：读千首赋用能为之。”

为“才胆识力”，其中“识”为四要素之先：

> ……识为体而才为用，若不足于才，当先研精推求乎其识。人惟中藏无识，则理、事、情错陈于前，而浑然茫然，是非可否，妍媸黑白，悉眩惑而不能辨，安望其敷而出之力才乎？文章之能事，实始乎此。

在叶燮的作家论中，有识，则可以明事理情，分妍媸黑白，方可以“不随世人脚跟，并不随古人脚跟。……识明则胆张，任其发宣而无所怯，横说竖说，左宜而右有，直造化在手，无有一之不肖乎物也”。只有先成为一个明辨古今文理的人，才能创作出优秀的作品，或者是否可以说，在古人看来，“读书先要具眼，而后做得好诗”①，器识为文章之根柢，通过博览而炼识，培养文学批评的基本能力，是通往诗歌创作的必经之途，同样也炼就了诗人的火眼金睛，较常人更具备深厚的审美鉴赏之“识”。

另外，丰富的创作体验，使诗人论诗，易得“诗人之心”。在《第六才子书西厢记》中，金圣叹描述作家创作的苦心时说，为文者“真是将三寸肚肠，直回折到鬼神犹曲折不到之处，而后成文”。为文写诗，对人情世故，须要细细揣摩，而后写出的文字方能触动读者心弦。而文论者，要发掘出文学中作者的一片苦心以及不为常人所识的内在意蕴，何尝不也是在回折作家的那三寸肚肠，寻找那作品之中的“鬼神曲折之处”。刘克庄《跋刘澜诗集》云：“诗必与诗人评之。……不习为诗，于诗家高下浅深，未尝涉其藩墙津涯，虽强评要未抓着痒处。”诗人特别能从创作的角度来分析文学的得与失，这一点，没有创作经验的人很难做得更好。

文学创作是寂寞者的事业，尤其是诗，对于诗人创作之苦，当代诗人雷抒雁是这样描述的：“你需要把心放在整个世界上，而却要把身体‘囚禁’起来。你得常常和自己对话，和自己辩论，和

---

① 薛雪：《一瓢诗话》。

自己一起去寻找那些迷失在生活中的灵感。"① 的确如此，自古以来，文学创作者，以自啮身心的苦吟来寻找字与字、句与句、意象和意象之间最和谐最巧妙的黄金分割，这其中的甘苦只有创作者自知。孟郊《夜感自遣》："夜吟晓不休，苦吟鬼神愁。如何不自闲，心与身为仇。"诗人的身体被生生地撕裂，创作的激情撕扯着本不强健的身躯，"心与身为仇"，确是诗人的呕心沥血之语。而天机自动、意象纷涌的那一刹那，往往在苦吟之后不经意中突然降临，所谓"有时忽得惊人句，费尽心机做不成。"② 对这种来自茫茫窈冥的无法用理论分析的灵感，创作者都有切身的体会。金圣叹《第五才子书施耐庵水浒传》第四十一回总批中一段妙绝的文字，将行文时的痛苦和癫狂之态描述得活灵活现：

> 行文亦犹是矣。不阁笔，不卷纸，不停墨，未见其有穷奇尽变、出妙入神之文也。笔欲下而仍阁，纸欲舒而仍卷，墨欲磨而仍停，而吾之才尽，而吾之髯断，而吾之目矐，而吾之腹痛，而鬼神来助，而风云忽通，而后奇则真奇，变则真变，妙则真妙，神则真神也。

这既是创作之时的险境环生，也是作为评点者金圣叹的同感之语。

宋代吕东莱《诗说拾遗》："诗者，人之性情而已。必先得诗人之心，然后玩之易人。"诗人论诗，擅长于解读创作者的构思过程，并将之再度复现于读者，使人探视到优秀作品浑融之象背后的草蛇灰线，体会到创作者的良苦用心，对于学习创作的人，亦有很强的指导作用。文人对文人的同感，使文论者在品评作品时，总是强调反复的研读和揣摩，陆机《文赋》："或览之而必察，或研之而后精。"元好问《与张中杰郎中论文》："文须字字作，亦要字字

---

① 雷抒雁：《写意人生》，华文出版社 2001 年版，第 7 页。

② 戴复古：《邵武太守五子文，日与李贾、严羽共观前辈一两家诗及晚唐诗，因有论诗十绝。子文见之，谓无甚高论，亦可作诗家小学须知》，《石屏集》卷七。

读。咀嚼有余味，百过良未足。”范晞文《对床夜语》：“咀嚼既久，乃得其意。”方玉润《诗经原始》：“先览全篇局势，次观笔阵开阖变化，后乃细求字句研炼之法，因而精探古人作诗大旨，则读者之心思与作者之心思自能融会贯通，不烦言而自解耳。”力求通过反复的研读，复现作品创作过程，达到与作者的“心领神会”，探求作者的真性情、真面目。金圣叹在《水浒传》第十三回回评中说，晁盖是《水浒传》全书“提纲挈领之人，则应下笔第一回便与先叙，先叙晁盖因得停当，然后从而因事造景，次弟叙出一百八个人来”。然而作者却跳出俗套，出常人不能想，“到得晁盖出名，书已在第十三回。”为什么这样安排呢？金圣叹因是而想：“有有全书在胸而始下笔著书者，有无全书在胸而姑涉笔成书者。如以晁盖为一部提纲挚领之人，而欲第一回便先叙起，此所谓无全书在胸而始涉笔成书者也。若既已以晁盖为一部提纲挚领之人，而又不得不先放去一十二回，直至第十三回方与出名，此所谓有全书在胸而后下笔著书者也。夫欲有全书在胸而后下笔著书，此其以一部七十回一百有八人轮回叠于眉间心上，夫岂一朝一夕而已哉！”金圣叹通过分析，越发地敬佩作者的大手笔：“观鸳鸯而知金针，读古今之书而能识其经营，予日欲得见斯人矣！”

秉承于诗人的气质和诗人的思维方式，中国古代的文论家们品文评人，能以心会心，专注于对作品诗性的感悟以及对这种感悟的诗性表达，而并不着意于理论体系的建构和理性的逻辑的推演。因而，虽然今天的研究者在赞叹《文心雕龙》、《原诗》精致而完整的理论体系之时，不能回避这样的文论只是极少数，而古代的批评家们，对这两部著作并不十分的关注。以诗悟诗，以诗传诗，是中国文论传统的主流，通过保存诗性境界的完整，文论本身也具有了诗的品格，而以诗的精神气质，诗的思维方式来观照评论文学作品，是最符合中国文论的终极目标的。

三、嗜好各别，取性之所近

欧阳修《六一诗话》中有这样一则趣话：

晏元献公文章擅天下，尤善为诗，而多称引后进，一时名士往往出其门。圣俞平生所作诗多矣，然公独爱其两联，云："寒鱼犹着底，白鹭已飞前。"又"絮暖鮆鱼繁，豉添莼菜紫。"余尝于圣俞家见公自书手简，再三称赏此二联。余疑而问之，圣俞曰："此非我之极致，岂公偶自得意于其间乎？"乃知自古文士不独知己难得，而知人亦难也。

晏殊独爱梅尧臣的两联诗，极为激赏，而梅私下里却告诉欧阳修说，这两联诗我自己并不觉得十分之妙，只怕是晏公自鸣得意其间吧。《文心雕龙·知音》："知多偏好，人莫圆该"，任何批评家的观点，都不可能完全彻底地客观，而文士之论诗，多取性之所近，带有更强烈的个人偏好。如同林纾《春觉斋论画》从画论的角度指出一般赏鉴家与创作者的品评标准的不同："赏鉴家之眼光与画家之眼光，迥然不同：赏鉴家兼收并蓄，无论古今……画家则取性之所近"。美国现代批评理论家布鲁姆也指出，诗人不一定像批评家那样去阅读，"诗人只能够读他们自己的诗。对于他们，明智审慎意味着虚弱，而进行准确、公平的比较则意味着未被选中"①。诗人论诗，对于这种个人的偏好，毫不掩饰，甚至洋洋自得。

关于这一点，袁枚《答李少鹤》中的一段评说最为精到："杜少棱不喜陶诗，欧公不喜杜诗，竟陵、公安、七子互相诋娸，王阮亭痛訾元、白，专主中唐………仆以为皆是也，皆非也。是者是其独得之见，不随人为步趋；非者非其所见之偏，不平心而察理：范蔚宗所谓'能识同体之善而忘异量之美'，庄子所谓'蔽于古而不知今'。"也就是说，对于文论家的文人气质，我们要从两个方面去认识。

其一，个人偏好使文人论诗，不随人脚跟，自有面目，自有独得之见。如杜甫和苏轼对《文选》的意见不一致，杜子美诗云"熟精《文选》理"，而苏轼独不喜《文选》。贺贻孙《诗筏》分

① ［美］布鲁姆著，徐文博译：《影响的焦虑》，三联书店1989年版，第19页。

析说：

> 盖子瞻文人也，其源出于《国策》、《庄》、《孟》，而助以晁、贾诸公之波澜，所浸灌于古者深矣。《文选》之文，自秦、汉诸篇外，其余皆不脱六朝浮靡，其为子瞻唾弃，无足怪者。若子美则诗人也，诗以《骚》为祖，以赋为祢，以汉、魏诸古诗，苏、李、《十九首》，陶、谢、庾、鲍诸人为嫡裔。子美诗中沉郁顿挫，皆出于屈、宋，而助以汉、魏、六朝诗赋之波澜。《文选》诸体悉备，纵选未尽善，而大略具矣。子美少年时，烂熟此书，而以清矫之才、雄迈之气鞭策之，渐老渐熟，范我驰驱，遂尔独成一体。虽未尝袭《文选》语句，然其出脱变化，无非《文选》者。生平苦心在此一书，不忍弃其所自，故言之有味耳。

子美子瞻，一诗人一文人，不同的身份和不同的创作渊源导致了二人对于同一文学选集的不同态度。贺贻孙清醒认识到了文论的个性化特质，因而批评缺少识见的读者，不知道寻其根源，人云亦云，“以子美誉《文选》而亦誉之，以子瞻毁《文选》而亦毁之。毁誉皆在子美、子瞻，与己何与？又与《文选》何与哉？”

诗人论诗，不仅能“以心会心”①，以个人的创作体验来体会作者的用心，更多了一份主观情感和身世体验的参与。如刘熙载《艺概·赋概》中所言：“若与自家生意无相入处，则物色只成闲事”，如若一篇文学作品与自家生意无相入处，那么文章也只成闲事。中国传统文论绝少见到纯客观的分析，更主要的是评论者主观情感与对象情感的相遇和共振。情感和生命投入，使中国古代文论和文学作品一样，论者之面目可见，带有鲜明的情感色彩和个性特征。《太史公自序》称“《诗》三百篇，大抵贤圣发愤之所为作也。”诗人是发愤而作诗，文论家又何尝不是发愤而作文论？孔子若不是四处传道四处碰壁，何来“诗可以怨”之论？司马迁若不

① 姜夔：《白石道人说诗》，引自《历代诗话选》，第790页。

是惨遭奇耻大辱，又何来“发愤著书”之说？同样，梁启超若无满腔忧国忧民之志，又何来“新一国之小说”之呼？金圣叹曾描述他读《兰亭序》的感受时说：

> 予读《兰亭序》亦了不知佳定在何处。殆于三十四、五岁许，始乃无端感触，忽地惊心：前此犹是童稚蓬心，后此便已衰白相逼，中间壮岁一段，竟全然失去不见，夫而后咄嗟弥日，渐入忽忽不乐苦境。①

将个人生世之感与文论交融，读之令人黯然神伤，读者在欣赏到作品的内在之美的同时，也与论者的情感产生了强烈的共鸣。

其二，个性化和情绪化又必然导向缺乏公允的评判，甚至被门户之见所限，走向了极端。这就不仅仅是趣味的问题了。出于文士意气之争和文人矫饰的缺点，文论中很多地方体现出了由于个人的情绪化和门户之见而导致的偏执。针对批评者审美趣味的褊狭性，葛洪在《抱朴子·外篇·辞义》批评道：“爱同憎异，贵乎合己，贱于殊途。……所谓考盐梅之酸咸，不知大羹之丕致，明飘飘之细巧，蔽于沈深之弘邃也。……文贵丰赡，何必称善如一口乎！”薛雪《一瓢诗话》中对门户之见的披露可谓针针见血：

> 诗文无定价，一则眼力不齐，嗜好各别；一则阿私所好，爱而忘丑。如某之与某，或心知、或亲串，必将其声价逢人说项，极口揄扬；美则牵合归之，疵则宛转掩之。谈诗论文，开口便以其人为标准，他人纵有杰作，必索一瘢以诋之。后生立脚不定，无不被其所惑。

针对评论界的种种不良风气，薛雪大声疾呼：“吾辈定须竖起脊梁，撑开慧眼；举世誉之而不加劝，举世非之而不加沮。”要有自己的见解，也不要被前人的独家之见蒙蔽了双眼。通过博学众览增

---

① 金圣叹：《杜诗解》卷三。

长见识，“有识则不徇人，不矜己，不受古欺，不为今囿”①，这样才具有贾胡辨宝之功。

文士的气质还导致了文论的随意性，这种随意性，很多时候表现为露才扬己、逞才使气的文论表述。为了博得观众的叫好，故作惊人之语，或滥用比喻。叶燮《原诗》对此有非常严厉的批评：“动以某人之诗如某某：或人，或神仙，或事，或动植物，造为工丽之辞，而以某某人之诗一一分而如之，泛而不附，缛而不切，未尝会于心，格于物，徒取以为谈资，与某某之诗何与？”具象比附，本为文论的一大特征，这里叶燮批评的是滥用比附，只为造出工丽之辞的矫情之论。而叶燮《原诗》尖锐地指出了滥用比附的“泛而不附、缛而不切”的同时，又对几乎所有的前人文论都加以了否定，被青木正儿《清代文学批评史》看作“乱发脾气”。而文士对于自己的艺术见识似乎更得意于自己的创作，譬如，张怀瓘《书议》：“古之名手，但能其事，不能与明其意。今仆虽不能其事，而辄言其意，诸子亦有所不足”；再如苏轼《次韵子由论书》：“吾虽不善书，晓书莫若我。”这两位的书法都称著于世，尤其是苏轼，绝非手不能书之辈。可见古代文人或许在文艺创作上会自谦一下，但对于自己的识见，却表现出十分的自信和固执，这也必然导致乱发高论，为求新见而放弃公允，走向极端。文论随意性的弊端生发于文论的非理性推理的传统，即使叶燮这样表现出突出的理性精神的文论家也不能完全摆脱。我们讨论文论的诗性时，亦毋须为古人讳。

对艺术评论与艺术创作的区别，古人其实也有所认识。米芾《寄薛绍彭诗》：“有口能谈手不随”，手不随口，诗与文论各有规律性，因而能文者不一定能诗，能诗者不一定诗论就高明；卫夫人《笔阵图》：“善鉴者不写，善写者不鉴”；张怀瓘《书断》：“语曰：能言之者，未必能行；能行之者，未必能言。何必备解，而后为评？”同样，文学理论和文学创作做到同样出色的只是一部分人，还有一部分人，文学理论并不突出，创作却流传千古，或者相

---

① 袁枚：《小仓山房文集》卷十七。

反。如李白的诗歌理论很少见，白居易的诗论与其创作并不合拍，叶燮的《原诗》情理通达，但其诗作只是二流。当然，手不随口，能言不能写的认识在古代文论中并不是主流，我们听到更多的是“作识一家”、“诗必与诗人论之”的声音。

中国古代文论在表达方式上十分接近于法国文学批评家蒂博代所说的自发的批评和大师的批评之间①，它是当下的，自发的，感悟的又是审美的，是受过良好教育、有着文学修养和创作才能的人们的对话或独白，它鄙视教条的批评，从不回避个人的趣味。我们前面讲到这种批评缺乏公心，很容易导致门户之见，但是我们又必须看到，正是这种倾斜的观念和批评最能吸引公众的注意，也能引发更激烈的讨论，文学批评就是在这样的倾斜和争吵之中显露出向更高水平运动的意向。真正公允的文学批评和全面的文学理论是不存在的，即使存在，也是没有生命力的东西。然而这种公允、全面，以及系统性，正是今天的“职业批评家”们所追求的目标。相形之下，诗人言诗，由大师参与的自发的批评，更接近于一种自由的批评，在这样自由的批评里，文学的清新气息和鲜活力量被保存了下来。

第二节　辨“体”明“性”

辨体方可明性。“体性”一词，本来是中国古代文论所特有的理论范畴。体，既可指文体，亦可指文体之语言风格；性，则既可指作家的人品德性，亦可指作家的气质个性。本节借用这一范畴对中国古代文论进行“辨体明性”的研究：辨古代文论之外在的文体和体貌，明古代文论之内在的本性和质性——通过对中国传统文学理论之“体”的探究，去进一步地把握古文论内在的诗性特征。

一、“评诗之体”与“作论之体”

古代文论研究所面对的是无比庞大的对象，以卷帙浩繁，汗牛

① ［法］蒂博代著，赵坚译：《六说文学批评》，三联书店 2002 年版。

充栋来形容毫不为过。而其中可以明确辨别的理论专著寥寥无几，诗话、词话、序跋、评点、笔记之类评论著作尚可指认，更多的文学理论则是散见于经史子集，或者以类似于随笔的形式弥漫于各类文字，有的还以书信、以诗歌的形式出现。文论无定体，这在今天的古代文论研究界已达成共识，然而在这变化之中，有没有"常"的存在？古人又是如何认识文论之体呢？

叶燮《原诗》在中国文论史上占有相当重要的地位，然而《四库全书总目提要》对叶燮《原诗》的评价却是"非评诗之体也"。如果从整体的观点，将《原诗》这样一部独特的文论专著放回它原有的历史语境，或许可以从中发现中国传统文化对于"评诗之体"的认识，从而寻找文论文体杂而无统的表面之下所潜藏的"体性"。

《原诗》成书于康熙二十五年（1686 年），在当时得到一些人的赞赏，如林云铭："痛扫后世各持见以论诗流弊。娓娓雄辩，靡不高踞绝顶，颠扑不破。"① 沈珩："权衡乎诗之正变，与诸家持论之得失，语语如震霆之破睡。可谓精矣神矣！"② 沈德潜《补刻已畦先生诗序》："警聋振聩，以觉众人。"其诗歌理论在当时的吴中一带也颇有影响，"吴中士人始而訾警，久乃更从其说"③。而更多更高的评价来自于当代的文论研究者们。郭绍虞《中国文学批评史》认为："《原诗》之出，即在精心结构，可以当得起称能建立一种体系的书。……用文学史家的眼光与方法以批评文学，所以能不立门户，不囿于一家之说，而却能穷流溯源独探风雅之本，以成为一家之言。"④ 敏泽《中国文学理论批评史》中辟专章分四节，详细论述了叶燮的文学—美学思想，认为叶燮是我国美学思想史上

① 林云铭：《原诗叙》，引自《原诗·一瓢诗话·说诗晬语》，人民文学出版社 1979 年版，第 84 页。

② 沈珩：《原诗叙》，引自《原诗·一瓢诗话·说诗晬语》，人民文学出版社 1979 年版，第 85 页。

③ 《清史列传》卷七十《叶燮传》。

④ 郭绍虞：《中国文学批评史》（一卷本），上海古籍出版社 1979 年版，第 494 页。

一位卓越而重要的思想家。王运熙、顾易生主编的《中国文学批评史》认为叶燮的诗歌理论接触到诗歌思想内容与形象化，真实性与虚构，以及美的客观存在与审美主体的作用等问题，是我国古代诗论中最有系统的理论。

然而来自好友、门人的激赞和当代学者的肯定，并不能代表当时学术主流的认识。《四库全书》对《原诗》评价不高，仅列存目。可见在传统学术的视野中，《原诗》算不上一流的文论作品。而如上所言，叶燮在当时的影响不过吴中一带，如果不是他有一个成了文坛领袖的弟子沈德潜，恐怕很少有人会在几十年后提起他，如果不是其家族后代子弟叶德辉在《郎园先生全集》的收录，我们今人也很难一睹叶燮诗文集的全貌了。

为什么今人评价如此之高而且的确颇有见地的文论著作，在当时却并未得到应有的重视，最重要的线索来自于《四库全书总目提要》：

> ……是编乃其论诗之语。……其大旨在排斥有时七子之摹拟，及纠弹近人之剽窃，其言皆深中症结。而词胜于意，虽极纵横博辨之致，是作论之体，非评诗之体也……

对这部“论诗”之作，论者肯定了其针对时弊的批评是“深中症结”，随之话锋一转，“是作论之体，非评诗之体也”。纪昀可以说是当时一流也是握有话语权的学术大师，他轻描淡写的一句话，就把《原诗》排除在了“体制”之外。即使它的内容再出色、见识再高妙，体性不合，即被全盘否定。

那么，“评诗之体”是什么呢？四库提要并未明言，只是和“作论之体”相对提出。四库馆臣们不会知道，“作论之体”正是西方文论的传统，也恰是二百年后，国人论文的统一格式。的确，从叶燮的《原诗》中，后代的研究者发现了许多与他们所接受的西方文论体系一拍即合的东西。“《原诗》热”兴起于20世纪80年代中期，研究的热点集中于著作中以理、事、情为代表的相对完整的理论建构，才、胆、识、力作家创作四要素逻辑关系的分析，以及“正”、“变”的辩证思维等，这些观点及其表述很容易被纳入现代文论的话语体系，也就是说与西方文论体性的理性思辨有着内在的相融性。今人之所以高度肯定《原诗》的地位，正在于发现了其中的“现代性”——辩证的理性和系统性，而站在传统文论的角度来看，这恰恰是一种“异质性”，是《四库提要》所否定的与“评诗之体”完全无关的“作论之体”。

《原诗》以论评诗，实乃叶燮有心插柳。《原诗·外篇·上》中，叶燮将诗道之不振归之于传统诗论的积弊：“古今人之诗评杂而无章，纷而不一。”唐宋以来的诗论“或概论风气，或指论一人，一篇一词，单辞复句，不可殚数。”“其间有合有离，有得有失”，大多数是“非戾则腐，如聋如聩”，以及“泛而不附、缛而不切，未尝会于心、格于物”的具象比附被滥用，和以诗话体为代表的“徒取以为谈资”的非严肃的闲散情调。可见，以论论诗，是叶燮认识到传统文论体性的局限之后的大胆的突破性的尝试，可以说《原诗》的创作既是针对明末清初诗坛复古流弊而发，也是针对传统诗歌批评的流弊而发。仅从体性上来看，《原诗》对传统文论有诸方面的突破：一是以理论为主，探求“诗之原”，而非针对具体作家作品的评论；二是长篇大论打破了单辞复句的笔记格式；三是理性思辨运用于文论，背离了传统文论中具象批评、即兴感悟的传统方式。虽然《原诗》也运用了众多的意象比附，甚至多过前人，但取的是其中之“理”，而非其中之“象”，纵论其理，分析到位，如沈珩叙中所言“引夫端倪，画夫毫芒”，《原诗》之比附，已由钱钟书所说的诗喻，走向了道喻①；四是对于文学创作和批评界的严厉指责，不仅针砭古人，而且横扫当时文坛的大小领袖，“若为刻论吓时贤”②，其尖锐的语言和思想与《六一诗话》以来以资闲谈的优雅闲适之文论气质相背，因而被批为“词胜于意”——过于激烈的辩驳之词打破了传统文论的雅致美境，与传统风尚不合，令时贤难以接受。连青木正儿也认为虽然叶燮《原

① 参见钱钟书：《管锥编》，中华书局1986年版，第1册，第11页。
② 孔尚任：《叶星期过访示〈已畦〉诸集》。

诗》针砭时弊十分痛快，“与画论中释道济（石涛）的《画语录》堪称双璧。遗憾的是，不像石涛之论那样超脱清涌，显得溷浊而有俗气。”①

叶燮的努力并没有得到时人的承认。他力图打破文论诗性言说之体性，尝试以程朱理学理一御万、“格物穷理”的理性思维考察文学，招致的是轻描淡写的表扬之后的一片死寂。连他的两个最有名的弟子沈德潜和薛雪在写作文论时，仍沿袭旧有的传统，没有效仿其师尝试的新式文论之体。叶燮地位不高，又因被参“贪污”而遭罢官，声名受到影响，因而成功来得太晚也不奇怪。更重要的是叶燮采用了传统文论完全不同的言说途径，正如宇文所安所指出的，叶燮“经常使用哲学话语来谈诗，而且经常提醒他的读者，他所说的东西不仅仅适用于诗歌。叶燮经常使用哲学术语，这肯定令他的许多同代人反感；他试图把诗歌与至高无上的‘理’重新整合起来，这种努力很有英雄气概，即使收效甚微”②。《原诗》在历史上的边缘化和无人理睬的结局，却也在意料之中，因为人们在面对完全不同的思维和话语时，无论是赞同还是批评都感到当下话语的无力，置之不理的冷落也许是最好的方式。

然而，从叶燮《原诗》之对传统的反拨及失败的结局，可以见出“评诗之体”，虽然在表面看上去似乎无具体的界定，而实际上，其内在的体性具有强大的规范性，而且相当稳定，并被文论者自觉认同。另一方面，叶燮对历代文论的过激之语中，蕴含着对文论体性的真知灼见。可以说，他从批判的角度，指出了传统文论的主要特性，他所试图突破的也是文论传统体性中最稳定的部分。沈珩《原诗叙》中的一句话，非常精准地点出了《原诗》与其他传统文论，尤其是诗论的最本质区别——“非以诗言诗也”，“以诗言诗”，正是中国传统文论的特质。

---

① ［日］青木正儿著，杨铁婴译：《清代文学批评史》，中国社会科学出版社1988年版，第94页。

② ［美］宇文所安著，王柏华、陶庆梅译：《中国文论：英译与评论》，上海社会科学出版社2003年版，第548页。

以诗言诗，从狭义理解，就是针对具体的诗人和作品论诗，叶燮批评其为“或指一人，一篇一词”，这是传统文论的一大特点，中国的文学批评是在“诗文评”的基础上发展起来的，文学理论往往渗透于具体作家作品品评之中，不像西方文论对“文学批评”和“文学理论”的明确区分。

以诗言诗，从广义的理解，还有以诗的语言、诗的思维、诗的情感来解诗，来讨论文学对象。如叶维廉《中国文学批评方法略论》所归纳的：

> 中国传统的批评是属于“点、悟”式的批评，以不破坏诗的“机心”为理想，在结构上，用“言简而意繁”以“点到而止”去激起读者意识中的诗的活动，使诗的意境重现，是一种近乎诗的结构。①

童庆炳《文体与文体的创造》一书，在对中西方文体理论作出系统总结的基础上，提出对“文体”一词的理论界定：“文体是指一定的话语秩序所形成的文本体式，它折射出作家、批评家独特的精神结构、体验方式、思维方式和其他社会历史、文化精神。”他还指出：文体是一个系统，依次呈现为“体裁”、“语体”和“风格”三大层面。② 如果以此为界定，中国文论的“文体”，则是落实到了语体和风格这两个层面。

传统的文论，拒绝理性的分割和剖析，用诗解诗，用诗语去激起读者意识中的诗的活动。若彦和论“神思”则谓“登山则情满于山，观海则意溢于海”，说“风骨”则曰“若风骨乏采，则鸷集翰林；采乏风骨，则雉窜文囿”，谈“物色”则云“一叶且或迎意，虫声有足引心；况清风与明月同夜，白日与春林共朝哉！”——这是文论，这又是诗，亦诗亦论，论在诗中。所以无论是从其外在的语体表象，还是内在的气韵风格，还是论者在创作过

① 叶维廉：《中国诗学》，三联书店 1992 年版，第 9 页。

② 童庆炳：《文体与文体的创造》，云南人民出版社 1997 年版，第 1 页。

程中情感的投入，传统文论的体性均表现出强烈的诗性，它是理论，是批评，又是文学。

二、以诗言诗

叶燮《原诗》的“异”，从另一个角度让我们看清了传统文论的“同”，也就是内在的体性。文论之体，虽然没有统一的文体，却有一贯的气质——“以诗言诗”。中国传统文论与“诗”不仅有着外形上的相似，而且有着内质上的相通。古往今来的中国文论家，与其说是在立论辩理，倒不如说是在抒情言志。在今天的文学观念中，对于文学创作来讲，独特的个性与强烈的情感是作品的生命与灵魂，是创作成败的关键；文学批评则强调的是整体规范，是理论标准，是客观与公允，是在一定程度上对个人情绪的抑止，对个人好恶的舍弃。而这些恰恰是以诗性为特征的中国传统文论很难做到的。鲜明的诗性是中国文论传统体性的内在规范，并以浓厚的文学气质表现出来。

虽然中西古代文论在批评文体上有着明显的差异，一是理论的思辨的，一是诗性的文学的，但溯其本源，却有着相通之处。轴心时代，对文学有着同样大的兴趣与贡献的大师，西方有苏格拉底和弟子柏拉图，东方有孔子和众门徒。柏拉图用“对话录”的形式来记载先生（也包括他自己）的文学思想；而在柏拉图之前，孔门诸生也是用“对话录”来记载先生及弟子的文学主张。朱光潜在《文艺对话集》的“译后记”中说：“对话在文学体裁上属于柏拉图所说的‘直接叙述’一类，在希腊史诗和戏剧里已是一个重要的组成部分。柏拉图把它提出来作为一种独立的文学形式，运用于学术讨论，并且把它结合到所谓‘苏格拉底式的辩证法’。”① 可见，对话体是一种“文学体裁”，而用“文学形式”讨论学术问题的好处，就在于“不从抽象概念出发而从具体事例出发，生动鲜明，以浅喻深，层层深入，使人不但看到思想的最后成就或结

---

① 柏拉图著，朱光潜译：《文艺对话集》，人民文学出版社 1963 年版，第 334 页。

论，而且看到活的思想的辩证发展过程”①。

李泽厚将“论语”译为“孔子对话录”②，我们听孔子与门生的对话以及孔子的自说自话，同样能够感受到对话体这种文学形式的鲜活灵动、深入浅出。孔子师徒谈诗，或因事及诗或因诗及事，都是既有思想结论也有思维过程的。我们知道，柏拉图死后，其徒亚里士多德论述文学问题已不再用老师的“对话体”，而是用标准的“论著体”。古希腊之后的西方文论，其文体虽然也有对话体、书信体、序跋体等文学或准文学的样式，但其主流或正宗则是亚里士多德式的论著体。而在中国，孔子之后是孟子，孟子是孔子的忠实信徒，他不仅接着孔子的思想往下讲，而且沿用了孔子的对话体。《史记·孟荀列传》说孟子“退而与万章之徒序诗书，述仲尼之意，作《孟子》七篇。”孟子继承了孔子的“道”，《孟子》也继承了《论语》的“体”。“孟子曰”虽不如“子曰”简洁，却比“子曰”更具文学色彩，《孟子》将“对话（语录）体”的文学性发扬光大了。

一时代有一时代之文学，一时代也有一时代之文论。先秦时期的文学理论，大多以对话的形式或哲学论述的某个片断出现在诸子的哲学著作之中，《论语》和《孟子》都不是纯粹的文论文本，事实上在孔子和孟子的时代找不到纯粹的文论。《庄子》在先秦诸子中是最具文学性的，但它也不是纯粹的文论。然而，作为承载儒道两家文学思想的经典文献，《论语》、《孟子》和《庄子》不仅为后人准备了丰富而深刻的理论，而且为后来的批评文体奠定了一个文学化的基础。

两汉的批评文体，最具代表性的是序跋体和书信体，如《毛诗序》、《太史公自序》、《两都赋序》、《楚辞章句序》、《报任少卿书》等。“跋”之称，始见于北宋，而汉代的“序”多置于全书之后，其位置与后来的“跋”相同。两汉的“序”又可分为两类，

---

① 柏拉图著，朱光潜译：《文艺对话集》，人民文学出版社1963年版，第334～335页。

② 李泽厚：《论语今读》，安徽文艺出版社1998年版，第25页。

一类是诗文评点，如《诗》之大小序，又如王逸“楚辞章句”的总序和分序，其评诗论赋、知人论世，既承续了先秦对话体的简洁明快，又为后来的诗话乃至小说评点提供了言说方式及文本样式。另一类是自序，多为作者在作品完成之后追述写作动机，自叙生平际遇。司马迁的《太史公自序》记叙了他世为史官的家事和他自己的坎壈命途，从老太史公执迁手而泣曰“命也夫”，到太史公遭李陵祸而喟叹“身毁不用”，司马迁在悲怆、惨痛的悲剧气氛中，喊出“发愤著书”而震撼千古！同为阐述“发愤著书说”的《报任少卿书》，更是字字血、声声泪，其情真切其意悲远，读来更像是一篇悲情散文，或者说是一篇最为典型的文学化的批评文本。汉代以降，文论家多用书信体来言说文论，其经典之作，如曹丕《与吴质书》、白居易《与元九书》等，都有着太史公情真意悲之体貌。

魏晋南北朝是中国文论史上最为辉煌的时代，也是批评文体之文学化最为彻底的时代，因为此时期最具代表性的文论巨著《文心雕龙》和创作论专篇《文赋》，干脆采取了纯粹的文学样式：骈文和赋。值得注意的是，陆机著有《辨亡论》，刘勰著有《灭惑论》，《文心雕龙》还辟有“论说篇”，释“论说”之名，敷“论说”之理，品历代“论说”之佳构。这两位深谙“论说”之道、擅长“论说”之体的文论家，在讨论文学理论问题时，却舍“论说”而取“骈”、“赋”。陆机和刘勰的这种选择既非个别亦非偶然，它是文学自觉时代的文论家对批评文体文学化的自觉体认。

当然，这一时期也有以“论”名篇的批评文体，如曹丕《典论·论文》和挚虞《文章流别论》。但前者基本上是一篇散文，而后者的所谓“论”，“大概是原附于《集》，又摘出别行”①。倒是宋代李清照那篇很短的《词论》更像一篇论文，不过这类论文在唐宋并不多见。我们看唐宋两代的文论家，大多承续了刘勰和陆机的传统，如韩愈、柳宗元和苏轼，用“论”去讨论政治社会问题，

① 郭绍虞、王文生：《中国历代文论选》，上海古籍出版社 1979 年版，第 1 册，第 139 页。

却用文学文体来讨论文学问题。韩有《师说》、《讳辨》，柳有《封建论》，苏有《留侯论》，但他们的文论篇什却大多是书信体、序跋体和赠序体，或者干脆就是诗体，如韩愈的《调张籍》、《荐士》、《醉赠张秘书》等。

中国古代文论最常见的批评文体是诗话，虽然“诗话”之名始见于北宋，但诗话的源头却在六朝：一是钟嵘《诗品》，二是《世说新语》。《诗品》之品评对象（诗人诗作）与品评方法（溯流别、第高下、直寻、味诗、意象品点等），均开后世诗话之先河；而《世说新语》中随处可见的诗人轶事、诗坛掌故、诗文赏析之类，若将之另辑成集，就已是典型的“诗话”了。有论者称，六朝之后的诗话继承钟嵘《诗品》的论诗方法，接过笔记小说的体制，形成了以谈诗论艺为主要内容的笔记体批评样式，是颇有见地的。历代诗话的文体源头是六朝笔记小说，故诗话这一批评文体的“血缘”是文学的而非理论的。

唐代的批评文体，除了上面已经提到的书信、序跋和赠序诸体之外，较为流行的是论诗诗。中国是诗的国度，唐代是诗的王朝，唐人以“诗”这一文体来说诗论诗，则是真正的“文变染乎世情”。以诗论诗始于杜甫，继之者为白居易、韩愈诸人。杜诗中谈艺论文的颇多，最为著名的自然是《戏为六绝句》和《解闷五首》，还有讲“文章千古事，得失寸心知”的《偶题》和赞叹“白也诗无敌，飘然思不群”的《春日忆李白》等。白居易作为新乐府运动的倡导者，其主要文学主张既见于《与元九书》亦见于论诗诗，后者如《读张籍古乐府》称“风雅比兴外，未尝著空文”，又如《寄唐生》称“惟歌生民病，愿得天子知”。韩愈的论诗诗，数量多，诗语奇，如《调张籍》用一系列奇崛的比喻来状写李、杜诗风的宏阔和雄怪，读来惊心动魄。

以诗论诗，“一经杜、韩倡导，就为论诗开创了一种新的形式”。而唐代文论家用这种“新的形式”。不仅一般性地品评诗人诗作、泛议诗意诗境，还集中地系统地专论某一个较为重要的诗歌理论问题，如司空图《二十四诗品》，用二十四首四言诗论述二十四种诗歌风格和意境。《四库全书总目提要》称“是书深解诗理，凡分二十四品……各以韵语十二句体貌之。所列诸体毕备，不主一格。”“体貌”一词，深得表圣品诗之旨。本来，讨论诗歌的艺术风格，完全可以采“论说”之体遣“叙理”之辞而研精众品，但司空图取四言之体用体貌之方，用诗的文体诗的语言“体貌”诗歌的艺术风格和美学意境。《二十四诗品》对后世的影响是深刻而久长的，而它在中国文学批评史上的独特地位，很大程度上是由其文体的文学化所铸成的。

论诗诗在两宋辽金继续盛行，如吴可、陆游、王若虚、元好问等，都有论诗诗。不过，宋代的批评文体中真正蔚为大观的不是论诗诗而是诗话。何文焕《历代诗话》所辑宋人之作，从欧阳修到严羽，共有十五种之多。明清两代，诗话更多，“至清代而登峰造极。清人诗话约有三四百种，不特数量远较前代繁富，而评述之精当亦超越前人”。《六一诗话》为历代诗话之创体，欧阳修开章明义，自云“居士退居汝阴，而集以资闲谈也”，这就为后来的诗话定了一个轻松随意的文体基调。章学诚对此颇为不满，称诗话之作是“人尽可能”、“惟意所欲”而“不能名家”。郭绍虞却不同意章说，他在为《历代诗话》所作的“前言”中写道：“由形式言，则‘惟意所欲’，‘人尽可能’，似为论诗开了个方便法门；而由内容言，则在轻松平凡的形式中正可看出作者的学殖与见解，那么可浅可深，又何尝不可以名家呢?”郭绍虞所陈述的诗话的长处，也正是批评文体之文学化的长处。

元明清是小说和戏曲的时代，故其批评文体，除了诗话之外，又新起小说戏曲评点。谓其“新”，是因为它所批评的对象（小说戏曲）是新兴的文学样式，但小说戏曲评点作为一种批评文体，其实是对前代诸种批评文体的综合。评点小说戏曲者，一般前有总评（或总序），后有各章回（折）之分评，这颇似诗歌批评中的大小序；小说戏曲评点有即兴而作的眉批、侧批、夹批、读法、述语、发凡等等，这又与随笔式的诗话相仿。就其批评功能而言，小说评点与前代的序跋体、诗话体更是有共通之处：既有鸟瞰亦有细读，既实现了作者与读者的沟通亦申发了品评者独到的艺术感受。

近代文论受西学影响，出现不少带“论”的批评文体，但它们的价值却并不比传统的文学化的批评文体（如诗话、词话、小说戏曲评点）高。以王国维为例，他的《红楼梦评论》和《人间词话》，既是传统文论的终结，又是现代文论的肇始。就文体样式而言，《红楼梦评论》是标准的论著体，而《人间词话》则是典型的文学化文体。衡其对后世的影响和生命力之久长，《人间词话》却胜过《红楼梦评论》。个中缘由固然很复杂，但“体”之因素不容忽略。

各个时代的文论呈现出不同的面目，文论与众多文体的结合，令人目乱神迷，然从其体性来看，则是万变不离其中。诗性的灵魂所赋予的文学化的气韵，自始至终弥漫于古代文论发展史。中国传统文论独特的体性，是如何形成的呢？让我们寻根索源，从早期文论的原生状态中去寻找文论之体性形成的最初脉络。

三、从寄生到弥漫

中国古代文论文体的最为常见的现象就是批评与文学文本的合一，二者整体性地构成文学批评文本。按照西方近现代学术“分科治学”的规则，文学是文学，批评是批评，文学不能是批评，正如批评不能是文学。但是，在中国古代文学理论的批评文本之中，“批评”可能是“文学的”或具有“文学性”；“文学”可能是“批评的”或具有“理论性”。前者如钟嵘的《诗品》，自觉的批评意识和独到而深刻的批评见解，凭藉着极具文学性的文字出场，其想象之丰富、取譬之奇妙、性情之率真、语句之优美，完全可以读作文学性散文。后者如司空图《二十四诗品》，分明是二十四首四言诗，既有《诗经》四言的方正典雅，又有汉魏五言的自然清丽，还有晚唐七言的哀宛幽深，诗中有画，画中有诗。而司空图的“诗画”或“画诗”其实是在深刻而系统地言说着一个重要的文学理论问题：文学的风格和意境。文论与文学的浑融，既与本书第四章所论述的整体思维息息相关，又源自于古代文论创生时期“寄生性”的基因遗传。

寄生性，是中国古代文论批评文体最具原生形态的特征之一。郭绍虞、王文生主编的《中国历代文论选》（四卷本），“先秦”部分共选录八家：《尚书·尧典》、《诗经》、《论语》、《墨子》、《孟子》、《商君书》、《庄子》、《荀子》。就文体而论，这八家或者是文学作品，或者是史书，或者是子书，并无批评文体。所以张少康指出“孔子以前，严格来说还没有什么正式的文学理论批评”①。也就是说，现代意义上的“文学批评”尚寄生于当时的“文化批评”之中。我们知道，汉语的“文化”与“文学”，都有广义和狭义之分。广义的“文化”是指人的价值观念在社会实践中对象化的过程与结果，它包括了物质制造和精神创造两大部分；而狭义的“文化”则仅指人类精神活动的过程及其结果。②狭义的“文学”也就是我们今天所说的“语言的艺术”，包括诗歌、小说、戏剧、散文；而上古时期，所谓“文学”还是泛指一切见诸于“文”的东西，也就是刘勰《文心雕龙·原道篇》所说的“心生而言立，言立而文明”的“人之文”。这种“人之文”也就是人类的精神创造。可见狭义的“文化”与广义的“文学”是相重合的，二者都包括了孔颖达所言“诗书礼乐之谓”以及用诗书礼乐化成天下的精神活动即价值体系。当狭义的“文学”从广义的“文学”之中逐渐独立出来的时候，文学与文化的血肉联系已先在地铸成。③ 整个先秦时期，“文学”寄生于“文化”之中，吮吸着文化的营养；与此同时，“批评”也寄生于“文化”或“文学”之中并吮吸着它们的营养。

先秦文论批评文体的寄生性特征，与先秦文化形态密切相关。先秦文化最突出的特征之一是政治文化。从周至秦，中国社会处于变化和动荡之中，文明更替，文化多元。或道或儒，或法或墨，不同的文化流派虽然道统殊异，路迳迥别，但对于社会政治的忧虑都

---

① 张少康：《中国文学理论批评史教程》，北京大学出版社 2000 年版，第 3 页。

② 关于“文化”的定义，请参见冯天瑜：《中国文化史纲》，北京语言文化大学出版社 1994 年版，第 2 页；马敏主编：《中国文化概论》，华中师范大学出版社 2002 年版，第 3 页。

③ 参见李建中主编：《中国古代文论》，华中师范大学出版社 2002 年版，第 2 页。

是相同的。诸子百家对于政治、社会、伦理、道德的关注程度远远高于文学艺术，或者说诸子百家的文学理论思想被笼罩在浓郁的政治意识形态氛围之中。文学艺术是政治教化的工具或手段，文学批评是整个文化批评的一个分支，文学思想是子学思潮的一个部分，关于文学艺术的理论言说只是诸子百家阐述自家政治和学术观点的话言方式之一。在这样一种文化背景之下，文学批评文体寄生于文化典籍的各种文体之中就成了中国早期文学理论的必然选择或文化宿命。

以文化面目呈现的批评可称为泛文化批评，虽还不能算是真正的文学批评，但它却确定了中国古代一种非常有特色的批评样式：即“批评”以句子的形式存在于文化著作（经、史、子、集）之中，在成为文化著作一部分的同时，又可以独立出来作为文学批评的语录或要言。但是，这些具有鲜明的文学批评性质的语录或要言，又不得不以寄存于整部文化典籍中的方式得以保存及流传。否则，一旦脱离了稳固的文本框架和特定的文化语境，那些只言片语则很难存活，更何谈流播？我们今天耳熟能详的先秦诸子及诗三百中的文学批评话语，如孔子的“兴观群怨”、“尽善尽美”、“文质彬彬”、“思无邪”，孟子的“知言养气”、“知人论世”、“以意逆志”，十五国风的“心之忧矣，我歌且谣”、“维是褊心，是以为刺”等等，则是借《论语》、《孟子》和《诗经》的文本框架和文化语境，才得以千古流传并惠及后人的。

处于滥觞期的中国文学批评，不仅与“文学”、“史书”、“子书”等各类文化典籍混为一“体”而难解难分，而且这种寄生性到文学的自觉时代仍然留有鲜明的痕迹，后来的论诗诗、诗话、词话、曲话等批评文体，或者本身就是文学体裁，或者具备文学文本的语体和风格。

在世界各民族的早期文化之中，文学批评大多经历过“寄生”形态，比如，柏拉图的《文艺对话录》实际上也是将他的文学理论和批评寄生在“对话体”这一文学文体之中。按照文学理论批评的发展规律，随着批评活动的频繁和批评意识的自觉，批评的文体形态亦渐趋独立。古代西方的文学理论批评就是如此发展的，比如在柏拉图之后，亚里士多德的《诗学》无论体裁、语体、风格，都是严格意义上的文学理论文体，而且，亚氏的理论文体成为西方文学理论和批评的经典样式和传统形态。然而，古代中国的文学理论和批评，在文体形态上却走出一条与西方完全不同的道路：在文体模糊的前提下，由消极被动的“寄生”或“共存”走向积极主动的“弥漫”或“生长”。

随着批评活动的增多和批评意识的增强，文学批评欲从寄生状态中走出，向外作弥漫性生长，试图获取自己独立的生命和地位。当然，所谓“独立”并不是说文学批评已有了专属于自己的文体。直到两汉时期，文学批评仍要借助于“他者”（既有的文体）出场。郭绍虞、王文生主编的四卷本《中国历代文论选》中，“两汉”部分选录六家共九篇，其中史书体两家共三篇，子书体两家共四篇，还剩下的两篇属于为经书所作的传注。仅从文体的外部形态上看，两汉文论似乎仍处于先秦时期那种寄生状态，但包裹于外观之中的言说内容、方式及风格，较之先秦文论却有了较大的不同。这种不同又分两种情况：一是在他者的文体框架内生长壮大，二是变他者的文体为自己的文体。

两汉文论的存在形式大体上还是寄居于他者之中，但文学理论及批评的言说，已不再是《论语》或《诗经》式的只言片语，也不仅仅是《孟子》、《庄子》式的零星段落，而是能够用相当长的文字篇幅，比较集中地讨论一个或几个文学理论及批评的问题。比如《史记》的《太史公自序》和《屈原传》，前者是在回顾文化发展历史以及叙述自身坎坷经历的基础上提出著名的“发愤著书说”，后者则是对诗人屈原从人品到文品的一个全面总结和评价，这两篇文章所表达出的文学思想及批评实践，因其深刻和完整而对后世产生了极大的影响。又如王充《论衡》中《艺增》和《超奇》两篇，虽然不是专门谈文学问题，但前者比较集中地讨论了《诗经》中的夸张和修饰，后者则着重讨论文人（作家）才性的心理构成及品评标准，是可以分别当作“创作论”和“作家论”来读的。司马迁和王充，一位是史学家，一位是哲学家，但他们已经有了丰富的文学批评实践和成熟的文学理论思考，因此才能分别在史传体和子书体中弥漫并生长自己的文论思想。

两汉文论中的《毛诗序》和《楚辞章句序》属于序传体，与前述史传体和子书体一样，也不是纯粹的文学批评文体。序传体的使命是为经书作传注，《易传》是这一文体的典范。中国古代最早以“传”为名称的经注当是《易传》，汉以来都认为是孔子所作。汉武帝时儒学被抬到“至尊”的地位，孔子也被当成圣人，如此一来，为先秦典籍作注、作传就因了孔子的光环而具有神圣的意义，释经之“传”也就得到了继承与发扬，由此“传”才得以在中国文学批评史上占据显要的位置。

由于秦火焚书之灾，先秦典籍惨遭毁损。幸而中国古代学术有口耳相授、师脉相承之传统，典籍才得以流传。两汉是读经注经的时代，众多知识分子都投身于经籍的搜集、整理及注释之中。注经的基本工作及目标，是对经籍文献及其文字的考证、疏通及正义，从而尽可能地恢复经籍的原初形态。非如此，先秦文化无法得到最大程度上的还原与保存，正所谓“秦火一炬，群经荡然，而今犹得读三代之书者，两汉经师之力也。爰列群经，次两汉之传经者也。”① 汉儒传经，或重名物训诂、文字笺疏，或重微言引申、义理阐发，他们为《诗经》所作的传，孕育出中国古代文学批评的重要文体“序传体”。

中国早期文学批评中最具代表性的序传体是“毛诗序”。汉代传诗者有韩、鲁、齐、毛四家，从受重视的程度来看，汉平帝之前，鲁、齐、韩三家被立为官学，而平帝时，毛诗始立。之后的情形是齐诗久亡，鲁诗不过江东，韩诗亦无传者，只有毛诗立为官学。为什么四家诗传，前三家都只兴一时，而毛诗却能经久不衰，在唐时仍被立为官学？一方面固然因为毛诗所反映出来的文学主张符合儒家思想，如《诗大序》吸取了传诗经生的意见，阐说了诗歌的特征、内容、分类、表现方法和社会作用等，可以看作是先秦儒家诗论的总结。另一个重要原因在于毛诗的体例，它呈现出一种

① 江藩编著、方国渝校点：《经解入门》，天津市古籍书店影印 1990 年版，第 6 页。

不同于先秦文学批评仅以只言片语存在于各类典籍之中的体式。“毛诗在每篇之前均有题解，而《关雎》一篇题解前有一篇对《诗经》的总论，后人称各篇题解为小序，总论为大序。”① 这样，大序、小序以及对作品之字词句的注释与《诗经》原文构成了一个完整的统一体。

毛传之批评《诗经》，虽然采用的是汉代经学已有的“序传体”，但毛诗序的批评文本中实际上已经包孕了后世几种主要的文学批评文体：序、诗话、评点。“序”自不必说；将作为批评总纲的大序与具体批评实践的小序集结在一起，就是一篇颇为有形的“诗话”；而这种集前有总评、篇前有小评的样式，已经具备了后来“（小说）评点”的雏形。由此可见，毛诗序的批评思想和文体结构，不仅是自成一体，而且有很强弥漫性和生长力，表明中国文论的批评文体已经由先秦的“寄生”走向了汉代的“弥漫”，并以一种旺盛的生命力成长于已有的“文体”土壤之上。

汉代经学家通过为先秦典籍作传、注、笺来立言，来表明自己的批评观念和文学主张。因为参与注经的人很多，又是个体性劳作，故一部典籍就会有多种注本。这样，积累到一定程度则需要有人出来做一项工作：将关于某一部典籍中的某个词、句的所有注释都录摘下来并汇集一处，附在该词、句的后面以供后世读者参阅，是为集注。从批评文体的角度论，“集注”可以说是对诸多批评话语的总汇性编纂，它并不直接呈现编纂者的批评观念，而是需要读者在各种注释的互文性之中去建构批评。这种批评形式就是给读者提供互文理解的话语空间。在集注中，先前各家的注释不再是孤立存在的一家之言，而是成为后人对文学文本进行再理解的一种综合性或整体性背景。批评隐藏在文学文本及诸家注释的背后，实现于读者的阅读与建构之中。这样，集注从序传体中发展出来，并成为一种不同于序传体的批评样式。由此可见，集注在形态上也体现了批评文体生长、弥漫的特征。

---

① 郭绍虞、王文生：《中国历代文论选·第一册》，上海古籍出版社 1990 年版，第 67 页。

批评文体积极成长与弥漫的力量还促成了“选本批评”的出现。清代经学家江藩说：“古诗本三千余篇，孔子最先删录，既取周诗，上兼商颂，凡三百十一篇，以授子夏，子夏遂作序焉。”①由孔子删诗可知，“选本批评”的观念在先秦已经产生。孔子说：“《诗三百》，一言以蔽之，曰：思无邪。”孔子就是按这一标准来删诗的，择其善者而录之，遂成三百零五篇的版本，也因此开选本批评之先河。选本在汉魏六朝得到了很大的发展，集大成者是南朝萧统的《文选》，它保存了从周到汉这一时期的优秀之作，是一部诗文总集。我国古代所谓总集，论其性质，可分为两种类型：一是辑录网罗，偏重保存文献；一是鉴裁品藻，意在去芜存精。顾名思义，《文选》当然属于后者。在此意义上，《文选》成为选本批评。在《文选》序中，从萧统对文学性质的阐释及对文章体制的辨析，可以看出他在魏晋“文的自觉”、“批评的自觉”的大背景中对作品所进行的取舍。

最初以“选”这种行为来进行具体的批评实践，选者的标准和宗旨以及由此反映出来的文学思想、文学观念还只能依靠读者的心领神会来实现。但在以后的时间里，这种单只有选的批评行为使得选者常常有意犹未尽的感觉，立言的深层意识使得他们时常觉得有话要说，所以选者会自觉地借助一些其他的批评方式，以期更充分更完全地实现其选诗思想与批评观念，同时也使得其选本更有价值。一些其他批评文体中的因素如批点和评注及引、缘起、叙、集论、发凡、凡例等都积极向选本弥漫，为其所用。“序和凡例直接阐述选编的缘由、宗旨、标准，甚至选者本人的文学观、批评观。……选本的批点和评注部分则是作为批评家的选者与为选本提供作品的作者和阅读选本的读者直接对话、交流的层面。……读者通过选者在这一部分的具体指导，也可以更快捷更深刻地把握、了解选取者的文学思想、批评观念，使选本的批评价值获得最充分的

---

① 江藩编著、方国渝校点：《经解入门》，天津市古籍书店影印 1990 年版，第 6 页。

实现。"① 这一点也可以在《文选》中得到体现。由于多种批评文体的因素积极向它弥漫，汇聚于其中，使得选本的形式更加灵活，最终发展成中国文论较为常见的批评样式之一。

形式是内容的形式，内容是形式的内容，内容制约着形式，形式又使内容的特点得以充分的显示。批评文体的特点，总是在批评的实践之中，受某些批评观念和批评方法、甚至受批评对象的制约。文论之"体"，是我国文论传统的重要支点，它是对思维方式、文论者的身份素养、批评对象以及文论内容的熔铸和承载。可以说，文论之体的文学性，以及其"寄生"和"弥漫"的状态和过程，恰与古文论的"诗性"特征不可分割，是其诗性灵魂的载体，"体"与"性"互为表里，共同构成了古文论的民族特色。

第三节　是论语亦是诗语

中国古代文论批评文体的文学化，与语言风格的美文化密切相关。韦勒克《文学理论》"文体和文体学"一章开头便说："语言是文学艺术的材料。"② 我们同样可以说：语言也是文学批评的材料。当文论家自觉选择用文学化文体来言说文学理论时，他们实际上也选择了对语言风格美文化的追求。

一、深文隐蔚，余味曲包

王夫之《姜斋诗话》云："小雅鹤鸣之诗，全用比体，不道破一句"，所谓"比体"，即是以意象传达深义。观物取象以穷天地之变的诗性智慧遗存于中华的言说传统之中，使"不道破一句"成为中国美学重要标准之一。传统儒家讲求中和之美，委婉美刺，"乐而不淫，哀而不伤"，一般不把情感表达得过分热烈，在不道破中达风教之旨；道家则认为至美无言，如果不得不言，则取譬于

① 邹云湖：《中国选本批评》，上海三联书店 2002 年版，第 9～10 页。

② ［美］雷·韦勒克、奥·沃伦著，刘象愚、邢培明等译：《文学理论》，三联书店 1984 年版，第 186 页。

物以明己道；拈花而笑的禅家，更讲求在山林风月之中去参悟法之真义，三教的语言观，都以意象为寄，以含蓄为宗。①

在传统言说观的浸染下，"含蓄"成为传统文学作品的主要语言风格，在意象流连之中保存情感、想象、理解的综合统一，通过比兴、用典等方式，赋予传统文学一唱三叹、委婉悠长的韵味。如刘勰《文心雕龙·隐秀》："隐也者，文外之重旨也。"清人张谦宜《茧斋诗谈》直称："含蓄二字，是诗文第一妙处。"皎然《诗式》则称诗有"四不"，其中"气高而不怒，怒则失于风流；力劲而不露，露则伤于斤斧。"叫噪怒张，会失去作品的风流韵致，笔力显露，则有斤斧斫削之痕。文学的含蓄之美要求作者用平易之言表精深之意，在感情的控制之中达到感人至深的程度。

中国古代文论家将委婉含蓄的文学追求创造性地运用于文学批评，深文隐蔚，余味曲包。隐抽象的诗学思想于具体可感的意象或事件之中，让观者从没有被解析的形象之中去体会和感悟其中深意，在涵藏掩抑之中营造出诗一般的朦胧美境，使文学批评的表达含蓄深沉，具风人之旨。清人沈祥龙在《词论随笔》中说："含蓄者，意不浅露，语不穷尽，句中有余味，篇中有余意，其妙不外寄言而已。"含蓄的语言表达不外乎一个"寄"字，寄深层意味于表层意象，让读者在品味中获得"玩之者无穷，味之者不厌"的美感。带有强烈文学体性的传统文论，在其理论的表达上，不能容忍无意象融合的、光秃秃的抽象概念和平白言说，而是习惯于让思想渗透在生动而美好的意象之中，就如同光线渗透于多面体水晶折射出绚烂夺目的光彩。

文论中有的意象，是在对诗歌的解读过程中呈现出来的。如清人方玉润《诗经原始》评论《芣苢》所说："读者试平心静气，涵咏此诗，恍听田家妇女，三三五五，于平原绣野，风和日丽中，群歌互答，余音袅袅，若远若近，忽断忽续，不知其情之何以移，而神之何以旷。"方氏以情解诗，必求得古人做诗之大意为止，故能深得此诗之妙境，可谓千古知音。在他再造的意境之中，融入了对

---

① 详见本书第二章第三节。

原作品中复沓回环的章句、鲜明有力的节奏感受，形象地展示了“自鸣天籁，一片好音”的评价，并寄托了“佳诗不必尽征实……若实按之，必索然矣”的诗学观念。论者用诗境密封诗感，主动地引导着读者去品味潜藏其中的文学意境。读者只需闭目遐想，复现论者所描绘的意境，女子们歌唱于平原田野之貌便恍然如在眼前，被《毛序》、《朱传》所剖析和化解的诗的音乐美感和抒情魅力，这里真正以其本来面目含蓄而明朗地展示出来。这样的情境呈现，或者说复现性意境，一般运用于鉴赏式的品评之中。

传统文论之中更多的意象，在其表面与内在意蕴之间留下了空间。汉字符号的所指与客观物象之间总有一段距离，而符号系列中的物象与作者所要表达的情、性、义、理之间又有一段距离，因而使语义表达形成几个深浅不同的层面，层面之间还留下大片空白。这些层面和空白，为含蓄之美提供了展示才华的机遇和处所，让读者在咀嚼、寻味、等待、思索中逐渐悟出其中的玄妙。

司空图《二十四诗品》之表达可谓包孕深藏，它以哲学之诗的形式唤醒人们在日常审美体验中所渗透和积淀的理性认识。对这种含蓄的表达方式的心领神会，不能离开接受者日常的审美积累、理性思考，不反复咀嚼深入思考，很难窥得其中真义。清人郑之钟感叹道：“《诗品》脍炙人口，而注者颇鲜”，“自束发就傅，即授读此编。每苦其意旨浑涵，猝难索解。不得已，而请讲于师席，师惟曰：‘久自能悟’。迄今四十余年，犹模糊而未得其指归也。”①司空图《二十四诗品》难于索解之“难”，在于其表层意象与抽象概念之间的大段空白，其指归则远非复现式的思维可以达到的深境，只有接受者审美想象和理性认识的共同参与才能越过思维之路上的层层阻碍。如“纤秾”一品：

采采流水，蓬蓬远春。窈窕深谷，时见美人。碧桃满树，风日水滨。柳阴路曲，流莺比邻。乘之愈往，识之愈真。如将

---

① 郑之钟：《〈诗品臆说〉序》，《司空图〈诗品〉解说二种》，齐鲁书社1982年版，第16页。

不尽，与古为新。

流水、深谷、美人、桃树、水滨、柳径、流莺，皆是为人常见的风景，但与方玉润所描绘的复现型意象不同，它们是对具体意境的浓缩与归纳，如同被采摘翻炒后的茶叶，要将其复原为清香鲜绿的茶水，展现为形象可观的画境，需要一定的审美积累和想象能力。孙联奎《诗品臆说》解“流莺比邻”：“余尝观群莺会矣：黄鹂集树，或坐鸣，或流语，珠吭千串，百梭竞掀，俨然观织锦而听广乐也。”若无观群莺会的审美体验，以及过人的艺术鉴赏能力，常人哪里想象得出“流莺比邻”之境，更不可能得出“观织锦”、“听广乐”的妙喻。孙氏此解，顿时使意象丰满鲜活起来，可谓妙得此品神韵。然而在意象的展现之后，更困难的是在自然之貌与抽象的“纤秾”二字之间的沟通，也就是在感性认识的基础之上的理性升华。杨廷之《二十四诗品浅解》之解最为精到：“纤，以纹理细腻言；秾，以色泽润厚言”，以理性的解析使“纤秾”品目得以明晰。

有的文论之语的委婉表达，建立在接受者熟知作家作品的前提之上。钟嵘《诗品》的品第用语中很少有抽象性的概念化的语言，随处可见的是出神入化的譬喻，卷上评谢灵运诗“譬犹青松之拔灌木，白玉之映尘沙”；卷中称“范（云）诗清便宛转，如流风回雪。丘（迟）诗点缀映媚，似落花依草”；卷下评江氏兄弟，“（祐）诗猗猗清润，弟祀明靡可怀”。这些意象批语绝非妄断，而是把对作品的理解与联想和论者的情感融为一体加以客观化。钟嵘之评范诗如“流风回雪”，张伯伟通过对范云存世之作的详细分析，得出了四项特征：多交错句；用字多有迭现；结句尤喜以彼我今昔对写；结构往复回环，婉转开阖，前呼后应，“在视觉和听觉上给人以错综撩乱之感”，故而“清便宛转，如流风回雪”之评准确揭示了范诗的整体风格。① 由此可见，意象批评通常基于读者对

① 张伯伟：《中国古代文学批评方式研究》，中华书局2002年版，第241页。

作品和作家已非常熟悉的前提之上，如若不然，就无法体味到在精美的意象外表之下的深层意味和作者实际想表达的文论内容。

有的意象，则是非确定的“虚境”，要唤起这种意象的艺术美感和内在理解，必须俟诸读者在审美想象之前的理性认知。如严羽《沧浪诗话》评李杜诗：“如金鸡擘海，香象渡河”，解此诗论，非得先熟悉佛教的典故经义。《华严经》三十六：“譬如金翅鸟王，飞行虚空，安住虚空。以清静眼观察大海龙王宫殿。奋勇猛力以左右翅搏开海水，悉令两开，知龙男女有命尽者而撮取之”，故“金鸡擘海”可喻“笔力雄壮”。《维摩经注释》：“香象，青香象也，身出香风”；《传灯録》：“同在佛所闻说一味之法，然所证有浅深。譬如兔、马、象三兽渡河，兔渡则浮，马渡及半，象彻底截流”，故“香象渡河”喻诗歌之“气象浑厚”。以禅论诗，是在人人言禅的背景之下，放在今天，如果不借助注释，一般的读者很难明白意象表面和潜在信息之间是如何达到共通的。而建立在佛教经义之上的虚境之象，如金鸡擘海、香象渡河、羚羊挂角等，皆非现实之中可以发见，这在客观上使文论文本呈现出空灵澄彻之美。

不仅仅是以禅论诗，以典故、佚事言诗也是传统文论的“春秋笔法”之一。文论者运用的典故涵盖了中华文化传统之中的方方面面。严羽：“少陵诗法如孙吴，太白诗法如李广。少陵如节制之师”，以孙吴和李广用兵之法的不同，说明杜少陵之诗有规矩可学，而李太白之诗则无法可法，是用历史典故言诗。钟嵘品评诗歌，将其诗学思想含蕴在佚闻趣事之中，如“康乐寐对惠连”之神述灵感，“文通梦失彩笔”之妙言才性。自《六一诗话》以后，诗话体中多以诗坛佚事以资闲谈，用诙谐风趣的笔调阐述严肃的思想，在轻松的氛围之中，绵里藏针、机智微妙地完成了对作家作品的评判。

文论者寄诗学思想于意象，其前提就是对于阅读者的充分信赖，相信他们熟悉其运用的意象体系，对于典故，对于意象之中文化积淀的了然于心，唯此，文论之美和内在的哲理性才会没有缺憾地完全展现。文论之中，典故意象之美和语言风格之美，与诗学思想层层交融，使诗与论融为一体，情与理交相辉映。司空图《二十四诗品》在清虚淡雅的诗句中，含蕴着所评对象的风格之美。如“冲淡”一品中的“犹之惠风，荏苒在衣”，典出陶渊明《归去来兮辞》“风飘飘而吹衣”。陶诗是冲淡的，陶潜的冲淡风格体现在他所营构的诸多意象之中；司空图取陶诗“风之在衣”之象来体貌“冲淡”之品，既有语言风格的美，又有典故意象化之妙。这种美文化、诗意化的言说方式，较之纯理论、纯思辨的言说，更能传冲淡之神，也更能使读者明冲淡之味。又如“缜密”一品有“水流花开，清露未晞”，这是取《诗经》“蒹葭凄凄，白露未晞”之境体貌“缜密”之品，以水之流续、露之未干点出缜密之风格，不露声色地将自己的文论思想含蕴在前人的意象之中。

传统文论表达之中蕴含着极其丰富的文化信息，在共同的文化背景之下，寄托在可言不可言之间，指归在可解不可解之会，期待着接受者透过意象的表层，思而咀之，感而契之，通过想象和参悟，深入探究其深衷曲意，从而心领神会，颔首微笑，借此达到文人之间的互相认同。因为懂得含蓄之美的人，说明他有优良的文化修养，长于欣赏含蓄之美的人，说明他有聪颖的审美体悟能力。相反，如果把话讲得太透太直白，则有塾师讲经之嫌。所谓“不着一字，尽得风流”，并非真的要完全脱离文字，而是指在意象表层和内在意蕴之间不着一字，在从诗境过渡到诗理的思维之舟上，呈摇曳之姿，尽风流之态。

二、用意十分，下语三分

《漫斋语录》云：“诗文要含蓄不露便是好处。古人就雄深雅健，此便是含蓄不露也。用意十分，下语三分，可几风骚；下语六分，可追李杜；下语十分，晚唐之作也。用意要精深，下语要平易，此诗人之难。”古人雄深雅健的诗文风格，既在于通过比兴之法以达含蓄不露，又在于以去累留白之法求言简而意深。《文心雕龙·物色》曰：“物色虽繁，而析辞尚简。”在内涵丰赡的前提下，行文简约，可见出作者的水平；心密语澄，可营造出精致雅洁的行文气质。

清桐城派古文家刘大櫆《论文偶记》曰：“简为文章尽境。”

与崇象的原始智慧不可两分的是尚简的语言观。基于汉语言以少总多的诗性特质，受传统哲学言近旨远的言说方式的影响，辞约而意丰，文约而旨博成为汉语言行文的主要风格。文论行文亦是如此，用意十分，下语只三分，精深之意以平易之语款款道出，以凝练简洁之语直指研究对象（作品）的内核。一些有关文学本质论、价值论、创作论的探讨，放在今天，任何一个题目都可成洋洋万言，而古代文论家仅凭寥寥数字，“人方辞费，我一笔了”①。郑板桥谈到画竹的心得时讲道：“始余画竹，能少而不能多；既而能多矣，又不能少；此层功力，最为难也。近六十外，始知减枝减叶之法。”由少入多是一层境界，由繁而简是更高的境界。文论语言的雅洁之美，源于深入的功力和成熟的思考，是一种精炼，是筛减后的成熟。“少”如果不能总多，不能打开通往文学壶奥的大门，所带来的就不是简洁的形式之美，而是“无聊”和“简陋”了。

美国小说家海明威说：“你可以略去你知道的任何东西，它在你的作品里还会存在；当一位作家略去他所不知道的东西时，在作品中就会出现漏洞。”② 风清云淡、举重若轻的文论语言看似轻描淡写，实则是文论家呕心沥血之结晶。金圣叹《读第五才子书》中以“以文运事”和“因文生事”来区分历史与小说的不同，可谓至简而至精。然而参见了二十八回总评关于文与事的分析，便可以见出这八个字绝非即兴所得，却是反复思考，殚思竭虑之后的知见。

> 夫修史者，国家之事也；下笔者，文人之事也。国家之事，止于叙事而已，文非其务也。若文人之事，固当不止叙事而已，必且心以为经，手以为纬，踌躇变化，务撰成绝世奇文焉。……
>
> 如此篇武松为施恩打蒋门神，其事也；武松饮酒，其文

---

① 黄钺：《二十四画品》。

② 钱谷融、鲁枢元主编：《文学心理学教程》，华东师范大学出版社 1987 年版，第 309 页。

也。……故酒有酒人，景阳冈上打虎好汉，其千载第一酒人也。酒有酒场……凡若此者，是皆此篇之文也，并非此篇之事也。如以事而已矣，则施恩领却武松去打蒋门神，一路吃了三十五六碗酒，只依宋子京例，大书一行足矣，何为乎又烦耐庵撰此一篇也哉？

更多的文论并没有留下论者思考和分析过程的痕迹。而从论者“徐读之、疾读之，翱翔读之，歇续读之，为楚声读之，为豺声读之”① 的艰辛，也可以见出往往几个字的文论，凝结着论者的心血，积淀着论者深厚的学识和审美体验。

有的文论之语，凝练中蕴含着不容置疑的自信，颇具高贵气象。如陈师道《后山诗话》所载之语：“苏子瞻词如诗，秦少游诗如词。”仅六字，道出苏轼引诗入词、造豪放词风之功以及秦观写情细腻、凄凉哀怨“女郎诗”之主体风貌；不仅如此，还表露了时人观念中词、诗体裁风格之别，真可谓言简意赅，片言折狱。这样以寥寥数字进行批评判断的表达方式在古文论中俯拾即是：沈约《宋书·谢灵运传论》评价三曹：“以情纬文，以文被质”；钟嵘《诗品》：“观古今胜语，皆由直寻”；曹丕《典论·论文》：“文以气为主”；方东树《昭昧詹言》：“古人文法之妙，一言以蔽之，曰‘语不接而意接’”等等。

“格言”式是一种相当典雅的表达方式，在书面文字出现之初，由于记载文字的载体以及书写方式的限制，早期的书面文献大多呈现出朴拙简隽的风格。在古汉语表达朴拙的表层之下还隐藏着巫术“天启直观”的判断方式。没有系词“是”，将主词和判词直接关联，而不提供任何将两者联系起来的逻辑判断，这种判辞模式不关真假只关吉凶、祸福，由于来自上天的启示，所以既是实用的，也是不需要逻辑证明的。天启式判断是《易经》的主要表达方式。这一充满了原始智慧的语言方式连同其朴拙古奥的美学风格和独断启示式的思维特征，被后世承继延续为格言式的表达。

① 金圣叹：《贯华堂第五才子书〈水浒传〉》第二十五回总评。

在《论语》之中，这种风格和富有韵味的行文及形象相结合，再寄予深刻的哲理，焕发出“语约而有余于意，其味黯然而长，其光油然而幽”① 的诗意，形成了雅洁净美的书写样式，故而刘勰《文心雕龙·徵圣》有云：“夫子风采，溢于格言”。孔子与门生的交流中，惜墨如金，常用明白易懂、简洁明快的文字直指根本，而且一般只叙说自己的观点，而不加以充分的展开与论证。有的格言平白如口语，不加修饰却果断坚决，如《泰伯》：“不在其位，不谋其政”，简短而有力，不容置疑，自有素王风范。有的格言则在简洁之中携带异常密集的信息，如《阳货》：“诗可以兴，可以观，可以群，可以怨”；《雍也》：“智者乐水，仁者乐山”，只一语而义喻无穷，让解释者生发万端说法。这种颇具权威长者风范的慎辞，果断坚决，捶字坚而难移，结响凝而不滞，兼具风骨之力和洁净质朴之美。

雍容和顺，迂徐冲淡的《论语》，成为了后世文论表达的经典范本，许多文论家在述说文论思想时，追求的是以一当十，掷地有声的言说效果。由此产生了无数的“贵”字句，“要”字句、“宜”字句，如“诗贵奇”、“诗贵简”、“词贵开宕”、“词贵于言情”、“文贵丰赡”、“文贵有情”、“文贵自得”……以简短的“格言”式表述立为一篇文论的开路先锋，不仅旗帜鲜明、气势夺人，而且琅琅上口，宜于记诵。当然这种简洁精当的另一面，则是论断的主观性和家长权威式的言说语气。对于文论家来说，言说方式的选择并不仅仅是一个形式问题，它直接影响到文论的内容。有限的字句、简洁有力的表达形式，容易以偏概全，中国文学批评史上许多争论不休的话题，皆是围绕着经典文论中十分简洁而缺少论证的话语，如对“兴”、“观”、“群”、“怨”的理解，如“诗言志”还是“诗缘情”之争。而形式的简化，执著地追求“一言以蔽之”，也容易使文论丢失掉一部分文学自身的丰富性、复杂性。扬雄《法言·吾子》谓诗人与辞人之别，称“诗人之赋丽以则，辞人之赋

① 钱基博：《中国文学史》，中华书局1993年据前国立师范学院1939年铅印本重刊，第21、30页。

奥隽永、或单刀直入的简洁之美。中国文论史上，真正让后人玩味不已的，恰是那些言外之意，不言之言；引起最多争论的，也是这样的一些有意无意的“留白”。文论家充盈的生气凝结于言意之间，使“少言”和“不言”的空白没有沦为空洞，反而成为充满意蕴的生机盎然之“场”。向内凝缩的语言和向外延展的意义形成相反相成之力，达到刘熙载在《艺概》中所说“一语为千万语所托命，是为笔头上担得千钧”的效果。故而文论之语，是论语亦是诗语，具有了值得被多次咀嚼的力道和韵味。在言意之间的“林间空地”上，文论接受者的情感和体验反复地激荡和积累着。含蓄蕴藉与简淡雅洁的表达共同构成了中国传统文论“其文约，其辞微，其称文小而其指极大，举类迩而见义远”① 的总体风格，奏响着文论语言的诗性和弦。

三、语不惊人死不休

中国传统文学的发展，一向在美雅和新变两种力量的纠缠中。力量强大的贵古尚质的语言观，源于原始的祖先崇拜，通过抱本返始，向祖先和生命之源的回溯，获得成员之间的血缘认同感，从而使个体成员获得安全感和实在感。由此凝结而成的复古情结，表现在文学发展之中，则是以高古、古雅、朴拙为美正，文字表达尚稽古引经，迂回委婉，以重复再现经典为美。而另一种力量，则是文学艺术本身发展所需要的求新求变。不断超越前人的心理渴望，面对更广阔的表现对象，更丰富的内心世界的表达需求，使语言创新成为传统诗学的重要命题。“恨不奋身千载上，趁古人未说吾先说”②，如何辟前人未历之境，造前人未造之言，在语言表达上超越古人，自出机杼，不仅仅是文学创作，也是具有文学体性的文论表达所始终不能摆脱的焦虑。两种力量的纠葛之中，文论语言，在文约而旨远，清澈雅洁、含蓄冲淡之外，又有一种“语不惊人死

① 司马迁：《史记·屈原贾生列传》。
② 管学洛：《贺新凉》，引自洪亮吉《北江诗话》卷五，一十七条。

不休"① 的奇崛秀拔之美。

"唯陈言之务去，戛戛乎其难哉!"② 务去陈言，不随古人脚跟，亦不拾时人之牙慧，则要求在语言上和思维方式上突破旧有模式，超然别立机杼。贺贻孙《诗筏》："盖人所易道，即人所不能道也。如飞星过水，人人曾见，多是错过，不能形容，亏他收拾点缀，遂成奇语。"文论求新求变，不一定要搜索于常人未至之僻境，许多人人曾见过，或有感于心，不能形容于语言的平常之处，"收拾点缀"即成奇语。

中国古代文论家最擅长的便是以妙喻言诗，人人都说得的文理，如若以巧妙之方式加以收拾点缀，自脱胎换骨、新人耳目。如元好问《论诗三十首》中有"东野穷愁死不休，高天厚地一诗囚"句。唐代诗人孟郊一生蹭蹬，吟有"食荠肠亦苦，强歌声无欢。出门即有碍，谁谓天地宽"，其愁苦之态，人人皆知，而元次山之喻可谓别出心裁、形神毕肖。薛雪在《一瓢诗话》中亦赞道："'诗囚'二字，新极趣极。"

又如袁枚持"性灵"说，其诗作清新活泼，其诗论之语亦多风趣之妙语。《随园诗话》卷五："抱韩、杜以凌人，而粗脚笨手者，谓之权门托足。仿王、孟以矜高，而半吞半吐者，谓之贫贱骄人。开口言盛唐及好用古人韵者，谓之木偶演戏。故意走宋人冷径者，谓之乞儿搬家。好叠韵、次韵、刺刺不休者，谓之对婆絮谈。一字一句，自注来历者，谓之骨董开店。"以市井各色人等喻诗坛之现状，机智诙谐，又表达了其对时人文学观念和创作的批评。

轻松而风趣的说诗方式，自《六一诗话》以来，是诗话体的主要表达方式。然而，幽默的前提必须有新意，不能言人所言："诗话贵发新义，若吕伯恭《诗律武库》，张时可《诗学规范》、王元美《艺苑卮言》等书，多列前人旧说，殊无足取。"③ 比喻巧妙

① 杜甫：《江上水如海势聊短述》。

② 韩愈：《答李翊书》。

③ 何文焕：《历代诗话凡例》，引自《历代诗话》，中华书局2001年版，第2页。

且不落窠臼，则以喻体的不可想象，超出常规思维为新；以匪夷所思，最不似却又最似的比喻为上；以令读者先瞠目结舌，品味之后莞尔一笑的效果为高。为达到这样新鲜的言说效果，文论家们争奇斗妍，奇思妙想层出不穷。如“坂马走丸”、“镜花水月”、“点铁成金”等等文论语言，被创造出来之后，因为其新奇和切合，即凝为新的诗学意象，为人传用。

去陈言之法，亦在于术语的更新。宋人尚以禅论诗，将佛家术语引入诗论，尤其“妙悟”一说，顿开诗学之新境界。金圣叹评点《第五才子书水浒传》，“别作奇警之新熟字以为命名”①，新创出一系列新的文论术语：草蛇灰线法、绵针泥刺法、背面铺粉法、弄引法、獭尾法、正犯法、略犯法、极不省法、极省法、欲合放纵法、横云断山法、鸾胶续弦法……令人眼花缭乱，读金圣叹《水浒》之评，胸中亦添了若干术语。

文论的奇崛之美，还来自对于传统审美标准的突破。传统语言观以温柔敦厚为美，而以韩愈为代表的文论家，则开辟出雄奇神怪之境。他的论诗诗，喜用惊人的比喻和突兀的语言，如《调张籍》以“刺手拔鲸牙”喻诗语雄怪，以“举瓢酌天浆”喻诗笔高洁；又如《醉赠张秘书》谓己作“险语破鬼胆，高词媲皇坟”。并非韩愈故作险奇言，这与他的文学主张相关。《送孟东野序》：“大凡物不得其平则鸣……人之于言亦然，有不得已者而后言，其歌也有思，其哭也有怀。”韩愈的文论是为情造文，有感而发，其文学思想之尖锐，必然酿成语言风格之奇崛。

传统语言表达以含蓄蕴藉、引而不发为美，而明清以来，以小说评点者为代表的文论家则将自己的情感放纵于文论之中，狂放之语言与特立独行之思想交相辉映。我们读李贽、金圣叹等人评点小说的奇文妙语，仿佛是在听豪侠之士的嘻笑怒骂。李贽《忠义水浒传序》以“愤书”解《水浒》，骂“宋室不竞，冠履倒施，大贤处下，不肖处上”，感叹施、罗二公“虽生元日，实愤宋事”。又，

---

① 蔡冠洛：《清代七百名人传·金人瑞》，北京市中国书局 1984 年版，第 1741 页。

第二十四回回评赞叹《水浒》文字之奇，“若令天地间无此等文字，天地亦寂寞了也!”① 同评《水浒》，同为奇崛，金圣叹则是谐狂之奇，李卓吾是愤懑之奇。

传统语言表达好雅洁，忌俚俗，宋代以后，受禅僧以粗野俗鄙词句说法以及白话文学的影响，越来越多的俚俗口语也进入了文论的表达。金圣叹《第五才子书〈水浒传〉》第九回回评喟叹“耐庵此篇独能于一幅之中寒热间作，写雪便其寒彻骨，写火便其热召面……寒时寒杀读者，热时热杀读者，真是一卷疟疾文字，为艺林之绝奇也”②。以“疟疾”等俗字入论已是奇绝，而创出“疟疾文字”这类怪谐之语，亦可称为批评话言之绝奇也。

刘大魁《论文偶记》曰：“文贵奇，所谓‘珍爱者必非常物’。然有奇在字句者，有奇在意思者，有奇在笔者，有奇在丘壑者，有奇在气者，有奇在神者。”文论之表达的奇崛秀拔，根本在于常规的打破。在对前人言说方式的清扫之中，往往伴随着新的思维方式的洞开，更深层次的则是新的诗学思想的诞生。

叶燮《原诗》中有一段非常精彩的文字，在其“相续相禅”的文学发展史观的基础上，提出了“踵事增华”的美学标准：“大凡物之踵事增华，以渐而进，以至于极。故人之智慧心思，在古人始用之，又渐出之；而未穷未尽者，得后人精求之，而益用之出之。乾坤一日不息，则人之智慧心思，必无尽与穷之日。”在以古为美的时代，叶燮之说可谓标新立异。寻求新的言说方式，这是诗学理论发展的自身需要。优秀的文论家在承继传统的同时，常常要提醒自己不受那些媚俗套语的诱惑。常人习惯于接受为他们的固定的思维所熟悉的表达，媚俗的套话也能最不费气力地获得圈内人的赞同，“读者群的存在可以被批评家引为幸事，但是，读者群一经形成，就同时形成了一种习惯，而习惯是一道斜坡，立足不稳的批

---

① 黄霖、韩同文选注：《中历代小说论著选》，上册，江西人民出版社1982年版，第142页。

② 黄霖、韩同文选注：《中历代小说论著选》，上册，江西人民出版社1982年版，第298、292页。

评家难免从斜坡上滑下去。"① 如同原始人将陌生人和事视为某种不可知的危险，一般的读者面对陌生的表达方式时亦会茫然若失，或勃然大怒。严羽引禅语入诗遭到时人和后人诟病就是一证。《沧浪诗话》尽管以禅喻诗，引入了新的术语体系和评断标准，然而其仍旧是采取了"喻"这一诗性的方式。述说之诗性作为传统文论之常，始终存在，所以虽然招致许多不满，《沧浪诗话》仍然成为经典之作，对古代文论产生了深远的影响。如何在获取新的言说方式的同时又不触犯众怒，中国的文学家和文论家们在这方面体现出了卓越的生存智慧。

正如德·伽达默尔所言："诗的语言乃是以彻底清除一切熟悉的语词和说话方式为前提的。"② 文论之语，即是论语，亦是诗语，它散发着智慧的光泽和悠远的诗意。它以含蓄、简约、奇崛的表达，实现了诗性语言对于普通语言的疏离和异化，将接受者从日常的审美疲劳中唤醒，用新奇秀拔的词语营造出诗性空间。文论述说的诗性方式接近于 E. 卡西勒所说的"天才式的"特殊的思维和表达："它的力量与其说是把握事物的纯粹真理和尽可能言简意赅的表达这一真理，不如说在于领悟微妙的隐秘和联系的能力。所谓天才思维，就是从平凡出发，达到对于事物新的、令人惊诧的见解，这种思想以其意想不到的表达方法、隐喻和比喻引起人的快感。"③

传统文论的诗性之常，伴随着西方文论体系的进入而渐渐离我们远去。苏轼《上欧阳内翰书》："用意过当，求深者或至于迂，务奇者怪僻而不可读"。这段批评韩愈及其门人之文风的文论之语用来形容当今的文学理论用语亦十分合适。当代女诗人和学者郑敏，对于当前文字表达中诗意的丢失深感遗憾："信号愈来愈弱，信息消失在长长的扭曲的句子窄巷中，成了常见的文风。""舍犀

① ［法］蒂博代著，赵坚译：《六说文学批评》，三联书店 2002 年版，第 6 页。

② ［德］伽达默尔著，洪汉鼎译：《真理与方法》，上海译文出版社 1993 年版，第 598 页。

③ ［德］E. 卡西勒著，顾伟铭等译：《启蒙哲学》，山东人民出版社 1988 年版，第 13 页。

利清澈而取节外生枝回绕迂阔，以建立读者之间的屏障而自得。”①如何寻回我们失去的诗性之常，如何使深刻的理论与诗意的表达水乳交融，这是我们需要思考和探究的问题。

① 郑敏：《语言观念必须革新》，载《汉字文化》1997 年第 4 期。

结　语

田园将芜胡不归

南宋孝宗乾道三年（公元 1167 年），胡仔终于完成了《苕溪渔隐丛话》前后集共一百卷的编纂，他在《后集》的序中自谓“投闲二十载，杜门绝扫于苕溪之下，心无所事”，故撰成此书。又谓“终日明窗净几，目披手抄，诚心好之，遂忘其劳，盖穷人事业，止于如斯，虽有覆瓿之讥，亦何恤焉。”①在中国传统社会，文学理论批评的写作，是无涉稻粱之谋、无关名利之求的“穷人事业”。文论的写作或编撰与心闲气长的自由心境相互呼应，因为诚心好之，故不觉其劳苦；因为不干利禄，故成为对审美趣味的鲜活体验；因为任性而发，故成为无拘无束的逍遥之游……在这样的物境和心境之下，文学理论批评与文学创作一样，最终成为诗性的存在，成为人们安顿心灵的家园。超越尘世的纷扰，进入文学的自由世界，诗性方得以展开丰盈的翅膀。这正是笼鸡有食方寸小，野鹤无粮天地宽。而古代文论的诗性言说，只有在自在自为的艺术世

① ［宋］胡仔纂集，廖德明校点：《苕溪渔隐丛话·后集》，人民文学出版社 1984 年版，第 1 页。

界里方能得到最大程度的展示和发挥。

维特根斯坦说过，想象一种语言就意味着想象一种生活方式。在文学理论批评的领域我们同样可以说，想象一种语言就意味着想象一种生存方式。在中国诗性文化的大语境之下，古代文论家以什么方式生存？诗性思维和诗性言说。古代文论在批评文体、话语方式和语言风格诸方面所秉有的诗性特征，既是古代文论家所特有的生存方式，同时也构成中国文论独有的传统和魅力。

这里曾经是一片肥沃的土地，这里曾经是一座旖旎的花园。木欣欣以向荣，泉涓涓而始流。

在现代学术体制的大背景之下，从事文学理论批评的学者们，在获得稳定的学术位置和职业化的学术生涯的同时，却逐渐丢失了原创性的才、胆、识、力；在拥有学术话语权利的同时，却逐渐丧失了诗性思维和诗性言说的能力。长此以往，当学者们的思维空间被一块块切割整齐的概念术语充塞之时，那鲜活灵动的诗性之泉向何处流淌？

我们并不否认理性分析和逻辑判断对于文学研究的价值，亦不否认科学化、系统化、条理化之类的研究方式的巨大作用。但正如学界有识之士早已指出的，20世纪以来的中国文论既“失语”亦“失体”：文学理论批评所操作的主要是西方的文论话语，所使用的主要是西方的批评文体。我们在热衷于他者的“语”与“体”之时，却遗忘了自己的诗性传统，荒芜了自己的诗性园地。

老子说，反（返）者道之动。欲明中国文论诗性传统的“道之动”，胡宁勿“返”？返回到儒道释文化的诗性精神，返回到轴心期（周秦诸子时代）的诗性智慧，返回到中国文论的诗性传统。用中国传统文论的诗性言说启发学术灵性，润泽学术话语，创获学术自由。用中国传统文化的诗性精神及诗性智慧，消解技术理性时代的工具主义和功利主义，重建人类共同的精神家园。

归去来兮，田园将芜胡不归！

参考文献

郭绍虞、王文生主编:《中国历代文论选》(四卷本),上海古籍出版社1979年版。

郭绍虞主编:《中国古典文学理论批评专著选辑》(包括范文澜《文心雕龙注》、陈延杰《诗品注》、郭绍虞《沧浪诗话校释》等共20余种),人民文学出版社。

何文焕辑:《历代诗话》(全二册),中华书局1981年版。

丁福保辑:《历代诗话续编》,中华书局1983年版。

郭绍虞编:《清诗话》,上海古籍出版社1963年版。

郭绍虞编:《清诗话续编》,上海古籍出版社1983年版。

黄寿祺、张善文撰:《周易译注》,上海古籍出版社1989年版。

杨伯峻译注:《论语译注》,中华书局1980年版。

杨伯峻译注:《孟子译注》,中华书局1980年版。

朱熹撰:《四书章句集注》(新编诸子集成本),中华书局1983年版。

陈鼓应著:《老子注释及评介》,中华书局1984年版。

郭庆藩撰，王孝鱼点校：《庄子集释》（新编诸子集成本），中华书局1961年版。

陈鼓应：《庄子今注今译》，中华书局1983年版。

刘文典撰：《淮南鸿烈集解》（新编诸子集成本），中华书局1989年版。

杨明照撰：《抱朴子外篇校笺》（新编诸子集成本），中华书局1991年版。

王运熙、顾易生主编：《中国文学批评通史》（七卷本），上海古籍出版社1996年版。

王运熙、黄霖主编：《中国古代文学理论体系》（黄霖、吴建民、吴兆路著《原人论》、汪涌豪著《范畴论》、刘明今著《方法论》），复旦大学出版社1999年版。

叶维廉著：《中国诗学》，三联书店1992年版。

张伯伟著：《中国古代文学批评方法研究》，中华书局2002年版。

蒋寅著：《古典诗学的现代诠释》，中华书局2003年版。

余虹著：《中国文论与西方诗学》，三联书店1999年版。

罗宗强编：《古代文学理论研究》，湖北教育出版社2002年版。

李建中著：《古代文论的诗性空间》，湖北人民出版社2006年版。

李建中主编：《中国古代文论》，华中师范大学出版社2002年版。

胡晓明著：《中国诗学之精神》，江西人民出版社1990年版。

邓乔彬著：《古代文艺的文化观照》，上海教育出版社2003年版。

王先霈著：《国学举要》（文卷），湖北教育出版社2002年版。

赵沛霖著：《兴的起源》，中国社会科学出版社1986年版。

宗白华著：《美学散步》，人民出版社1981年版。

钱钟书著：《管锥编》，中华书局1979年版。

钱钟书著：《谈艺录》，中华书局 1984 年版。

李泽厚著：《美的历程》，文物出版社 1981 年版。

徐复观著：《中国艺术精神》，华东师范大学出版社 2001 年版。

张岱年，成中英等著：《中国思维偏向》，中国社会科学出版社 1991 年版。

蒙培元著：《中国哲学主体思维》，东方出版社 1993 年版。

葛兆光著：《中国思想史》，复旦大学出版社 2001 年版。

冯天瑜著：《中华元典精神》，上海人民出版社 1994 年版。

陈来著：《古代思想文化的世界》，三联书店 2002 年版。

臧克和著：《说文解字的文化说解》，湖北人民出版社 1995 年版。

王先霈著：《圆形批评论》，华中师范大学出版社 1994 年版。

刘士林著：《中国诗性文化》，江苏人民出版社 1999 年版。

马大康著：《诗性语言研究》，中国社会科学出版社 2005 年版。

刘文英著：《漫长的历史源头——原始思维与原始文论新探》，中国社科出版社 1999 年版。

李景原著：《史前认识研究——对审美发生问题的思考》，湖南教育出版社 1989 年版。

林惠祥著：《文化人类学》，商务印书馆 1991 年版。

黄淑娉、龚佩华著：《文化人类学理论方法研究》，广东高等教育出版社 1998 年版。

叶舒宪著：《文学与人类学》，社会科学文献出版社 2003 年版。

方克强著：《文学人类学批评》，上海社会科学出版社 1992 年版。

张晓凌著：《中国原始艺术精神》，重庆出版社 1992 年版。

户晓辉著：《中国人审美心理的发生学研究》，中国社会科学出版社 2003 年版。

魏家川著：《审美之维与诗性智慧——中国古代审美诗学阐

释》，首都师范大学出版社 2000 年版。

尹荣方著：《神话求原》，上海古籍出版社 2003 年版。

张光直著：《中国青铜时代》，三联书店 1983 年版。

朱狄著：《原始文化研究》，三联书店 1988 年版。

[古希腊] 亚里士多德著，陈中梅译：《诗学》，商务印书馆 1996 年版。

[德] 黑格尔著：《美学》，商务印书馆 1997 年版。

[英] 爱德华·泰勒著，连树声译：《原始文化——神话、哲学、宗教、语言、艺术和习俗发展之研究》，上海文艺出版社 1992 年版。

[意] 维柯著，朱光潜译：《新科学》，商务印书馆 1989 年版。

[法] 列维-布留尔著，丁由译：《原始思维》，商务印书馆 1981 年版。

[法] 列维-斯特劳斯著，李幼蒸译：《野性的思维》，商务印书馆 1987 年版。

[德] 恩斯特·卡西尔著，甘阳译：《人论》，西苑出版社 2003 年版。

[德] 恩斯特·卡西尔著，于晓译：《语言与神话》，三联书店 1988 年版。

[美] 克利福德·吉尔兹著，王海龙等译：《地方性知识》，中央编译出版社 2004 年版。

[美] 弗朗兹·博厄斯著，金辉译：《原始艺术》，上海文艺出版社 1989 年版。

[美] 鲁道夫·阿恩海姆著，滕守尧译：《视觉思维——审美直觉心理学》，四川人民出版社 1998 年版。

[美] 卡罗琳·考斯梅尔著，吴琼、叶勤、张雷译：《味觉》，中国友谊出版公司 2001 年版。

[德] 雅斯贝尔斯著，魏楚雄、俞新天译：《历史的起源与目标》，北京华夏出版社 1989 年版。

[瑞士] 皮亚杰著，王宪钿等译：《发生认识论原理》，商务印

书馆 1981 年版。

［法］蒂博代著，赵坚译：《六说文学批评》，三联书店 2002 年版。

［美］宇文所安著，王柏华、陶庆梅译：《中国文论：英译与评论》，上海社会科学院出版社 2003 年版。

［美］怀特海著，刘放桐译：《思维方式》，商务印书馆 2004 年版。

John & Jean Comaroff, Ethnography and the Historical Imagination, Westview Press, 1992.

J. Ivan Prattis, Anthropology at the Edge: Eassys on Culture, Symbol, and Consciousness, University Press of America, 1997.

E. Valentine Daniel & Jeffrey M. Peck, Culture/ Contexture: Exploration in Anthropology and Literary Studies, University of California Press, 1996.

Richard Rudgley, The Lost Civilizations of the Stone Age, The Free Press, 1999.

Paul Benson ed., Anthropology and Literature, University of Illinois Press, 1993.

David Harmon, In Light Of Difference—How Diversity in Nature and Culture Makes Us Human, 2002 by the Smithsonian Institution.

Joy Hendry, Other People's World—An Introduction to Cultural and Social Anthropology, New York University Press 1999.

Philip A. Dennis & Wendell Aycock (ed.), Literature and Anthropology, Texas Tech University Press, 1989.

Jacques Gernet, A History of Chinese Civilization (Second Edition), translated by J. R. Foster and Charles Hariman, Cambridge University Press 1990.

后 记

有一部电影叫《爱情马拉松》，我这个课题堪称“学术马拉松”。

最早涉足“中国古代文论诗性特征”这个题目是在 1996 年，那一年我刚开始招收研究生。在一次课堂讨论中，我和学生一起探讨“诗性”对于中国古代文论的意义，研究生们分为两派，正方是“成也诗性”，反方是“败也诗性”，双方争论得很激烈，从成败之争扩展到中西之争、古今之争。问题并没有解决，但问题的提出以及争论本身就很有意义。当然，现在回想起来，十年前的争论存在两个误区：一是以西方文论为正面价值取向，因为西方文论从传统到现代都是哲学化和思辨性的，所以中国文论的诗性传统被视为一种弊端；二是没有看到西方文论其实也有着诗性的一面，虽然不是主流。这次讨论过后，我和研究生董玲合作写了一篇《中国古代文论诗性特征剖析》，刊于上海的《学术月刊》1998 年第 10 期。

维柯说，事物的开端决定事物的性质。就这一课题的研究而言，肇始期的情状最终形成此课题研究的两大特征：一是研究视野拓展于中西、古今这两个广阔的维度，二是研究方式一头一尾是师生合作。

先说研究视野。中西维度是“借石攻玉”,古今维度是“依经立论”。“诗性”这个概念出自维柯的《新科学》,属于“他山之石”。经过我一番打磨,成了一个中国文论的问题,变为本土之玉;而这个打磨的过程,其实是一个依经立论的过程,我所依据的“经”,既有中国的也有西方的。就本土经典而言,依《道德经》的“反(返)者道之动”,我找到一条返回元点的路;依《南华经》的“三言”,我找到中国文论诗性言说的文体之源。十年来,围绕这一课题,我发表了一系列文章,其中影响较大的有:《原始思维与中国古代文论的诗性特征》(《文艺研究》2002 年 6 期)、《反(返)者道之动——中国古代文论研究的文化人类学视野》(《文学评论》2004 年 4 期)、《文备众体:中国古代文论的言说方式》(《文艺研究》2006 年 3 期)等。这些文章,或被《新华文摘》、《中国社会科学文摘》、《中国学术年鉴》、《中国人民大学报刊复印资料》等刊物转摘,或获得湖北省人民政府社会科学优秀成果二、三等奖。

次说师生合作。我指导研究生,无论是硕士、博士还是博士后,都是采取课题攻关的方式:一届(甚至连续几届)研究生就是一个课题组,在我所主持的科研项目之中,每一位承担一个子项目,而这个子项目就是他(她)的毕业论文选题。由于选题范围一致,大家既可以相互切磋、相互启迪,还可以共享资源、共享信息。《中国古代文论诗性特征研究》这一课题,其前期研究有阎霞和李小兰参与,其最终成果的撰写则有吴中胜和褚燕加盟。吴中胜出道较早,攻读博士学位之前已有古代文论的专著出版。他很勤奋,也很有悟性,被同门的师弟师妹们奉为“学术楷模”。褚燕很有才气,文章写得洋洋洒洒,颇有建安风骨。他们两位的博士论文选题也是我这个项目中的两个子项目:一位写《原始思维与中国古代文论的诗性特征》,一位写《诗人言诗——中国古代文论言说主体研究》。在这本书的撰写中,吴中胜承担 3 ~5 章,褚燕承担 6 ~8 章。此外,李小兰做了大量引文核对和书稿校读的工作。

这个课题,2002 年获国家社会科学基金立项资助,2006 年经专家鉴定和全国哲学社会科学规划办公室审批准予结项,鉴定等级为“良好”。同年,经武汉大学校内外专家评审和武汉大学学术丛书社会科学类编审委员会最终审定，本书入选《武汉大学学术丛书》，交付武汉大学出版社编辑出版。从1996到2007，历经十余载，《中国古代文论诗性特征研究》这一项目的最终成果终于以学术专著的形式问世了！

学术研究还真的是“马拉松”。跑马拉松，需要信念、意志、耐心和毅力，不仅自己跑，还要领着自己的学生跑。即便是跑得缺氧，跑得上气不接下气，也还得坚持，因为到达目的地之后的那种愉悦和欣乐是不可言喻的。

李建中

2007年5月6日于东湖名居心远斋

武汉大学学术丛书 书目

中国当代哲学问题探索
中国辩证法史稿（第一卷）
德国古典哲学逻辑进程（修订版）
毛泽东哲学分支学科研究
哲学研究方法论
改革开放的社会学研究
邓小平哲学研究
社会认识方法论
康德黑格尔哲学研究
人文社会科学哲学
中国共产党解放和发展生产力思想研究
思想政治教育有效性研究
政治文明论
中国现代价值观的初生历程
精神动力论
广义政治论
中西文化分野的历史反思
第二次世界大战与战后欧洲一体化起源研究
哲学与美学问题
行为主义政治学方法论研究
政治现代化比较研究
调和与制衡
“跨越论”与落后国家经济发展道路
村民自治与宗族关系研究
中国特色社会主义基本问题研究

国际经济法概论
国际私法
国际组织法
国际条约法
国际强行法与国际公共政策
比较外资法
比较民法学
犯罪通论
刑罚通论
中国刑事政策学
中国冲突法研究
中国与国际私法统一化进程（修订版）
比较宪法学
人民代表大会制度的理论与实践
国际民商新秩序的理论建构
中国涉外经济法律问题新探
良法论
国际私法（冲突法篇）（修订版）
比较刑法原理
担保物权法比较研究
澳门有组织犯罪研究
行政法基本原则研究
国际刑法学
遗传资源获取与惠益分享的法律问题研究
欧洲联盟法总论
民事诉讼辩论原则研究

当代西方经济学说（上、下）
唐代人口问题研究
非农化及城镇化理论与实践
马克思经济学手稿研究
西方利润理论研究
西方经济发展思想史
宏观市场营销研究
经济运行机制与宏观调控体系
三峡工程移民与库区发展研究
２１世纪长江三峡库区的协调与可持续发展
经济全球化条件下的世界金融危机研究
中国跨世纪的改革与发展
中国特色的社会保障道路探索
发展经济学的新发展
跨国公司海外直接投资研究
利益冲突与制度变迁
市场营销审计研究
以人为本的企业文化
路径依赖、管理哲理与第三种调节方式研究
中国劳动力流动与“三农”问题
“封建”考论
新开放经济宏观经济学理论研究
关系结合方式与中间商自发行为的关系研究

武汉大学学术丛书 书目

中日战争史（1931~1945）（修订版）
中苏外交关系研究（1931~1945）
汗简注释
国民军史
中国俸禄制度史
斯坦因所获吐鲁番文书研究
敦煌吐鲁番文书初探（二编）
十五十六世纪东西方历史初学集（续编）
清代军费研究
魏晋南北朝隋唐史三论
湖北考古发现与研究
德国资本主义发展史
法国文明史
李鸿章思想体系研究
唐长孺社会文化史论丛
殷墟文化研究
战时美国大战略与中国抗日战场（1941~1945年）
古代荆楚地理新探·续集
汉水中下游河道变迁与堤防
吐鲁番文书总目（日本收藏卷）
用典研究
《四库全书总目》编纂考
元代教育研究

随机分析学基础
流形的拓扑学
环论
近代鞅论
鞅与banach空间几何学
现代偏微分方程引论
算子函数论
随机分形引论
随机过程论
平面弹性复变方法（第二版）
光纤孤子理论基础
Banach空间结构理论
电磁波传播原理
计算固体物理学
电磁理论中的并矢格林函数
穆斯堡尔效应与晶格动力学
植物进化生物学
广义遗传学的探索
水稻雄性不育生物学
植物逆境细胞及生理学
输卵管生殖生理与临床
Agent和多Agent系统的设计与应用
因特网信息资源深层开发与利用研究
并行计算机程序设计导论
并行分布计算中的调度算法理论与设计
水文非线性系统理论与方法
拱坝CADC的理论与实践
河流水沙灾害及其防治
地球重力场逼近理论与中国2000似大地水准面的确定
碾压混凝土材料、结构与性能
喷射技术理论及应用
Dirichlet级数与随机Dirichlet级数的值分布
地下水的体视化研究
病毒分子生态学
解析函数边值问题（第二版）
工业测量
日本血吸虫超微结构
能动构造及其时间标度
基于内容的视频编码与传输控制技术

文言小说高峰的回归
文坛是非辩
评康殷文字学
中国戏曲文化概论（修订版）
法国小说论
宋代女性文学
《古尊宿语要》代词助词研究
社会主义文艺学
文言小说审美发展史
海外汉学研究
《文心雕龙》义疏
选择·接受·转化
中国早期文化意识的嬗变（第一卷）
中国早期文化意识的嬗变（第二卷）
中国文学流派意识的发生和发展
汉语语义结构研究
明清词研究史
新文学的版本批评
中国古代文论诗性特征研究

中国印刷术的起源
现代情报学理论
信息经济学
中国古籍编撰史
大众媒介的政治社会化功能
现代信息管理机制研究
科学信息交流研究
比较出版学